Kate & Ethan
Amores platónicos, I

Ines Garber

matchstories

Obra editada en colaboración con Editorial Planeta – España
MatchStories es una colección de Esencia Editorial

Bajo el sello editorial ESENCIA M.R.
Avenida Presidente Masarik núm. 111,
Piso 2, Polanco V Sección, Miguel Hidalgo
C.P. 11560, Ciudad de México
www.planetadelibros.com.mx

Primera edición impresa en España: abril de 2023
ISBN: 978-84-08-27058-4

Primera edición impresa en México: agosto de 2023
ISBN: 978-607-39-0513-8

Impreso en los talleres de Litográfica Ingramex, S.A. de C.V.
Centeno núm. 162-1, colonia Granjas Esmeralda, Ciudad de México
Impreso en México – *Printed in Mexico*

Kate & Ethan
Amores platónicos, I

A mi hermano mayor,

por ser para mí lo que Jake es para Kate.

1

Siempre hallo en mi memoria
el recuerdo de tu voz.
Esa dulce melodía,
adictiva sensación.

La música siempre me acompañaba. La escuchaba al caminar, sumergida entre las páginas de un libro, estudiando, en la ducha… En cualquier momento del día, excepto aquel que reservaba para escribir y componer.

Mi canción favorita de Shawn Mendes, *Imagination*, sonaba a través de mis auriculares cuando llegué al instituto. Tuve que hacer un gran esfuerzo por no cantarla mientras recorría los pasillos del edificio.

Me detuve frente a la taquilla, dejé mi mochila en el suelo sin deshacerme de mis auriculares y abrí la puerta metálica con el código que me habían asignado al empezar el instituto un año atrás. En el interior había un horario que revisaba a conciencia cada mañana, pese a que ya me lo había aprendido. Le eché un vistazo y después miré la hora en mi móvil. Aún quedaban quince minutos para la primera clase, pero me dirigí hacia el aula de todas formas.

Al entrar en esta, encontré a Blanca, la profesora de literatura, buscando algo entre los papeles de su escritorio. Llevaba puesto un vestido largo y colorido, probablemente comprado en Desigual.

Dejó de revolverlo todo para mirarme.

—Hola, Katie.

—Kate —la corregí.

Tenía apodos para todos sus alumnos. Katie era el que usaba con más frecuencia para referirse a mí, pero de vez en cuando le daba por innovar. Una vez optó por llamarme *KitKat* delante de toda la clase.

—Kate está muy gastado ya. Yo necesito originalidad —se rio.

Devolvió la vista a sus papeles y siguió rebuscando en su escritorio, poniéndolo patas arriba. Me fijé en el folio que había a mis pies. Lo levanté para revisarlo y vi un texto lleno de garabatos, aclaraciones y notas que hacían que lo que se había escrito en primer lugar resultara completamente ilegible.

—¿Es esto lo que buscas?

Se lanzó de manera exagerada en mi dirección para agarrar el trozo de papel que sujetaba.

—Dios, sí, gracias.

Heather me mandó un mensaje en ese mismo momento.

¿Estás en clase?

Sí. ¿Puedes venir? Blanca tiene el escritorio hecho un desastre.

¿Y te vas a poner a organizarlo?

Sí. Échanos una mano, anda.

—Ya hay que tener energía para ponerse a ordenar esto de buena mañana —señaló nada más entrar en el aula. Al acercarse a uno de los folios, le dedicó una mirada divertida a la profesora—. ¿Qué es esto? ¿Las preguntas del próximo examen?

—Aunque lo fueran, no entenderías nada —dije.

Todos, absolutamente todos los papeles estaban hechos un desastre. Blanca debía de preferir los jeroglíficos al alfabeto latino. Quizá por eso sus clases siempre se basaban en presentaciones a ordenador y nunca escribía nada en la pizarra.

Nos dio las gracias en cuanto terminamos de recoger y clasificar las hojas.

—Tendré que subiros la nota por esto… —Pareció acordarse de algo en ese instante. Me miró y preguntó—: ¿Has escrito algo nuevo?

Blanca era una de las pocas personas a las que les permitía leer mis poemas, lo cual me había llevado a subir la nota del curso y a convertirme en su alumna favorita. El último poema de mi colección lo había escrito semanas atrás, pero aún no se lo había enseñado, porque era demasiado… demasiado *él*.

Es lo que tiene utilizar la poesía para aligerar el peso de todos esos sentimientos que cada vez se hacen más grandes.

—Bueno, hay uno, pero… —Dudé en acabar la frase. No estaba segura de querer mostrárselo— es algo personal y me da vergüenza enseñarlo.

—¿Me puedes decir al menos sobre qué trata?

Me miró expectante y Heather sonrió divertida, seguramente porque esperaba que fuera a contar algo sobre mi relación con el que había sido mi mejor amigo durante años.

—Trata de un amor no correspondido —limité mi respuesta.

—Ah, esos son los mejores.

—En los libros, quizá. —Fruncí el ceño.

—Desde luego —acordó—. Dan muchísimo juego. Igual deberías utilizar el poema a tu favor, crear algo de drama con ello…

—Por Dios, no. —Enrojecí—. Hay formas menos vergonzosas de cavar tu propia tumba.

Heather se rio a mis espaldas.

—Eres muy testaruda —se quejó mi profesora—. Si permites que te dé un consejo: una indirecta en forma de poema nunca viene mal.

La miré dubitativa. Los consejos de Blanca eran horribles un noventa y nueve por ciento de las veces. Aun así, una parte de mí quería darle la razón: compartir ese poema con *alguien* podría ayudarme a desahogarme un poco. La verdadera pregunta era si enviárselo a Blanca, entre todas las personas, no sería tentar demasiado a la suerte.

Por la tarde, al acabar mi última clase, fui a recoger a Zoe para volver a casa. La encontré junto a su taquilla, metiendo un papel a presión en un pequeño estante para que no se desmoronara la torre de folios que había acumulado en tan solo dos semanas. Me entraron ganas de arreglar también su desorden.

Cerró la puerta soltando el papel en el último instante. Se quedó parada unos segundos como si estuviera cerciorándose de que la taquilla no iba a abrirse de nuevo y, al ver que había conseguido cerrarla del todo, sonrió triunfante. Yo estaba segura de que se le derrumbaría todo en cuanto la volviera a abrir, pero no quise arruinarle la victoria.

—¿Nos vamos? —llamé su atención.

Cuando se giró, me quedé contemplando sus enormes ojos durante un segundo. Eran de un color entre el gris y el azul, y estaban enmarcados en pestañas muy negras y curvadas. Se parecían tanto a los de su hermano…

—Sí, ya estoy lista. —Se colgó la mochila en el hombro y nos encaminamos hacia la salida del instituto.

Como muchas otras veces, iba a pasar la tarde en su casa.

Al llegar a su habitación, Zoe se lanzó sobre la cama y se estiró de brazos y piernas.

—Oye, haz sitio —la regañé.

—Si me traes patatas fritas, te hago todo el sitio que quieras —se rio.

Puse los ojos en blanco, pero fui a la cocina y le llevé una bolsa de patatas fritas.

—Buah, te amo —exclamó cuando volví a la habitación. No supe si me lo decía a mí o al aperitivo.

—Lo que tú digas. Ahora apártate, que yo también me quiero tumbar.

Me dejó un hueco a su lado, y justo en ese momento, el ruido de la puerta de la entrada abriéndose llamó mi atención. Nada más oír los pasos supe que los que habían entrado en casa eran mi hermano y el de Zoe. Estaba tan acostumbrada a convivir con ellos que ya notaba esas pequeñas diferencias.

Mi móvil vibró sobre el colchón de la cama. Respondí los dos mensajes que tenía y me distraje hablando con Heather un rato. Por eso, cuando alargué la mano para alcanzar la bolsa de patatas fritas, esta ya estaba casi vacía. Tan solo quedaban migajas.

—Serás rata —acusé a Zoe—. Voy a por más, pero que sepas que son para mí.

Apenas me oyó. Ya había encendido su ordenador y estaba viendo una serie.

Suspiré y me encaminé hacia la cocina. Me detuve en la puerta al ver a Ethan de pie junto al microondas. Llevaba puesta una sudadera gris que combinaba con sus ojos, unos vaqueros claros y unas zapatillas blancas. Tras comenzar a calentar una bolsa de palomitas, se giró para mirarme.

Se me aceleró el corazón.

Llevaba toda la vida enamorada de él, y aun así mi corazón seguía traicionándome con cada gesto que él me dedicaba.

—Qué ironía —bromeé después de aclararme la garganta—, tu hermana me trata como su sirvienta y el mío hace lo mismo contigo. La próxima vez haré que ellos nos traigan la comida a nosotros.

Esbozó una sonrisa que me derritió por dentro.

Le devolví el gesto antes de abrir la nevera y sacar una de las botellas de agua que había dentro. Ethan se apoyó contra la pared y me observó divertido mientras esperaba a que las palomitas terminaran de hacerse. El ruido de estas llenó la estancia.

—¿Qué pasa? —pregunté confusa.

—Nada. —Sonrió aún más—. Solo me preguntaba si tu habitación seguía siendo una zona prohibida para mí. Lleva siéndolo… ¿cuatro años?

Al entrar en la adolescencia le prohibí a Ethan entrar en mi habitación porque me daba miedo que pudiera encontrarse con alguno de los poemas que escribía sobre él. O, peor aún, con el vergonzoso diario que aún guardaba en mi armario.

En compensación, y aunque él no me lo hubiera prohibido expresamente, yo tampoco entraba a su cuarto a menos que fuera absolutamente necesario, porque para mí las habitaciones eran lugares muy personales.

Puedes llegar a conocer a alguien a fondo simplemente observando lo que hay en su cuarto. El mío, por ejemplo, estaba siempre ordenado. Nada más entrar se veía un tocadiscos precioso de color rosa y una estantería llena de libros y discos de música. Los colores, los objetos, las fotografías de la pared, los recuerdos que guardaba en el armario… Todo lo que había en mi habitación formaba parte de lo que era. Por eso me intimidaba tanto que Ethan entrase en la mía, porque sentía que, si lo dejaba pasar, le estaría desvelando todos mis secretos.

Pensé en las palabras de Blanca. Quizá tenía razón: quizá no sería tan malo que Ethan encontrara mis poemas. Igual era lo que necesitaba para empezar a verme como algo más que una amiga.

De todas formas, por ahora era un completo y rotundo *no*.

—Sí, cuatro años. —Me mordí el labio—. Y no, todavía no puedes entrar.

Fijé la vista en el microondas para evitar el contacto visual. Las mejillas me ardían.

—No es personal, ya lo sabes —mentí—. No me gusta que entre nadie. Y hace tiempo que yo tampoco entro en la tuya, así que estamos en paz.

—De eso nada —se quejó, separándose de la pared y acercándose a mí con naturalidad—. Si no has entrado es porque no has querido. Sabes que puedes ir siempre que quieras.

Se me secó un poco la boca.

Negué con la cabeza sutilmente y me alejé con la excusa de coger la bolsa de patatas fritas que había ido a buscar.

Antes de salir de la cocina, pasé por su lado y le dije:

—Algún día podrás entrar en la mía. Solo espera un poco.

Llegamos a casa sobre las nueve de la noche, cuando el cielo comenzaba a oscurecerse. Mis padres me saludaron secamente pese a que era la primera vez que nos veíamos en todo el día. Estaban sentados junto a la mesa del salón; mi madre tecleaba sin descanso en su portátil y mi padre tenía un montón de folios delante. Eran las nueve de la noche y seguían trabajando.

Entré en mi habitación. Mi santuario. Un espacio que tenía más de mí que yo misma.

El mueble que acompañaba a la cama era una pequeña estantería que hacía a su vez de cabecero. Estaba repleta de vinilos, fotografías y cajas bonitas en las que guardaba recuerdos que quería conservar. En el estante de arriba se encontraba mi tocadiscos rosa. Me lo habían regalado los padres de Ethan años atrás y se había convertido en mi posesión más preciada.

Junto a la puerta, dos estanterías cubrían la mitad de la pared. Todo estaba ordenado y en perfecta armonía. Nada desentonaba con los colores claros que predominaban en el cuarto, ni siquiera los libros, ya que a muchos de ellos les había puesto fundas personalizadas que iban a juego con el resto de la decoración.

Encendí el tocadiscos antes de sentarme frente al escritorio con el portátil. Sonaba *My My Love*, de Joshua Radin, cuando me metí en la bandeja de entrada de mi correo electrónico para buscar la dirección de Blanca.

Abrí uno de los cajones del escritorio para coger la pequeña libreta en la que escribía mis poemas. Leí y releí el último varias veces. Quería enseñárselo a Blanca, pero la idea me intimidaba un poco.

Me mordí el labio indecisa, hasta que por fin llegué a una conclusión. Era un poema; no tenía por qué ir acompañado de su contexto. Podía enviárselo como le enviaba cualquier otro escrito, solo para que me diera su opinión objetiva y me ayudara a mejorarlo.

Sí. Le estaba mandando un trabajo a mi profesora, nada más.

¿Que compartirlo con ella también me iba a ayudar a desahogarme un poco? Pues sí. Pero eso era secundario.

Presioné el botón de «Enviar» antes de poder arrepentirme.

Me contestó una hora más tarde, cuando yo ya estaba metida en mi cama leyendo. Mi móvil vibró y le eché un vistazo a la pantalla sin soltar el libro, hasta que me di cuenta de que la notificación venía del correo electrónico.

De: Blanca Millan

Para: Katherine Moore

RE: Poema

Uy, siento que me estás dejando con el chisme a medias. Es broma, me ha gustado mucho, es muy bonito, muy juvenil e inocente (es decir, muy tú), y está maravillosamente escrito, como siempre.

P. D. A tu edad yo también pasé por un enamoramiento así. Fue todo muy dulce.

Me entró curiosidad al leer su respuesta, por lo que escribí rápidamente la mía.

De: Katherine Moore

Para: Blanca Millan

RE: Poema

¿Sí? ¿Le hablaste a la persona que te gustaba sobre tus sentimientos? ¿Acabó bien?

De: Blanca Millan

Para: Katherine Moore

RE: Poema

Sí, me declaré a lo grande, con flores y todo. Aquí donde me ves, soy toda una romántica.

Lamentablemente, me cansé rápido y terminé poniéndole los cuernos.

Tú no hagas eso, a no ser que quieras que te tiren un ramo de flores a la cara.

Solté una pequeña carcajada. Lo dicho: los consejos de Blanca no tenían por qué ser buenos, pero por lo menos eran interesantes y tenían su moraleja (aunque a veces costara un poco dar con ella). Y, de todas formas, en este caso no necesitaba consejo alguno, ya que no pensaba compartir el poema con nadie más, y mucho menos confesarle mis sentimientos a Ethan. Mi plan seguía siendo el mismo: deshacerme de esos sentimientos lo antes posible.

El problema era que no estaba segura de poder hacerlo.

2

En tus ojos me he perdido
desde que tengo razón,
y no sabes lo que le haces
a mi pobre corazón.

El jueves de esa semana no me despertó mi alarma, sino el manotazo que me dio Zoe. Tenía la mala costumbre de enredar sus piernas a mi cuerpo y de moverse cada dos minutos. Ni siquiera sabía por qué seguía durmiendo en su cama cuando me quedaba a dormir en su casa; habría sido mejor dormir en el suelo.

Aparté su mano de mi cara sin ningún tipo de cuidado y miré la hora en la pantalla de mi móvil. Las cinco y media. Aún faltaban treinta minutos para que mi primera alarma sonara, pero no iba a conseguir dormirme de nuevo para entonces.

Resoplé y me levanté de la cama para coger la ropa que me había traído de casa. Después me encerré en el baño que había frente a la habitación de Zoe para asearme y cambiarme de ropa. En mi rutina habitual el desayuno iba antes de todo eso, pero siempre que me quedaba a dormir en casa de los West me veía obligada a cambiarla porque mi pijama consistía en una camiseta que le había robado a mi hermano y que, al ser algo vieja, apenas me tapaba el trasero. Me habría muerto de vergüenza al pasearme con eso puesto estando Ethan tan cerca. Al fin y al cabo, aunque me sintiera como en casa, no se me olvidaba que él también vivía allí y que podía encontrármelo en cualquier momento.

Y, de hecho, eso fue exactamente lo que pasó.

Nada más salir del baño choqué con algo firme que resultó ser el pecho de Ethan.

—Ay, lo siento —me disculpé de inmediato.

El pasillo estaba a oscuras, pero lo vi sonreír. Él también se había vestido ya; llevaba un jersey blanco y unos vaqueros oscuros. Su cabello negro y ondulado era un caos que apuntaba en todas las direcciones.

—No pasa nada —aseguró en voz baja—. ¿Está Zoe despierta?

Negué con la cabeza.

—A esa no la despierta ni un terremoto.

—Ya —rio y miró la hora en su teléfono—. Todavía es pronto, la dejaré dormir un poco más. —Se volvió a guardar el móvil en el bolsillo y me dedicó una sonrisa encantadora—. Voy a desayunar, ¿vienes?

Asentí y lo seguí todo el camino hasta la cocina.

Comenzamos a preparar el desayuno juntos.

—¿Cómo va el cuadro que me enseñaste? —le pregunté.

Ethan tenía un don para la pintura. Siempre le había gustado dibujar; de pequeño podía pasar horas y horas garabateando en su libreta, y no tardó demasiado en empezar a plasmar sus dibujos en lienzos. Recientemente me había enseñado uno de sus últimos proyectos: el cuadro de una ciudad inmensa de noche. Era precioso. El tipo de pintura que uno podría mirar durante horas sin cansarse. Y eso que aún no estaba acabado.

—Lo he tenido que parar —explicó tranquilamente. No había ni un ápice de tristeza en su voz, lo cual me confundió un poco. Debió de darse cuenta, porque enseguida añadió—: Han preparado un concurso de arte para el festival de otoño.

«El festival de otoño.» Esas cuatro palabras hicieron eco en mi mente. Se suponía que mi grupo de música iba a dar un concierto en el instituto ese día.

Decidí cambiar de tema rápido porque me entraban sudores fríos solo de pensar en ello.

—¿Te vas a inscribir? —Era la pregunta más tonta del mundo, pero me sirvió como vía de escape.

—Pues, en realidad, aún lo estoy pensando.

Dejé de untarle mantequilla a mi tostada para mirarlo.

—¿Lo estás pensando? —repetí sus palabras elevando ambas cejas. Ethan se encogió de hombros.

—Es complicado. Hay que participar con un retrato, y se me dan fatal. —Siguió hablando sin darme tiempo para contradecirlo—: Para el concurso se necesita un modelo, no se puede hacer a partir de una fotografía. Tengo que pintar en el aula de arte y Jake va a tener que posar durante horas.

Menos mal que mencionó a Jake, porque si no hubiera tenido ya a alguien, me habría ofrecido como modelo sin pestañear. Ethan era la única persona que sacaba mi lado impulsivo porque me costaba pensar con él cerca. En esos momentos sus ojos grises estaban clavados en mí y eso bastaba para acelerarme el corazón y dejarme la mente en blanco.

—Oh. Bueno, os irá bien. A Jake le encantará ver su rostro en los pasillos del instituto cuando ganes el primer premio —sonreí.

Esa era una de las razones por las que hacer de modelo para él habría sido una pésima idea. Con lo vergonzosa que era, que un cuadro en el que aparecía yo ganara un premio era una noticia más aterradora que buena. La otra razón era que pasar tiempo a solas con Ethan se alejaba mucho de lo que mi plan de *desenamoramiento* requería.

Le eché un vistazo al reloj que se encontraba junto a la nevera. Ethan ya había terminado de desayunar y a mí me faltaba poco.

—Tengo que ducharme, ¿te importaría despertarlos tú? —pidió refiriéndose a Zoe y a Jake mientras colocaba los platos en el lavavajillas y ordenaba el resto de la cocina.

Asentí con la cabeza y me dirigí a la habitación de Zoe, que dormía como si la vida le fuera en ello.

Ocupaba toda la cama y tenía la boca abierta. Habría sido gracioso que estuviera babeando también, pero me conformé con la postura para sacar mi móvil y hacerle una foto. Mi risa al ver el resultado le provocó un gruñido e hizo que cambiara de posición, pero no consiguió despertarla.

—Vamos, Zoe, hora de levantarse. —Sacudí su cuerpo suavemente y ella volvió a soltar un quejido—. Serás dormilona… Vamos, despierta.

Abrí las cortinas de la habitación para dejar que la luz entrara. Eso me ayudó un poco; al volver a sacudirla, por fin abrió los ojos, aunque los cerró de nuevo enseguida.

—¿Qué hora es? —preguntó con voz ronca. Apenas vocalizaba.

—Las seis y cincuenta. Date prisa, que tenemos que coger el autobús a las siete y media.

—Ya lo sé —protestó.

—Pues entonces levántate. Todavía tengo que despertar a la otra bella durmiente.

—¿Qué? —Frunció el ceño, completamente grogui. Me reí en voz baja.

—Déjalo. Venga, arriba.

Zoe se puso de pie a regañadientes y se frotó los ojos. Estaba completamente despeinada y tenía las ojeras oscuras y marcadas. Costaba pensar que la Zoe de siempre era la misma que el zombi que tenía delante. Las mañanas eran el único momento del día en el que yo destacaba a su lado, y solo porque mi despertar era mil veces mejor que el suyo.

Me aseguré de que fuera a la cocina a desayunar y no al sofá para volver a dormirse. Después me dirigí a la habitación de Ethan, donde Jake dormía, y giré el pomo de la puerta cuidadosamente. Se me aceleró el pulso cuando entré al cuarto. La estancia entera olía a Ethan, y la forma en la que estaba decorada me recordaba muchísimo a él. Las paredes rojas estaban decoradas con algún que otro dibujo y al fondo de la habitación se encontraba un cuadro enorme que él mismo había pintado. En una de las esquinas había una cama nido. La parte de abajo estaba sacada y deshecha; en la de arriba dormía Jake pacíficamente.

Pisé con cuidado el colchón vacío para alcanzar a mi hermano. Por suerte, Jake era mucho más fácil de despertar y ya me sabía algunos trucos para conseguirlo.

—¡Jake, arriba! —exclamé. No grité muy fuerte porque no quería despertar a los vecinos—. ¡Son las ocho ya, vamos a llegar tarde!

Abrió los ojos instantáneamente y luego salió de la cama de un salto para comenzar a vestirse a toda prisa.

—Mierda, mierda —murmuró. Tuve que contener una carcajada al ver que se pasaba una mano por el pelo, agobiado—. Llego tarde al examen de inglés.

Apreté los labios, sintiendo algo de culpa, pero aun así esperé un poco antes de decirle que en realidad eran las siete y cinco. Así se daría prisa y no llegaríamos tarde de verdad.

De todas formas, no sirvió de mucho; al final terminamos cogiendo el autobús por los pelos.

Al estar en diferentes ramas escolares, no compartía ninguna clase con Zoe. Por eso pasaba la mayor parte del tiempo con Heather, Karen y Sheila cuando estábamos en el instituto.

Me encontré con la primera cerca de mi taquilla. Tenía una amplia sonrisa dibujada en el rostro y sus ojos verdes parecían más despiertos que de costumbre. Estaban maquillados con una combinación de colores cálidos y también con un *eyeliner* grueso que decoraba la línea de sus pestañas y le acentuaba la mirada.

—Estás muy animada hoy —señalé—. ¿Ha pasado algo?

—Tengo una propuesta que hacerte. —«Oh, no», pensé horrorizada. Mis sospechas se confirmaron cuando añadió—: Sesión de fotos otoñal, ¿qué te parece? Eres la modelo perfecta para esta estación del año.

Heather adoraba la fotografía y yo me había visto obligada a hacer de modelo para ella en más de una ocasión. No colgaba las fotos en ningún sitio, pero aun así me resultaba sumamente vergonzoso pararme delante de la cámara y fingir que no me daba cuenta de que había una lente apuntándome cual fusil de francotirador.

Aunque intenté evitar su mirada de cachorro, me fue imposible negarme. Heather sonrió todavía más.

—Eres la mejor. Y voy a hacer un buen trabajo, te lo prometo. No tardaremos tanto como la otra vez.

No la creí, pero asentí de todas formas.

La música es el mejor conductor de emociones. La melodía, la letra, la voz… Todo transmite algo. Puede cambiar tu estado de ánimo en cuestión de segundos. Eso era lo que más me fascinaba y también el motivo por el cual había decidido unirme al club de música de mi instituto como cantante.

Ese día llegué al aula demasiado pronto, pero Seth, que era tan puntual como yo, no tardó en aparecer por allí. Vi su melena rizada y pelirroja a través del cristal de la puerta y lo saludé con la mano. Se colocó mejor sus enormes gafas de pasta negra antes de devolverme el gesto.

—Sally ha ido a por sus cosas, vendrá enseguida —aclaró.

Diez minutos más tarde ya estábamos todos sentados en las únicas sillas del aula, justo enfrente del pequeño escenario casero donde se encontraban todos los instrumentos.

Seth era el líder del grupo, por decirlo de alguna manera. Él lo había formado y se encargaba de toda la organización. Consiguió que nos dejaran un aula para los ensayos y también logró que nos financiaran la mitad de los instrumentos.

Sacó varios papeles de su mochila y los colocó sobre la mesa, pero los dejó a un lado y no mencionó nada sobre ellos. Sally y Garrett organizaron un poco el escenario, que era simplemente la mitad del aula donde habíamos colocado todos los instrumentos. El suelo estaba lleno de cables, por lo que no podíamos movernos con total libertad en los ensayos.

Me coloqué frente al micrófono y me aseguré de que estaba encendido. Al principio me daba vergüenza pensar que cualquiera que pasara cerca del aula de música oiría mi voz alta y clara, pero era algo a lo que me había tenido que acostumbrar durante el año y medio que llevaba en el grupo. De todas formas, a esas horas los únicos que ocupaban el edificio —además de nosotros— eran los del club de dibujo, los de informática, los profesores y los pocos alumnos que se quedaban a estudiar en la biblioteca del instituto.

Comencé a cantar cuando mis compañeros ya llevaban tocando unos segundos. La canción que estábamos ensayando era la que íbamos a tocar durante el festival de otoño. No habíamos terminado de escribirla, pero confiábamos en que la inspiración surgiera mientras practicábamos.

—Kate, canta más alto —ordenó Seth.

Asentí decidida y subí la voz.

Mientras cantaba, miré un par de veces a Jensen, que se encontraba a mi lado. Observar a los demás miembros de la banda me calmaba y me ayudaba a concentrarme. Era una forma de recordarme a mí misma que no estaba sola en el escenario.

Él estaba centrado en su guitarra. Movía la cabeza al ritmo de la canción y su cabello castaño seguía el movimiento. Karen y Sheila repetían a menudo lo atractivo que les parecía, y la verdad es que no podía contradecirlas. Era alto y tenía unas facciones marcadas y masculinas que combinaban muy bien con el aura que emanaba al tocar la guitarra.

Levantó la mirada y mis ojos se encontraron con el tono miel de los suyos. Sonrió y me guiñó un ojo de manera amistosa, cosa que, si bien logró que mis mejillas se tornaran rojas, no provocó nada más en mí. No sentí las mariposas que habría sentido si Ethan me hubiese dedicado un gesto así. Y me daba rabia, porque una parte de mí deseaba sentir por Jensen lo que sentía por Ethan. Todo habría sido mucho más sencillo.

Llegué a buscar eso en él: enamorarme. Y si bien no funcionó, al menos sirvió para hacerme su amiga.

—Has estado genial, Kate —me felicitó Seth cuando terminamos de tocar el estribillo. Me agaché para alcanzar mi botella de agua y me la llevé a los labios—. ¿Lo ves? Cada vez que subes un poco la voz mejoras la canción entera.

—Bien dicho, jefe. —Sally le pasó un brazo por detrás del cuello. Le encantaba meterse con Seth. Bueno, le encantaba meterse con todo el mundo, pero Seth era su objetivo habitual porque era todo lo contrario de ella; se lo tomaba todo en serio.

—No me llames jefe —se quejó haciéndola a un lado.

—¿Prefieres mánager? ¿Gerente? ¿Capitán?

—Prefiero Seth, gracias. —Se cruzó de brazos.

—Oye, Kate —me llamó Jensen. Estaba sentado junto a la mesa, al igual que Garrett, y tenían delante una hoja llena de tachones y garabatos—. ¿Puedes venir un momento? Necesitamos un poco de ayuda con la composición de la letra. Se nos ha ocurrido una idea para el estribillo pero no sé si me convence.

—Déjame ver. —Me tendió el papel y yo le eché un vistazo a lo que habían escrito. Esperaban expectantes mi respuesta, como si mi aprobación fuese necesaria para seguir adelante con el texto.

Componer me gustaba tanto como cantar, si no más. En cierto modo, tenía mucho en común con la poesía: me permitía transformar en arte lo que se encontraba hecho un lío en mi mente. Aunque resultara extraño relacionar algo que nace de la creatividad con palabras tan calculadoras, para mí escribir era una forma de organizar y analizar mis propios pensamientos.

Me senté en la silla que había libre y escribí en la hoja las frases que se me iban ocurriendo. Cuando acabé se las di todas a Jensen.

—«Y te pude olvidar.» Me gusta.

—Gracias. —Enrojecí ante el cumplido y lo disimulé al girarme para mirar a Seth—. ¿Hemos acabado por hoy?

Él asintió con la cabeza. Recogí mi mochila del suelo y me despedí de ellos. Sin embargo, antes de que pudiese abrir la puerta del aula para salir, Jensen me frenó.

—Espera —dijo—. Voy contigo.

Cuando terminó de ponerse el abrigo, cruzamos juntos los pasillos del instituto, que estaban casi vacíos, hasta llegar a la entrada del edificio.

—Supongo que cogerás el autobús para ir a casa —adivinó.

—Sí —respondí mientras miraba la hora en mi teléfono—, pero aún queda bastante para que llegue.

—Entonces, ¿te importaría que diésemos una vuelta? —propuso mirándome con expectación—. Estaba pensando... Bueno, el otro día encontré un sitio en el centro donde hacen unos batidos increíbles. Creo que te pueden gustar.

—¿Me estás invitando a tomar algo? —Alcé una ceja.

—Algo así, sí —rio.

Me sorprendió lo cómoda que me sentía con su invitación. Durante un breve instante, me pasó lo mismo otra vez: sentí un atisbo de decepción porque esperaba sentir mariposas en el estómago. No obstante, enseguida me recompuse, esbocé una sonrisa y le dije:

—Bueno, estaría loca si le dijera que no a un buen batido.

3

Basta con una palabra tuya
para hacerlo enloquecer.
Pero duele que tú nunca
lo podrás corresponder.

La boca se me hizo agua cuando vi que la camarera traía mi batido de chocolate. En cuanto lo dejó sobre la mesa y pude probarlo, supe que tenía que llevar a Zoe a esa cafetería. *Brownies*, batidos, pasteles… Ese sitio se convertiría en su paraíso personal. Le iba a encantar.

—Podría comer cientos de estos y no me cansaría —aseguré relamiéndome los labios. Jensen rio y luego le dio un trago a su saludable zumo de jengibre—. No sabes lo que te estás perdiendo.

—No me estoy perdiendo nada, no me gusta el chocolate.

Abrí los ojos sorprendida.

—Aquí acaba nuestra amistad. Ha sido un placer conocerte —bromeé.

Él soltó una pequeña carcajada, negó con la cabeza y volvió a beber de su zumo. Después me miró con una expresión un poco más seria.

—Hay algo de lo que quería hablarte. —Su tono de voz no daba a entender que se avecinaba una mala noticia, pero me puse nerviosa de todos modos—. Has estado muy callada respecto al concierto de noviembre.

—Ya. —Removí mi batido con la vista fija en el vaso, un poco tensa—. Es que… nunca he cantado delante de gente.

—Cantas enfrente de nosotros todo el rato.

—Es diferente. ¿Sabes cuánta gente habrá? —La cabeza me daba vueltas solo de pensarlo—. Estará todo el instituto.

—Lo sé. Precisamente por eso es una oportunidad que no podemos dejar pasar.

—No estoy pensando en dejaros tirados. —Hice una mueca—. No soy tan mala.

—Sé que no lo eres. Y no quiero presionarte.

—Claro. Sin presión —dije con sarcasmo.

—Sin presión. —Sonrió y volvió a mirarme con esa expresión que parecía decir: «Hay más cosas que me gustaría preguntarte». Iba a darle vía libre para hacerlo, pero no la necesitó—: Y ya que estamos hablando de esto, tengo una pregunta: ¿dónde aprendiste a componer?

La pregunta me pilló desprevenida. Volví a fijar la vista en el vaso, sin saber muy bien qué responder. No había seguido un método concreto al empezar a escribir canciones. Tampoco me levanté un día con la capacidad de crear letras perfectas para ciertas melodías. Fue un proceso lento y abstracto.

Si me pusieran delante una línea cronológica, sería incapaz de señalar el punto exacto de mi vida en el que me dije a mí misma «esto se me da bien y me gusta». Fue más bien un degradado. Siempre he sido más de escuchar la letra de las canciones que de fijarme en la melodía. Sabía disfrutar ambas cosas, pero las canciones que más me gustaban eran siempre aquellas cuya letra me hacía sentir que habían sido escritas para ser escuchadas por mí. A todos nos ha pasado alguna vez: una canción llega en el momento indicado y, por un segundo, te preguntas si es una coincidencia o si se trata de una señal.

Pasé de escuchar las letras de las canciones a buscar aquellas que me hacían sentir algo, y luego comencé a analizarlas. En algún momento la música dejó de ser música; se convirtió en sílabas, estrofas, versos, cambios en la voz… pero nunca dejó de ser mágica.

Y pensé que si un desconocido podía llevarse un trozo de mi corazón con un puñado de palabras enlazadas, si podía construir letras capaces de vaciarme por dentro de la mejor forma posible, ¿cómo me sentiría si empezaba a crearlas yo?

Ya escribía poemas entonces, por eso digo que no fue un proceso lineal. Me di cuenta poco a poco de que podía llevar las rimas al terreno musical.

A Jensen, sin embargo, le di una explicación mucho más vaga.

—Aprendí fijándome en las letras de mis canciones favoritas y escribiendo poemas. No es lo mismo, pero se parece.

Entrelazó las manos y se inclinó hacia delante con una sonrisa amable impresa en el rostro.

—Así que poemas… Me gustaría leer alguno. —Ladeó la cabeza ligeramente al hablar. El gesto, acompañado de su sonrisa, era coqueto y persuasivo. Lo suficiente como para ponerme roja, pero no como para conseguir que le enseñara mi poemario.

Reí suavemente y sacudí la cabeza.

—Tendrás que conformarte con las canciones.

Chasqueó la lengua, aún sonriendo.

—Vaya, qué pena.

Le di otro sorbo a mi batido.

—Entonces, ¿a qué se debe esto? —pregunté cambiando de tema.

—¿Esto? —Frunció el ceño confuso.

—Sí, ya sabes, el acompañarme al autobús y después invitarme a un batido. No me quejo, es solo que… No sé. Me resulta extraño.

—Quería hablar contigo de lo del concierto —admitió.

No pude evitar sentir un ápice de decepción, pero me recuperé de inmediato; si me decepcionaba saber que Jensen no estaba interesado en mí, eso quería decir que podía llegar a gustarme, ¿no? Era la prueba de que no me estaba engañando a mí misma.

—Además, me gusta estar contigo —aclaró, esta vez en un tono sereno y algo más bajo de lo habitual, como si estuviera confesándome un secreto bien guardado.

—Qué bonito —me burlé para disimular el rubor de mis mejillas.

Estuvimos en la cafetería un buen rato. Cuando decidimos marcharnos, Jensen me acompañó hasta casa. Se nos había hecho tarde; aún no había anochecido, pero ya era casi la hora de la cena.

Entré en el edificio y esperé pacientemente en el ascensor hasta que llegué a casa. Justo enfrente del pasillo de la entrada se hallaba la cocina, que estaba abierta y dejaba ver a Jake cocinando. Me miró de reojo mientras movía los ingredientes en la sartén.

—¿Cómo es que llegas tan tarde?

—He estado con Jensen.

Dejó de remover la sartén para dirigir toda su atención hacia mí y trató de ocultar una sonrisa divertida sin mucho éxito.

—Uy, ¿debería preocuparme? ¿Quieres que me ponga en modo *hermano mayor sobreprotector*? Porque puedo hacerlo. Yo valgo para todo —bromeó. No perdía la oportunidad de alabarse a sí mismo—. ¿Quién es ese tal Jayce?

—Jensen —lo corregí.

—Lo que sea. —Hizo un gesto con la mano para quitarle importancia al asunto.

—Es el guitarrista que está en mi banda. El de pelo castaño, ¿te acuerdas? Ya te hablé de él. —Robé un trozo de pimiento y me lo comí a la vez que me sentaba junto a la mesa de la cocina.

—¿El que va a clase con Zoe? —Me miró enarcando ambas cejas y yo asentí con la cabeza—. Ah. Pues es bastante guapo. —Asintió con aprobación y volvió a centrarse en la comida.

—¿Hoy cenan papá y mamá en casa?

—No, están trabajando. Vendrán tarde.

—Lo suponía. —Hice una mueca—. Voy a mi habitación. Avísame cuando la cena esté lista.

A mí se me daba fatal cocinar —y eso que seguía las recetas al pie de la letra—, y como papá y mamá habían vuelto a sumergirse de lleno en el trabajo y apenas pasaban tiempo en casa, Jake y yo habíamos llegado a un acuerdo mutuo: él se encargaba de cocinar y yo limpiaba la cocina nada más terminar de comer.

Una vez en mi cuarto, saqué la libreta donde solía escribir mis poemas y canciones. Era parte de mi rutina; como quien se compromete a escribir un diario y lo actualiza todos los días, yo intentaba plasmar mis sentimientos, aunque en versos y sin fecha.

Pasé cinco minutos enteros dándole vueltas a lo que quería escribir. Me decanté por una nueva canción y compuse cuatro versos seguidos. Cuando iba por el quinto, solté un suspiro y dejé el boli sobre el escritorio. Me recliné en el respaldo de la silla y me pasé una mano por el pelo.

¿Por qué terminaba siempre escribiendo sobre él? No podía quitarme a Ethan de la cabeza.

Nunca había sido capaz de hacerlo.

Por eso sé que lo que la gente dice no es verdad; cuando te enamoras, no lo sientes solo en el corazón. Empieza ahí, con un latido acelerado, pero se va extendiendo por todo tu cuerpo como si de una enfermedad se tratara. Cuando piensas en esa persona, sientes el cosquilleo en el estómago, el calor en la entrepierna, se te eriza la piel y sonríes como si también hubieras perdido el control sobre tus labios. Es un sentimiento que se apodera de todo, incluida tu mente.

Volví a suspirar y, justo cuando iba a cerrar la libreta, mi móvil vibró. Se encendió la pantalla y pude ver que me había llegado un nuevo correo electrónico de Blanca.

De: Blanca Millan
Para: Katherine Moore
Asunto: Noticias, porque buena está Zendaya

Katie, traigo buenas noticias. Y te lo digo así, de primeras, porque sé que me lo vas a discutir en cuanto te enseñe cuáles son las noticias exactamente.

Verás, ¿recuerdas el último poema que me mandaste? Pues… puede que lo haya subido a Twitter y puede que se haya hecho un poco viral. A la gente le ha encantado, en serio. Mira, te paso algunas de las respuestas.

3 archivos adjuntos

IMG-9813.jpg

IMG-9814.jpg

IMG-9815.jpg

Abrí los tres archivos estupefacta. Ahí estaba mi poema. Bueno, parte de él, pero era mi poema al fin y al cabo. El pánico me invadió de golpe. ¿En qué demonios estaba pensando? Ella sabía lo personales que eran esos versos. Y aunque no revelaban mucho, cualquier alumno de nuestro instituto podría llegar a la conclusión de que los había escrito yo. Su favoritismo no pasaba desapercibido. De hecho, varios alumnos se habían quejado (con toda la razón del mundo).

¿Y Ethan? Ethan tardaría menos de dos segundos en adivinar quién los había escrito.

Me llevé las manos a la cabeza. Quise matar a Blanca por publicar todo eso sin mi permiso. ¿Cómo se había hecho viral? Si eran solo un par de frases…

Me metí en Twitter y busqué su nombre de usuario tal como aparecía en la imagen. Necesitaba leer todos los comentarios, que no eran pocos.

Me quedé a cuadros en cuanto me metí en su perfil y vi el número de seguidores que tenía. Veintiséis mil. Eso explicaba cosas.

Blanca tuiteaba treinta y tres veces por segundo, al parecer. Su cuenta estaba llena de publicaciones porque compartía absolutamente todo: lo que comía, lo que le ocurría durante el día, la hora en la que se iba a dormir… Encontré incluso un hilo entero en el que contaba su nefasta experiencia con las aplicaciones de citas. Tenía cientos de *likes* y de retuits. He de admitir que lo encontré sorprendentemente adictivo, hasta el punto de conseguir distraerme.

Finalmente me metí en el tuit de mi poema. Los números seguían subiendo y los comentarios eran un sinfín de opiniones. Iban desde «vaya mierda de poema» a «necesito que publique un poemario entero».

Mi trabajo había sido expuesto ante miles de personas que no se cortaban un pelo a la hora de opinar sobre él. Nunca me había sentido tan incómoda como en ese instante. Una sensación amarga me llenó el pecho. De un momento a otro, mi poema había pasado de ser mío a no pertenecerme en absoluto.

—¡Kate! —El grito de mi hermano me hizo saber que era hora de cenar. Tragué saliva y cerré el ordenador, aún bastante alterada.

No sabía qué responderle a Blanca, y cenar me pareció una buena forma de despejarme un poco antes de escribir mi mail.

—¿Qué vamos a cenar? —pregunté nada más entrar en la cocina, acercándome a la olla para olisquear lo que se cocía dentro. Me llegó un aroma a nata y champiñones.

—Pasta con salsa de setas. —Fue a coger los platos para servir la comida, pero se me quedó mirando extrañado—. ¿Te pasa algo? Estás pálida. Más pálida que de costumbre, quiero decir.

Puse los ojos en blanco ante la pequeña pulla. Él tenía el mismo tono de piel, así que no sé de qué se burlaba exactamente.

—Estoy bien —repuse, no muy convencida, mientras terminaba de poner la mesa y me sentaba en una de las sillas—. Cuéntame algo interesante.

Necesitaba distraerme porque me entraban náuseas solo de pensar en la cantidad de gente que había leído mis versos.

—No sé qué decirte. Ya lo sabes todo. —Eso era cierto. No encontró nada nuevo que contarme, así que dijo—: Dentro de poco me saco el carnet de conducir, ¿te sirve ese dato?

—No, porque además es mentira. Dentro de poco cumples años. El carnet te lo sacarás después.

—Qué amargada. —Puso los ojos en blanco a la vez que dejaba los platos en la mesa y luego se sentó enfrente de mí. Los platos, llenos de tortellini rellenos de setas, estaban cubiertos de queso derretido y humeaban—. Pues en unos días cumplo los dieciocho. ¿Contenta?

Asentí sonriente.

—¿Habéis terminado de planear la fiesta? —pregunté.

—Sí —respondió—. Lo he hablado con mamá y me va a ayudar a alquilar el local de abajo.

—Vaya, eso es genial —comenté sorprendida.

Nuestro edificio contaba con una sala amplia y vacía que podía reservarse para llevar a cabo cualquier tipo de evento. Era horrible, porque cada vez que alguien organizaba una fiesta ahí, los vecinos nos teníamos que tragar todo el ruido que se generaba hasta las tantas de la madrugada.

Esta vez, los ruidosos íbamos a ser nosotros.

—Espera. Estoy invitada, ¿verdad? —Le dediqué una mirada juzgadora y él me devolvió una que transmitía el siguiente mensaje: «Parece mentira que me lo tengas que preguntar».

—Parte de la fiesta se hará aquí, así que a menos que estés cómoda con la idea de abandonar tu habitación mientras la casa está llena…

—No. Ni de broma. Me niego —lo interrumpí. Estaba loco si pensaba que iba a arriesgarme a que alguien entrara a mi santuario.

Jake soltó una carcajada suave.

—Entonces sí, estás invitada.

—Vale. —Sonreí complacida, hasta que caí en la cuenta de algo—. Pero si la fiesta va a ser en casa, papá y mamá…

—Van a estar fuera todo el fin de semana —acabó la frase por mí de manera un poco brusca. Me callé de inmediato y reprimí un suspiro.

Cualquier otra persona se habría alegrado de que sus padres le dejaran la casa sola para montar una fiesta, pero Jake…, bueno, Jake nunca estaba contento con las decisiones que papá y mamá tomaban. Le habría sentado igual de mal que hubieran decidido quedarse, porque le habrían arruinado el cumpleaños. Y entendía por qué le molestaba: el proceso mental que llevaban a cabo a la hora de decidir algo nunca nos incluía. Muy pocas veces pensaban en nosotros. Si se quedaban en casa por el cumpleaños de mi hermano, no sería para pasar el día a su lado, sino por interés propio. Algo relacionado con el trabajo, seguramente. Y si ese fin de semana iban a estar ausentes…, pues más de lo mismo.

Ya teníamos una edad como para dejar que algo así nos afectara, pero Jake era muy familiar. Mis padres eran para él una herida que seguía abierta, sobre todo porque la falta de atención era la principal causa de todos los problemas que había tenido de pequeño. Ataques de ira, peleas… Solían ocurrir en la escuela, y terminaban en reuniones con nuestros padres, para las cuales no tenían tiempo, según ellos.

—Me ha dicho Ethan que va a hacerte un retrato para el concurso de dibujo —cambié de tema.

—Sí —asintió—. Es listo, sabe que con esta cara es imposible que pierda.

Se señaló el rostro con gracia y yo negué con la cabeza, sonriente.

—El único premio que tienes asegurado es el de «el más narcisista» —me burlé.

Continuamos hablando toda la cena y se quedó conmigo en la cocina mientras yo terminaba de recogerlo todo. Me sirvió para distraerme y calmarme un poco, pero cuando volví a sentarme frente al ordenador, me puse nerviosa otra vez.

Abrí el correo y le escribí un mensaje a Blanca. Después lo borré todo y comencé a escribir uno nuevo, y así varias veces. Al final me quedé con este:

> De: Katherine Moore
>
> Para: Blanca Millan
>
> RE: Noticias, porque buena está Zendaya
>
> Tienes razón: no me parecen buenas noticias. Nunca he querido compartir mis poemas con la gente, y es peor aún que otra persona los haya compartido por mí. Te agradecería que borraras los tuits publicados.

De: Blanca Millan

Para: Katherine Moore

RE: Noticias, porque buena está Zendaya

¿Estás segura de que quieres que los borre? Crecer en redes sociales puede abrirte muchas puertas. Si no quieres publicar tus poemas, puedes compartir las letras de tus canciones, hacerte conocida por eso y más tarde empezar a subir tu música. Sería un buen comienzo en tu carrera como cantante, y yo podría darte un empujón.

De: Katherine Moore

Para: Blanca Millan

RE: Noticias, porque buena está Zendaya

No estoy preparada para dar a conocer lo que escribo, canciones incluidas.

Me conecté con Heather por videollamada tras mandar el mensaje. La pantalla de mi portátil mostraba su rostro delgado con el cabello rubio suelto y húmedo, que caía en ondas desiguales por sus hombros. También se llegaba a ver parte de su habitación, pero solo un armario pequeño y una estantería estrecha que guardaba su cámara de fotos y objetos varios.

Nunca había visitado su casa en persona, pero hablábamos por videollamada tan a menudo que ya estaba familiarizada con su cuarto.

—¿Sabes si alguien de clase sigue a Blanca en Twitter? —le pregunté, cruzando los dedos para que dijera que no.

—Seguro que sí. No se molesta demasiado en mantener el anonimato. ¿Por qué lo dices?

Le conté todo lo ocurrido.

—¿En qué momento se me ocurrió mandarle mis poemas a la profesora menos responsable de todo el instituto? —me lamenté.

—Que no va a pasar nada, en serio. Ethan ni siquiera tiene a Blanca como profesora, ¿cómo se va a enterar?

—No lo sé, pero seguro que lo hace —dramaticé. Estaba poniéndome en lo peor porque solo así conseguiría prepararme para lo que se venía.

—Vale, imaginemos que se entera. El poema no dice nada, Blanca ha escogido dos versos muy generales. No va a saber que lo escribiste pensando en él. Dile que te inspiraste en un libro o algo así.

—No quiero tener que mentirle.

—Pues dile que eran para él, que estás enamorada hasta las trancas y que está tardando en pedirte matrimonio. ¿Mejor así?

Puse mala cara.

—Mira, siendo realistas, lo más probable es que al final no pase nada. No es un escándalo monumental del que se vaya a hablar en el instituto —aseguró, y después esbozó una sonrisa divertida—. Siento ser yo quien te lo diga, pero no eres *tan* interesante. Puede que alguien lo vea, piense «seguro que los ha escrito Kate», y después se olvide de ello y siga con su vida.

Resoplé y me quedé pensativa. Es verdad que no era para tanto y que las probabilidades estaban a mi favor, pero seguía intranquila. Me ponía nerviosa no tener ningún control sobre el asunto. No podía saber quién había leído los poemas y quién no, ni tampoco cómo reaccionarían esas personas. Solo me quedaba esperar y ver en directo cómo se resolvía todo.

Además, aunque nadie que conociera en persona llegase a leerlos, que lo hubiesen visto tantos desconocidos ya me incomodaba. Se me quitaron las ganas de dedicarme a la música, y eso me desmotivó muchísimo. El pánico escénico se podía superar, pero la sensación de que algo mío había dejado de pertenecerme era asfixiante, y me dio miedo pensar que podía ser permanente. Cuando veía el poema en la cuenta de Blanca, sentía que no tenía nada que ver conmigo y, por ende, tampoco con Ethan. Y esos versos habían nacido con nosotros, así que apartarnos de la ecuación los despersonalizaba por completo.

En ese momento me di cuenta de que, a lo largo de mi vida, me había apoderado de muchas canciones al darles un significado propio y al guardarlas en mi corazón. Siempre me había parecido algo bonito, pero ya no estaba tan segura. Que algo tuyo pase a ser de gente que no conoces y que no te conoce a ti...

—Anímate, Kate, que no pasa nada, en serio.

—Ya. —Esbocé una mueca triste.

Siempre he sido una persona que vive de sueños. Que el de convertirme en cantante comenzara a apagarse cuando tan solo estaba en el principio me vaciaba por dentro, como si me hubieran arrancado una parte vital de mí misma.

Heather se quedó quieta un momento. Creo que había oído un ruido proveniente de la habitación continua. Me miró seria y dijo:

—Dame un segundo.

Asentí y ella se fue del cuarto. Tardó tanto en volver que terminé colgando la llamada y preparándome para ir a dormir. Cuando ya estaba en la cama, me llegó un mensaje:

Lo siento. Problemas con mi madre.

Hablamos mañana.

No te preocupes. ¿Está todo bien?

Sí, tranquila.

Buenas noches.

Que ya verás como todo sale bien.

Ojalá tengas razón.

Buenas noches.

Estiré el brazo para dejar el móvil sobre el escritorio y volví a acomodarme sobre la cama, tapada con la manta. Incapaz de relajarme, tardé lo que me pareció una eternidad en quedarme dormida.

4

Desde niños hasta ahora,
ya no es un secreto;
tú me vuelves loca,
y te quiero, lo prometo.

El fin de semana fuimos a casa de la abuela de Zoe y de Ethan, que vivía a las afueras de la ciudad, en una cabaña pequeña y acogedora con un porche inmenso. Estaba rodeada de bosque y naturaleza, y las pocas casas que también se encontraban en la zona estaban muy alejadas de la cabaña.

Las hojas de los árboles no habían adquirido aún los tonos anaranjados del otoño, pero tampoco eran del verde vibrante del verano. Se encontraban entremedias, en un color verde amarillento que indicaba que habíamos llegado a mediados de septiembre.

Yo ya iba preparada para el otoño, mi estación favorita del año. Había guardado en cajas la ropa fresca y colorida y había llenado el armario con jerséis, faldas acampanadas, vaqueros, abrigos y botas. En esos momentos vestía un jersey blanco con una falda estrecha de un tono de rojo apagado, un cárdigan de cuadros y unas botas altas marrones.

Mary, la abuela de Zoe y de Ethan, me riñó nada más verme por haber ido así vestida a un sitio que estaba lleno de barro la mitad del año. Cuando su perro, *Stitch*, se lanzó sobre mí y me ensució por completo, tuve que darle la razón.

Nos preparó chocolate caliente y galletas de canela.

Había visitado esa cabaña más veces que la casa de mis propios abuelos, que vivían en la capital, a dos horas de nuestra ciudad. Por cosas como esa no exageraba al decir que me sentía más cerca de la familia de Zoe que de la mía.

Con Ethan, sin embargo, las cosas eran un poco más complicadas y diferentes. Nunca lo había considerado mi familia.

No recuerdo el momento exacto en el que nos conocimos, pero sé que a los cuatro años, cuando ni siquiera había aprendido a sumar y a restar, ya estaba enamorada de él. Era el enamoramiento de una niña pequeña que había visto todas las películas de las princesas de Disney en bucle; estaba embelesada.

Una vez, a esa edad, le dije a Louise que de mayor me iba a casar con su hijo. A los dieciséis aún me lo recordaba riéndose, y aunque solo lo hacía cuando estábamos a solas, yo me ponía roja como un tomate maduro.

De hecho, enrojecí solo de pensar en ello, sobre todo porque en esos momentos tenía a Ethan delante.

Iba vestido con una cazadora oscura y unos pantalones negros, y sus ojos parecían aún más grises y más claros que de costumbre. Sostenía su taza de chocolate caliente con una mano. Con la otra acariciaba a *Stitch*, que se había tumbado a su lado, como siempre.

Ese perro y yo teníamos una cosa en común: un favoritismo innegable por Ethan.

Me quedé mirando embobada cómo él le daba mimos y le decía cosas bonitas con una sonrisa amplia y encantadora en el rostro. Es cierto lo que dicen de que las personas se vuelven más atractivas cuando cuidan de un animal o de un bebé. Ver a Ethan jugando con *Stitch* me derretía por dentro.

Comimos allí, y después Zoe se fue a dormir la siesta. Jake salió a correr y, ya de paso, a sacar a *Stitch* de casa. Mary se quedó en el salón viendo una telenovela.

Ethan se acercó a mí con las manos metidas en los bolsillos y me dijo:

—Ven, salgamos al porche.

Asentí y lo seguí fuera de la cabaña. Se sentó en el sofá balancín que estaba junto a la puerta y yo lo imité. Hacía un poco de frío, así que me tendió la manta que guardaban en un baúl, justo al lado del balancín. Me la puse por encima y enseguida me invadió una sensación agradable, no solo por el calor, sino porque estar así, tapada y a su lado, era como estar en el paraíso.

O lo era, hasta que soltó:

—Vi los tuits de tu profesora.

Lo miré petrificada y tardé un par de segundos en relajar la expresión para disimular. Se dio cuenta, por supuesto; sus ojos grises y tranquilos analizaron mi reacción, lo cual me puso más nerviosa aún.

—Ah, ¿tiene Twitter? —me hice la tonta. Ethan alzó las cejas y reprimió una sonrisa. El calor subió hasta mis mejillas. ¿Por qué se me tenía que dar tan mal mentir?—. ¿Qué? No me he parado a buscarla en redes sociales.

—Ya. —No pudo evitarlo: sus labios se curvaron hacia arriba ligeramente—. Pues creo que subió un poema tuyo.

Fingir que no sabía de lo que me hablaba no había servido de mucho, así que tuve que inventarme otra táctica sobre la marcha.

—Puede ser —dije como si fuera un detalle sin importancia—. Le envío algunos para que me suba la nota.

—Me gustaron bastante. —Su sonrisa se volvió completa y estaba cargada de diversión. Me miró con los ojos ligeramente entrecerrados, como si quisiera provocarme—. Le di «retuit».

—Apoyando a los artistas pequeños, así me gusta —bromeé, muy avergonzada.

Ethan se rio suavemente.

—Pues no sabía que escribías poemas. No me lo habías dicho. —Volvió a mirarme así, provocativo. Disfrutaba mucho poniéndome nerviosa, era algo que llevaba años haciendo. Y yo seguía sin aprender; me ponía roja a la mínima—. He tenido que adivinar que eran tuyos.

—Pues… ¿bien hecho, Sherlock?

Se rio de nuevo.

—Gracias. —Se acercó a mí para robarme parte de la manta. Bajo esta, sentí el calor que su cuerpo emanaba—. Entonces, ¿tienes más?

—¿Más poemas?

—Más secretos. —Me miró muy serio. Sus ojos, del color de las tormentas, atravesaban los míos con una intensidad paralizante. Me quedé muy quieta, hasta que de repente apretó los labios reprimiendo una carcajada—. Es broma. Sí, Kate, más poemas.

—Ah —me reí con nerviosismo—. Pues... sí. Tengo unos pocos —admití. Antes de que me pidiera verlos, me apresuré a añadir—: Pero son muy malos, en serio. No merece la pena leerlos.

—A mí me gustaron —los elogió por segunda vez.

—Publicó los únicos versos buenos —insistí.

—Permíteme dudarlo.

—Permiso denegado. —Sonreí inocentemente.

Ethan puso los ojos en blanco y se separó un poco. Me di cuenta entonces de lo cerca que habían estado nuestros rostros segundos atrás. A pesar de que ahora había más distancia entre nosotros, seguía llegándome su aroma: un olor amaderado, masculino y agradable.

—Vale. Cántame algo, entonces.

—No estamos en un musical.

—No, estamos en medio del bosque, donde no hay nada mejor que hacer —argumentó con satisfacción—. Distráeme; canta algo.

Me miró con mucha dulzura. Ya había cantado frente a él en otras ocasiones —lo hacía, sobre todo, cuando tenía los auriculares puestos y sonaba una de mis canciones favoritas; empezaba a cantarla en voz alta sin darme cuenta—, pero nunca así, con toda su atención puesta en mí.

Me iba a costar horrores negarme, pero era un esfuerzo necesario si no quería morir de vergüenza.

Por suerte, al final no necesité hacer nada; Jake llegó a la cabaña con *Stitch* e interrumpió el momento. El perro, que tenía las patas muy manchadas de barro, saltó encima de Ethan, poniendo perdida la manta.

«No todos los héroes llevan capa —bromeé para mis adentros—, algunos llegan embarrados justo cuando más se los necesita.»

La mañana del lunes me subí a un autobús temprano y llegué a la escuela mucho antes de que comenzaran las clases. Casi todas las mañanas desde que empecé había seguido una rutina concreta: llegaba al instituto, revisaba el horario de clases como si no me lo supiese ya de memoria, ordenaba la taquilla si veía algo fuera de lugar, saludaba a mis amigas y me dirigía al aula junto a ellas. Ese día cambié la manera de hacer las cosas, por mucho que me habría gustado hacer lo mismo de siempre. Nada más entrar en el instituto, fui directa a la sala de profesores para encontrarme con Blanca.

Llamé a la puerta con urgencia hasta que el profesor de matemáticas que daba clase a Zoe me abrió. Era un hombre de aproximadamente cincuenta y cinco años, con barba y gafas pequeñas y cuadradas, las cuales se quitó para hablarme.

—Aún no he corregido los exámenes, daré las notas la semana que viene cuando estemos en clase —me dijo en un tono seco y soporífero.

—No soy alumna suya. —Fruncí el ceño y después me incliné hacia un lado para buscar a Blanca.

—¿Qué es lo que quieres, entonces?

—Estoy buscando a Blanca Millan. ¿Está aquí?

—Está en la planta de abajo tomándose un café, pero los alumnos no…

Me fui de allí sin dejar que terminara la frase. Bajé la escalera a toda prisa y me colé en la sala de descanso, que era exclusiva para profesores. Encontré a Blanca frente a la máquina de cafés, rellenando su taza y bostezando al mismo tiempo. Su pelo, recién teñido de rubio en un intento de disimular las canas, estaba recogido en un moño descuidado, y su vestido de flores parecía más bien un camisón.

Estoy segura de que al contratarla le dijeron «espero que trabajando aquí te sientas como en casa» y ella decidió tomárselo al pie de la letra.

Reparó en mí cuando terminó de prepararse el café.

—Creo que no deberías estar aquí —me dijo. Acto seguido esbozó una sonrisa divertida y señaló la máquina, invitándome a usarla—. Sírvete tú misma.

Cogí una taza y presioné el botón que rezaba «Chocolate caliente». Si tenía que ser víctima de la irresponsabilidad de Blanca, por lo menos aprovecharía también las ventajas de serlo.

Se sentó a una de las mesas de la sala y yo tomé asiento frente a ella.

—Vengo a gritarte, que lo sepas —le advertí.

—Pues estás hablando en voz baja. ¿Se te ha estropeado la garganta cantando? Tengo caramelos de limón, si los quieres. No sé si ayudan, pero están bastante buenos.

—No, no quiero caramelos de limón, gracias. —Me crucé de brazos. La taza de chocolate caliente humeaba frente a mí—. Quiero quejarme —declaré—. Ethan ha visto el poema que subiste.

—Dos versos —se defendió—. Subí dos versos, no el poema entero.

—Bueno, pues ha leído los malditos versos y ahora quiere que le enseñe el resto. —Me llevé una mano al rostro, angustiada. Llevaba todo el fin de semana dándole vueltas al asunto. Sabía que Ethan volvería a sacar el tema y la única forma que se me había ocurrido para hacerle frente a su insistencia era cambiarme de nombre, de apellido, de país y de continente. Mis días en Dandria habían llegado a su fin. «Adiós, Europa; hola, Oceanía»—. No pienso saludar a los koalas de tu parte.

Blanca me miró como si no tuviera ni la más remota idea de lo que le hablaba, pero aun así respondió:

—Eso está muy feo.

—¡Te lo has ganado! —murmuré indignada—. No me puedo creer que lo subieses, en serio.

—Creía que habíamos superado esa etapa la semana pasada.

—Sí, pero ahora Ethan lo sabe y…

—Uy, espera. —Dejó el café que se estaba bebiendo sobre la mesa y se inclinó hacia delante con un interés repentino y sospechoso—. ¿Ethan es el chico de los poemas?

Enrojecí de arriba abajo en un segundo. ¿En serio acababa de darle el nombre de la persona que me gustaba a Blanca, entre toda la gente?

—Es el del club de arte, ¿no? El guapo de los ojos grises.

—No —mentí descaradamente.

—Es decir, que sí que es él. —Sonrió con malicia y yo me puse más roja aún si cabe. Para disimular, cogí la taza y me la llevé a los labios. El chocolate me quemó la lengua y Blanca soltó una carcajada al ver mi mueca—. Mira, tengo una idea: ¿por qué no le haces creer que el poema iba dirigido a otra persona? El extracto que subí no dice mucho.

Mi primer impulso fue hacerle saber que no pensaba seguir ningún otro consejo suyo, pero nunca he sido una persona impulsiva, así que, en lugar de eso, consideré la idea y… no me pareció del todo mala.

Blanca tenía razón: los versos no eran demasiado específicos. Podría estar hablando de cualquiera.

De Jensen, por ejemplo.

Apreté los labios al darme cuenta de lo convincente que era el plan en realidad. La idea de usar a mi amigo no me gustaba en absoluto, pero la situación requería una solución como esa. Además, no tenía por qué ocultarle mis verdaderas intenciones. Podía ser sincera con él, y si decidía que no quería ayudarme, lo respetaría.

Blanca permaneció en silencio durante los segundos que tardé en decidirme, pero volvió a abrir la boca cuando apreté los labios y asentí para mí misma.

—¿Qué? No es mala idea, ¿a que no? —se elogió.

Muy a mi pesar, tuve que darle la razón.

El club de arte estaba en la tercera planta del instituto, a dos puertas de la sala de profesores, donde yo acababa de recoger unas fotocopias para Seth. Me encaminé de vuelta al aula de música, pero no pude evitar echarle un vistazo a la de arte primero.

Pude ver a Ethan de perfil, dibujando algo. Su mirada estaba fija en el papel y estaba muy concentrado. A su lado se encontraba una chica que lo miraba fijamente a la vez que movía los labios. La distancia —y el cristal de la puerta— me impidió oír lo que decía. De repente, Ethan levantó la mirada y la giró hacia donde yo estaba. Cuando nuestros ojos se encontraron, fingí que pasaba por allí de casualidad y él me dedicó una sonrisa que yo correspondí.

Regresé al aula de música. Todos estaban sentados a la mesa, observando algo.

—¿Haciendo el vago mientras yo trabajo? Qué falta de respeto —bromeé.

Abrí la boca de repente cuando me di cuenta de lo que estaban mirando con tanta curiosidad. Era mi libreta, la que usaba para escribir poemas y para componer, y habían abierto la página en la que se encontraba la canción que había empezado a escribir justo antes de recibir el correo de Blanca.

Genial. Primero mi profesora subía parte de mi poema sin mi permiso y ahora los de mi banda se dedicaban a cotillear mis cosas sin consultármelo. La palabra «privacidad» había sido borrada de mi diccionario sin permiso alguno.

—¿Podéis cerrar eso? —espeté molesta y cruzada de brazos.

Se giraron todos de golpe, pálidos como niños que acaban de ser atrapados en medio de una jugarreta.

—Lo siento, *Kat*. Sally lo ha abierto y nos ha llamado a todos. Dijo que había encontrado nuestra canción para el concierto —se excusó Garrett—. Y tenía razón, es genial. ¿La has escrito tú?

—Oye, no me eches todas las culpas a mí —se defendió Sally antes de volver a mirarme con una expresión de disculpa. Cogió la libreta, miró por última vez el papel y luego me lo entregó todo soltando un suspiro—. Pero en serio, Kate, esto es perfecto. Hasta se me ha ocurrido ya una melodía para la letra. La tengo grabada en el cerebro, si me dejas tocarla...

—Ni de broma —la interrumpí, aún enfadada—. Ni siquiera está terminada.

—Podrías terminarla antes del concierto.

—No.

—Por favor, *Kat* —pidió Garrett.

—¡No! Se acabó la discusión —sentencié.

Estaba que echaba humo. Pocas cosas me alteraban más que saber que alguien había cogido algo mío sin permiso, y exigirme que compartiera esa canción con el grupo y que además la cantara en el concierto solo avivaba la llama.

—Dejadla en paz. No la vais a convencer, solo va a acabar más enfadada, y con razón —aseguró Seth, levantándose de la silla y recolocándose las gafas como si él no hubiera tenido nada que ver.

—Exactamente —acordé.

—Ahora, empezad a ensayar la otra canción, que para eso hemos estado trabajando en ella —ordenó—. Ah y, ¿Kate?, tenemos que hablar. —Seth rio al ver mi gesto de preocupación y añadió—: No pongas esa cara. No voy a darte ninguna mala noticia.

Respiré hondo, aliviada. Ya me habían dado demasiadas en tan solo un par de semanas.

—Está bien. —Me senté frente a él mientras los demás comenzaban a afinar el instrumental.

—Mira, Kate —comenzó—, sé que no te gusta cantar frente a otros, pero necesitas relajarte. Se nota mucho lo tensa que estás cuando subes al escenario, y eso que aún ni siquiera tenemos público.

—No puedo evitarlo.

—Claro que puedes. Es práctica, como todo —insistió—. Solo necesitas ganar un poco más de confianza en ti misma. Tienes una voz muy especial, te lo he dicho muchas veces.

—Pero…

—Es la verdad —aseguró—. Y no tiene nada de malo que aún no te sientas cómoda en el escenario. Como he dicho: todo necesita práctica.

—Pues voy a necesitar mucha. —Hice una mueca.

—Eso no es un problema. —Me dedicó una sonrisa cálida—. Estamos aquí para eso.

Terminé el ensayo empapada de sudor y con la boca seca. Jensen me entregó una toalla, lo cual agradecí, y me dejé caer en una de las sillas.

—Nunca pensé que cantar sería tan agotador.

—Supongo que los focos no ayudan —bromeó, sentándose a mi lado. Los focos de los que hablaba no eran gran cosa, solo una fila de luces que podían dirigirse en varias direcciones. En esos momentos apuntaban hacia un escenario vacío, pero segundos atrás habían estado abrasándome el rostro.

—Estoy deseando que llegue el invierno. —Suspiré—. El calor que hace ahora en esta aula es asfixiante.

—Sería soportable si Garrett nos dejara abrir las ventanas. —Elevó la voz para que el susodicho lo oyera. Garrett se giró y le enseñó el dedo corazón, sacándole una carcajada a Jensen—. Pues nada —volvió a hablar en un tono normal, dirigido a mí solamente—, seguiremos con las ventanas cerradas.

—Tendré que salir a tomar el aire de vez en cuando si los ensayos van a ser así de largos hasta el día del concierto.

—¿Quieres salir ahora? Yo te acompaño —se ofreció.

Asentí con la cabeza y dejé que me ayudara a levantarme. Sally vino con nosotros. Se había teñido recientemente, así que el azul de su pelo era mucho más intenso que de costumbre. Llevaba puesta una camiseta de tirantes y unos pantalones negros y anchos que se ajustaban a su cintura y tenían muchísimos bolsillos. En el brazo derecho llevaba un tatuaje de Sin Cara, el espíritu de *El viaje de Chihiro*, que llegaba desde su hombro hasta su codo.

Tomó una bocanada de aire nada más salir del edificio.

—Por fin un poco de oxígeno.

—No exageres, anda. —Jensen le dio un codazo amistoso.

—Deberíamos comprar un ventilador. No; *Garrett* debería comprarnos un ventilador —se corrigió enseguida—. Es su culpa que nos estemos asfixiando.

—Pues ve y coméntaselo —dijo a la vez que le lanzaba una mirada significativa. Sally se quedó confusa al principio, pero no tardó en captar el mensaje. Entonces, la única confusa fui yo.

Jensen y yo nos quedamos solos cuando Sally se marchó. Me di cuenta de que era el momento perfecto para hablarle sobre Ethan, sobre los poemas y sobre mi plan para hacerle creer que había algo entre nosotros.

Intentaba escoger una buena forma de decírselo cuando él se me adelantó:

—Voy a ir al grano: tengo dos entradas para un concierto y me gustaría que me acompañaras. Es este sábado, ¿qué dices, te apuntas? —Tenía las manos metidas en los bolsillos y me miraba con cierta expectación.

Parpadeé dos veces. ¿Acababa de invitarme a salir? Eso rompía todos mis esquemas. No podía pedirle que me ayudara si de verdad le gustaba.

—Jensen, yo… —No tuve tiempo de rechazarlo, porque enseguida me interrumpió.

—No te estoy pidiendo una cita —aclaró un tanto incómodo. El alivio se vio reflejado en mi rostro—. No vamos a ir *en ese plan*. Solo quiero que me acompañes.

—Ah. —Reí, nerviosa, y me recoloqué un mechón de pelo detrás de la oreja. El gesto me permitió ocultar mi vergüenza durante unos segundos—. Entonces sí. Me encantaría.

—Bien. —Esbozó una sonrisa sincera—. Te lo vas a pasar genial, lo prometo. —Tras decir eso, señaló la puerta con la cabeza—. ¿Volvemos dentro?

—Espera. —Le agarré el brazo con delicadeza—. Tengo que pedirte un favor.

Sentí que me ardían las mejillas y las orejas. Siempre igual. A ese paso, tendría que visitar pronto a un médico para preguntarle si ese flujo de sangre tan abundante y poco conveniente era normal.

—Me ha surgido un problema. —Dios, ni siquiera sabía por dónde empezar—. Estoy… Me gusta una persona y no quiero que se entere, así que necesito que me ayudes a fingir que…, bueno, que eres tú el que me gusta en vez de él.

Me miró estupefacto. Cerré los ojos, muerta de vergüenza, y me pregunté si no sería mejor pedirle otro favor: que olvidara lo que acababa de decirle. El corazón me latía con fuerza por culpa de los nervios.

Entonces, Jensen se rio. Sí, el muy maldito soltó una carcajada delante de mí mientras yo me planteaba seriamente correr hacia el jardín y cavar un hoyo en el que enterrarme viva.

—Vale. Ya tenemos una cita pendiente, así que no va a ser muy difícil. —Me dedicó una sonrisa serena.

Enarqué ambas cejas.

—Ah, ¿entonces sí es una cita?

—Ahora sí —dijo—. Solo queda que él también lo sepa.

Zoe era una de las pocas personas a las que les permitía invadir mi habitación. Y con «invadir» me refiero al sentido literal de la palabra:

se había apoderado del cuarto al quedarse dormida en mi cama cuando se suponía que íbamos a estudiar juntas. Ya no quedaba hueco para mí en el colchón, así que prácticamente me había echado de allí.

No me preocupaba; Zoe era de todo menos curiosa. Más allá de las series, los dulces y las siestas, no había mucho que le interesara. No se metía nunca en asuntos ajenos y rara vez hacía preguntas. Simplemente confiaba en que le contaras las novedades relevantes.

Fui al salón y me senté en el sofá para continuar la lectura obligatoria de la clase de literatura. Blanca nos había mandado leer un clásico a nuestra elección, y yo había escogido *Orgullo y prejuicio* aunque ya lo hubiera leído cientos de veces, porque era mi favorito.

Teníamos que hacer una presentación sobre el libro explicando qué era lo que lo convertía en un clásico, es decir: por qué la gente seguía leyéndolo y disfrutándolo tras dos siglos desde su publicación.

La edición que tenía en casa era de mi madre, y recuerdo que cuando me la regaló estaba en perfecto estado. Las páginas habían adquirido un tono amarillento por el paso de los años, pero el libro no tenía un solo rasguño. Ninguna página estaba doblada, rota o marcada.

Desde que yo era su dueña, eso había cambiado un poco.

Me gustaba dejar algo de mí en los libros que sabía que iba a releer, así que ahora todos mis pasajes favoritos estaban subrayados. También señalaba las palabras con las que no estaba familiarizada y escribía sus sinónimos al lado. Y hacía comentarios. Los márgenes de las páginas estaban llenos de ellos.

Si lo que quería marcar era un fragmento largo o una frase que quisiese poder encontrar con facilidad, usaba pósits. Tenía un código de colores: azul para esos paisajes tan bien descritos que formaban una imagen nítida en tu mente, verde para capítulos enteros, morado para diálogos y amarillo para monólogos internos. Los pegaba de forma que no sobresaliesen demasiado y se doblaran al meter el libro en la estantería.

El libro estaba muy cuidado, solo que de forma diferente de como lo cuidaba mi madre. Hasta lo que nos hacía parecidas —nuestro amor por la lectura, el orden y el control— nos diferenciaba.

Y, como si el destino supiera que estaba pensando en ella, su nombre apareció en la pantalla de mi teléfono. Instintivamente, me puse de pie y me acerqué al mueble del salón en el que guardaba todos sus papeles importantes. Siempre que me llamaba por teléfono era para que comprobase algo.

Descolgué.

—Hola.

—Hola, cielo. Necesito que me hagas un favor: ¿puedes llamar a Ethan y preguntarle qué le va a regalar a Jake por su cumpleaños? No quiero caer en el mismo error del año pasado y regalarle lo mismo.

Para sus diecisiete, mis padres le habían comprado dos de esas tarjetas prepago que servían para adquirir cosas dentro de su videojuego favorito. Ethan también le regaló una —de menor precio—, además de un dibujo y una entrada para ir al cine.

De todas formas, el dinero de las tarjetas era acumulable y a Jake no le importó recibir tantas, así que regalárselas no había sido del todo un error.

—¿Qué tienes pensado comprarle? —pregunté.

—Todavía no lo sé. Quería pasarme por el centro comercial este fin de semana, pero tengo tanto trabajo pendiente que no creo que pueda hacerlo. ¿Podrías ir tú?

Hice una mueca sabiendo que ella no la vería. ¿Qué gracia tenía hacerle un regalo si ni siquiera se había molestado en pensar qué regalarle? Me costaba creer que estuviera tan ocupada como para no poder acercarse cinco minutos al centro. En el fondo, sabía que lo que ocurría era que mi madre no quería tener que responsabilizarse y escoger algo, porque su regalo reflejaría lo superficial que era la relación madre-hijo.

Mi padre y ella siempre optaban por lo fácil: algo material, relacionado con los videojuegos. Nada que mostrara una verdadera conexión entre ellos, nada personal. Y ni siquiera estarían presentes para dárselo el día de su cumpleaños.

No podía culpar a Jake por decepcionarse. Me imaginé la mueca que pondría al recibir su regalo si, en vez de escogerlo yo, mis padres le compraban cualquier cosa por internet, y descarté la idea rápidamente.

—Claro, puedo ir el domingo —dije.

—Genial. Gracias, cielo. —Sonó aliviada—. Te dejaré mi tarjeta de crédito. Son sus dieciocho y quiero que el regalo sea especial, así que… no escatimes en gastos, ¿vale?

Colgó antes de que pudiera hacerle algunas preguntas al respecto, como a qué se refería con «especial» y dónde estaba el límite. ¿Y si le compraba un coche? Eso sería especial, sin duda, además de perfecto para sus dieciocho. Me matarían por hacerlo, pero habría sido su culpa por no especificar.

Resoplé y busqué el número de Ethan en mis contactos. Primero tenía que enterarme de lo que le iba a regalar él (un coche no, eso seguro).

—Hola, soy Kate —lo saludé en cuanto cogió la llamada. Pude oír su risa.

—Lo sé, princesa, tengo tu número agregado desde hace años.

«Princesa.»

Era el apodo que había escogido para mí cuando aún éramos pequeños. Nunca me dijo por qué, pero Louise, su madre, me lo chivó mientras hojeábamos un álbum de fotos en el que salíamos los dos junto a Zoe y Jake:

—Me acuerdo de lo tímida que solías ser ante Ethan y lo nerviosa que te ponías cuando alguien lo señalaba. —Como era de esperar, yo me ruboricé de arriba abajo. Louise se rio—. Veo que hay cosas que no cambian. No te avergüences, anda, que Ethan no se quedaba atrás. Era mucho más cuidadoso cuando te pintaba a ti en los dibujos que hacía de los cuatro. Lo has maravillado desde que eras pequeña.

Me pasé una mano por el pelo y evité mirarla a los ojos, porque seguro que se lo estaba pasando en grande viendo mi reacción.

—No creo que pudiera maravillarlo. Ha crecido rodeado de mujeres increíbles como tú, Edith o Zoe. No es fácil impresionar a alguien así.

Me dedicó una sonrisa llena de ternura.

—Yo creo que era precisamente eso lo que le llamaba la atención. Comparada con Zoe, que era a lo que estaba acostumbrado, tú eras mucho más tranquila, sensata y delicada. Como una princesa.

Lo dijo como si fuera una especie de broma interna entre ella y su hijo. Como si esa fuera la razón de mi apodo y como si quisiese que yo lo supiera, pero a la vez evitara exponer a Ethan tan descaradamente.

O quizá me gustó tanto la idea que me monté mi propia película y la realidad era otra muy distinta. El caso es que se acostumbró a llamarme así, aunque a medida que crecíamos dejó de hacerlo tan a menudo. Solo lo decía cuando hablábamos a solas.

—¿Necesitas algo? —Si no rozara la obsesión, habría grabado todas sus llamadas solo para poder oír su voz siempre que quisiera. Era tan serena, tan masculina y dulce a la vez…

Me obligué a cortar el hilo de mis pensamientos.

—El domingo voy a comprar el regalo de Jake y quiero saber qué le vas a dar tú para no regalarle lo mismo.

—Estoy pintando un cuadro que lleva pidiéndome un tiempo, así que no tienes que preocuparte por eso —dijo—. ¿Has dicho que vas a ir el domingo?

—Sí.

—¿Puedo ir contigo?

Zoe tenía partido de fútbol los domingos, así que, si Ethan me acompañaba, estaríamos solos los dos. Y no podía hacer el recado el sábado, porque había quedado con Jensen…

Un momento. La excusa era perfecta: podría aprovechar el día para hablarle casualmente de la cita. Recreé la conversación en mi cabeza y me pareció muy conveniente.

—Sí, claro —le contesté—. No me vendrá mal un poco de ayuda.

—De nada —bromeó, y luego añadió—: ¿Puedes recordarle a Zoe que tiene que pasar por el supermercado antes de volver a casa?

—Se lo diré cuando se despierte. —No le sorprendió en absoluto saber que estaba dormida—. Hasta mañana, Ethan.

—Hasta mañana, princesa.

Al colgar, me quedé quieta unos segundos y respiré hondo. Siempre que hablábamos los dos solos tenía que dedicar un tiempo a calmarme. A que mi pulso se ralentizara y la sangre volviese a circular con normalidad en vez de dedicarse a inundar mi rostro.

Recogí el libro que había dejado sobre el sofá y me metí en mi habitación sin hacer ningún ruido para dejarlo en la estantería y sacar el cuaderno de poemas de mi mochila.

Me senté a la mesa de la cocina y releí la canción que tanto les había gustado a mis compañeros. La inspiración fluyó sola; fue como si todos esos latidos acelerados, todas esas mariposas, dejasen mi cuerpo para plasmarse en el papel.

Y así, casi sin darme cuenta, terminé de escribir la canción.

5

El amor es como el arte,
comprensible a su manera,
pero a ti, por otra parte,
no hay nadie que te entienda.

Me miré en el espejo varias veces antes de volver a cambiarme de ropa. Nada me convencía.

Cogí una camisa azul oscuro y unos vaqueros blancos ajustados y volví a analizar el conjunto. Ese me convenció más. El pantalón era de talle alto y se ajustaba perfectamente a mi cintura, y la camisa era simple pero elegante, de esas que quedan mejor por dentro del pantalón que por fuera.

Solo me faltaba arreglarme el pelo, lo cual no era muy difícil, ya que era tan lacio que apenas necesitaba peinarlo. Deshice los pocos nudos que se me habían hecho mientras dormía y le di un poco más de volumen y forma con un peine.

En tan solo unos meses, había pasado de tenerlo por el pecho a que las puntas me rozaran la cintura. Iba siendo hora de cortarlo, pero no me disgustaba cómo me quedaba. Mis puntas estaban sanas, así que no había necesidad de deshacerme de ese largo tan rápido.

Disimulé las rojeces de mi cara con una base fina de maquillaje —que ni siquiera era lo suficientemente opaca como para tapar mis pecas, las cuales estaban esparcidas por todo mi rostro—, y me puse rímel en las pestañas.

Después volví a mirarme al espejo. Estaba lista para mi cita con Jensen.

Íbamos a un concierto de una banda local no muy conocida. Me pareció perfecto, porque el ambiente sería más relajado.

No tuve que despedirme de nadie antes de salir de casa; mis padres trabajaban y Jake se había ido de fiesta con dos de sus amigas. Caminé hasta la parada del autobús y esperé pacientemente a que este llegara.

Aún quedaba mucho para la hora en la que habíamos acordado vernos, pero me subí en el autobús cuando aparcó frente al banquito de todas formas. Prefería llegar mucho antes a arriesgarme y llegar tarde. Ya podría llamar a Heather para hacer algo de tiempo una vez estuviera allí.

Y eso hice. Me quedé de pie a unos metros de la entrada del concierto y marqué el número de mi amiga. Estuvimos hablando un buen rato. De hecho, Jensen tuvo que darme unos toquecitos en el hombro para que me percatara de su presencia.

Llevaba puesta una chaqueta ancha de color verde oscuro y unos pantalones negros ceñidos. El cabello castaño le caía apuntando en todas las direcciones con gracia, y un mechón le tapaba la frente de forma despreocupada.

Me saludó con un abrazo amistoso.

—Hola —dijo—. ¿Te he hecho esperar mucho?

Negué con la cabeza. La respuesta habría sido la misma aunque hubiese tenido que esperarlo durante más de una hora, porque él había llegado puntual y no tenía que sentirse mal por culpa de mi insaciable necesidad de llegar con mucha antelación a todas partes.

—¿Pasamos? —No esperó a que respondiese, puso una mano en mi espalda con naturalidad y me guio hacia el interior del local.

Era pequeño, y quizá por eso parecía tan lleno. Tuvimos que presentar nuestras entradas ante un hombre para que las revisara y nos dejara pasar, y después nos hicimos paso entre la multitud como pudimos hasta llegar a la barra. Pedí dos refrescos y le entregué uno a Jensen.

Negué con la cabeza cuando intentó devolverme el dinero de las bebidas.

—Tú no me dejaste pagar el batido el otro día. Ahora estamos en paz. —Tuve que alzar la voz para que me oyera, porque el volumen de la música superaba con creces al que solía usar al hablar.

Me llevé el vaso de plástico a los labios y eché un vistazo a mi alrededor. Unas luces tenues de colores iluminaban la sala y se reflejaban en el cabello, los rostros y la ropa de las personas que bailaban bajo los focos. El concierto no había empezado aún, pero los altavoces enormes que se encontraban en las esquinas del local reproducían una canción animada que servía para entretener a la gente mientras tanto.

—Hay por lo menos cien personas aquí. —Hice una aproximación—. Cuando yo cante en el festival de otoño habrá el doble de gente mirándome. Escuchándome. —Tragué saliva—. Todo el instituto… Es una locura.

Me tensé al sentir sus manos sobre mis hombros. Era un gesto reconfortante, pero tuvo el efecto contrario porque yo estaba entrando en pánico solo de pensar en lo que ocurriría dentro de unos meses, cuando me tuviera que enfrentar a una multitud de ese tamaño.

No había forma de que pudiera hacerlo.

—Saldrá bien, y no estarás tú sola en el escenario.

—Lo sé, pero… —Apreté los labios y sujeté mi vaso con fuerza, como si aferrarme a él fuese a salvarme de todo aquello—. No paro de imaginar las mil formas en las que podría estropearlo todo.

—No vas a estropear nada. Lo harás genial.

Hice una mueca.

—Ya, eso dice todo el mundo.

—Porque es la verdad. —No me convenció en absoluto, y él pareció percatarse. Decidido, me llevó lejos de la barra, directa hacia la multitud, hasta que nos volvimos tan solo un punto más bañado por las luces de colores. Tuvo que acercarse a mi oído para que lo oyera—. Mira, Kate, cuando estás enfrente del escenario y no encima solo buscas una cosa: pasártelo bien. ¿Crees que a toda esta gente le va a importar que el cantante de la banda cometa un error cuando suba al escenario? —Señaló a las personas que bailaban y reían a nuestro alrededor.

No, no les importaría. No parecía importarles nada, de hecho. Solo se dejaban llevar y disfrutaban de la compañía de sus amigos.

—El festival de otoño no será igual. Lo organiza la escuela y no estaremos en un local pequeño y cerrado con luces suaves y bonitas. Estaremos en el patio y la gente se parará frente al escenario por curiosidad, no para disfrutar del momento.

A las personas que me conocían les sorprendía que alguien tan romántico y soñador fuera a la vez tan negativo. Yo siempre he pensado que son dos cosas que pueden ir de la mano perfectamente. Soñar despierta y desear que la realidad sea tan mágica como los libros te obliga a usar la imaginación. Creas mil escenarios en tu mente casi sin darte cuenta, y algunos no son lo que buscas, pero son con los que te quedas, porque en el fondo confías en que pueda llegar a ocurrir y quieres estar preparada para ello.

No había tanta diferencia entre una situación en la que me quedaba en blanco sobre el escenario y una en la que Ethan me besaba. Si podía creer en una…, podía creer en la otra.

Jensen negó con la cabeza, pero antes de que pudiera argumentar en mi contra, un grupo de tres personas apareció en el escenario. Dos de ellos chicos, la tercera una chica. Y caminaban a la vez despreocupados y llenos de vida, como si estar allí no fuera nada del otro mundo y, al mismo tiempo, lo significase todo.

No entendía que se pudieran sentir así. Entendía el sentimiento de libertad que acompañaba a la música, pero no a la actuación. Si me imaginaba a mí misma en su lugar, no me sentía libre en absoluto. Me sentía atrapada en una caja pequeña, hermética y sin oxígeno.

Pensé que debían de estar fingiendo. Igual la clave residía ahí: en ponerte una máscara y hacer creer a la gente que disfrutas del momento, hasta que puedas disfrutarlo de verdad.

Tras una breve presentación, comenzaron a tocar. Y el sonido estaba lejos de ser perfecto, pero la gente se puso a gritar y a saltar como si la vida les fuese en ello. Jensen se les unió, y yo… yo decidí probar mi teoría. Fingí.

Fingí que no pensaba en mi propio concierto.

Fingí que sabía bailar.

Fingí que conocía la letra de la canción que estaban tocando.

Fingí pasármelo bien.

Hasta que, en algún momento, dejé de fingir.

Me había aprendido el estribillo y, cuando llegaba, lo cantaba a pleno pulmón, como el resto de la gente. El coro de nuestras voces hacía eco por todo el local. Se nos oía más a nosotros, al público, que a los propios miembros de la banda. Y la mayoría no teníamos ni idea de quiénes eran los que estaban sobre el escenario, pero disfrutábamos como si lo supiéramos.

Cuando el estribillo llegaba a su final, me colgaba de Jensen, agotada después de haber estado saltando y cantando, y comenzaba a reírme.

Y así con cada canción, hasta que el concierto llegó a su fin.

Se me había hecho demasiado corto, así que no pude evitar sentirme decepcionada cuando el grupo se marchó. La fiesta no había acabado; una canción popular volvía a sonar a través de los altavoces, pero no era lo mismo. La gente iba más a su rollo. El momento no nos pertenecía a todos por igual, sino individualmente. No me aceleraba el pulso ni me hacía sonreír de manera involuntaria. Porque, sí, me di cuenta de que no había podido dejar de sonreír mientras la banda actuaba.

—No ha estado mal, ¿verdad? —me preguntó Jensen cuando decidimos irnos.

Era de noche, pero no hacía demasiado frío, y seguía habiendo gente en las calles pese a ser tan tarde.

—No. No ha estado mal. —Le dediqué una sonrisa sincera.

—¿No te han entrado ganas de presenciar algo así desde arriba, desde el escenario?

Medité mi respuesta durante unos segundos. Por una parte, era un rotundo sí, pero por la otra, la idea seguía atemorizándome. Era muy confuso.

—Ver que la gente canta tus canciones, la letra que tú has compuesto, debe de ser mágico —prosiguió al comprobar que aún no encontraba las palabras para explicar cómo me sentía—. Como compartir un momento especial con alguien.

Pensé en lo que había experimentado al ver mis poemas, mi trabajo, expuesto en las redes. La sensación de que ya no me pertenecía. Eso no era compartir, era otorgar, aunque yo lo sentía como si me lo hubiesen arrancado de las manos. Al ver a la gente cantando mis canciones, ¿sentiría lo mismo? ¿O me llenaría el pecho de la misma forma en la que cantar las canciones de la banda junto a ellos lo había hecho?

—Sí que me han entrado ganas de subirme al escenario. Necesito saber qué se siente —admití—. Aun así, saber que va a ocurrir *pronto* sigue poniéndome los pelos de punta.

Jensen se rio.

—A mí me pasa todo lo contrario: me muero por ir tachando los días del calendario. Quiero actuar ya mismo.

—Compárteme un poco de ese entusiasmo, por favor —supliqué.

Pensé que nos separaríamos al llegar a la parada de autobuses, pero insistió en acompañarme hasta casa. No dejó de hablar del concierto en ningún momento, y le brillaban los ojos al hacerlo. Hasta que finalmente tocó el tema que yo ya había dado por zanjado.

—¿Sabes? Yo creo que Sally tiene algo de razón en cuanto a lo de tu canción. Ni siquiera le has dado la oportunidad de enseñarte la melodía que se le ha ocurrido para la letra. Y es buena. De verdad, es... Joder, podría ser nuestro punto de partida.

—¿Tú la has oído? —Fruncí el ceño.

Jensen me miró con cierta culpabilidad.

—La tocó el lunes al terminar el ensayo. No quería que se le olvidara —me contó, y acto seguido sacó el móvil de su bolsillo para buscar el audio—. La tengo aquí, por si quieres…

—No —lo interrumpí tajante. Ahí estaba otra vez: la sensación de que acababan de arrebatarme algo importante. Algo mío—. Si queréis usar la melodía, buscad otra letra que le vaya bien.

Me miró entre sorprendido y serio, y yo sentí que me hacía cada vez más pequeña en el asiento del autobús.

—No te entiendo —dijo—. Tienes algo que todo el mundo valora. Todos estamos de acuerdo en que esa canción es mejor que buena, ¿y vas a guardarla en un cajón solo porque te da vergüenza que sepan que la has escrito tú?

Fijé la vista en mis manos, que descansaban sobre mis rodillas, y apreté los puños. No le debía explicaciones. Y aunque se las debiera, ¿cómo iba a explicarle que no era vergüenza, sino que se parecía más al miedo? Que era como desnudarse en plena guerra: no era la vergüenza lo que te indicaba que era mala idea, sino la fragilidad del cuerpo sin armadura. El miedo a ser dañado.

—No lo tienes que entender. Solo lo tienes que respetar.

Eso fue lo último que le dije antes de que los dos bajáramos del autobús y yo me dirigiera a casa.

—Le he estado dando vueltas…

—Cómo no.

—…y creo que lo de invitarme al concierto fue una especie de conspiración en mi contra. Una estrategia para convencerme de que los dejara usar mi canción —le confesé mis sospechas a Heather, que elevó las cejas incrédula y luego se echó a reír.

Estábamos hablando por videollamada.

—Vaya. ¿Estás en una banda de música o en una secta?

—Lo digo en serio, Heather. —Puse mala cara.

—Y yo —bromeó.

—Piénsalo: Jensen accedió *demasiado* pronto a lo de ayudarme con el tema de Ethan. Creo que se sentía culpable por tratar de manipularme y le pareció justo que yo lo utilizara a él también —argumenté—. Todo ese cuento sobre lo genial que es estar sobre el escenario y que la gente cante las canciones que *tú* has compuesto... Era todo una treta. Su plan era que me lo pasara bien en el concierto para asegurarse de encontrarme más receptiva cuando volviera a sacar el tema.

—O puede que solo estén tratando de mostrarte su punto de vista. Es difícil hacerlo sin *conspirar*, como tú lo llamas, si te niegas a escucharlos.

—Es que están muy pesados con lo del concierto. —Resoplé y me dejé caer por completo sobre el colchón de mi cama, con los brazos estirados hacia el techo para poder sostener el móvil y que Heather siguiera viéndome—. Ya he dicho que daré el concierto, ¿por qué tienen que presionarme con esto también?

—No lo hacen con mala intención, Kate.

—Ya lo sé, pero es muy molesto. —Hice una mueca y luego negué con la cabeza—. Mira, ¿sabes qué? Vamos a cambiar de tema —decidí—. Mañana tengo una cita con Ethan.

Lo dije en voz baja a pesar de que no había nadie en casa.

—¡No me jodas! —exclamó sorprendida—. Eso sí que son buenas noticias.

—No lo es para mi plan de *desenamoramiento*, pero... he tenido que postergarlo por una buena causa. —Ya le había contado la idea que Blanca me había dado, así que no tuve que darle más explicaciones.

Heather soltó una carcajada.

—No finjas que la situación no te conviene. Te mueres de ganas de pasar el día entero a solas con él.

No me dio tiempo a responderle: el timbre de la puerta interrumpió nuestra conversación de manera abrupta, porque me paralicé de miedo al instante. Era de noche y yo era la única que estaba en casa. Jake siempre avisaba si cambiaba de planes, y, según tenía entendido, los de ese sábado no incluían volver aquí.

Un escalofrío me recorrió el cuerpo de arriba abajo.

—Un segundo, Heather. No cuelgues —le pedí.

Si Zoe no me hubiese obligado a ver todo tipo de películas desde pequeña, yo me habría ceñido a las de Disney y quizá en esos momentos no habría estado temblando de miedo. Agarré con fuerza el teléfono, como si este fuera a salvarme del horrible escenario que mi mente ya había generado, y me dirigí hacia la entrada. Por lo menos, Heather sería testigo de mi muerte.

En cuanto envolví la manija de la puerta con los dedos, el timbre volvió a sonar, consiguiendo que me sobresaltara. La calma que vino tras el susto me ayudó a pensar con claridad. Eché un vistazo a través de la mirilla y...

Solté de golpe el aire que había estado conteniendo.

—Por Dios, Ethan —maldije, ya abriendo la puerta. Por primera vez en mucho tiempo, el corazón me iba a mil por hora y no era consecuencia de mis sentimientos por él—. Estaba muerta de miedo.

—Lo siento —se rio mientras se quitaba el abrigo gris de lana y lo colgaba en una de las perchas. Debajo llevaba ropa de lo más cómoda: unos pantalones de chándal oscuros y una camiseta sencilla de manga larga—. Se me había olvidado lo miedica que eres.

Me dedicó una de sus sonrisas perfectas, esas que parecían nacer de algo entre la calma y la diversión.

La voz de Heather me recordó que seguíamos en videollamada:

—¿Es Ethan? —preguntó.

—Sí. Lo siento, Heather. Falsa alarma. —Esperé que captara la indirecta—. Mañana hablamos, ¿vale?

Colgué antes de que pudiera hacer un comentario inapropiado respecto al hecho de que Ethan se había presentado en mi casa a medianoche y recibí un mensaje suyo casi al instante. Lo leí por encima:

Mañana quiero que me cuentes TODO. Detalles incluidos. ☺

Reprimí un suspiro y volví a mirar a Ethan. La sonrisa no había abandonado su rostro en ningún momento, y sus ojos grises parecían brillar incluso con la poca luz que iluminaba la entrada. Era tan guapo que dolía mirarlo. Y lo más importante: estaba allí, en mi casa. A las doce de la noche.

—Jake no está —le dije, porque aunque me extrañaba que no lo supiera ya, mi hermano fue lo único que se me ocurrió para explicar la situación—. Se quedará en casa de Emily.

—Lo sé. En realidad, venía a verte a ti. —Quise disimular mi cara de absoluta incredulidad, pero *disimular* no estaba entre mis virtudes. Suficiente era que fuese capaz de ocultar mi enamoramiento.

—¿A mí? —repuse, tan confusa como ilusionada.

—¿Qué tal tu cita con el guitarrista? —Su sonrisa se torció un poco. Ya no transmitía lo mismo; era menos dulce, y aunque seguía habiendo diversión en ella, también pude apreciar cierta arrogancia que no iba en absoluto con Ethan.

Al verme fruncir el ceño, se giró y entró en el salón para sentarse en el sofá.

—¿Quién te ha contado que tenía una? —Tuve que morderme la lengua para no negar lo de la cita. Debía ceñirme al plan original aunque acabase de tomar un rumbo inesperado y aunque yo odiara improvisar.

Ethan se encogió de hombros.

—Tengo mis contactos. —Enarqué una ceja en su dirección. Jake se lo había dicho, estaba segura—. Habéis ido a un concierto, ¿no? ¿Te lo has pasado bien?

—Sí —asentí, consciente de que había cambiado de tema a propósito para no incriminar a mi hermano. Decidí pasarlo por alto, pero solo porque seguía sin entender qué hacía Ethan en mi casa a esas horas—. Me alegra que te intereses por mi vida y tal, pero ¿qué haces aquí?

—Hago el trabajo que tu irresponsable hermano no hace. —Se apoyó contra el respaldo del sofá para ponerse cómodo.

—¿Y cuál se supone que es ese trabajo?

—Pues asegurarme de que el chico con el que sales te merece, vigilar que la casa no se incendie, asegurarme de que nadie te ataca...

—No voy a cocinar, y lo último es poco probable.

Ethan me dedicó una sonrisa burlona.

—Cuando he tocado al timbre te has asustado —señaló.

—Bueno, sí, pero... —No supe cómo terminar la frase, porque lo cierto es que tenía razón.

Volvió a sonreír, aunque esta vez el gesto fue amable.

—Me puedo ir, si es lo que quieres.

—No, no. Quédate —lo dije tan rápido que fue casi una súplica. Me mordí el labio y, un poco avergonzada, cambié de tema—: ¿Has cenado?

Ethan asintió con la cabeza.

—¿Tú no? —me preguntó.

—Iba a pedir una pizza ahora.

Se puso de pie de un salto.

—No hace falta. —Pasó por mi lado y me guiñó un ojo antes de entrar en la cocina—. Cocinar es una de esas cosas que tendría que hacer Jake, así que ahora el trabajo me corresponde a mí.

Lo seguí y vi que abría la nevera pensativo.

—¿A Zoe también le haces la comida cuando estáis solos?

No recordaba haberlo visto hacer de niñera en la vida. Eso me hacía dudar sobre el verdadero motivo por el que estaba aquí. Si consideraba que cocinar era parte del trabajo de Jake como hermano mayor, ¿por qué no cumplía él esa parte con Zoe? Aunque quizá me estaba haciendo ilusiones yo sola, porque me emocionaba la idea de que hubiese venido por otra razón.

—Cocinamos juntos. No se le da tan mal como a ti —se burló, y yo no me defendí porque, una vez más, tenía razón.

Sacó unos filetes de salmón y varias patatas. Empezó a pelarlas de pie, frente a la encimera, y yo hice un intento por apartar mis ojos de su cuerpo mientras él cocinaba. Fallé.

—¿Qué vas a hacer? —Me acerqué para verlo cocinar de cerca.

—Puré de patatas. ¿Te parece bien?

—Ah, genial —exclamé mientras admiraba la manera concentrada en la que preparaba todo.

Tras unos segundos, me miró para dedicarme una sonrisa divertida y dijo:

—Me siento presionado cuando me miras con tanta intensidad.

Enrojecí al instante.

—Idiota. Sólo te estaba mirando para aprender a pelar patatas.

La carcajada que soltó envió un cosquilleo por todo mi cuerpo. Por suerte, la burla no llegó a más.

—Entonces, ¿te lo has pasado bien en el concierto? —Me miró de reojo mientras seguía preparando la comida. Asentí con la cabeza—. ¿Cómo es él?

Comprendí que se refería a Jensen. Y también me di cuenta de que no tenía ni idea de cómo iba a fingir que me gustaba. Se me daba fatal mentir. Lo único que se me ocurrió fue hablarle de la persona a la que realmente quería.

—Tranquilo. Paciente. Comprensivo —comencé a enumerar todo lo que me gustaba de Ethan—. Tiene un talento impresionante. —Siempre había admirado la capacidad que tenía para expresar algo a través de imágenes, de dibujos. Yo lo hacía a través de las letras, que son más tangibles y seguras. Ya existen: solo tienes que saber escogerlas. La pintura es diferente. Partes de cero—. Me entiende y me hace sentir especial.

Eso último era la razón por la que me había enamorado de él. Ethan era amable en general, pero cuando estaba conmigo sacaba un lado sarcástico y provocador que no le había visto enseñarle a nadie más. Y la forma en la que pronunciaba mi nombre, con delicadeza, como si fuera algo muy preciado que deseara preservar, siempre despertaba algo en mí.

Me miró fijamente durante lo que me pareció una eternidad. Comencé a ponerme nerviosa. ¿Estaría viendo a través de mi mentira? No podía saber que hablaba de él y no de Jensen, ¿verdad? Había sido cuidadosa al elegir mis palabras.

—Entonces, ¿te gusta? —No había rastro de ese lado sarcástico y provocador en su semblante. Solo una seriedad calmada e infinita.

—Sí. —Se me formó un nudo en la garganta—. Me gusta.

Apartó la mirada y tragó saliva antes de decir:

—Bien.

Por primera vez en un montón de años, un silencio incómodo se asentó entre nosotros. La tensión que llenaba la habitación era casi palpable, y quedarme quieta mirándolo solo iba a empeorarla, así que me dediqué a recoger las pieles de las patatas que había pelado y a tirarlas a la basura.

Miré la hora en el reloj de la cocina. Eran las doce y cuarenta y siete.

—¿No crees que es un poco tarde para venir a cuidarme? ¿Tienes pensado volver andando a tu casa? —le pregunté. Había una petición oculta tras mis palabras: «Quédate». Esperaba que captase el mensaje sin tener que proponerlo yo misma.

—Sí, no hay problema.

Me sentí decepcionada. No quería que se fuera.

Tomé asiento en una de las sillas de la cocina.

—Siempre te puedes quedar a dormir aquí. La cama de Jake está libre —comenté. Era totalmente contraproducente si quería olvidarme de él, pero no sería la primera vez que durmiese en mi casa y tampoco la última. No tenía por qué significar nada.

Apretó los labios al mismo tiempo que intentaba reprimir una sonrisa.

—No es mala idea.

Sacó el salmón de la sartén y trituró las patatas cocidas. Después de terminar de preparar el puré, lo puso en el plato y lo dejó sobre la mesa, frente a mí.

—Listo, princesa —anunció—. Tu cena está lista.

Era el plato más simple del mundo, pero me pareció supertierno que se hubiera molestado en preparármelo.

—Gracias. Tiene muy buena pinta. —Probé el primer bocado. Me quemé un poco, pero el pescado estaba perfectamente cocinado y tenía buen sabor—. Y está muy rico.

Sonrió y se sentó en la silla de enfrente. Lo obligué a comerse parte del puré, solo para que no se quedara mirándome mientras cenaba.

—No tenías que tomarte la molestia de venir aquí a cuidarme —le dije.

—No es molestia. Me alegro de haber venido.

Menos mal que estaba ocupada comiendo; me habría costado mucho reprimir una sonrisa estúpida y enamoradiza si no.

—Y la idea de quedarme a dormir ha sido buena —continuó—. Así mañana podemos ir juntos al centro comercial.

—Mis ideas siempre son estupendas —bromeé antes de llevarme otro trozo de salmón a la boca.

Ethan se rio.

—Por supuesto.

Le lancé una mirada escéptica y él me devolvió una sonrisa tan sarcástica como sus palabras. Negué con la cabeza, también un tanto divertida, y después seguí comiendo. Al acabar, me levanté para recoger la mesa. Ethan intentó ayudarme, pero lo frené.

—Ethan, tú has cocinado. Esto puedo hacerlo yo —repliqué, y él puso mala cara.

Su teléfono comenzó a vibrar en el momento perfecto. Le hice un gesto para que contestara.

—Es Edith —explicó antes de llevarse el móvil a la oreja—. Hola. Sí, sigo en casa de Jake. Sí, Kate está conmigo.

Salió de la cocina, probablemente de manera inconsciente, y yo me quedé recogiendo el resto de las cosas. Me gustó poder hacer esa parte, porque al dividirnos las tareas, tenía la sensación de que la situación no era cosa de una sola vez.

Al terminar de limpiarlo todo, bostecé. Estaba bastante cansada después de haber ido al concierto. Fui a mi habitación y me puse el pijama. Después me encerré en el baño y seguí mi rutina de higiene nocturna. Me lavé los dientes, la cara, y me puse las cremas faciales que mi madre me había comprado en su último viaje a Francia.

Nada más salir del baño me encontré con Ethan, quien me miró de arriba abajo. No entendí muy bien a qué venía esa mirada hasta que me di cuenta de que llevaba puesto mi pijama habitual. Sí, la camiseta de Jake que me quedaba pequeña.

Me paralicé, presa del pánico.

Ethan mantuvo la vista clavada en mis ojos. Tras un sutil carraspeo, comentó:

—Tengo que ir al baño, ¿me dejas?

—¿Qué? Ah, sí, claro. —Me aparté y lo dejé entrar. Cuando cerró la puerta y yo me quedé fuera, suspiré.

Llevábamos siendo amigos el tiempo suficiente como para que ya no me importara que Ethan me viese con tan poca ropa. ¿Cuántas veces habíamos ido juntos a la playa, al lago o a la piscina? Demasiadas, y en todas esas ocasiones había llevado un bañador o un biquini. Esto no era muy diferente. Si acaso, era mejor, porque al menos ahora llevaba puesta una camiseta. No tenía sentido que me avergonzara.

Y, sin embargo, me había puesto roja como un tomate.

Pegué la espalda a la puerta, me pasé una mano por el rostro y volví a resoplar. Normal que me viera como a una hermana pequeña si no dejaba de comportarme como una cría.

Fui hasta el salón y encendí la tele. Necesitaba distraerme, y aunque mi forma preferida de hacerlo era escribir poemas y componer canciones, me iba a resultar complicado si Ethan estaba cerca, ya que el menor descuido podría terminar con él leyendo mis poemas.

Poemas que, por cierto, gritaban su nombre.

Mientras navegaba por el catálogo de Netflix, Ethan se sentó a mi lado.

—¿Vas a ver algo?

Asentí.

—Aún no sé qué es lo que estoy buscando. Ya sabes que se me da fatal escoger.

Era consciente de que me estaba quedando corta al decir eso. Si el diccionario viniese con imágenes, habría una foto mía justo al lado de la palabra «indecisa».

—¿Quieres que elija una película por ti?

—Todo tuyo. —Le entregué el mando de la televisión.

Confiaba en su criterio, porque siempre le habían gustado las mismas películas que a mí, aunque, a diferencia de él, yo trataba de evitar los finales tristes, porque una parte de mí nunca llegaba a superarlos y la realidad ya era lo suficientemente dolorosa como para tener que cargar también con el desconsuelo de la ficción.

Ethan me conocía bien, así que pensé que elegiría algo bonito y esperanzador. Qué equivocada estaba.

—Deberíamos ver esta. —Hizo clic en una imagen lúgubre que mostraba a una niña junto a una mujer más mayor y, frente a ambas, una especie de juguete fabricado con la cabeza de un roedor.

Lo miré horrorizada.

—Estás de broma, ¿verdad?

—¿Te da miedo? —Enarcó una ceja en mi dirección. La burla brillaba en sus ojos grisáceos.

—Me da miedo que me dé miedo.

—¿Perdón? —se rio.

—¿Te acuerdas de esa película de zombis que vimos por insistencia de Zoe cuando éramos más pequeños? —Ethan asintió con la cabeza—. Después estuve semanas sin poder dormir. Así que no quiero ver eso —señalé la imagen que mostraba la televisión— y pasar otra larga temporada sin pegar ojo.

—Ha pasado una eternidad desde entonces. Seguro que ahora manejas mejor el miedo.

—Ethan, apenas manejo el estrés, y es algo con lo que vivo a diario. —Y esa era tan solo una de las mil cosas que todavía no sabía sobrellevar—. ¿Cómo esperas que maneje un sentimiento que no he experimentado en años?

—¿Y si me acuesto contigo?

Casi me atraganto al oírlo decir eso.

—¿Qué?

—No seas malpensada. —Alcé ambas cejas contemplando su expresión divertida. Seguro que lo había hecho a propósito—. Me refería a que durmiésemos en la misma cama. Igual así no sufres tanto.

«Oh, sufriré de todas formas, pero por una razón completamente diferente.»

—Qué considerado —vacilé. Su mirada era desafiante, y yo debía de estar demasiado cansada como para pensar con claridad, porque dije—: Está bien.

Abrió los ojos ligeramente. Estaba claro que no pensaba que fuera a aceptar. Eso me proporcionó una oleada de satisfacción.

—Solo espero que tú no robes las mantas como tu hermana —continué, intentando ocultar mi vergüenza. No podía acobardarme ahora.

—Descuida. —Rio. Percibí cierto nerviosismo en su voz—. ¿La pongo, entonces?

Asentí con la cabeza.

—¿Quieres que haga palomitas? —propuse. Cuando me dijo que sí, me levanté del sofá y fui hasta la cocina. Abrí el armario donde las guardábamos, y tuve que sacar todo lo que había dentro, porque no conseguía encontrarlas.

Ethan se acercó al rato.

—¿Qué pasa? —preguntó. Esbocé una mueca de descontento.

—Creo que nos hemos quedado sin palomitas.

—¿Quieres que baje a comprarlas? —se ofreció.

—¿Ahora? ¿Sabes qué hora es?

—Hay tiendas que están abiertas las veinticuatro horas, Kate —rio.

—Ya lo sé. —Me crucé de brazos. ¿En serio pensaba salir solo para comprarme un aperitivo para la película? Negué con la cabeza—. Si vas a bajar, voy contigo. Pero necesito cambiarme primero.

—Te espero. —Se apoyó contra el marco de la puerta.

Volví a mi habitación y me puse unos leggins negros. No me quité la camiseta del pijama ni me arreglé más allá de eso.

Mientras me ataba los cordones de mis deportivas negras, me di cuenta de que estaba sonriendo como una estúpida. No podía engañarme a mí misma: me estaba encantando tener a Ethan para mí sola. Una parte de mí deseaba que la noche no acabara nunca. Y en el fondo, la otra parte, la racional, también quería eso.

Me rendí ante mis sentimientos.

Podía olvidarme de superar mi enamoramiento, al menos hasta la mañana siguiente.

6

Siempre fuiste mi debilidad
y ahora que he crecido lo veo con claridad.
Nunca dejarás de serlo,
esa es la realidad.

—Pensé que solo íbamos a comprar palomitas —me quejé al ver la cesta hasta arriba. Llevábamos por lo menos diez minutos en el único supermercado que habíamos encontrado abierto a menos de un kilómetro andando desde mi casa.

—Son solo un par de cosas más —señaló. La cesta no era grande, pero seguía estando llena.

—¿Para qué quieres harina?

—Porque no tenéis en casa y a mí me parece un ingrediente indispensable.

—¿Y las patatas y el chocolate también? —Elevé una ceja.

—Son indispensables para Zoe. Sé que a ti también te gustan.

Sí que me gustaban, igual que me gustaba ser consentida por él. Y esa noche, consentirme era todo lo que hacía.

Tras pagar, insistí en que me dejara cargar con la bolsa pese a sus intentos de llevarla él. Seguíamos discutiendo cuando salimos del supermercado y el viento me revolvió el cabello. El otoño había llegado de repente. Semanas atrás aún podía vestir faldas sin medias; ahora llevaba puesto un abrigo de punto y todavía notaba frío en los brazos.

Las calles estaban prácticamente desiertas, y pensé que no podría haber salido de casa a esas horas si Ethan me hubiese puesto la película *antes* de decidir comprar las palomitas. Habría pasado demasiado miedo. E incluso sin haberla visto, seguía sintiendo cierto temor, así que caminé pegada a él. Nuestras manos se rozaron en varias ocasiones, y durante un momento tuve la impresión de que él iba a tomar la mía. No lo hizo.

Lo miré de reojo. Aunque podrían ser imaginaciones mías, sentía que estaba actuando de manera extraña esa noche. Cuando no hablábamos y él se sumía en sus pensamientos, lo notaba distante. No es que me hubiera cogido la mano cualquier otro día, pero al menos en esas ocasiones no parecía que estuviera batallando contra sí mismo por ello.

Me di cuenta de que eso era lo que llevaba notando en él toda la noche: contención.

Cuando por fin llegamos a casa, dejé la compra en la mesa de la cocina y, después de poner las palomitas en el microondas, nos fuimos los dos al sofá.

Ethan puso la película en marcha. Supe que me iba a causar pesadillas desde el primer momento, porque comenzó con una música tétrica y la imagen de una casa de muñecas. No hay que ser experto en cine de terror para saber que todo lo que tenga que ver con muñecas es malo.

Cuando el microondas sonó, yo estaba tan tensa que no pude evitar asustarme. Ethan soltó una carcajada suave.

—Pero si ni siquiera hemos llegado a la parte de suspense. Relájate. —Puso una mano en mi pierna, sobre mi muslo concretamente, y yo me estremecí por una razón del todo distinta esta vez.

Aun así, le lancé una mirada llena de desaprobación.

—No necesito que llegue esa parte para asustarme. Con saber que llegará en algún momento me basta.

El miedo es algo psicológico. En realidad, no necesitas estímulos externos para experimentarlo; tu propia mente es suficiente. Y la mía era experta en hacerme pasar un mal rato.

Ethan volvió a reírse.

—¿Tienes que anticiparte a los acontecimientos incluso en esto?

—Sí. —Ese era el otro motivo por el cual no estaba hecha para las películas de miedo: estaba preparada para asustarme incluso antes de encender la televisión.

—Entonces, si te digo que te quedes aquí sentada mientras yo traigo las palomitas, no me vas a hacer caso, ¿verdad? —Negué con la cabeza. Por supuesto que no me iba a quedar sola viendo *eso*. Esbozó una sonrisa divertida—. Y sabes que no hacer caso cuando te dicen «quédate aquí» es una de las principales causas de muerte en las películas de terror, ¿no?

—También lo es separarse del grupo.

Negó con la cabeza, aún sonriendo, y se puso de pie.

—Vale. Tienes razón. —Me tendió su mano y me ayudó a levantarme.

Sus dedos seguían entrelazados con los míos cuando entramos en la cocina, pero Ethan tuvo que separarse para sacar las palomitas del microondas y servirlas en un cuenco de cristal. Una verdadera lástima.

A esas alturas, yo ya me había olvidado completamente de todo: de los poemas filtrados, de que debía superar mi estúpido enamoramiento, de que él probablemente no sentía lo mismo que yo... Me dejé llevar y, cuando volvimos al sofá, me senté muy pegada a él para «alcanzar bien las palomitas» y para «aferrarme a él si me asustaba». Siendo justos, ambas cosas eran ciertas. Pero también lo era que, más que todo eso, quería disfrutar de su cercanía.

En esos momentos agradecí ser tan miedosa, porque se me habría dado fatal fingir que estaba asustada solamente para poder acercarme a él un poquito más. Ni siquiera sé cuántos botes pegué en el asiento. Lo único que sé es que, con cada uno de ellos, la distancia entre mi cuerpo y el de Ethan se reducía. Yo acabé con las manos acunadas en su pecho y él terminó pasándome el brazo por los hombros.

Volví a asustarme y lo oí reír bajito muy cerca de mi oído.

—¿En serio lo estás pasando *tan mal*? —Empezó a acariciarme el brazo suavemente. Seguro que, estando tan cerca, podía oír los latidos acelerados de mi corazón. Esperaba que los atribuyera a la película y no al hecho de que su aliento cálido me rozaba la mejilla—. ¿Quieres que la paremos?

—No —negué rápidamente—. Ahora no me puedo quedar con la intriga.

Siendo sincera, me había perdido una gran parte de la trama por estar pensando en él. Le prestaba atención a la pantalla cuando la música se volvía más intensa y el suspense aumentaba, pero el resto del tiempo me lo pasaba mirando a Ethan de reojo. Y ahora sus labios estaban dolorosamente cerca de mi rostro. ¿Cómo iba a centrarme en la historia de ese modo?

Y sí, lo estaba pasando fatal con los sustos repentinos, pero también estaba disfrutando del momento como nunca. Aunque no consiguiera volver a dormir bien en los próximos diez años, habría merecido completamente la pena.

Sobreviví a la película sin infartos. Todo un logro, si me lo preguntas, porque cuando la peli no me aceleraba el pulso, lo hacía Ethan. Aún podía sentir sus caricias suaves en mi brazo y su respiración acelerada cerca de mi oído.

Pese a que eran las tres y media de la madrugada, estaba más despierta que nunca y no quería que la noche se acabara todavía. Aun así, me puse el pijama —uno distinto, de tirantes y pantalones cortos, que al menos no dejaba mi ropa interior a la vista— y me recogí el pelo en una cola alta poco elaborada para que no me molestara al dormir. Ni a mí ni a Ethan, que iba a acostarse en la misma cama que yo.

Ese último pensamiento me hizo contener la respiración. Chillé internamente, como una adolescente revolucionada que va al concierto de su cantante favorito por primera vez. ¿Qué digo? No habría estado tan emocionada ni aunque Shawn Mendes le hubiera puesto mi nombre a un álbum suyo.

Salí de la habitación tarareando *Fallin' All in You* y me dirigí hacia el baño para lavarme de nuevo los dientes.

Para mi sorpresa, cuando abrí la puerta del aseo me encontré con Ethan, que estaba inclinado contra el lavamanos, cepillándose los dientes también. Sin camisa. Ni pantalones. Tan solo con unos calzoncillos grises que se ajustaban a su cuerpo como si estuvieran hechos a medida.

Abrí la boca, pero no fui capaz de articular ni una sola palabra y me quedé pasmada con la vista fija en su trasero. Cuando terminó de enjuagarse la boca, sin percatarse aún de mi presencia, y se dio la vuelta, me pilló observándolo.

No dijo nada, pero no pudo ocultar su sorpresa, ni tampoco su diversión al verme allí parada, completamente roja y sin tener ni idea de qué hacer con mi existencia a partir de ese momento. Ocultarme bajo tierra parecía una buena alternativa.

—¿Por qué estás semidesnudo? —lo acusé.

Se encogió de hombros.

—Siempre duermo así.

¿Y por qué era la primera vez que yo lo veía? Hasta donde recordaba, Ethan siempre usaba pijama. ¿Acaso solo se lo ponía cuando yo estaba cerca?

—Te puedo prestar una camiseta de Jake —sugerí, tratando de apartar la vista de su cuerpo tonificado sin mucho éxito. Para ser pintor, se parecía más a la obra de arte que al artista. Tenía el abdomen marcado sin llegar al exceso, y justo debajo del ombligo, una línea fina de pelo descendía hasta perderse, igual que el cinturón de Adonis...

Logré alzar la vista antes de fijarme en lo que tapaban sus calzoncillos. Ya me ardían las mejillas lo suficiente como para quedarme embobada mirándole el paquete también. Las hormonas adolescentes justificaban mis acciones hasta cierto punto.

Dio un paso hacia delante y yo retrocedí sin quererlo. O queriendo. No lo sé. No tenía ni idea de lo que debía hacer.

—¿Por qué? Hace calor. —Tras su ceño fruncido se escondía una expresión divertida.

«Vaya, qué casualidad, a mí también me parece como si la temperatura del aseo hubiera ascendido de repente.»

Volvió a avanzar, y esa vez no retrocedí, porque justo detrás de mí estaba la puerta del baño.

—¿Por qué te molesta? —preguntó en un tono que me pareció más grave de lo normal. Sus ojos grises estaban clavados en mí, y aunque mi primer impulso fue romper el contacto visual, no lo hice. Le sostuve la mirada, aunque mi corazón estuviese a punto de estallar por ello—. Me has visto en bañador miles de veces.

Era el mismo razonamiento que yo había seguido cuando él me había visto a mí con poca ropa. Pero si no me había convencido antes, no había forma de que lograra convencerme ahora; cuando Ethan iba en bañador no se le marcaba *todo*, y desde luego no lo usaba para dormir en la misma cama donde iba a dormir yo.

Tragué saliva. Tampoco podía exigirle que se pusiera algo encima, ¿no?

—Como quieras. —Me moría por echarle otro vistazo a la semidesnudez de su cuerpo, pero tenía que mantenerme firme, fingir indiferencia, hacer como si no me afectasen para nada sus abdominales marcados, ni su pecho al descubierto, ni…

Parpadeé dos veces y me obligué a mirarlo a la cara. La comisura derecha de su labio se elevó un poquito, como si tratase de contener una sonrisa más amplia, burlona y detestablemente perfecta. Todas sus sonrisas lo eran, incluso la media que me estaba ofreciendo en esos momentos. Eran casi hipnóticas; te dejaban embobada y costaba apartar la vista de ellas. Así que, ¿cómo no iba a enamorarme de él con la de veces que lo había visto sonreír? Lo extraño habría sido que presenciando gestos como ese a diario y teniéndolo tan cerca no me hubiese enamorado. Y ahora estaba más cerca que nunca...

Di un paso hacia delante. Hacia él.

Ethan no retrocedió, siguió mirándome con la misma intensidad que antes, con los ojos claros brillando a pesar de que la luz del baño no era muy potente. Y quizá no eran sus sonrisas las que hipnotizaban, sino sus ojos, porque ya no sonreía y, aun así, yo me encontraba en estado de trance. Quería seguir avanzando, colocar la palma de mi mano sobre su pecho y oír los latidos de su...

Justo entonces, mi teléfono comenzó a sonar desde mi habitación.

Cerré los ojos y maldije mentalmente por la interrupción, aunque debería haberme sentido agradecida porque no me convenía en absoluto compartir un momento así de íntimo con el mejor amigo de mi hermano. *Mi* mejor amigo.

Cogí el teléfono y me lo llevé a la oreja.

—¿Jake? —Había visto su nombre en la pantalla.

—Hermanita —contestó él, claramente borracho y alargando la a del final.

—Dame el teléfono, Jake —se oyó decir a una chica de fondo. Reconocí la voz, era Emily, una de sus amigas más cercanas—. Hola, Kate. He intentado impedirle que te llamara, pero no me ha hecho caso. Perdón si te ha despertado.

—Tranquila. Estaba despierta —aseguré.

—Menos mal —suspiró aliviada. Me pareció tierno que le preocupara, sobre todo teniendo en cuenta que no era ella quien me había llamado.

—Lo siento si mi hermano te está causando muchos problemas. Eres libre de devolvérmelo si se te han quitado las ganas de dejarlo dormir en tu casa.

—No te preocupes. —Soltó una carcajada.

—Vale. Pues dile que me mande un mensaje mañana cuando esté sobrio para saber cómo está. Y gracias por cuidar de él.

—No hay de qué —respondió en un tono amable—. Buenas noches, Kate.

—Buenas noches, Emily. —Oí a Jake despedirse de mí también, y no pude evitar reírme—. Sí, sí, buenas noches a ti también, Jake. Pórtate bien.

Emily rio antes de despedirse de nuevo y colgar finalmente.

Al volver a dejar el teléfono sobre mi cama, vi que Ethan me miraba apoyado contra el marco de la puerta. De *mi* puerta, la de mi habitación. Por suerte, no hizo siquiera el amago de entrar en ella.

—Es un alivio no tener que hacer de niñera para Jake por una vez en la vida —se rio.

—Y que lo digas —sonreí. Salí del cuarto y Ethan se apartó para dejar que cerrara la puerta—. Aunque ahora estás haciendo de niñera para mí.

—Es mucho más agradable cuidarte a ti. —Me revolvió el pelo con cariño y después se fue hacia el salón. Yo me encerré en el baño para cepillarme los dientes antes de ir al cuarto de mis padres, donde íbamos a dormir.

Era la única habitación de la casa que contaba con una cama grande. Jake y yo teníamos camas nido y, siendo justos, dormir en esos colchones separados habría bastado para quitarme el miedo. Pero no tenía miedo —ya no—, eso solo era una excusa para poder dormir cerca de él.

Ethan ya estaba en la cama cuando entré. Aunque el edredón rojo le tapaba el cuerpo, la imagen de su torso desnudo seguía demasiado presente en mi cabeza. Me tumbé a su lado con cuidado y me cubrí con la otra parte del nórdico. La cama era de matrimonio y había un poco de distancia entre nuestros cuerpos, pero eso no consiguió que mis nervios disminuyeran. Notaba el calor que emanaba de su cuerpo. Se esparcía por toda la manta, envolviéndome por completo. Apenas era consciente de la distancia que nos separaba, porque parecía que estuviésemos pegados el uno al otro.

—Kate —pronunció mi nombre en voz baja.

—Mmm —respondí, como invitándolo a seguir hablando. Oí que se daba la vuelta, pero yo no me moví. Ya estaba lo suficientemente alterada como para enfrentarme a su cercanía de forma directa.

El silencio reinó en la habitación durante un par de segundos. Llegué a pensar que me había llamado solo para comprobar que seguía despierta. Justo cuando iba a cerrar los ojos para tratar de conciliar el sueño, oí su voz de nuevo.

—La casa no se ha incendiado —señaló, y habría soltado una carcajada por lo inesperado de ese comentario, de no ser por lo nerviosa que estaba—. Y nadie te ha atacado. Así que solo me queda asegurarme de una cosa más...

Contuve el aliento.

—Ya te he dicho que Jensen me gusta, si es lo que me vas a preguntar. —Me tembló un poco la voz. No quería hablar sobre alguien que no fuera él. No quería fingir que me gustaba otra persona, porque era mentira y quería que él lo supiera. Quería decirle que Jensen me gustaba, sí, pero no como me gustaba él.

Porque solo Ethan me quitaba el aliento. Solo él hacía que el pulso se me disparara sin siquiera tocarme. Solo él invadía mis pensamientos y me hacía sentir con tanta intensidad que temía que fuese a terminar rebosando. Que no podía mantenerlo dentro, que tenía que liberarlo de alguna forma para no colapsar.

Solo él inspiraba mis poemas, mis canciones. Solo él convertía el acto de plasmarlo todo en un trozo de papel en una necesidad.

—No iba a preguntarte eso.

El silencio volvió a inundarlo todo. Inquieta, me di la vuelta por fin.

Mis ojos se encontraron con los de Ethan. Incluso en la oscuridad del cuarto, eran preciosos. Como dos lunas llenas que se ocultan tras una nube espesa.

—Y, entonces, ¿qué ibas a decirme?

Se quedó mirándome unos segundos más en silencio y, finalmente, esbozó una mueca sutil y dijo:

—Nada. Buenas noches, princesa.

Me sentí un poco decepcionada. E intrigada también. Pero en ese preciso instante se inclinó hacia delante, posó sus suaves labios contra mi frente, y a mí se me estrujó un poquito el corazón y se me olvidó todo lo demás.

Porque no quería que se acabara la noche, y no solo porque no iba a volver a tener la oportunidad de estar así con Ethan en mucho tiempo, sino porque me había prometido a mí misma que al día siguiente volvería a tratar de olvidar mi enamoramiento de una vez por todas, y la realidad era que no estaba preparada para pasar página todavía.

Abrí los ojos lentamente, intentando acostumbrarlos a la claridad de los rayos de luz que se colaban por las rendijas de la persiana. Estaba rodeada de una tela roja que no tardé en reconocer: era el color de las sábanas de mis padres. El color favorito de mi madre.

Miré a mi derecha esperando encontrar a Ethan, pero no lo vi por ningún lado. Reprimí una mueca de decepción; me habría gustado despertarme junto a él.

Me acurruqué un poco más antes de levantarme. El suelo de la habitación de mis padres era más frío que el de mi cuarto, por lo que cuando mis pies descalzos lo rozaron, mi cuerpo entero se estremeció. Tomé prestados unos calcetines de mi madre y salí de la habitación por la puerta que daba a la cocina.

Lo primero que vi, y mi mirada se quedó fija allí, fue el cuerpo de Ethan frente a los fogones. No se había puesto más ropa de la que llevaba la noche anterior, es decir, que seguía estando semidesnudo. Qué buenas vistas matutinas.

—Esto…, buenos días. —Se me escapó un bostezo al finalizar la frase.

Ethan se dio la vuelta. Estaba radiante con el pelo negro desordenado y algunos mechones ondulados cayendo por su frente, la luz matinal bañándole un lado del rostro y una sonrisa tranquila decorándole los labios.

—Buenos días.

—¿Qué estás cocinando? —Olía realmente bien, a algo dulce y apetitoso, y la encimera estaba llena de cosas. Harina, huevos, azúcar... Se me hizo la boca agua al imaginar todo lo que podría estar haciendo con esos ingredientes.

—Tortitas. —Me enseñó el plato en el que las estaba amontonando. Llevaba cuatro hechas.

—Así que para eso eran la harina y los huevos —adiviné.

—*Sip.* —Sacó la sartén del fuego y le dio la vuelta en el aire a la tortita que se estaba cocinando.

—Qué arte —lo alabé.

—Y que lo digas. —Sonrió ampliamente. Tras volver a dejar la sartén en su sitio, me miró por encima del hombro—. ¿Qué tal has dormido?

—Mejor de lo que esperaba —reconocí. Era tan tarde y yo estaba tan cansada que apenas tuve dificultades para dormirme. Y mi sueño fue profundo, sin pesadillas ni interrupciones.

Ethan soltó una pequeña carcajada.

—Eso pensaba. —Percibí un deje de diversión en el tono de su voz.

Arrugué el ceño y me acerqué a él.

—¿Qué quieres decir con eso?

—Nada —dijo al mismo tiempo que negaba con la cabeza, todavía sonriendo—. ¿Sabías que hablas dormida? —Me alarmé de inmediato. ¿Habría dicho algo fuera de lugar?—. Y también te acurrucas.

—¿Perdón? —exclamé incrédula. Nunca antes me habían acusado de hacer algo así estando dormida, pero también es verdad que las únicas personas con las que había compartido cama eran mi hermano y Zoe, y su sueño era aún más imperturbable que el mío. Aunque hablase o me moviese, no lo habrían notado.

—Desconocía esa faceta tuya. Me ha parecido bastante graciosa, todo sea dicho.

—¿Dije algo raro? —pregunté avergonzada.

—Depende de lo que tú consideres *raro*. —Oh, no. ¿Qué diablos le había confesado mientras dormía?—. Te quejabas de tu amiga Heather. Decías que estabas cansada y que no querías más fotos. También mandaste a Zoe a la mierda un par de veces por comerse tus galletas.

—¿Eso es todo?

Ethan asintió y yo dejé escapar un suspiro de alivio. Al menos no me había declarado en sueños.

Le dio la vuelta a la última tortita y puso el plato en la mesa. Después vertió el sirope de chocolate casero en una pequeña jarra y la dejó en medio de los dos cafés que también estaban sobre la mesa. Me quedé asombrada al ver todo tan perfectamente presentado.

—Deberías quedarte a dormir aquí más a menudo. —Lo dije a modo de broma, pero también había un deseo oculto y muy real en mis palabras.

Ethan me respondió con una sonrisa y ambos tomamos asiento. Insistió en que yo probase las tortitas primero. Estaban de muerte.

—¿Llevan azúcar vainillado? —pregunté.

Él asintió con la cabeza.

—Idea de Zoe.

—¿Le sueles preparar desayunos como este?

—En ocasiones especiales, sí.

Maldita Zoe, vivía como una reina. Qué envidia.

—Pues avísame cuando sea una de esas ocasiones, porque esto está increíble —lo felicité antes de llevarme otro trozo de tortita cargado de sirope a la boca.

—Si vas a halagarme así cada vez que cocine algo para ti, no dudes que te invitaré.

—Bien —aprobé—. Jake debería tomar ejemplo de ti. Lo más parecido a esto que ha hecho ha sido prepararme tortitas de avena y proteína en polvo con sabor a *brownie*. Y sin azúcar. Sabían a cemento.

Ethan se rio.

—Ya es más de lo que Zoe me ha preparado a mí nunca.

—Pues yo creo que si le diera una oportunidad a la repostería acabaría gustándole.

—Puede ser, pero eso no va a ocurrir. —Se encogió de hombros—. Mientras haya dulces ya preparados en el supermercado, ella no abrirá un solo paquete de harina.

No lo puse en duda. En otra vida, Zoe habría sido un koala. Después de todo, ellos podían llegar a dormir veintidós horas al día, y mi amiga estaba cerca de hacerles la competencia.

Tras terminarse la última tortita, Ethan apoyó los codos sobre la mesa y me miró con la cabeza ladeada y apoyada en sus manos.

—Así que, ¿cuál es el plan para hoy, princesa? —preguntó—. Porque tienes uno, ¿verdad?

Asentí animadamente. Por supuesto, tenía un plan. Lo había elaborado la misma tarde en la que decidimos ir juntos al centro comercial, justo al terminar de escribir mi canción.

Encendí el móvil y le mostré la foto que había tomado del esquema para no tener que llevarme la libreta a las tiendas. Lo examinó cuidadosamente antes de devolvérmelo.

—Se te ha olvidado una cosa.

—¿Sí? —Le eché un vistazo al plan con el ceño fruncido. Las tiendas estaban ordenadas según la probabilidad con la que podríamos encontrar un regalo para Jake en ellas, empezando por las de videojuegos, luego por las de ropa… Mi esquema cubría el centro comercial entero. Incluso había añadido extras, como la tienda en la que vendían material artístico, por si Ethan tenía que comprar algo para su cuadro—. Yo no veo el fallo.

—No has puesto dónde vamos a comer. —Levanté la vista sorprendida. ¿Pensaba quedarse tanto tiempo conmigo? ¿Comer a solas conmigo en algún lugar del centro?—. Tu restaurante favorito está allí, ¿no? El italiano.

—Sí. —No me extrañó que se acordara, porque siempre que salíamos a comer fuera y a mí me tocaba escoger restaurante, elegía ese. Pero el sitio era muy íntimo y acogedor, y la idea de estar a solas con él allí se parecía lo suficiente a una cita como para emocionarme—. ¿Te apetece que vayamos a ese?

—Podemos ir al que tú quieras, princesa.

Ya ni siquiera me acordaba de la última vez que lo había oído llamarme así más de tres veces seguidas en un margen de veinticuatro horas. Nunca pasábamos tanto tiempo a solas.

—¿Estás seguro de que no prefieres otro? —insistí, porque necesitaba que alguien me quitara de la cabeza la idea de la cita.

—El. Que. Tú. Quieras —hizo énfasis en cada palabra.

Puse los ojos en blanco.

—Vale. Que no se diga que no has tenido tu voto en la elección. —Con una sonrisa, me puse de pie, recogí mi plato y di por terminado el desayuno.

7

Quédate a mi lado
un minuto más.
Déjame decirte
lo que tú nunca dirás.

Me cambié de ropa en el baño al salir de la ducha. Mi pelo todavía goteaba y podía notar cómo la parte superior de mi camiseta favorita se mojaba poco a poco. Era una camiseta de color rosa pastel que llegaba hasta la cintura. Acompañé la prenda con unos vaqueros, un reloj de un color parecido al de la camiseta y unas deportivas blancas. Pensé en usar el secador para luego rizarme el pelo, pero descarté la idea rápidamente. Mejor lo dejaría secar al aire.

Una vez lista, volví al salón, donde Ethan me esperaba. Mi hermano llamó al rato.

—Buenos días, hermanita —saludó.

—Hola. ¿Qué tal te fue?

—Bien —contestó. Puse el móvil en altavoz para que Ethan también pudiera formar parte de la conversación—. Aunque ahora tengo que pagar las consecuencias de la diversión de ayer.

—No suenas tan mal. Solo un poco cansado —dijo Ethan a mi lado. Se había acercado para que Jake lo oyese mejor y ahora nos encontrábamos muy cerca. Su olor inundó mi nariz y casi suelto un suspiro enamoradizo. Era mi aroma favorito en el mundo entero.

—No me dijiste que Ethan se quedaba a dormir —habló Jake.

—Bueno, no iba a dejar a tu pobre hermana sola mientras tú te ibas de fiesta —respondió Ethan por mí.

—Tiene dieciséis años —se quejó mi hermano como si se lo estuviese acusando de algo, aunque había un deje divertido en su voz—. Puede cuidarse solita, ¿verdad?

—Puedo —asentí—, pero él cocina mejor, así que no me quejo.

Ethan me dedicó una sonrisa.

—Entonces, ¿ha hecho bien el trabajo de niñera? —preguntó Jake.

—Perfectamente. —Reí—. Diez sobre diez.

—¿Lo dudabas? —bromeó Ethan.

—Para nada, sé elegir bien a mis amigos —repuso—. Ahora, si me disculpáis, tengo cosas que hacer. Voy a cocinar para Emily y su padre.

—Descuida, no te molestaremos. Espero que les guste lo que sea que vayas a preparar.

Y, dicho eso, Jake colgó la llamada. Miré detenidamente a Ethan. Tenía el mismo aspecto que el día anterior y estaba irremediablemente guapo. A pesar de que había peinado su cabello negro, seguía teniendo la misma apariencia despreocupada, solo que de una forma más elegante.

—¿Nos vamos, princesa? —Me guiñó un ojo.

Asentí y caminé detrás de él en dirección a la entrada. Me puse mi abrigo de lana y me colgué un pequeño bolso blanco en el hombro. Lo había dejado preparado tras escoger mi conjunto. Dentro llevaba lo necesario: dinero, llaves, bálsamo labial, pañuelos, chicles, una pequeña libreta y un boli... Bueno, puede que «necesario» no fuese la palabra apropiada, pero todo era de gran utilidad.

Mientras el ascensor descendía hasta la primera planta del edificio, comencé a tararear la canción que había estado escuchando mientras me duchaba: *Perfect*, de Ed Sheeran. De reojo, vi que Ethan esbozaba una sonrisa. Aunque no era de burla, sino más bien tierna, me callé de inmediato, avergonzada.

Nos dirigimos a la misma parada en la que cogía el autobús todos los días para ir al instituto.

—Me muero por cumplir los dieciocho y conseguir el carnet de conducir —dijo mientras subíamos al autobús, agachándose para poder hablar cerca de mi oído en voz baja y que solo yo lo oyera.

—Ya te queda poco. —Sesenta y cinco días, exactamente. Llevaba la cuenta porque quedaba lo mismo para mi cumpleaños—. A mí me toca esperar un año más que a ti —me lamenté—. Mientras tanto, podré usar a Jake de chófer. ¿Crees que aceptará llevarme al instituto en coche?

No encontramos ningún asiento libre, así que nos colocamos de pie cerca de la salida.

—Siempre puedo llevarte yo —se ofreció—. Y no tendrás que tararear las canciones de Ed Sheeran en voz baja, dejaré que las cantes a pleno pulmón. —Le di un codazo suave y él se rio en respuesta.

Clavé la vista en las puertas acristaladas del vehículo. Hacía buen día: el sol brillaba con fuerza en el cielo y el viento era suave, a diferencia de la noche anterior. Echaría de menos los días así cuando el invierno llegara. Y hablando de echar de menos..., echaría de menos tener a Ethan para mí sola cuando el día acabara. Al cabo de unas horas me vería obligada a compartirlo con Zoe y con Jake de nuevo.

—¿En qué piensas? —Ethan interrumpió mi pequeña reflexión.

—Nada, solo... —Tardé un poco en ordenar mis pensamientos. Quería ser sincera, pero no completamente transparente—. ¿Puedo preguntarte algo?

Lo miré a los ojos. Estaba serio, pero el brillo de curiosidad que desprendía su mirada era imposible de ignorar. Asintió ligeramente.

—¿Me consideras tu amiga? ¿Tu mejor amiga? ¿O soy solo la hermana de Jake? —Quise permanecer impasible, relajada y, sin embargo, no pude evitar ruborizarme.

En ese momento, el autobús frenó en seco y yo me tambaleé hacia delante. Ethan bloqueó mi caída y me sujetó por la cintura, manteniéndome recta. Yo, instintivamente, puse una mano sobre su hombro y otra contra su pecho. Ninguno de los dos se separó cuando conseguí estabilizarme.

—¿Para ti soy solo el hermano de Zoe? —Su voz sonaba más suave y controlada ahora que lo tenía tan cerca.

Negué rápidamente con la cabeza.

—Claro que no. Eres mi mejor amigo. —«Eres la persona de la cual estoy enamorada», quise agregar.

Ethan me dedicó una mirada de afecto.

—¿Lo ves? —dijo como si eso fuera respuesta suficiente, aunque luego añadió—: Llevamos toda la vida juntos. No eres solo la hermana de Jake. No hay forma de que te reduzca a eso.

Las mariposas bailaron en mi estómago. Se conformaban con muy poco; Ethan ni siquiera había afirmado que yo era su mejor amiga también, pero la posibilidad de ser *algo más* flotaba en el aire, y eso era más que suficiente para mí, por mal que estuviera.

—Esto está siendo mucho más difícil de lo que esperaba —admití tras tachar cuatro de las tiendas anotadas en mi esquema. Aún no había encontrado un regalo lo suficientemente bueno para Jake, y por más vueltas que le diera, no se me ocurría nada—. Tú lo tienes fácil. Ni siquiera has tenido que pensar.

Ethan se rio a la vez que se dejaba caer en uno de los banquitos del centro comercial. Estaban acolchados, aunque no se puede decir que fueran muy cómodos, y tenían una forma extraña, como la de una rosquilla deforme.

—Es lo que tiene ser talentoso —se burló, pero al ver que me estaba agobiando de verdad por no haber dado con nada después de dos horas de tiendas, se puso recto en el asiento y me dijo—: Tú también podrías hacer algo en vez de comprarle un regalo. Tienes muchos talentos.

—Sí, como el de ser una pringada y una torpe. —Concentré todo mi sarcasmo en un bufido.

Ethan soltó una carcajada.

—Esos, y el de saber cantar y escribir.

—Dos habilidades geniales para hacer regalos —ironicé, y me pasé una mano por el cabello, que no tardó en regresar a su forma natural.

—Puedes añadir el ser increíblemente negativa con respecto a tus talentos —siguió burlándose.

Esta vez me reí con él.

—Lo haré. Pero tampoco me sirve de mucho, así que me vas a tener que echar una mano. —Le dediqué una mirada de súplica—. Pasáis un montón de tiempo juntos en la escuela. Tiene que haber algo que haya mencionado que quiere.

Ethan negó con la cabeza.

—Solo la fiesta. —Parecía que se estuviera disculpando por no ser de mucha ayuda.

Apoyé los codos en las rodillas y la cabeza sobre las manos y dejé escapar otro suspiro.

—¿Crees que Zoe tendrá alguna idea? —pregunté sin muchas expectativas.

—¿Zoe? Probablemente le regale un collar de macarrones. —Rio—. No creo que se le ocurra nada mejor que a ti… —Se quedó callado de repente—. Espera. Ahora que lo pienso, creo que esta vez sí se está esforzando. Le pidió ayuda a Edith para hacer el regalo.

—Incluso a ella se le ha ocurrido algo antes que a mí. Genial. —Recurrí una vez más al sarcasmo.

—Bueno, no va a ir a la fiesta, así que tiene que compensárselo de alguna forma. Y ya sabes que tú y Jake sois las únicas personas por las que se molesta en ser detallista.

Tuve que darle la razón, aunque eso pasara muy de vez en cuando. Los gestos bonitos de Zoe eran sorprendentes y tiernos, siendo «sorprendente» la palabra clave, porque siempre te pillaban desprevenida. Un día se comía todas las chocolatinas de tu despensa sin miramientos y dos meses después, cuando ya te habías olvidado del asunto, aparecía con una cesta llena de ellas a modo de disculpa.

El detalle más bonito que tuvo conmigo fue pintar una piedra para dejarla sobre el lugar en el que enterramos a *Ippy*, el hámster que mis padres me regalaron siendo pequeña. Bañó la piedra en pintura roja —no sé si escogió el color más indicado, pero lo que cuenta es la intención—, y con un rotulador blanco escribió el nombre del animalito, la fecha de su muerte, y también dibujó un corazón.

Ella siempre había sido así. No podías contar con que estuviera ahí para ti el cien por cien de las veces, porque iba demasiado a su rollo, pero cuando estaba..., bueno, sabías que era real. Que el gesto salía de ella; que no lo hacía por compromiso o por caer bien. Si hacía algo por ti, lo hacía porque quería. Porque te quería.

—Tienes una expresión adorable ahora mismo. —Ethan esbozó una sonrisa que denotaba diversión y ternura a la vez. Las mejillas se me tiñeron de rojo.

—Creo que podemos hacer una pausa ahora y visitar la tienda de arte. ¿Hay algo que necesites comprar? —disimulé.

—En principio, no. —Se quedó pensativo unos segundos más—. Pero podemos ir igualmente. A lo mejor tú encuentras algo allí.

Se levantó del banquito y me ofreció su mano para ayudarme a ponerme de pie. Sentí un cosquilleo en la parte baja del vientre cuando puse los dedos sobre su palma y él cerró la mano en torno a la mía. Me dio un pequeño impulso, suficiente como para levantarme, pero no me soltó inmediatamente. Cuando lo hizo, no me miró. Pareció que evitaba el contacto visual a propósito.

La tienda de material artístico se encontraba en la otra punta del centro comercial, cerca de la tercera salida, la más alejada de nuestra parada de autobús. No tenía escaparates, tan solo dos puertas anchas que estaban abiertas de par en par y ofrecían una buena vista de todos los pasillos repletos de estanterías. Había tantos tipos diferentes de pinturas... Desde acrílica, acuarela y óleo, hasta cajas de rotuladores, pigmentos y lápices de mil marcas distintas. Al fondo, donde los pasillos terminaban y daban forma a una sola habitación, se encontraban los lienzos y los caballetes.

—¿Desde cuándo venden tanta cosa en las tiendas de arte? —pregunté admirando la cantidad de utensilios y pinceles que me rodeaban.

—Desde que existen miles de técnicas diferentes para pintar y dibujar.

—Increíble… —Pasé las yemas de los dedos por una caja que contenía pinceles de varios tamaños—. Qué fácil sería todo si fuese a ti a quien le tuviese que comprar algo.

—¿Por qué?

—Porque solo tendría que venir aquí y escoger una cosa al azar.

—¿Ni siquiera vas a fingir que te molestarás en regalarme algo especial? —Fingió sentirse dolido.

—No seas quejica. Será especial porque seré yo quien te lo regalaré —bromeé.

Ethan esbozó una pequeña sonrisa, pero no respondió a mi comentario.

Pasamos un buen rato en la tienda, y no porque pensara que podía llegar a encontrar algo para Jake allí —¿de qué le serviría un caballete o un aerógrafo?—, sino porque me fascinó la cantidad de cosas que había y quise que Ethan me explicara para qué servía cada una de ellas. Podría haberme pasado el día entero escuchándolo hablar de todo aquello. Utilizaba un tono calmado, pero se notaba que le apasionaba, porque sabía muchísimas cosas y no necesité hacerle preguntas para que me contara los detalles sobre las diferentes técnicas de dibujo.

Al final, terminó comprándose un lienzo que medía cincuenta centímetros de largo y cuarenta de ancho. No pensamos en lo poco práctico que era llevar algo de ese tamaño hasta que salimos de la tienda y nos dimos cuenta de que aún nos quedaba mucho por hacer.

—Hay unas taquillas por aquí cerca —dijo, aunque no parecía muy seguro de que pudiésemos dejar la compra allí. Aun así, decidimos probar.

El lienzo cabía. Menos mal.

—Vale. ¿Ahora qué? —Saqué el móvil para consultar mi esquema.

Ya habíamos visitado todas las tiendas relacionadas con videojuegos. Yo había terminado descartando las de ropa porque comprarle una sudadera o algo por el estilo me parecía demasiado aburrido. Y Jake ya tenía un montón de cosas relacionadas con el deporte, así que comprarle algo para el gimnasio —su pasatiempo favorito después de los videojuegos y las fiestas— no tenía mucho sentido.

Resoplé, volví a guardarme el teléfono y me crucé de brazos.

—Creo que no voy a encontrar nada aquí. Lo mejor será que me exprima el cerebro en casa y… —No terminé la frase, porque allí, frente a las taquillas, frente a mí, se hallaba la respuesta a mi problema.

Caminé decidida hacia el escaparate y observé el folleto que acababa de llamarme la atención. Ethan se puso a mi lado y le echó un vistazo también.

—Kate, dime que no estás pensando en regalarle un viaje a Nueva York. —Lo dijo como si acabara de volverme loca.

—¿Por qué no? Es perfecto —aseguré, y me giré para mirarlo. Tenía las cejas alzadas y parecía estar esperando una justificación más detallada, así que se la di—: A él le encantan estas cosas. Las actividades en familia, vivir nuevas experiencias, crear recuerdos bonitos con la gente a la que quiere… Y mi madre especificó dos cosas: que el regalo fuera especial y que no escatimara en gastos. Esto cumple los requisitos, ¿no estás de acuerdo?

—Sí, pero…

—Es más barato que comprarle un coche —argumenté sin tener verdadera idea de cuánto podría llegar a valer uno. A Ethan no lo convenció del todo mi razonamiento—. No voy a reservar nada todavía —decidí tranquilizarlo—. Primero hablaré con nuestros padres. A Edith se le da bien buscar ofertas de viaje, ¿no?

Ella siempre se encargaba de dar con los hoteles más bonitos y asequibles cuando hacíamos alguna excursión.

—Ah, ¿nosotros también vamos?

—Pues claro. —Fruncí el ceño, como si la pregunta fuese del todo innecesaria. Nadie podía negar que la familia de Ethan era también la de Jake. No tendría sentido hacer el viaje sin ellos, sería como ir a Disney siendo adulto y dejar a tu hijo de siete años en casa.

Mantuvimos el contacto visual unos segundos. Él analizaba la idea para determinar si era una locura o una genialidad, y yo trataba de convencerlo con la mirada de que se trataba de lo segundo.

—Bueno, tengo que admitir que sí es el regalo perfecto —me dio la razón finalmente—. Si tus padres aceptan la idea… —Apretó los labios, pero acabó sonriendo y negando con la cabeza, rindiéndose por completo—. A la mierda, te ayudaré a convencerlos.

Le devolví la sonrisa.

—Así me gusta. Y ahora que hemos encontrado lo que buscábamos…, la comida italiana nos espera.

Nos dirigimos al restaurante y pedimos mesa para dos. El camarero nos guio hasta una pequeña y cuadrada que estaba pegada a la pared del fondo, lejos de la ventana, lo cual agradecí, porque ver a la gente caminar de un lado a otro por el centro comercial me hacía sentir inquieta. Nos sirvieron la carta en cuanto nos sentamos. Ethan me entregó la hoja del menú para que la viese primero, pero yo negué con la cabeza.

—Sé perfectamente lo que voy a pedir —aseguré.

—Cómo no —respondió divertido.

Me conocía lo suficiente como para saber de mi rechazo a probar cosas nuevas. Yo siempre iba a lo seguro, a lo que ya había probado una vez y, por tanto, sabía que me gustaba. En este caso, la pasta con salsa de cuatro quesos.

Ethan sí que le echó un vistazo al menú y, mientras tanto, yo disfruté observando la perfección de sus facciones. Sus pestañas eran igual de negras que su pelo, y muy largas. Alzó la mirada de pronto y me pilló mirándolo fijamente. No dijo nada al respecto, pero yo me ruboricé.

—¿Qué me recomiendas? —me pidió consejo.

—Hay varios tipos de pizza. Creo que la de verduras te puede gustar —le contesté.

Asintió y dejó la carta a un lado. Me costó comprender la facilidad con la que había dejado que escogiera por él. Yo nunca habría permitido que nadie hiciese el pedido por mí.

Unos minutos después llegó el camarero. Nos tomó nota y nos dejó solos de nuevo. Ethan apoyó el codo sobre la mesa y dejó la mejilla descansando sobre la palma de su mano. Sus ojos grises estaban fijos en los míos.

—Dime una cosa —pidió y, por la forma en la que lo hizo, supe que iba a hacerme una pregunta que me iba a resultar difícil de contestar—. Los versos que escribiste, los que publicó tu profesora en Twitter…, ¿eran para él?

No necesitó pronunciar el nombre de Jensen. Quizá evitó nombrarlo a propósito.

—No —dije, y era verdad—. Todo lo que escribo es siempre para mí. Incluso si trata de otra persona —expliqué seriamente. Quería ser sincera en ese aspecto—. Mis poemas no son mensajes. Son una forma de desahogo, como escribir un diario.

Por alguna razón, reconocer eso en voz alta y frente a él me avergonzaba un poco. Rompí el contacto visual y empecé a juguetear con la servilleta, doblando las esquinas cuidadosamente con los dedos.

—Siento que tu profesora los hiciera públicos, entonces —comentó utilizando un tono de lo más dulce. Asentí con la cabeza porque no supe qué más podía decir. El silencio se prolongó unos segundos y yo seguí con la vista fija en el trozo de papel doblado—. ¿Estáis saliendo? Tú y… Jensen.

Levanté la mirada por fin, aunque fue de manera inconsciente. Me había sorprendido la forma en la que había formulado la pregunta. Con cautela. Como si hubiera estado intentando llegar hasta ella de manera sutil y se hubiera dado por vencido al no lograrlo. Pero se había rendido en la sutileza de la pregunta, no en tratar de obtener una respuesta. Quise creer que eso significaba algo.

—No. —La esperanza que daba brillo a mis ojos contestó por mí. Después me acordé de que tenía que fingir que Jensen me gustaba, así que, antes de que le diese tiempo a interrogarme al respecto, improvisé una justificación—: Tengo la impresión de que le gusta otra persona.

La respuesta había sido sorprendentemente buena teniendo en cuenta mi historial de mentiras rápidas. Aun así, Ethan enarcó una ceja.

—¿En serio? —Asentí con la cabeza. Entrecerró los ojos un poco, como si no terminara de creerme del todo. Mierda, ¿por qué tenía que ser tan insistente? No dejaba de sacar el tema, ¿es que no podía dejarlo estar?—. Si le gusta otra persona, ¿por qué tuvisteis una cita?

—Es complicado. —Traté de eludir la pregunta.

—Bueno, yo soy muy paciente y comprensivo. Confío en que llegaré a entenderlo. —Me dedicó una sonrisa angelical. Estuve a punto de abrir la boca y maldecir en voz baja. El deje irónico que había utilizado era muy sospechoso.

Por una vez, en lugar de ponerme colorada, palidecí.

—Bueno, es que él no me ha dicho en ningún momento que le guste alguien —expliqué, trabándome un poco en el proceso—. Son solo suposiciones mías, porque… —Dejé la frase en el aire. ¿Qué razón podía darle?

—¿Porque…? —repitió, incitándome a continuar.

Busqué al camarero con la mirada, suplicando en silencio que viniera en mi rescate, pero no apareció. Tenía que inventarme algo, y rápido.

—Porque él y Garrett se llevan muy bien. Demasiado bien. Extremadamente bien, de hecho —improvisé—. Creo que, si no le ha dicho lo que siente por él, es por miedo de que lo rechace y eso afecte a la banda.

Fui incapaz de leer la expresión de su rostro. Le estaba dando vueltas a mis palabras, de eso no había duda, pero ¿analizaba su veracidad o simplemente reflexionaba?

—Y si tus suposiciones son ciertas, ¿no te molesta que te esté utilizando para olvidarse de Garrett? —Se puso tan serio de repente que me dio la sensación de que eso le molestaría a él más que a mí. Si tan solo hubiera sabido que todo había ocurrido al contrario y que yo había estado a punto de usar a Jensen para olvidarme de él...

Y no solo eso: en esos momentos seguía utilizándolo, aunque el propósito fuera otro y aunque Jensen fuera consciente del plan. La única razón por la que no me sentía culpable era que seguía enfadada con él por lo de mi canción. Que me hubiese invitado al concierto solo para convencerme de cantarla en el festival de otoño *sí* me molestaba.

—No todo es blanco o negro, Ethan —respondí tratando de sonar madura—. ¿Se puede saber a qué viene todo este interrogatorio?

Había llegado la hora de ponerle *stop* a la conversación, porque estaba tomando un rumbo que no me beneficiaba en absoluto.

—Has dicho que soy tu amigo. —Volvió a sonreír con fingida inocencia—. Tu mejor amigo, de hecho. —Se inclinó hacia delante y me llegó un olor masculino que me recordaba a él y que, por tanto, me alteraba las hormonas—. Y los mejores amigos se lo cuentan todo —habló en un tono de voz más bajo y más íntimo.

Tragué saliva.

—No funciona así. —Fijé la vista en la pareja que pasaba por nuestro lado. No podía dejar que la atrapante mirada de Ethan me hiciera hablar más de la cuenta.

—Con lo bien que me he portado...

—Hacen falta más que unas tortitas y una cena para que te hable de todo lo que ocurre en mi vida.

—Así que, si me esfuerzo más, ¿responderás todas mis preguntas?

—Las comisuras de sus labios se elevaron en una sonrisa traviesa y encantadora. ¡Qué difícil era negarle nada cuando sonreía!

—Puede ser. —Me mantuve tan firme como pude.

Su sonrisa se volvió aún más deslumbrante.

Justo entonces, una camarera trajo nuestra bebida.

«Salvada por un refresco», pensé.

Sentada junto a Ethan en el autobús, me desanimé de golpe. Quedaba poco para llegar a mi parada y sabía que, una vez me despidiera de él, pasaría tiempo antes de que volviésemos a estar juntos de esa forma, los dos solos y tan… acaramelados. De hecho, era probable que no llegase a repetirse nunca, porque no recordaba haber visto una película abrazada a él en los últimos años. Y, por supuesto, tampoco habíamos dormido en la misma cama sin tener a Zoe o a Jake cerca.

Lo miré de reojo. Estaba en el lado de la ventana y contemplaba el paisaje con una expresión distraída.

—¿En qué piensas? —Le hice la misma pregunta que él me había hecho a mí a la ida. Se giró para mirarme y esbozó una sonrisa cálida.

—Estaba recordando el dibujo que me regalaste por mi décimo cumpleaños.

Traté de hacer memoria y me vino a la mente el recuerdo de una época en la que Ethan, Jake, Zoe y yo pasábamos tardes enteras dedicándole horas a un juego de la consola Wii que consistía en comerte a tus enemigos para adquirir habilidades especiales y luego utilizarlas en la lucha contra los jefes finales.

—¿El de *Kirby*? —pregunté para asegurarme. Ethan asintió con la cabeza—. Lo rehíce unas mil veces porque quería que quedara perfecto —confesé. Y mira que el dibujo era sencillo, porque la criatura era tan solo una bola rosa de ojos grandes, boca pequeña y manos y pies ovalados. Muy adorable, eso sí. Mantener ese aspecto del personaje era lo que más costaba, teniendo en cuenta lo mal que se me daba dibujar—. No entiendo qué clase de lógica seguí para pensar que podía regalarte algo que tú podrías hacer sin apenas esfuerzo.

—Eso no es verdad. Yo no habría sido capaz de dibujarlo tan deforme.

Abrí la boca ofendida, y él soltó una risotada.

—Y luego dices que mis regalos no son especiales... —Me crucé de brazos, pero la forma tan dulce y delicada en la que me miraba hizo que me resultara imposible no sonreír.

—Está en el primer cajón de mi escritorio —aclaró de repente, refiriéndose al dibujo. Abrí un poco los ojos, sorprendida. Pensaba que ya no lo tendría. Después de todo, habían pasado casi ocho años desde que se lo regalé—. Me sigue pareciendo adorable. —No supe qué responder, aunque tampoco me hizo falta, porque a continuación dijo—: Vas a saltarte la parada si no pulsas el botón.

Miré el cartel que indicaba cuál era la siguiente y, en efecto, era la mía. Me levanté apresurada y presioné el rectángulo rojo que rezaba «*Stop*» en letras mayúsculas. Ni siquiera me dio tiempo a sufrir la decepción de la despedida; le dije un rápido adiós, recogí mis cosas y, en cuanto el autobús abrió sus puertas, salí rápidamente por ellas antes de que se cerrasen.

8

Eres mi inspiración,
mi calma.
Tus palabras están grabadas
en el fondo de mi alma.

Por la tarde, mientras Jake se encontraba en su habitación jugando a algún videojuego, aproveché para contarles a mis padres lo del viaje a Nueva York. Había hecho un PowerPoint para venderles la idea de la mejor forma posible. La presentación se titulaba «Por qué un viaje a Nueva York es todo lo que no sabíamos que Jake necesitaba», y contaba con una decoración sencilla pero elegante que sabía que les iba a gustar.

Ambos me escucharon atentamente, pero se notaba a leguas que no les hacía nada de gracia la idea. Ellos esperaban contribuir en la parte monetaria del regalo; la participación activa era algo con lo que simplemente no contaban. Me habían cargado a mí con la decisión, como si pensar en su hijo les supusiera un gran esfuerzo. Y, teniendo en cuenta que para irnos a Nueva York una semana tendrían que dejar de lado el trabajo durante todo ese tiempo, estaba claro que iban a negarse.

Pero yo estaba convencida de que el regalo era ideal: tan perfecto que ya no pensaba aceptar otra alternativa, así que cuando mi madre propuso que fueran cuatro días en vez de una semana, yo me negué en redondo.

—No —contesté muy firmemente—. Cuatro días no dan para nada, y sería un desperdicio coger un vuelo tan largo y tan caro para eso. —Regresé a la página que hablaba de precios y después pasé a la que mostraba todas las posibles actividades que se podían llevar a cabo durante el viaje—. ¿Lo veis? Ir cuatro días es como ir dos. Solo nos daría tiempo a visitar Central Park y a ir de tiendas.

—Estás complicando mucho las cosas —decidió mi padre—. Yo creo que lo mejor va a ser regalarle otro *gaming set*, que al menos le servirá de algo. El viaje se acaba y te quedas igual que estabas antes. No aporta nada.

—Te quedas con los recuerdos de lo que hayas hecho allí, papá.

Me miraron como si la idea fuera ridícula e infantil. Como si yo fuera una niña pequeña y caprichosa que no entendía nada sobre lo verdaderamente importante en la vida. Es cierto que aún era joven, que había crecido siendo consentida por mi hermano y que tendía a *romantizar* la vida cuando, en realidad, esta se alejaba mucho de las historias que a mí me gustaba leer. Que aún soñaba despierta, que me frustraba muchísimo cuando las cosas no salían exactamente como yo quería. Que no me parecía en nada a ellos, a decir verdad.

Sin embargo, me daba mucha rabia que pensaran que eso los hacía superiores. Estábamos en dos extremos opuestos; lo ideal habría sido encontrar un punto intermedio. Yo era una cría, pero ellos actuaban como robots.

—No le vamos a regalar otro *gaming set* —insistí cruzándome de brazos—. Jake ya tiene un equipo casi profesional gracias a ti.

Mi padre trabajaba como desarrollador de videojuegos, y como estos eran lo único que él y su hijo tenían en común, Jake siempre contaba con las últimas novedades en tecnología. No conocía otra forma de contentarlo. Y mi hermano, que nunca ha sido materialista, habría sido igual de feliz jugando con un ordenador de 2010 —mientras funcionara bien— que con uno de la NASA.

Desde luego, a mis padres no les podrían haber salido dos hijos más diferentes de ellos.

Mi móvil, que se había quedado sin batería mientras estaba con Ethan, se encendió por fin. Lo había puesto a cargar al terminar de preparar el PowerPoint, justo antes de empezar a enseñarles la presentación a mis padres. Ahora que por fin regresaba a la vida, me llegaron como cinco notificaciones de Ethan en un solo segundo.

A Edith le ENCANTA tu idea y ya se ha puesto a buscar vuelos y hoteles.

Dice que ya ha encontrado algo decente, pero que seguirá buscando.

Imagen

Imagen

Imagen

Le sonreí a la pantalla y después volví a mirar a mis padres.

—En serio, considerad la idea al menos —les pedí—. Es muy importante para mí, y a Jake le va a hacer mucha ilusión. Los padres de Zoe ya han empezado a organizarlo. Si no queréis estar allí una semana entera, volved vosotros antes o algo, pero, por favor…

—Vale. Lo tendremos en cuenta —me interrumpió mi padre. Mi madre le dedicó una mirada un poco tensa, a la cual él respondió con un gesto que parecía decir: «Lo discutimos más tarde».

—Bien. —Asentí, satisfecha por el momento. Sabía que no me iban a dar más, así de primeras. De hecho, habían sido mucho más receptivos con mi propuesta de lo que esperaba.

Cerré el portátil y desconecté el cable que lo unía a la televisión, dando por finalizada la charla.

—Pareces la protagonista de una serie mala de Disney Channel, ahí sentada en el sofá, hecha un ovillo para que nadie pueda ver lo que escribes —se burló mi hermano nada más entrar en el salón. Decidí ignorarlo y continué escribiendo en mi libreta—. «Querido diario, tengo dieciséis años y siento que el mundo está en mi contra. El chico que me gusta apenas me mira y mi mejor amiga insiste en que vaya a una fiesta con ella a pesar de que sabe lo mucho que las odio. Qué duro es ser única y diferente».

—Oh, vamos, cállate. —Puse los ojos en blanco—. No estoy escribiendo un diario.

—Otro poema, entonces. O una canción. —Se acercó para ver si había acertado en algo, pero yo cerré la libreta de inmediato. Jake frunció el ceño—. ¿Por qué nunca me dejas verlos?

—Porque son personales —le expliqué por enésima vez.

—Sí, eso ya lo has dicho. Pero ¿qué es lo que los hace tan personales?

—¿Qué más da? —Me crucé de brazos, con la libreta pegada a mi pecho.

—Ya sabes lo que dicen: cuanto más prohibido y misterioso, más interesante.

—Entonces, si te enseñara lo que escribo dejaría de ser interesante. Eso no es muy conveniente, ¿no crees?

Jake alzó un poco las cejas.

—No es divertido que uses mis argumentos en mi contra, pero es un buen contraataque, así que te lo acepto. —Se dejó caer en el asiento de al lado y encendió la televisión. Tras asegurarme de que ya no prestaba atención a lo que yo hacía, abrí de nuevo la libreta y continué escribiendo en ella.

Se estaba haciendo tarde y me pesaban los ojos un poco, pero mi inspiración fluía sin parar y no quería desaprovecharla. Apenas tardé en escribir el primer poema. Lo releí una y otra vez antes de decidir qué hacer con él. A Blanca ya no se los podía enseñar, Zoe no era muy fan de la poesía, y Heather… Sí, a Heather podía enviárselo.

También podría habérmelo guardado para mí misma, pero la idea de esconder por completo lo que había plasmado se me antojaba un poco triste y solitaria. Sobre todo porque mis poemas me gustaban y, en el fondo, quería poder hablar de ellos con alguien.

Así que le mandé los versos a Heather y esperé su respuesta mientras empezaba a llenar de frases una nueva hoja.

De repente, me llegó una notificación. Solté el bolígrafo casi de inmediato y cogí mi teléfono para ver el mensaje, que no era de Heather, como yo había esperado. Sally me había mandado un audio.

> Mi voz no es la tuya, pero estoy amando esto.

Intrigada, me coloqué los auriculares e hice clic en el audio. Comencé a oír una melodía de piano preciosa y, poco más tarde, los versos de mi canción. Fruncí el ceño, molesta al pensar que se había guardado la letra sin mi permiso, pero entonces el ritmo de la música cambió al llegar al estribillo y, a partir de ahí, fui incapaz de pensar en nada más; me sumergí por completo en lo que oía.

La canción no era solo bonita, era cautivadora. Tenía ese toque dulce, romántico y soñador que iba acorde con la letra, pero era rock suave en toda regla. Una *power ballad*.

Entendí por fin la insistencia de Jensen. Sally había hecho un buen trabajo. ¿Qué digo? Había hecho un trabajo perfecto. No se parecía a nada de lo que hubiésemos tocado antes, era infinitamente mejor. Aunque quizá mi opinión no era del todo objetiva, teniendo en cuenta que la canción era mía y, en cierto modo, también de Ethan. Era *nuestra* canción.

Eso hacía que se me removiera todo por dentro y que los latidos de mi corazón se disparasen, pero también era la razón por la que no la cantaría nunca. Tragué saliva, apenada. Ahora que tenía una melodía con la que acompañar la letra, me dolía rechazarla.

Es perfecta. En serio, me encanta.

Pero no puedo cantarla en el concierto. No puedo.

Lo siento.

Pasó varios minutos «Escribiendo...» de manera intermitente. Decantándose por una frase y luego borrándola, supongo. Al final, esto es lo que me envió:

No pasa nada, la he hecho para ti. Me alegro de que te haya gustado.

La reproduje una vez más, y luego otra. Después me fui a dormir y, una vez en la cama, volví a escucharla.

Como el poema que le había mandado a Heather, sabía que esa canción no estaba destinada a quedarse en un cajón, ni en la memoria de un teléfono o en la mía propia. Pero imaginar a la gente aprendiéndose la letra, cantándola en la cocina o en la ducha, criticándola, decidiendo si era o no de su agrado, ajenos del todo a la historia que se escondía tras cada frase, tras cada palabra... Lo que le había dicho a Sally era cierto: simplemente, no podía cantarla en el concierto.

La última clase del lunes se me antojó especialmente tediosa. Me senté sola, porque Heather se había ido a casa después de comer. Al parecer, había pasado una noche mala tras una discusión con su madre, y se encontraba demasiado mal anímicamente como para asistir a clase. No entró en detalles y yo no quise presionarla, así que le dije que descansara y que me llamara si necesitaba algo.

Sheila y Karen se sentaron detrás de mí, en la segunda fila, a pesar de que odiaban estar tan cerca de la pizarra y del profesor. Eran incapaces de mantenerse calladas; cuando no hablaban en voz alta lo hacían a través de papelitos y sus risas se oían de igual forma.

La clase ni siquiera había terminado cuando noté que alguien tocaba mi hombro. Me giré disimuladamente y vi que Karen me tendía una nota doblada. La cogí y la desdoblé bajo el pupitre para que nadie me viera.

> ¿Estás libre el viernes por la noche?
> Sí. ☐ No. ☐

Marqué con una equis la casilla del «Sí» y volví a pasarle la nota.

El cumpleaños de Jake se celebraba el domingo, así que tenía tanto el viernes como el sábado disponibles para salir con mis amigas.

La respuesta de Karen no llegó en forma de hoja. Se inclinó hacia delante en su pupitre y susurró:

—Los padres de Sheila van a pasar el fin de semana fuera de casa y habíamos pensado en organizar una fiesta. ¿Qué dices, te apuntas? —Asentí despacio con la cabeza sin darme la vuelta. Ese gesto fue suficiente—. Genial. Ahora te meto en el chat de la fiesta. Ah, y voy a meter a Heather también, a ver si conseguimos animarla un poco.

Volví a asentir. A Heather le ayudaba distraerse y nunca se negaba a salir de fiesta.

—Y, si no te importa..., ¿podrías invitar a Jensen también? —La miré de reojo. Parpadeó un par de veces como si eso fuera el equivalente no verbal a «por favor, por favor, por favor».

Estando en primera fila, el profesor se habría dado cuenta si yo hubiese hablado, así que tuve que escribir otra nota.

Empiezo a pensar que solo me queréis por mis contactos.

La risa de Sheila fue suave, pero captó la atención de varios alumnos.

—Mierda, Sheila, nos ha descubierto —dijo en un tono lo suficientemente alto como para que yo la oyese.

Esbocé una sonrisa y les pasé otro papel.

Ya veremos. Sigo enfadada con él.

—¿Con Jensen? Pero ¡si es un amor! —exclamó Karen.

Me giré un poco para dedicarle una mirada de advertencia. El profesor ya se había dado cuenta de que no le estábamos prestando la suficiente atención a la clase, pero había decidido ignorarlo por el momento. Yo no quería seguir tentando a la suerte. Escribí un último mensaje.

Luego os lo cuento.

Esperaba que se olvidaran del tema una vez terminada la clase, pero no fue así. Debería haberlo supuesto; a Sheila no se le escapaba nada que tuviese que ver con un chisme. Era peor que esas ancianas que conocen todo lo que ocurre en sus vecindarios.

El problema era que, para contarles la razón por la que estaba enfadada con Jensen, tendría que hablarles también sobre mi canción y el concierto. Si les daba la versión resumida, evitando mencionar el motivo por el que quería que Jensen dejara en paz la letra que había compuesto, se darían cuenta de que había omitido algo importante y seguirían haciendo preguntas hasta obtener la historia completa.

Así que, al salir del aula, me apresuré a irme con la excusa de que tenía que encontrar a Zoe.

La vi junto a su taquilla, rebuscando entre el desorden de su mochila para dar con una barrita de chocolate. Tenía el pelo azabache recogido en un moño peinado con dejadez y vestía un jersey color verde manzana que solo le podría quedar bien a ella.

—¿Tienes otra para mí? —pregunté sin muchas esperanzas.

Zoe alzó la cabeza, con las mejillas llenas y las comisuras de los labios manchadas de chocolate. Es posible que se hubiera comido toda la chocolatina de golpe para evitar que alguien le pidiera un trozo.

—No —dijo intentando mantener la boca cerrada al hablar.

Solté una carcajada y la ayudé a cerrar la taquilla, ordenando sus cosas un poco en el proceso. Sin decir nada más, se colgó la mochila en el hombro y se dirigió a la salida del edificio.

Zoe era tan poco expresiva que muchas veces identificar cómo se sentía se volvía una tarea imposible, pero tras muchos años de amistad, había aprendido a detectar algunas cosas. Cuando estaba contenta, se movía con agilidad, casi como si flotara sobre el suelo. Cuando estaba de mal humor también andaba deprisa, pero sus pasos eran decididos y agresivos. Como en ese momento:

—¿Qué te pasa?

—He tenido un examen a última hora. No he sabido contestar a la mitad de las preguntas.

Nada más llegar a su casa, se encerró en su habitación para estudiar. El profesor le había dado una copia del examen de matemáticas después de que ella lo entregara casi en blanco para que intentara resolver los ejercicios en casa a modo de práctica.

Me ofrecí a ayudarla, pero no se me daba bien la enseñanza. Mi paciencia era reducida y, como nunca había tenido problemas a nivel académico, me costaba ponerme en el lugar de alguien que sí los tenía. Y no es que Zoe fuera tonta, ni mucho menos. Es solo que los estudios no le interesaban lo más mínimo.

Terminó echándome de su habitación porque, según ella, mi presencia la distraía. Fui a la cocina para robarle un paquete de M&M's y después me senté en el sofá del salón con las chocolatinas en una mano y el móvil en la otra. Mi intención era leer un poco mientras esperaba a que Zoe acabara de estudiar. Me había terminado *Orgullo y prejuicio* recientemente y, según la planificación de mi agenda, ese día me tocaba empezar *Sentido y sensibilidad*, también de Jane Austen. Una de las cosas buenas que tenían los clásicos era que muchos de ellos eran de dominio público, así que podía leerlos gratuitamente en internet, desde cualquier parte. Era la única ventaja que les encontraba frente a los libros en papel, que siempre me han gustado más.

Me coloqué los cascos y dejé que la música acompañara a los primeros párrafos de la novela. Siempre me costaba adentrarme en la historia cuando comenzaba un libro nuevo —supongo que es algo que nos pasa a todos—, así que me molestaba mucho que me interrumpieran justo cuando empezaba a concentrarme de veras. Por eso, que alguien me quitara los auriculares justo cuando estaba llegando a la tercera página no me hizo ninguna gracia.

Me di la vuelta indignada, pero en cuanto mis ojos se encontraron con el color grisáceo de los de Ethan, volví a relajarme.

—Hola. —Sonrió.

—Hola —lo saludé a mi vez.

Sin pedirme permiso, se puso los cascos y analizó la canción que yo estaba escuchando segundos atrás.

—No tienes mal gusto.

—Pues claro que no, ¿qué te creías? —Me crucé de brazos.

—No lo sé, porque nunca me enseñas nada que tenga que ver con tus gustos. —Me devolvió los auriculares para rodear el sofá y sentarse a mi lado—. Sé que te gustan los colores cálidos, las comedias románticas y los libros. Y que tu princesa favorita de Disney es Bella. O que solía serlo, al menos —agregó—. Pero nada de eso me lo has dicho tú, lo he tenido que ir averiguando por mi cuenta.

—¿Y no es eso mejor? Ir notando los detalles poco a poco, sin que te lo den todo masticado.

—Sí. Pero también quiero oírte hablar de lo que te gusta.

Mi corazón dio un vuelco. ¿Se podía ser más encantador? Yo creo que no.

—No es personal —le dije—. La música que una persona escucha dice mucho de ella. Compartirla es casi como… No sé. Desnudarse.

Un brillo de diversión le iluminó las pupilas.

—¿Ah, sí? ¿Qué dice de ti la música que escuchas?

Abrí la boca y volví a cerrarla de inmediato. ¿Acaso no había oído la parte en la que le decía que confesar eso era tan íntimo como desnudarse frente a alguien?

—Que tengo buen gusto. Obviamente.

Soltó una carcajada que habría escuchado en bucle si pudiera. Después me preguntó por su hermana.

—Está en su habitación, terminando unos ejercicios de matemáticas. Es posible que necesite tu ayuda.

—Si necesita ayuda la pedirá. —Se humedeció los labios y me miró muy serio de repente—. Tengo que hablar contigo de algo importante.

Palidecí, lo que en mi tono de piel equivalía a pasar del rosa palo al blanco nuclear. Los «tenemos que hablar» nunca significaban nada bueno.

—Dime. —Tragué saliva.

—¿Recuerdas el concurso del que te hablé? —Asentí—. Pues necesito pedirte un favor. Me gustaría que fueras mi modelo de prácticas, solo un par de días, para acostumbrarme a esto de pintar a alguien *en directo*.

Tuve que hacer un gran esfuerzo para no decirle que sí inmediatamente. Un par de días… ¿Cuántas horas sería eso? ¿Cómo de íntimo es dejar que la persona que te gusta te dibuje mientras tú estás presente?

—Puedes decir que no, ¿eh? —Apretó los labios, un poco cortado.

—Qué va, no te preocupes. Tú solo dime qué es lo que tengo que hacer. —Le dediqué una sonrisa amable. Por dentro, quise darme un golpe en la frente. Acababa de aceptar y ya me estaba arrepintiendo, porque sabía que iba a ser una mala idea. Pero Ethan me devolvió la sonrisa y yo, que siempre había sido débil frente a ese gesto suyo, supe que iba a ayudarlo en lo que fuera, hasta el final, aunque en el proceso acabara enamorándome de él aún más.

—El concurso empieza dentro de dos semanas. Los retratos deben estar listos antes del festival.

—Vale. Y, además del tiempo, ¿qué otros límites han establecido? ¿Tenéis que usar materiales concretos? ¿Podéis trabajar en el cuadro desde cualquier sitio?

—A ver, vamos por partes. —Se rio, cortando el flujo de preguntas que salía de mi boca—. Tenemos que usar el material que hay en la sala de arte, pero no hace falta que pintemos el cuadro en el instituto, ya que nos quieren ofrecer todo el tiempo que necesitemos para hacerlo lo mejor posible.

—Entonces, ¿cómo van a saber ellos si estáis siguiendo las normas o no? Podrías dibujar el cuadro a partir de una fotografía y nadie se daría cuenta, ¿no? —Enarqué una ceja.

Ethan volvió a reírse.

—Es un concurso escolar, princesa, nos jugamos un espacio para nuestro cuadro en el pasillo del instituto, no en el Museo del Louvre. La competición está hecha para aprender, no para ganar. Sé que es la típica frase que dicen los profesores para animar a los malos perdedores, pero en este caso es verdad. Si alguien gana haciendo trampas, pues que disfrute el premio. —Se encogió de hombros—. Y, volviendo a los límites establecidos…, la única regla es «nada de desnudos».

Me miró como si supiera que me iba a sonrojar. Y lo hice, claro.

—Vale. —Asentí avergonzada.

No le habría dejado pintarme desnuda. Creo.

—Colocarán todos los cuadros en el pasillo del instituto durante el festival, pero los ganadores tendrán un marco especial y mayor visibilidad.

En ese preciso instante, la puerta de la habitación de Zoe se abrió y oímos cómo ella se acercaba al salón.

—Kate, sé que te he dicho que no quería tu ayuda, pero de verdad que te necesito para esto —se lamentó.

Ethan le hizo un gesto sarcástico con la mano a modo de saludo.

—Buenas tardes a ti también, querida hermana —se burló, pero ella lo ignoró por completo.

—Llevo como quince minutos con el mismo ejercicio y lo único que hago es releer una y otra vez el enunciado. —Sonaba muy frustrada. Soltó un resoplido y deshizo su moño despeinado para volver a hacérselo, dejándolo aún peor de como estaba antes. Sí, era la viva imagen del estrés. Y pocas cosas estresaban a Zoe de esa forma—. He pasado de no saber resolver los ejercicios a no saber qué dice el ejercicio. Por estas cosas no estudio.

Casi suelto una carcajada. Parecía completamente convencida de que estudiar, en vez de ser la solución, era la causa de sus problemas con la asignatura.

Me miró como si implorase que le dijera: «Bueno, lo mejor será que lo dejes hasta mañana». Y quizá es lo que habría necesitado. Una pausa. Un poco de aire fresco. Un refresco y unas palmaditas en la espalda. Pero yo no soy pedagoga, así que, en vez de eso, le dije que la ayudaría.

Una vez en la habitación de Zoe, comencé a explicarle el ejercicio. Ethan nos acompañó, y aunque al principio se quedó junto a la puerta, enseguida se vio obligado a tomar el relevo. Yo no servía para explicarle las cosas; era tan cuadriculada que solo se me ocurría una forma de hacerlo y, como no la entendía, acabábamos en un callejón sin salida.

Me quedé mirándolos atentamente. Zoe seguía sentada en la silla, con su moño despeinado y su cara de absoluta concentración. Ethan estaba inclinado junto el escritorio, con el pelo negro, desordenado y contradictoriamente perfecto, igual que el de ella, demostrando una vez más su paciencia infinita.

Verlos juntos resultaba intimidante. Eran tan atractivos que uno no terminaba de acostumbrarse, incluso habiendo crecido a su lado.

—¿Lo entiendes? —le preguntó Ethan con voz calmada, como si estuviese dispuesto a repetir su explicación una vez más, y todas las que hicieran falta, hasta que su hermana lo comprendiese.

—Más o menos. —La mueca que esbozó dejaba claro que se acercaba más al «menos» que al «más».

—A ver, te pongo otro ejemplo... —Se quedó pensativo un buen rato, hasta que finalmente se dio cuenta de que no se le ocurría nada. Entonces, se giró para mirarme a mí—. ¿Kate?

—¿Sí?

—¿Puedes traer mi libro de matemáticas? Está en mi habitación.

Asentí y salí del cuarto de mi amiga. Sin embargo, en el pasillo me quedé quieta, mirando la puerta de la habitación de Ethan y mordiéndome las uñas.

«Entrar, coger el libro y salir —me dije—. Pan comido.»

Respiré hondo y giré el pomo de la puerta.

La habitación estaba ordenada: la cama hecha, la chaqueta colgada en el respaldo de la silla, los libros de texto colocados en una pila sobre el escritorio... Localicé enseguida el de matemáticas. Fui a cogerlo, pero entonces me acordé de lo que Ethan había dicho el día anterior —que seguía guardando el dibujo que le regalé por su décimo cumpleaños— y no pude contenerme. Fui hasta el primer cajón del escritorio y me preparé para abrirlo.

Un vistazo. Solo le echaría un vistazo. Y, de todas formas, Ethan nunca lo sabría.

Así que lo abrí. Y no solo encontré el dibujo de *Kirby* —estaba plegado en una esquina, como si lo hubiera guardado con mucho cuidado—, sino que también hallé unos bocetos sueltos de los que me enamoré al instante. La mayoría eran recientes. Lo supe porque eran retratos; estaba perfeccionando su forma de dibujar rostros para el concurso. Y, para practicar, había utilizado algunas de las fotos que tenía colgadas en su cuenta de Instagram. Entre ellas, una mía.

No era la primera vez que me veía reflejada en sus dibujos, pero había pasado un tiempo desde la última y su estilo había mejorado mucho. Bueno, decir eso era quedarse corto. Había pasado de dibujar bien a hacer verdaderas obras de arte. A capturar expresiones e imperfecciones. A darles vida a los ojos y a conservar la esencia de una nariz alargada o unas cejas pobladas. Y verme a mí entre esos trazos... resultaba demasiado íntimo.

No es lo mismo ver un dibujo y reconocerte en él porque sabes que el personaje de ojos azules y pelo castaño y liso no puede ser otra persona que encontrarte con tu rostro ovalado con los pómulos poco marcados, tus labios finos y tu nariz llena de pecas. Con el lunar de tu cuello y con tus ojos, que sabes que son los tuyos no por el color, sino por la forma y lo que transmiten.

¿Durante cuánto tiempo estuvo analizando la foto para poder plasmar todo eso?

Me sentí avergonzada, pero también me pareció precioso, e hizo que recordara lo que me había dicho Louise. Que Ethan era mucho más cuidadoso cuando me pintaba a mí.

No sé hasta qué punto era cierto. No sé si dibujaba a todos con tanto detalle o si yo realmente era especial. Lo que sí sé es que ese retrato, sin ser más que un boceto, estaba cuidado. Y aunque no supiera si también prestaba tanta atención a los detalles cuando plasmaba los rostros de otros en el papel, me hizo sentir especial.

—Con razón luego tienes miedo de que la gente husmee entre tus cosas si los dejas entrar a tu habitación —exclamó una voz familiar desde la puerta. Asustada, solté los dibujos. Mientras me agachaba para recogerlos del suelo, alcé la vista y mis ojos se encontraron con los de Ethan. Estaba de brazos cruzados, apoyado contra el marco de la puerta, y su expresión no me dejaba descifrar si sentía diversión o enfado—. Desde luego, si ibas a invadir mi privacidad, podrías haberlo hecho un poco mejor y disimulando un poco más. Te has dejado la puerta abierta y llevas como dos horas aquí. Zoe y yo comenzábamos a temer que te hubieras desmayado.

Enrojecí de arriba abajo.

—Yo no... No estaba... Vale, sí, puede que estuviera husmeando entre tus cosas, pero no pretendía… invadir tu privacidad —balbuceé. Ethan se agachó a mi lado para ayudarme a recoger los folios—. De todas formas, no he cotilleado mucho. Solo les he echado un vistazo a estos bocetos.

—Ya, claro.

—Tampoco tienes nada que esconder, ¿no?

Enarcó una ceja.

—¿Y tú? ¿Tienes algo que esconder, Kate? ¿Por eso te da tanto miedo que entre en tu habitación? —Debió de ver el pánico reflejado en mi rostro, porque se apiadó de mí y no esperó una respuesta. Se puso de pie, guardó los dibujos y dijo—: No oculto nada. Siéntete libre de fisgonear.

Decidí ignorar su comentario y cogí el libro de matemáticas para entregárselo. Nuestros dedos se rozaron cuando lo tomó. Hojeó las páginas hasta llegar al apartado que buscaba y yo tragué saliva. Seguía sintiéndome mal por haber sido tan hipócrita al abrir el cajón de su escritorio.

—Siento haber invadido tu privacidad —me disculpé—. No es justo que no te deje entrar a mi habitación porque no me gusta que toquen mis cosas y luego venga yo y haga exactamente eso con las tuyas.

Ethan me dedicó una sonrisa tranquilizadora.

—No pasa nada.

Claro que no pasaba nada. Con él nunca pasaba nada. Los cabreos le duraban un pestañeo, incluso cuando tenía un buen motivo para estar enfadado.

Eso hacía que me sintiera aún más culpable.

—Puedo enviarte una *playlist* con la música que escucho a modo de disculpa —propuse. Media hora antes le había confesado lo íntimo que me resultaba el hecho de compartir mi música con otras personas. Esperaba que bastase para compensar mi intromisión.

Ethan cerró el libro de matemáticas con cuidado y me miró como si pudiera percibir mis nervios.

No sé a qué le temía tanto en realidad. De pequeña tenía miedo de que criticasen mis gustos, a pesar de que no eran nada extraños, y supongo que una parte de ese miedo seguía en mí aunque careciese de lógica.

—No hace falta —pronunció las palabras con suavidad y yo me mostré decidida por fin.

—Quiero hacerlo.

Me dedicó una sonrisa leve pero muy dulce, y ese simple gesto bastó para hacerme viajar en el tiempo. Durante un instante volví a ser la niña enamoradiza que habría escrito sobre esa sonrisa en su diario.

—Gracias —dijo.

Volvimos a la habitación de Zoe. Estaba totalmente distraída, jugando con la goma de borrar.

—¿Cómo vas? —Se sobresaltó al oír mi pregunta y se giró como si la hubiésemos pillado haciendo algo indebido.

—Mal —admitió—, muy mal. Voy a suspender el curso.

—Tranquila. —La intenté consolar—. Suspender un examen no es el fin del mundo. Los siguientes te saldrán mejor. Solo tienes que practicar un poco y ya está.

—¿Crees que Jake me puede ayudar? —preguntó como si mi hermano fuera su última esperanza.

Asentí con la cabeza sin pensarlo. A Jake se le daban bien las matemáticas, y también era bastante más resolutivo que yo. Algo se le ocurriría.

Zoe soltó una carcajada que se asemejaba más bien a un lamento.

—Pues estoy tardando en llamarlo.

No iba en broma; marcó el número de mi hermano y le suplicó dramáticamente que acudiese en su rescate.

—¿Qué ha dicho?

—Está de camino.

—¿Lo ves? La vida te sonríe. Acabas de conseguir un profesor particular —bromeó Ethan.

—Si consigue que apruebe este examen, crearé una religión en torno a él.

—Si haces eso, su ego se volverá aún más grande de lo que ya es.

—Será un sacrificio necesario —aseguró muy convencida.

9

Eres mi mejor canción.
Eres mi escudo y mi dolor,
eres mi tentación.
Mi más fuerte deseo,
y mi mayor temor.

Una de las ventajas de que la persona que te gusta sea también tu amigo de la infancia es que, cuando su madre te enseña fotos antiguas de él, apareces en muchas de ellas y te llenan de nostalgia.

Eso era exactamente a lo que Louise y yo nos dedicábamos mientras Jake ayudaba a Zoe con las matemáticas y Ethan preparaba la cena junto a sus otros dos padres.

—Mira, ¿te acuerdas de esto? —Louise sonrió mientras me mostraba una foto de hacía por lo menos diez años en la que aparecíamos los cuatro dormidos. Reconocí la cama en la que estábamos tumbados: pertenecía a una de las habitaciones de la casa en la que vivía la abuela de Ethan y de Zoe.

—Sí. Jo, qué recuerdos. Me encantaría volver a esa época.

—Erais tan pequeñitos… —Suspiró con ternura—. Da pena veros crecer, pero me siento orgullosa de ver las increíbles personas en las que os habéis convertido.

Le dediqué una sonrisa cálida.

Arriesgándome a obtener el premio a la peor hija del mundo, tengo que confesar que Louise era la madre que siempre había querido tener. Quería mucho a la mía a pesar de nuestras diferencias, de verdad que sí. Pero Louise era cariñosa, abierta y estaba llena de vida. Su lenguaje del amor no era solo uno, lo eran todos: le encantaba hacer regalos, dar abrazos, salir de compras o ir a cenar fuera, hablar de sus hijos y de lo orgullosa que estaba de ellos…

No pude evitar sentir una punzada de envidia por Zoe y por Ethan.

Como si mis pensamientos lo hubieran invocado, este último entró en el salón justo entonces. Se había puesto el pijama, el cual ahora sabía que *no* utilizaba para dormir. Me vinieron a la mente imágenes de su cuerpo sin camiseta, durmiendo muy cerca del mío, y me ruboricé.

—La cena está lista —nos avisó—. Zoe y Jake siguen estudiando, así que comerán más tarde.

Louise y yo nos levantamos y nos dirigimos a la cocina. Nada más cruzar el umbral de la puerta me llegó un agradable olor a crema de calabaza y a pollo. Mi tripa rugió en respuesta. Esa clase de platos eran perfectos para los días otoñales como ese.

La cena fue muy agradable. Hablamos del viaje a Nueva York y yo me sentí muy a gusto en todo momento. A Edith y a Louise se las veía entusiasmadas, aunque por motivos distintos. La primera porque le encantaba viajar, daba igual adónde fuera. Además, ese viaje le hacía especial ilusión porque quería ir a un musical de Broadway y ver un atardecer desde Brooklyn Bridge Park. Louise, por el contrario, estaba deseando pasearse por la ciudad como si fuera la protagonista de *El diablo viste de Prada*.

Al acabar de recoger la cocina, Ethan y yo volvimos a la habitación de Zoe.

—¿Cómo vais? —pregunté.

—Bien. Creo que ya lo empiezo a entender —respondió mi amiga sin apartar los ojos de su libreta.

Parecía mucho más relajada, y eso me alivió un poco.

El martes quedé con Ethan para ayudarlo a practicar, tal como le había prometido. En la sala de arte ya había mucha gente, así que le pedí a Blanca que me diera las llaves de una de sus aulas y fuimos allí.

La clase, sin alumnos y pasadas las tres de la tarde, parecía un lugar completamente distinto. Es extraño ver un sitio donde pasas la mayor parte de tus días en otro contexto. A mí por lo menos se me hizo un poco raro.

La tranquilidad del ambiente hacía que este se volviera más íntimo, así que si ya sentía nervios antes... ahora estaba hecha un flan.

—Ven, ponte aquí. —Señaló uno de los pupitres. Debió de parecerle un buen sitio, porque no me hizo moverme cuando me senté sobre este—. Sé que no es el asiento más cómodo, pero te prometo que no vamos a estar mucho tiempo. Hoy solo haré el boceto a lápiz.

—Tranquilo. No puede ser peor que las sesiones de fotografía con Heather —le dije.

Pero resultó que *sí* era peor, no solo porque tenía que quedarme lo más quieta posible, sino también porque él me estaba mirando *todo el rato*. Y no eran miradas discretas y rápidas, qué va. Cada vez que dejaba de trazar líneas con el lápiz y apartaba la vista del lienzo, me observaba como si quisiera memorizar cada detalle de mi rostro.

Recordé el esbozo que había encontrado en su habitación y supe enseguida que ese cuadro iba a ser diez veces más asombroso. El papel en el que había dibujado el otro era relativamente pequeño; este tenía el tamaño del largo de mi brazo. Si había conseguido capturar tantos detalles a partir de una fotografía y en una hoja de libreta, no quería imaginarme lo que iba a ver cuando me mostrara lo que estaba haciendo en ese instante.

—Puedes respirar, ¿eh? —me informó. Por un momento pensé

que se estaba mofando, pero su tono era serio y seguía muy concentrado en su trabajo.

Me entraron ganas de soltar una carcajada: Ethan pensaba que estaba conteniendo el aliento para quedarme lo más quieta posible, cuando en realidad lo estaba haciendo sin darme cuenta, simplemente porque *él* me quitaba la respiración.

—También puedes hablar.

—¿Ya has dibujado mis labios?

—No. —Tragó saliva sin apartar la vista del dibujo—. Pero no pasa nada. No pretendo que te mantengas quieta como una estatua durante todo el tiempo que estemos aquí.

Me relajé un poco.

—Pues ahora no sé qué decir. —Me reí suavemente y Ethan esbozó una sonrisa tierna—. Estoy gastando todas mis neuronas en contener mi curiosidad.

—Curiosidad, ¿por qué? —Me miró de reojo.

—Porque quiero ver cómo está quedando el dibujo —admití—. Y también porque siempre he querido ver el proceso de uno de tus cuadros.

Su sonrisa se ensanchó, pero siguió dibujando muy concentrado.

—Si quieres, cuando acabe esto podemos empezar uno nuevo.

—Me encantaría.

De repente tenía muchas ganas de terminar ese. Verlo pintar —sin tener que hacer de modelo para sus dibujos— era una de las cosas que más paz me transmitía. Hasta el momento solo lo había visto trabajar en una libreta o una hoja, haciendo bosquejos abstractos en momentos al azar. Nunca lo había visto delante de un lienzo con un pincel en la mano, y la imagen, en mi cabeza, era sumamente atractiva.

Así que me porté lo mejor posible durante el tiempo que tardó en dibujarme y, cuando anunció que había terminado, me levanté de la mesa de un salto. Tenía la intención de echarle un vistazo al cuadro, pero lo quitó del caballete y le dio la vuelta antes de que pudiera hacerlo.

Puse mala cara.

—¿No me vas a dejar verlo?

—No —respondió firmemente, como si fuera algo innegociable—. Te lo enseñaré cuando esté terminado.

—Jo —me quejé, pero estaba claro que no iba a dar su brazo a torcer—. ¿Empezamos con el siguiente, entonces? —pregunté emocionada.

Ethan asintió con la cabeza y se fue a la sala de arte para dejar el lienzo allí y coger uno nuevo. Yo me quedé en el aula, otra vez sentada sobre la mesa, balanceando las piernas con impaciencia. Cuando volvió traía un lienzo bastante más pequeño, y también había cogido algunos pinceles y pinturas.

Colocó el lienzo en el caballete y me hizo un gesto para que me pusiera a su lado.

—¿Qué quieres dibujar?

—¿Yo? —Lo miré incrédula—. Yo no voy a dibujar.

—Claro que sí. Es mi condición. Si quieres verme pintar, tendrás que hacerlo conmigo.

Lo medité durante un momento. A ver, quitando el hecho de que las artes plásticas no eran mi fuerte, la idea de que creáramos algo juntos no me causaba rechazo, sino más bien todo lo contrario.

—Vale —acepté finalmente—. Pues... ¿cuál es el primer paso?

—Elegir qué vamos a pintar. A veces empiezo sin una idea clara, pero creo que en este caso es mejor que la tengamos.

—Supongo que sí —coincidí.

—Entonces... elige algo.

Con lo mal que lo pasaba tomando decisiones, eso, incluso siendo algo que debería hacerse de forma espontánea y desenfadada, me parecía una tortura. Me habría gustado que decidiera por mí, pero teniendo en cuenta que él iba a hacer todo lo demás, supuse que debía ceder en eso.

—Eh... —Los nervios me bloqueaban la imaginación—. No sé, ¿una casa?

Se rio de un modo que hizo que me ruborizara.

—Una casa —repitió con un pequeño deje de burla.

—No una como la que dibujan los niños. —Me defendí, sabiendo que ese tipo de casas eran las únicas que sabía dibujar: las cuadradas con un triángulo encima a modo de tejado y con el sol pintado en una esquina—. Me refiero a algo más... elaborado. Con perspectivas y eso. —Su sonrisa era cada vez más amplia y más divertida. Se lo estaba pasando en grande avergonzándome mientras trataba de justificar mi decisión para no parecer una cría—. Eres insoportable, ¿lo sabías?

—¿Yo? Pero si no he dicho nada —replicó con fingida inocencia—. ¿Tienes un estilo en mente?

—Sí. Quiero una de estilo americano, y que esté en medio de un bosque.

—Vale. Entendido. —Volvió a soltar una pequeña carcajada que sonó muy dulce—. ¿Quieres buscar alguna imagen en Pinterest como referencia? Sé que es como tu segunda casa. Nunca mejor dicho.

Asentí. Tener una referencia me ayudaría a confiar un poco más en lo que estaba haciendo. Supongo que Ethan también lo sabía.

Elegí una que me gustó y le mostré la imagen. Pensé que comenzaría a trazar líneas con el lápiz, pero me lo entregó a mí.

—¿Quieres que te lo sujete? —pregunté confusa.

—No. Quiero que intentes dibujar la casa. —Arrugué la nariz. Estaba claro que me equivocaba con lo de que «Ethan iba a hacer todo lo demás». Él debió de ver lo poco que me convencía la idea, porque agregó—: No te preocupes. Yo te iré ayudando.

Al menos esa parte sí la cumplió. Me instruyó con esa paciencia que solo él poseía, y después, cuando conseguí dibujar una figura más o menos definida, él añadió los detalles. Luego llegó el momento de la pintura y, como era de esperar, también me hizo dar las primeras capas. Cogí un pincel grueso y mezclé el blanco con una minúscula cantidad de negro y otra gota de azul para poder pintar la fachada de un color gris claro y azulado.

—Espera. —Colocó su mano sobre la mía para frenarme cuando ya me disponía a aplastar el pincel sobre el lienzo—. Si pones un color muy claro desde el principio, luego pintar las zonas que deberían estar iluminadas va a ser más difícil.

Oscureció el color por mí y después volvió a cederme el pincel. La casa fue lo fácil; solo tuve que llenarlo todo del color base esquivando las ventanas. Los árboles requerían un poco más de técnica.

—He cambiado de idea, ya no quiero un bosque. ¿Podemos hacer un jardín con florecitas?

Ethan se rio.

—No. Ven, te enseño. —A pesar de que me había dicho «ven», fue él quien se colocó justo detrás de mí y se inclinó hacia delante, acercando su cabeza a mi hombro. Me sujetó la mano con delicadeza y guio los movimientos de esta—. Mira, si das pequeños toques así —apenas podía concentrarme en el dibujo porque sentía su respiración en mi cuello y sus palabras vibraban contra mi piel—... hacer las hojas es fácil.

Spoiler: No era «fácil», simplemente lo parecía cuando era él el que pintaba. A mí me salían manchurrones que poco tenían que ver con las hojas de un árbol.

Cuando me quejé en voz alta, Ethan soltó una carcajada dulce que me obligó a cerrar los ojos y a respirar hondo. No podía reírse así tan cerca de mi oído. Era perjudicial para mi corazón, ya de por sí frágil debido a la cercanía de nuestros cuerpos.

—Si te sigues riendo de mí, voy a aplicar esta técnica de dibujo en tu cara. Primer aviso —lo amenacé en un intento de ocultar lo nerviosa que estaba. Difícil, teniendo en cuenta que él seguía sujetando mi mano temblorosa.

—Perdón —volvió a reírse—. Lo estás haciendo muy bien, princesa —dijo en voz baja y *muy* cerca de mi oído. Me estremecí de arriba abajo.

Tragué saliva y me obligué a mí misma a concentrarme en la pintura. Comencé a dar toquecitos sobre el lienzo con el pincel, tal como me había enseñado, aunque me saliera mal (cosa que en otro momento habría sido impensable, porque mi perfeccionista interior no me lo habría permitido).

Me relajé un poco cuando se apartó y me dejó pintar a mi aire, pero aun así no quedé nada satisfecha con el resultado. Decidí que había llegado el momento de que Ethan tomara el relevo.

—Toma. —Le di el pincel, me hice a un lado y me preparé para volver a enamorarme de él.

Era algo que me pasaba a menudo: creía estar del todo enamorada, y entonces Ethan hacía o decía algo que me hacía caer todavía más. Revivía la sensación de tener mariposas en el estómago una y otra vez, y nunca terminaba de acostumbrarme. Era tan maravilloso como aterrador, porque me hacía darme cuenta de lo perdida que estaba por él. De que mis sentimientos no eran pasajeros, sino todo lo contrario: se volvían más profundos con cada día que pasaba a su lado.

Era consciente de que había cavado mi propia tumba al decirle que quería verlo pintar, pero no me arrepentía en absoluto. No cuando eso me permitía presenciar una faceta suya en la que se lo veía tan concentrado y a la vez tan sereno. Mezclaba los colores de la paleta con movimientos que parecían casi involuntarios, como si los hubiera repetido tantas veces que, llegados a ese punto, se habían convertido para él en algo tan natural como caminar o respirar.

En momentos como ese, no me importaba enamorarme cien veces de la misma persona, aun sabiendo que nunca me correspondería. La idea de querer a otro me parecía inconcebible y me *dolía*.

Pero también eran esos instantes los que me hacían ser consciente de que nunca sería capaz de pasar página. Ethan se había quedado con mi corazón. Aunque en algún punto de mi vida decidiera entregárselo a otro, en el fondo siempre sería suyo. Y lo peor de todo es que quería decírselo. Quería que supiera que cada latido que daba le pertenecía y que todas las capas que lo protegían tenían un nombre grabado y era el suyo.

Todas las puertas del instituto tenían un cristal transparente que dejaba ver lo que pasaba en el interior de cada aula. También funcionaba al revés, claro: desde dentro de una sala se veía perfectamente lo que ocurría al otro lado de la puerta. Es por eso por lo que, mientras mi grupo y yo ensayábamos, podíamos ver cómo tres chicas nos observaban desde fuera.

Me estaba costando mucho ignorarlas, así que Sally resopló y fue a abrir la puerta. Las chicas palidecieron al instante, intimidadas por mi amiga, que se había cruzado de brazos frente a ellas. La más bajita la miró de arriba abajo y otra se quedó viendo sus tatuajes, tan intrigada como asustada.

—¿Os vais a quedar ahí toda la tarde o vais a pasar?

Casi se me cae la mandíbula al suelo al oír a Sally decir eso. No acababa de invitarlas al ensayo, ¿verdad?

—¿En serio podemos entrar? —preguntó la tercera, animada. Parecía la menos tímida de todas ellas.

Deseé con todas mis fuerzas que Sally se riera y negara con la cabeza, por muy mezquino que fuera. Evidentemente, eso no es lo que ocurrió: esbozó una sonrisa amplia y se le iluminaron los ojos.

—Claro —respondió, tan contenta—. Pasad.

La única razón por la que no le di un codazo en aquel momento fue porque habría quedado fatal. Estaba muy indignada, y eso que aún no terminaba de asimilar su descarada traición. Comenzó a enseñarles todo el equipo y a hablarles de lo bien que estaban yendo nuestros ensayos. Les contó que ya habíamos perfeccionado la canción que íbamos a cantar en el festival de otoño y que estábamos más que preparados para actuar frente a todo el instituto.

—¿La vais a tocar ahora?

—Sí. Es lo único que hacemos últimamente. —Puso los ojos en blanco, como si nuestra insistencia por centrarnos en esa única canción le estuviese cortando las alas. Después volvió a sonreír como antes—. ¿Queréis oírla?

Le lancé una mirada fulminante y ella me ignoró por completo.

Di un paso hacia delante, decidida a cortarle las alas de verdad, pero Seth me frenó.

—Oye, Kate. —Hizo que me girara y que le devolviese la atención.

—¿Qué? —contesté molesta.

—Sé que ahora mismo quieres matar a Sally, pero nos está poniendo en bandeja lo único que aún no hemos perfeccionado.

Entendí a lo que se refería sin necesidad de que dijera nada más. Ya lo habíamos hablado: teníamos que acostumbrarnos a la idea de cantar frente a otras personas, especialmente yo, que aún me tensaba solo de pensarlo.

—Esta es la práctica que necesitabas. Son solo tres chicas y, míralas, no es que sean Gretchen Wieners, Karen Smith y Regina George, precisamente. —Las señaló con la cabeza con discreción.

Es verdad que no intimidaban mucho. De hecho, parecían bastante inofensivas. Aun así, no terminaba de convencerme.

—Pero ¿te parece una buena idea cantar el tema del concierto? ¿No le quita eso un poco de emoción al festival? —Utilicé el primer argumento que me vino a la mente.

—No tenemos otro —me recordó—. A menos que quieras cantar el que tú escribiste.

Pronunció las palabras con mucho cuidado, como si mencionar el tema fuera igual de peligroso que jugar a la ruleta rusa. No obstante, después de haber escuchado la versión que Sally me había enviado, con la melodía incluida, me sentía mucho más receptiva.

La había escuchado sin parar desde el domingo y cada vez me gustaba más. Estaba tan enamorada de esa canción como de la persona a la que la letra iba dirigida, y quería cantarla. Quería escuchar una versión que fuera mía.

—Venga —dije finalmente y tras reunir toda mi valentía. A Seth lo pilló tan de sorpresa que ni siquiera entendió lo que le estaba diciendo.

—Venga, ¿qué? —preguntó con el ceño fruncido.

—Que podemos cantar mi canción.

Parpadeó un par de veces perplejo, y yo comencé a arrepentirme de mi decisión.

—Déjalo, da igual. Ni siquiera la hemos ensayado.

—Sally ha practicado mucho, créeme. —Su confusión se esfumó en el momento en que vio que iba a echarme atrás.

—¿Y pretendes que me suba al escenario yo sola con ella? —Hice una mueca—. Ni de broma.

—Jensen también se sabe la letra de memoria. Puede subir con vosotras.

¿Que se sabía la letra de memoria? Solté una carcajada seca. No me lo podía creer. ¿Cuántas veces la habría escuchado, el muy traidor?

—Vamos, Kate… —insistió.

—Solo esta vez. —Le dediqué una mirada amenazante para que supiera que hablaba en serio.

—Solo esta vez —repitió él a modo de promesa. Después hizo que Garrett distrajera a las tres chicas para poder hablar con Sally y con Jensen a solas.

Cuando se me acercaron, los dos sonreían ampliamente.

Puse los ojos en blanco. No me gustaba nada el equipo que habían formado.

Discutimos las partes que iba a cantar yo y las que iba a cantar Jensen, y después subimos al escenario. Los nervios se me quedaron atascados en la garganta y, durante un instante, temí no ser capaz de cantar. Pero entonces me di cuenta de que ninguna de las tres chicas me miraba a mí. Sus ojos estaban fijos en mis compañeros. Era comprensible; los dos emanaban esa aura atrayente característica de las estrellas. A su lado yo parecía una aficionada con un micrófono en la mano, cosa que me transmitía un alivio inmenso.

Cerré los ojos al oír las primeras notas del piano. Tras haber escuchado el audio de Sally tantas veces, conocía a la perfección el momento en el que debía comenzar a cantar. Y así lo hice.

Respira hondo,
déjate llevar.
Sé que no buscabas esto,
No lo puedes evitar.

Déjame decirte lo que siento,
Déjame decirte que te quiero.
Haz que roce el cielo con mis manos.
Ojalá lo nuestro fuera eterno.

Quiero liberarme de una vez
de estas cadenas que me unen a tus pies.
Deja que camine sin seguir tus pasos.
Esta vez y para siempre, te olvidaré.

Nada volverá a ser lo mismo entre nosotros.
No veré mis ojos reflejados en tus ojos.
No seré quien duerma en tu regazo.
No recibiré ya ninguno de tus abrazos.

He estado enamorada durante tantos años
que no sé querer sin tu nombre en mis labios.
Sé que no sientes lo mismo y lo entiendo.
Deja que te quiera hoy,
mañana será un día nuevo.

Con la piel erizada y los ojos aún cerrados, seguí cantando. No estaba preparada para enfrentarme a la realidad. Para enfrentarme al hecho de que estaba dejando que todo lo que sentía saliera a la luz.

Me estaba abriendo en canal frente a personas que nunca entenderían el significado de aquellos versos.

Poco a poco nos acercamos al final de la canción. A mí me latía el corazón con tanta fuerza que apenas pude oír los últimos acordes del piano. Abrí los ojos lentamente y descubrí que todos, incluidos Garrett y Seth, me estaban mirando a mí. Y no creo que vieran lo que yo imaginaba —una chica insegura y asustada—, porque en sus expresiones se reflejaba un asombro sumamente halagador.

La más extrovertida de las tres chicas rompió el silencio cuando comenzó a aplaudir. El resto reaccionó algo más tarde, uniéndose a los aplausos. El aire que había estado conteniendo abandonó mis pulmones de golpe. Dejé el micrófono en su sitio y bajé los pocos escalones que separaban el escenario del público.

Estaba temblando, pero traté de disimularlo y caminé hasta la mesa para beber de mi botella de agua como si ese ensayo no hubiese significado un mundo para mí. Lo que sentía en ese instante era tan crudo y tan intenso que tuve miedo de echarme a llorar. No de la tristeza ni de la frustración, ni siquiera de la alegría. Tenía la sensación de que acababa de saltar en paracaídas con los ojos cerrados, y de que ahora me hallaba, por fin, en tierra firme.

Alivio. Eso sentía.

Un alivio inmenso.

Cuando terminé de guardar la botella en mi mochila, me armé de valor y alcé la vista. Las chicas seguían mirándome con la misma adoración con la que habían mirado a Sally y a Jensen antes. No supe qué hacer. De alguna forma, me hacían sentir importante y esa sensación aún me quedaba grande.

—Esto… —Jugueteé con la tela de mi jersey, avergonzada—. ¿Estamos aprobados?

—¿Que si estáis aprobados? —La más extrovertida de las tres me dedicó una sonrisa que habría iluminado una ciudad entera—. ¡Estáis más que aprobados!

Otra se acercó tímidamente y me preguntó:

—¿De quién es la canción original? ¿Está en Spotify?

Tardé unos segundos en procesar la pregunta.

—Ah, no. La canción es nuestra, así que no está en ninguna plataforma.

Abrió mucho los ojos.

—Espera, ¿la habéis compuesto vosotros? —Esta vez fue ella la que tardó en procesar mis palabras—. ¿La música? ¿La letra? ¿Todo?

Asentí muy nerviosa.

—Dios. Sois increíbles.

—Gracias —dije tímidamente. Y también algo incómoda, para qué engañarnos.

No estaba acostumbrada a recibir ese tipo de halagos. Los que mis compañeros me hacían eran algo así como: «¿Cómo que no quieres cantar esta canción frente a doscientas personas? ¿Estamos tontos?», o «Canta más alto, Kate, que así parece que te dé vergüenza tener buena voz». Ah, y también: «Hola. He invadido tu privacidad al cotillear entre tus cosas y después me he aprendido la letra de una de tus canciones de memoria para poder componerle la melodía. De nada».

Siempre tan adorables…

—Me encantas, en serio. —Siguieron alabándome. Me di cuenta de que había utilizado el singular y me puse hecha un tomate. Quise colocarme detrás de Jensen para que me protegiera de la ola de amor a la que estaba expuesta—. Muchísimas gracias por dejarnos entrar.

Eran adorables. Me sentí fatal por haber deseado que Sally las echara de allí.

—No hay de qué. Me alegra saber que os ha gustado.

—Vamos a tocar en el concierto del festival de otoño, por si os apetece pasaros. —Sally me puso el brazo por detrás y dejó todo su peso sobre mis hombros. Les guiñó un ojo y, después, susurró para que solo yo pudiera oírla—: Buen trabajo, Kate.

—¿Cantaréis la misma canción? —preguntó la chica tímida esperando una respuesta afirmativa.

Sally me interrumpió en cuanto abrí la boca:

—Aún no hemos decidido nada. Estamos analizando todas las posibilidades.

Volví a dedicarle una mirada amenazadora, y ella volvió a ignorarme, por supuesto.

—A mí me encantaría oírla otra vez. Espero que al menos podamos escucharla de nuevo en otro ensayo.

—Claro, eso por descontado —aseguré, rompiendo la promesa que yo misma había obligado a que Seth hiciera.

Pasamos un largo rato hablando y, después ellas se fueron a casa. Nosotros aún teníamos que ensayar un poco más, siguiendo el plan que Seth y yo habíamos elaborado semanas antes.

—Jensen, me parece que Kate te ha robado las fans —se burló Sally. Los mechones azules que enmarcaban su rostro se habían rizado por culpa del sudor.

Jensen se rio y le dio la razón con la mirada fija en mí y llena de orgullo. Estuve a punto de olvidar que seguía enfadada con él.

—Dejad de decir estupideces y centrémonos en lo verdaderamente importante. —Hice una pausa dramática antes de continuar—: Sally..., estás muerta.

—¿Y qué he hecho yo ahora?

—Para empezar, invitarlas a entrar.

—¿Tú les habrías dicho que se fueran? —Enarcó una ceja.

—También les has mentido. Eso de que «aún no hemos decidido nada» y de que «estamos analizando todas las posibilidades» no es verdad.

—Ya, bueno. Es que necesitamos publicidad, y tu canción les ha gustado. Es más probable que recomienden el concierto a sus amigos si saben que vamos a cantarla. —Abrí la boca para quejarme, pero Sally volvió a cerrármela—. Aunque creas que no, sé dónde están tus límites, Kate, y te doy una pista: no están donde tú crees. Y también sé... —dio un paso hacia delante, enfrentándome con tanta determinación que me sorprendí a mí misma al sostenerle la mirada sin retroceder— que estás enamorada de esa canción tanto como yo.

Esta vez me callé yo sola porque no quería sacarla de su error y confesar que lo que ella sentía no se acercaba ni por asomo a lo que sentía yo.

Sally había creado una melodía a partir de algo que era mío.

Yo había escrito la letra volcando una parte importante de mí sobre el papel.

—No. No sabes nada —espeté con una brusquedad seca y fría que sorprendió a todos—. ¿Crees que no has sobrepasado mis límites, Sally? Cogiste mi libreta sin mi permiso, memorizaste la maldita letra para poder hacer lo que te diera la gana con ella, hiciste que Jensen tratara de convencerme de usar la canción…

—Eso no fue solo idea su…

—Cállate, Jensen. —Le dediqué una mirada glacial y él enmudeció al instante. Volví a centrar mi atención en Sally—. Has sobrepasado mis límites una y otra vez, y lo peor es que ni siquiera eres capaz de admitirlo. Piensas que soy una niña insegura que no tiene claro lo que quiere. Y puede que lo sea, pero eso te da derecho a guiarme, no a decidir por mí. —Me sentí un poco más ligera al decir todo eso, pero el enfado seguía presente y se estaba transformando en una sensación abrasadora concentrada en mi garganta—. Mira, déjalo. No sabéis respetar mis decisiones y yo no sé qué diablos hago aquí.

Aparté la vista para que nadie viera que mis ojos comenzaban a humedecerse y recogí mis cosas rápidamente. Jensen intentó retenerme, y aunque la preocupación era evidente en su rostro, yo no estaba dispuesta a hacer un esfuerzo por calmarme, y tampoco quería seguir discutiendo, así que me marché.

Empecé a llorar cuando llegué a la escalera de la última planta, donde nadie podía verme a no ser que me buscaran. Y si lo hacían, los oiría subir y tendría tiempo de correr a esconderme.

Lo que no esperaba era que otra persona se encontrara ya en el piso de arriba, y mucho menos que esa persona fuera Ethan. Casi se me para el corazón al oírlo decir:

—Ey, ¿estás bien?

El susto hizo que mis lágrimas cesaran. Aun así, seguía teniendo los ojos enrojecidos cuando lo miré.

—Perfectamente —ironicé, aunque enseguida me arrepentí de haber sonado tan borde—. Perdón. Es que cuando me enfado y me pongo a la defensiva saco mi lado sarcástico. —Le dediqué una pequeña sonrisa a modo de disculpa y él se sentó a mi lado.

—Lo sé. —Suspiré. Claro que lo sabía, el pobre había sido víctima de mis comentarios mordaces más de una vez—. ¿Me vas a contar lo que ha pasado?

—No.

Soltó una carcajada pequeña y muy muy suave.

—Vale. —Me rodeó con sus brazos y me estrechó contra su cuerpo. Su olor masculino y amaderado me inundó las fosas nasales y consiguió calmarme.

No dijo nada más. No me pidió nada más.

Y mientras el sonido de nuestra respiración llenaba todo el pasillo, en mi mente sonaba otra cosa. Los versos de una canción. De *nuestra* canción, aunque él no supiera aún que nos pertenecía a ambos. Aunque no fuera a saberlo nunca.

Sin saber por qué —o sabiéndolo muy bien—, comencé a llorar de nuevo. Ethan me atrajo aún más hacia sí y me acarició el pelo con mucha delicadeza. Susurró algo cerca de mi oído, pero no lo oí porque no paraba de pensar en la canción y en que también era suya. En que él era la única persona en todo el mundo capaz de entender la letra, lo que significaba y lo que me hacía sentir.

No paraba de pensar en que Ethan nunca la oiría.

Y no paraba de llorar.

—Kate. —Reconocí mi nombre en sus susurros dulces y tranquilizadores—. Kate, mírame.

Lo hice. Sabía que solo iba a conseguir romperme aún más, pero lo hice de todas formas. Y me di cuenta de que mi canción no significaba nada si él no llegaba a escucharla.

Recordaba haberle dicho que yo siempre escribía para mí. Que mis poemas no eran mensajes, sino una forma de desahogo. Y era verdad. Esa canción hablaba de lo que deseaba en realidad, que era confesarle lo que sentía aunque me viera obligada a afrontar las consecuencias. Quería poder hacer eso, igual que una parte de mí quería regalarle los versos que ahora tenían melodía y que hablaban sobre él. Porque si la canción iba a pertenecerle a alguien, quería que perteneciera a la misma persona que se había quedado con todo lo demás.

Era tan suya como era mía.

Cerré los ojos otra vez. Me costaba pensar con claridad cuando lo tenía delante. En esos momentos debía darle la razón a Sally: era una niña insegura que no tenía claro lo que quería. Mi cabeza estaba llena de contradicciones. Quería enseñarle la canción a Ethan tanto como deseaba ocultarla para siempre. Quería decirle que estaba enamorada de él y, a la vez, deseaba que no se enterara nunca. Quería pasar página y, al mismo tiempo, deseaba quedarme en la misma todo el rato, releyendo los mismos párrafos una y otra vez.

Tragué saliva. La solución estaba ahí mismo, aunque no me gustara nada. No solo por el pánico escénico, sino también por orgullo. Me negaba a decirle a Sally que había cambiado de idea y que aceptaba cantar la canción en el concierto, porque eso sería lo mismo que darle la razón e invalidaría todo lo que le había dicho y seguía manteniendo: no tenían derecho a coger mis cosas sin permiso, ni a leer lo que había escrito en mi libreta, ni mucho menos a presionarme para utilizar la letra.

Respiré hondo y solté todo el aire de golpe. Estaba muy enfadada.

Hundí la cabeza en el hombro de Ethan en busca de refugio.

—¿Podemos quedarnos así un rato más? —pregunté.

Ethan me besó el pelo y ese gesto provocó que me derritiera por dentro. Toda mi rabia se esfumó por un instante.

—Todo el tiempo que necesites.

Sonreí contra su sudadera y después volví a coger aire. Olía tan bien…

El ruido de unos pasos subiendo la escalera interrumpió el momento y me obligó a levantar la cabeza, pero no pensaba huir. No quería moverme del lado de Ethan. Así que cuando Jensen entró en mi campo de visión, me limité a fruncir el ceño.

Le sorprendió verme acompañada, aunque al principio mostró cierto alivio. Después, al notar que ambos lo observábamos fijamente, se amedrentó un poco. Me gustaría decir que fue mi mirada la que logró intimidarlo, pero sus ojos estaban fijos en Ethan, cuya expresión ya no era dulce, sino que denotaba una calma fría y analítica.

—¿Qué quieres? —Me crucé de brazos.

—¿Podemos hablar? —Miró a Ethan antes de agregar—: ¿A solas?

Ethan me miró a mí y, tras meditarlo durante unos segundos, respondí afirmativamente a la pregunta que no había llegado a pronunciar en voz alta: «¿Te parece bien que me vaya?». Se levantó y me revolvió el pelo cariñosamente.

—Nos vemos luego —me dijo solo a mí.

—Sí. —Asentí con la cabeza—. Gracias.

Me sonrió a modo de respuesta y se marchó. Al dirigirme a Jensen, volví a poner cara de pocos amigos.

—Perdón. —No supe si se estaba disculpando por habernos interrumpido o por todo lo demás. Probablemente se debiera a ambas cosas—. De verdad que lo siento, Kate.

—Ya, bueno. —Hice una mueca—. Estoy más enfadada con Sally que contigo, si te consuela.

—Ella también quería salir a buscarte, pero Seth le ha pedido que te cediera un poco de espacio.

—Pues ha hecho bien en hacerle caso. Ahora mismo, cualquier cosa que me diga solo va a conseguir cabrearme aún más.

—Lo suponía. —Se sentó a mi lado, justo en el sitio que Ethan había ocupado segundos atrás, y después se pasó una mano por los rizos castaños de su pelo—. Mira, si de verdad quieres dejar el grupo, lo entenderé. Pero si estás dispuesta a darnos otra oportunidad..., bueno, que sepas que tu ultimátum ha quedado bastante claro y que el micrófono del equipo es solo tuyo. No cantaremos nada que tú no quieras cantar, sobre todo si es una canción que tú has escrito. Y Sally dejará de presionarte, lo ha jurado por su teclado. Ha dicho, literalmente, que te permitirá quemar el cable si vuelve a ponerte en una situación así.

Me sentí tan aliviada que solté una pequeña carcajada.

—Más le vale.

Jensen me sonrió de vuelta.

Que hubiera venido a buscarme y que me ofreciera todo eso solucionaba muchos de mis problemas. En primer lugar, porque sonaba honesto y eso quería decir que se habían tomado en serio mis palabras. Y, en segundo lugar, porque me permitía evitar una situación en la que me tragaba mi orgullo frente a Sally y el resto.

—Gracias —dije en voz baja.

—¿Eso significa que vas a volver? —Enarcó una ceja sin dejar de sonreír.

—No. Significa que estoy dispuesta a escuchar las disculpas de Sally.

Soltó una carcajada.

—Me parece justo. —Se puso de pie y me ofreció su mano para ayudarme a levantarme. Después me miró divertido y extendió sus brazos antes de decir—: ¿Abrazo de reconciliación?

Me reí, pero acepté el gesto. Al separarme, me di cuenta de que Ethan ya estaba volviendo. Parecía tan tranquilo como siempre, pero yo noté que tenía los hombros un poco tensos, y el hecho de que no hubiera estado ni cinco minutos lejos de nosotros confirmaba que en realidad estaba preocupado por mí.

Jensen acercó sus labios a mi oído para susurrar:

—Te devuelvo tu minuto de intimidad con él. —Sonreí sin poder evitarlo y le di un codazo amistoso—. Le diré a Sally que vaya preparando su discurso si quiere recuperarte.

Me gustó que hablara de mí como si yo fuera una parte imprescindible para el grupo.

Bajó la escalera y yo me giré para ver a Ethan. Tenía las manos metidas en los bolsillos y una cara poco expresiva.

—Veo que ya estás mejor —comentó con voz neutra, y me analizó cuidadosamente para asegurarse de que no se equivocaba.

—Sí. —Le dediqué una sonrisa tranquilizadora, pero la que él me devolvió parecía forzada—. No te preocupes, sabré apañármelas. —Me acerqué para darle un abrazo y hundí el rostro en el hueco entre su hombro y su cuello—: Muchas gracias por estar ahí para mí, Ethan.

Pensé que mis palabras lo relajarían, pero tuvieron el efecto contrario. Noté que se tensaba entre mis brazos. Aun así, su voz sonó increíblemente suave cuando dijo:

—No me des las gracias, princesa. —Se separó y me sujetó la barbilla para acariciarme el rostro con el pulgar—. ¿Te apetece contarme ahora lo que ha pasado?

Asentí con la cabeza. Se lo debía.

—Hemos tenido una pelea por un… desacuerdo. —Era todo lo que podía decirle—. Pero ya está todo bien, o al menos eso creo. Voy a volver a la sala de música para hablar con ellos ahora que estoy más tranquila.

—Te acompaño.

Bajó la escalera conmigo, pero no entró al aula cuando yo lo hice, sino que se quedó fuera, apoyado contra la pared y decidido a esperarme todo el tiempo que hiciera falta.

Sally se giró de golpe en cuanto abrí la puerta. Me pareció ver un brillo de aflicción y culpabilidad en su mirada, pero era tan orgullosa como lo era yo, así que lo primero que hizo no fue pedirme disculpas, sino desviar la vista hacia Jensen, nerviosa. Cuando se dio cuenta de que él no pensaba ofrecerle ningún tipo de ayuda, volvió a mirarme a mí.

—Has vuelto —señaló.

—Evidentemente.

—Gracias. —La forma en la que pronunció la palabra, casi aliviada, me enterneció un poco.

Sabía que iba a necesitar un poco más de tiempo para disculparse conmigo en condiciones, pero no me importaba esperar. Estaba segura de que elegiría un momento menos íntimo e intenso en el que la atención de todo el mundo no se centrara sobre nosotras dos para hacerlo.

—De nada. —Me encogí de hombros en un intento de fingir que no era una sensiblera irremediable y que no me había pasado por lo menos diez minutos llorando por culpa de nuestra discusión—. ¿Tú también me vas a dar un abrazo?

Sally enarcó una ceja, pero había un atisbo de diversión en su mirada que no pasó desapercibido.

—No. Prefiero dejar los momentos cursis para cuando termine el concierto. Por ahora… Bueno, supongo que te toca decidir qué canción tocaremos. —Se peinó con los dedos.

—Ya he tomado una decisión —anuncié—. Y sugiero que comencemos a practicar cuanto antes, porque nos queda mucho trabajo por delante.

10

Contigo a mi lado,
me siento más fuerte.
Contigo a mi lado,
no temo a la muerte.

Mi padre y yo estábamos sentados en uno de los sofás del salón, Jake y mi madre en el otro. Cada uno tenía la vista fija en una pantalla diferente y el silencio reinaba en toda la casa. Yo estaba viendo una serie muy aburrida de Netflix, pero eso era lo mejor que podía hacer después de un día agotador como había sido ese.

Suspiré y abandoné la aplicación. Observé las opciones que me quedaban, y al final opté por crear una *playlist* para Ethan, tal como le había prometido.

Con los auriculares puestos, repasé mi lista de canciones favoritas y seleccioné algunas de las que más me gustaban. Hice un gran esfuerzo por no pensar en si serían o no de su agrado. Después de todo, él quería escuchar las canciones que me gustaban *a mí*, y eso era lo que le había dicho que le enviaría.

Después de un largo rato, finalmente terminé de elegir las canciones para la lista de reproducción, la cual titulé «Para Ethan». Se la envié y él me respondió casi al instante, pese a que un segundo atrás no estaba en línea:

Lo prometido es deuda. Disfruta de mi excelente gusto musical.

Me alegra ver que eres una mujer de palabra.

Gracias, enana.

Ey. Te permito que me llames «princesa», no «enana».

Touché, princesa.

Perdonado. Ahora corre y escucha la *playlist*.

A eso voy.

Sin dejar de sonreír, me levanté del sofá para encerrarme en mi habitación y llamar a Heather.

—Buenas noches.

—¿*Buenas noches*? —imitó el tono formal con el que la había saludado—. ¿Qué soy? ¿Tu jefa? ¿Tu abogada?

—¿Malas noches, entonces? —me reí.

—Mucho mejor. Y, sí, está siendo una noche nefasta, gracias.

—De nada. —Mi sonrisa se ensanchó. Me senté sobre el colchón de mi cama y abracé uno de mis muchos cojines—. Tengo un favor que pedirte. He estado hablando con la banda esta tarde, y hemos llegado a la conclusión de que necesitamos hacer pósteres para el concierto. Y, claro..., para ello necesitamos a alguien que sepa un poco de fotografía.

—Vaya. ¿Me estás *pidiendo* que os haga una sesión de fotos? Tendría que haber grabado la llamada.

—Sí, bueno, después de haberme pasado una hora entera haciendo de modelo para Ethan, creo que no volveré a quejarme de tus sesiones fotográficas.

Oí su risa a través de la llamada. Parecía haberse animado un poco.

—¿Y ahora te quejas de pasar tiempo con Ethan? ¿Estás bien, Kate? ¿Quieres que vaya a tomarte la temperatura? —bromeó.

—Muy graciosa. —Puse los ojos en blanco a sabiendas de que ella no podía verme y volví a dirigir la conversación al concierto. Era lo único en lo que podía pensar esa tarde—. Tengo noticias.

—¿Buenas noticias?

—No. Solo noticias. —Aún no sabía cómo categorizarlas—. Voy a cantar *esa* canción en el concierto del festival del instituto.

—¿*Esa* canción? ¿No decías que la letra gritaba: «Te amo, Ethan, por favor, desvísteme»?

—Yo nunca he dicho eso. —Fruncí el ceño.

—Ya. Pero bien que no te quejarías si lo hiciese.

—Eres imposible. —Negué con la cabeza, a lo que ella me respondió con un beso lo suficientemente sonoro como para que lo oyera a través de la llamada—. Lo que dije fue que la letra estaba… digamos que *muy inspirada* en él.

—Bueno…, ¿hay algo más romántico que declararse con una canción frente a mil personas?

—No busco ser romántica, solo quitarme un peso de encima —aseguré.

—Ya, claro.

—¿Me vas a ayudar con las fotografías o no? —pregunté poniéndome a la defensiva.

—Sabes que sí.

—Bien. Muchas gracias.

El móvil me vibró contra la oreja. Lo aparté un segundo para ver la pantalla y descubrí que me había llegado un nuevo mensaje de Ethan.

Tienes un gusto deprimente.

—De nada —respondió mi amiga—. ¿Nos vemos mañana?

—Sí, claro. Buenas noches, Heather. O malas noches. Lo que tú prefieras.

—Noches, a secas. —Sabía que iba a hacer uno de sus comentarios desde antes de que añadiera—: Ya sabes, porque bueno está Ethan…

—Voy a colgar —amenacé.

—¡Vamos! Estoy teniendo una mala noche, deja que al menos me divierta con esto.

—Diviértete a mi costa mañana, que yo he tenido una mala tarde.

—Vale —dijo alargando la a—. Hasta mañana. Duerme bien.

—Igualmente —me despedí de ella, ansiosa por entrar al chat de Ethan para responder a su mensaje.

No es deprimente. Es relajante.

No, definitivamente es deprimente. Pero no está tan mal.

¿Tan mal? ¡Venga ya! ¡Si te he pasado canciones de Adele, de Bryan Adams y de Taylor Swift! No puedes decirme que «no están tan mal».

Me ha gustado más la de *It's All Coming Back to Me Now*.

Solo porque la canta Celine Dion, seguro.

Evidentemente.

Te odio.

Y no pienso volver a enseñarte ninguna de las canciones que escucho.

Era bromaaaa. Me han gustado mucho. En serio.

Eso está mejor.

:)

Vi que escribía, que dejaba de hacerlo y, finalmente, que comenzaba a escribir de nuevo.

Zoe pregunta si quieres quedarte a dormir aquí el viernes.

¿Y por qué no me escribe ella misma?

Está viendo algo desde su ordenador.

Una serie muy buena, dice.

También dice que le gustaría verla contigo.

Y que te veas los tres primeros capítulos, que son los que ella ya ha visto.

Este viernes voy a salir de fiesta con mis amigas. Dile que puede apuntarse al plan si quiere.

La invitación era en vano, por supuesto. Zoe nunca iría a una fiesta, a menos que le prometieran *brownies* de por vida solamente por presentarse. Por eso, me sorprendió muchísimo el siguiente mensaje que recibí.

Dice que vale.

¿En serio?

A mí también me ha sorprendido, pero parece que sí.

Le respondí que me parecía bien. He de reconocer que la había invitado por mera cortesía, pero ahora que había accedido a acompañarme, la idea de poder ir juntas a una fiesta me emocionaba. Hasta el momento no había querido ir a ninguna conmigo. Bueno, nunca había querido ir a ninguna, sin más.

Conociéndola, estaba segura de que si había aceptado esta vez se debía únicamente a que la serie que estaba viendo era del estilo de *Skins* y quería vivir una noche como la protagonista de un drama adolescente.

Aun así, me preocupaba que pudiera llegar a sentirse apartada en esa fiesta. Al fin y al cabo, se organizaba en casa de una de *mis* amigas, con las que ella apenas tenía cosas en común. No estaba segura de que se lo fuera a pasar bien; quizá habría sido mejor pedirle que se uniera a la siguiente. A una a la que pudiéramos haber ido juntas, solo nosotras dos.

Por favor, dime que nadie llevará *brownies* de marihuana.

Vale, nueva preocupación desbloqueada.

Y que lo digas 😄.

En fin, buenas noches, princesa.

Voy a ver si puedo quedarme dormido escuchando tu *playlist*.

Voy a fingir que no acabas de insultar mis gustos *otra vez*.

No estaba diciendo que me parezca aburrida, te estaba dando la razón: es relajante.

Vale, eso lo acepto.

Buenas noches, Ethan ♡.

Zoe vino a mi casa antes de la fiesta.

Su círculo de amistades era muy reducido, por no decir nulo. Ella era el tipo de persona que nunca salía de su zona de confort, aunque intentaran sacarla a rastras. Era peor que yo en ese aspecto. No obstante, esa vez se la veía muy decidida. Me había pedido que arreglase su cabello, ya que ella tan solo sabía recogérselo de las formas más simples posibles. Yo tampoco era una experta, ni mucho menos, por lo que le recomendé que se reuniera con Heather y conmigo antes de la fiesta.

Poco después de las diez nos encontrábamos las tres en mi habitación, preparándonos juntas. Heather se había arreglado antes de venir. Estaba acostumbrada a verla maquillada, ya que solía ir al menos con base, rímel y corrector a todas partes. Sin embargo, cuando salíamos de fiesta, se esmeraba un poco más y el resultado era impresionante. Esa noche había maquillado sus ojos con una sombra oscura y difuminada que le daba profundidad a su mirada y también cierto aspecto rebelde. Sus labios estaban pintados de un tono rojo muy sugerente y su cabello rubio caía en ondas preciosas hasta sus hombros. Junto a su vestido ajustado de color verde oscuro, estaba deslumbrante. Incluso Zoe, que apenas se fijaba en la gente y sabía aún menos de maquillaje que yo, la alabó nada más verla.

Pasamos el resto de la tarde arreglándonos. Heather ayudó a Zoe a planchar su cabello. La pelinegra se paró frente a mi espejo, observándose fijamente.

—Me gusta —decidió.

Pues claro que le gustaba. ¿Cómo no iba a gustarle? A ella le quedaba bien todo. Ni siquiera necesitaba maquillaje para destacar: tenía unos ojos preciosos y enormes, los labios de un color rosado muy bonito, la nariz pequeña y las cejas definidas, a pesar de que nunca se las había depilado. Lo único que tenía que hacer para parecer una modelo era darle un poco de forma a su cabello rebelde.

—¿Esto está bien? —dijo señalando su ropa—. No sabía qué ponerme.

Le eché un vistazo. Llevaba puesta una sudadera ancha y unos *leggins* negros. Y no iba mal. En absoluto. Pero a Heather le hizo ilusión elegir su vestimenta, como si mi amiga fuera una Barbie, y terminó cogiendo prestado uno de mis tops (que a mí ya me quedaba pequeño) y unos pantalones oscuros (que le quedaban algo largos y que, además, tuvo que acompañar con un cinturón para que se ajustaran a su cintura y no se cayeran). Yo me vestí con unos vaqueros de talle alto, un top negro y unos zapatos del mismo color. Me recogí el pelo en una cola alta y le pedí a Heather que me ayudara un poco con el maquillaje.

—¿Estáis listas? —preguntó Zoe con impaciencia cuando terminé de guardar todos los productos en mi neceser.

—Sí. Vamos.

Avisamos a mi padre de que ya estábamos preparadas para salir. Se había ofrecido voluntario para llevarnos a la fiesta, lo cual era de agradecer. Una vez en el coche, me vi obligada a ocupar el asiento de delante. Por culpa de eso, el viaje se me hizo eterno: mi padre nunca había sido un hombre de muchas palabras, y Zoe era prácticamente incapaz de entablar una conversación en condiciones con alguien a quien no conocía en profundidad, así que el silencio reinó durante todo el trayecto. Por suerte, a Heather no pareció molestarle.

La casa de Sheila estaba situada lejos del centro. Era grande y contaba con un pequeño jardín que en otra ocasión habría estado lleno de gente. En esos momentos, debido al frío, todo el mundo estaba dentro.

Bajamos del coche y nos despedimos de mi padre. Después le envié un mensaje a Karen porque sabía que tocar el timbre no serviría de mucho si estaban escuchando música dentro. La puerta se abrió unos minutos después y Karen nos saludó a Heather y a mí con un abrazo. A Zoe la recibió con cierta incomodidad, aunque educadamente. Noté que no esperaba verla allí y que, además, le decepcionaba un poco su presencia.

Zoe se encogió detrás de mí y yo le dediqué una sonrisa reconfortante tras reprender a Karen con la mirada. No quería que Zoe se arrepintiera de haber venido cuando ni siquiera nos había dado tiempo a entrar.

Karen se disculpó en silencio y nos invitó a pasar. Avanzamos por un pasillo amplio hasta llegar al salón. Ya había gente reunida allí, a pesar de que llegamos bastante pronto —culpa mía, lo admito—, y aunque algunos rostros eran conocidos, otros pertenecían a personas que nunca antes había visto.

Acompañamos a Karen hasta la cocina, donde había una mesa repleta de bebidas. Heather se sirvió la primera. Yo tardé un poco más en decidir lo que quería beber, pero finalmente rellené dos vasos de plástico con diferentes bebidas: una con Coca-Cola para mí y otra con Iced Tea para Zoe.

Sheila se acercó segundos más tarde.

—Hola —saludó animadamente—. Tú eres Zoe, la hermana de Ethan West, ¿verdad?

Mi amiga asintió con la cabeza, algo confusa. No había sabido cómo explicarle que la mayoría de los alumnos de nuestro instituto los conocían a ambos por…, bueno, por ser atractivos.

—¡Lo sabía! Sois idénticos —aseguró—. ¿Vuestros padres son modelos o algo? Es que no me explico cómo podéis haber salido así de guapos los dos.

—Gracias.

Y ahí acabó la conversación.

Lo que decía: hablar con Zoe sin conocerla podía resultar verdaderamente incómodo, sobre todo si no hacías el esfuerzo de sacar la conversación adelante. Por suerte, Sheila era el tipo de persona que hablaba sin parar. Adoraba la atención y que las personas la escucharan.

—De nada. —Sonrió y después continuó hablando con ella.

—Kate —me llamó Karen—, ¿al final viene Jensen?

Asentí con la cabeza. Lo había invitado tras el ensayo del miércoles para aligerar un poco el ambiente entre los dos.

—Dijo que vendría más tarde. —Su sonrisa se agrandó al oír la respuesta afirmativa. De pronto, la expresión que había puesto al ver a Zoe cobró sentido. Ella esperaba a Jensen, no a mi amiga.

La fiesta comenzó a animarse con el paso de las horas. Heather se unió a Sheila, Karen y el resto en un juego de bebida, mientras que yo me quedé con Zoe para hacerle compañía.

—¿Te lo estás pasando bien? —le pregunté.

—Bueno, es… interesante. No se parece mucho a las fiestas que salen en las películas americanas.

Solté una carcajada.

—Bueno, es que esto es más bien una reunión de amigos con alcohol y música. —Levanté mi vaso para enfatizar lo del alcohol.

—Pues sí que tiene amigos Sheila —observó sorprendida.

Volví a reírme y, justo entonces, mi móvil vibró dentro de mi bolso. Lo saqué para ver la notificación y vi que tenía un mensaje de Jensen diciendo que ya estaba allí.

—Espérame, ahora vuelvo —le dije a Zoe.

Me dirigí a la entrada y abrí la puerta. Jensen sonrió al verme.

—Siento llegar tan tarde —se disculpó.

—No pasa nada —repuse—. Entra.

Lo acompañé hasta el salón. El rostro de Karen se iluminó nada más verlo y vino rápidamente hacia nosotros.

—Hola —saludó con una sonrisa todavía más brillante en el rostro.

Dios mío, ¿era yo también así de obvia con Ethan?

Él le devolvió el saludo amablemente y yo decidí hacerle un favor a mi amiga dejándolos a solas un rato. Volví a la cocina, donde se había quedado Zoe, y me la encontré mezclando bebidas en su vaso.

—Así que… ¿has invitado a Jensen también? —Bebió un sorbo de la mezcla y arrugó la nariz. Estaba claro que no le había gustado.

—Sí. —Señalé la bebida—. ¿Qué te has echado?

—Eh… —Se giró para darle otro vistazo a las botellas—. Coca-Cola, un refresco raro de naranja, vodka, cerveza y… —levantó una lata abierta y la giró para leer lo que era— algún tipo de bebida energética.

—Ya, pues creo que no deberías beberte todo eso. —Le quité el vaso de las manos y tiré el contenido por el fregadero, aunque me diera pena, porque no quería arriesgarme a que alguien le diera un trago a esa monstruosidad por accidente—. Si ni siquiera te gusta el gas.

Se encogió de hombros.

—He pensado que igual mezclándolo todo sabría mejor. —Puso cara de asco al recordar el sabor—. Resultado del experimento: me equivocaba.

Negué con la cabeza, sonriente. Después me acordé de que había preguntado por Jensen.

—¿Quieres ir a hablar con él?

Karen me iba a matar por eso, pero yo ya le había hecho un favor al invitar a Jensen a la fiesta, y él era la única persona con la que Zoe podría tener algo sobre lo que conversar. Después de todo, iban a la misma clase.

—¿Con quién? —preguntó confusa mientras se servía otro vaso, esta vez de agua.

—Con Jensen.

—¿Yo? Qué va —respondió, tan agradable como siempre. Toda una mariposa social en su hábitat natural—. Más bien me preguntaba si *tú* no querrías ir a hablar con él.

Distraída, repasó el borde del vaso con su índice.

—Estoy bien aquí. ¿Por qué lo dices?

—Bueno..., él te gusta, ¿no?

—¿De dónde has sacado eso? —repliqué perpleja. No había forma de que hubiera llegado a esa conclusión ella sola, con lo poco que se fijaba en esas cosas.

—Ethan lo mencionó el otro día. —Le dio un trago a su agua.

Abrí aún más los ojos.

—¿Y desde cuándo es mi situación sentimental material de conversación para vosotros dos? —La miré con cierta desconfianza.

—A mí no me mires. Fue él quien sacó el tema. —Levantó una mano en señal de paz.

—¿Y... qué te dijo, exactamente? —Empecé a juguetear con el cartón de mi vaso.

—Pues primero quiso saber si me llevaba bien con Jensen y luego me hizo un montón de preguntas sobre él que no supe responder, así que le pedí que me dijera a qué venía ese interés tan repentino por un chico con el que apenas había cruzado palabra, y me contó que quería asegurarse de que no era un capullo porque te gustaba. —Incómoda, fijó la vista en la pila de botellas y latas vacías de la esquina—. La verdad es que me habría gustado enterarme por ti y no por él. Siempre soy la última a la que le contáis estas cosas.

Esbozó una mueca triste y yo me puse un poco a la defensiva, porque de repente me sentía culpable.

—Nunca has mostrado interés por estos temas.

Zoe frunció los labios.

—No es el tema lo que me interesa, es… —Negó con la cabeza y decidió reestructurar la frase—. Si yo me enamorara de alguien, tú serías la primera en saberlo.

Por la forma en la que me miró, supe que hablaba en serio y que era algo importante para ella. Me sentí aún peor, porque yo no podía prometerle lo mismo. No podía contarle que estaba enamorada de su hermano.

Por eso, suspiré y decidí sincerarme con ella en otro aspecto.

—No estoy enamorada de Jensen, Zoe.

—¿No? —Parecía tan sorprendida como confusa, pero no me dio tiempo a decir nada más, porque de pronto oí una voz a mis espaldas. Al girarme, casi me di de bruces con Jensen.

—Ey, hola —saludó.

—Hola —respondí de vuelta. Zoe le devolvió el saludo con un breve asentimiento—. ¿Dónde has dejado a Karen?

—Está bastante ocupada. Una amiga suya ha comenzado a vomitar.

Puse cara de asco, pero él se encogió de hombros y esbozó una sonrisa tranquila antes de servirse un vaso de vodka con refresco de naranja. Tras darle un sorbo, frunció el ceño y miró la bebida con desprecio.

—Me he pasado con el alcohol. Esto sabe solo a vodka.

—A ver. —Me tendió el vaso y yo bebí un trago largo que me hizo poner otra mueca como la que hacen los niños cuando prueban el limón por primera vez—. Está malísimo.

Y encima se había servido un vaso entero. Decidí apiadarme de él y le di mi vaso casi vacío para que vertiera parte de su bebida en él y le añadiera más refresco tanto a ese como al suyo. Cuando volvió a beber, parecía más satisfecho.

—Mucho mejor —decidió, y después le ofreció su vaso a Zoe—. ¿Quieres probarlo?

Ella aceptó intrigada, pero no pareció gustarle, como era de esperar. Cinco minutos más tarde, anunció que tenía que ir al baño y yo me quedé a solas con Jensen.

—Se me hace un poco raro hablar con ella después de haber conocido a su hermano. —Se rio, un poco incómodo—. ¿Los conoces desde hace mucho?

—Sí. Desde los dos años más o menos.

—Eso explica muchas cosas. —Sonrió—. ¿Él era el chico al que querías poner celoso?

—¿Qué? —Casi me atraganto con la bebida—. Yo no quería poner celoso a nadie.

—Ya.

—Lo digo en serio.

—Ya —repitió divertido—. Pues deberías saber que el otro día sí se puso celoso.

—¿En serio? —pregunté rápidamente y demasiado intrigada para mi propio bien.

Jensen soltó una carcajada.

—Qué bien disimulas —se burló—. Pero sí, en serio. Tendrías que haber visto la forma en la que nos miró cuando te di el abrazo en la escalera. Y supongo que tampoco te diste cuenta de la postura que adoptó cuando nos despedimos de vosotros tras el ensayo. Nos lanzó a todos una mirada que parecía decir: «Si la vuelvo a ver llorar por vuestra culpa, acabaré con todos y cada uno de vosotros». Consiguió que hasta Sally se amedrentara.

Esa información me hizo sentir mejor de lo que debería. También me frustró un poco, porque me habría gustado verlo por mi propia cuenta.

—Estás toda roja —señaló Jensen. Parecía que se lo estuviera pasando en grande.

—Sabes que diciéndome eso solo vas a conseguir avergonzarme aún más, ¿no?

—Esa era la intención, sí.

—No sé cómo se pudo tragar lo de que me gustas. —Negué con la cabeza—. Eres absolutamente insoportable.

—Oye, que ya he entendido que te gusta más que yo, pero tampoco tienes que restregármelo. —Se hizo el ofendido.

—Por cierto, ya que ha salido el tema... Puede que el domingo le dijera que, aunque me gustaras, lo nuestro no iba a funcionar porque a ti te gustaba otra persona. Me pareció que era una buena forma de explicar por qué no estábamos saliendo.

Jensen soltó otra carcajada.

—¿Y se puede saber quién me gusta? —Ladeó un poco la cabeza, tan divertido como curioso.

—Eh... Garrett —confesé sonrojada, y él abrió mucho los ojos.

—Garrett —repitió, todavía incrédulo. Asentí con la cabeza, rezando silenciosamente porque no se molestara—. Me encantaría haber presenciado el momento en el que se lo dijiste. Si estabas la mitad de nerviosa de lo que pareces ahora, me cuesta creer que se lo tragara —se mofó—. Pero, tranquila, yo te cubro las espaldas. Fingiré que Garrett y yo estamos profundamente enamorados si lo vuelvo a ver.

—Gracias.

—Aunque..., si prefieres que siga celoso, puedo fingir que estoy profundamente enamorado de *ti* —dijo en un claro tono de burla. Iba a quejarme cuando Zoe volvió a entrar en la cocina.

La observé esperando encontrarme con algún indicio de desesperación por volver a casa, pero solo parecía aburrida. En el salón, mis amigos jugaban al *«Beer pong»*. Les pregunté a Zoe y a Jensen si querían unirse y ambos aceptaron (uno con más entusiasmo que el otro). Heather y Sheila nos recibieron animadamente. Las dos iban ya contentas en exceso.

—¡Yo voy con Kate! —Heather me abrazó por detrás, pasando los brazos alrededor de mi cuello.

—No sé yo si soy tu mejor opción...

Se me daban fatal esa clase de juegos.

—¡Da igual! Yo voy contigo.

—Bueno, pues entonces… Supongo que vosotros dos vais juntos. —Señalé a Zoe y a Jensen. Sheila ya se había ido; no se estaba quieta ni un segundo.

En cuanto el juego comenzó, me percaté de lo terriblemente mal que estaba hecha la división de grupos. Heather estaba demasiado borracha como para acertar un solo tiro y yo era demasiado torpe como para compensarlo. Por si eso fuera poco, resulta que la puntería de Zoe era excelente y que Jensen no era malo del todo.

A Heather y a mí nos tocó beber una y otra vez. Al final tuvimos que parar porque ambas empezamos a marearnos. Heather acabó vomitando en el baño y Zoe la ayudó sujetándole el pelo. Yo me quedé quietecita en el sofá. Había bebido tanta cerveza de golpe que la cabeza me daba vueltas.

Cuando mis amigas regresaron, Heather estaba como nueva, mientras que Zoe parecía haber envejecido diez años. Saqué el móvil para mirar la hora. Había aguantado en la fiesta mucho más tiempo del que esperaba.

Me levanté despacio para evitar marearme de nuevo y le pregunté si quería irse a casa. A este ofrecimiento sí me respondió con muchísimo entusiasmo.

11

Eres la pesadilla de mis pesadillas.
El talón de Aquiles de mis miedos.
Iluminas cada uno de mis sueños.
Hasta aquellos que no acaban en «te quiero».

Después de tener que cargar conmigo todo el camino hasta su edificio, estaba segura de que Zoe no aceptaría volver a salir de fiesta conmigo en la vida. No es que estuviera para el arrastre, pero la mitad de lo que decía carecía de sentido y la pobre no sabía ni qué responderme o cómo hacer que me callase.

La casa entera estaba a oscuras cuando abrió la puerta. Caminamos de puntillas hasta la habitación de Zoe y nos quitamos las zapatillas. No nos molestamos en cambiarnos de ropa; dormiríamos con la que llevábamos puesta.

Fuimos al baño a lavarnos los dientes en silencio y después nos acostamos en su cama. Yo me tumbé al lado de Zoe y cerré los ojos, pero no fui capaz de conciliar el sueño, al contrario que mi amiga, que se quedó dormida enseguida. Su respiración era tan profunda que a veces llegaba a ser más molesta incluso que los ronquidos. Además, no tardó en empezar a moverse, así que cada vez que estaba a punto de quedarme dormida, ella terminaba despertándome con sus patadas y sus manotazos.

Suspiré con pesadez y me levanté de la cama para ir al aseo. Eran más o menos las cuatro de la madrugada. La luz del baño me cegó al encenderla, provocando también que mi dolor de cabeza aumentase.

Al salir del baño decidí que de ninguna manera iba a pasar la noche en la misma cama que Zoe. Quería dormir tranquila.

Pensé en irme al sofá, pero entonces se me ocurrió una idea que en aquel momento me pareció infinitamente mejor, así que, aprovechando la inhibición del alcohol, me colé en la habitación de Ethan y me tumbé a su lado.

Se revolvió al notar que el colchón se hundía con mi peso.

—¿Zoe? —preguntó con voz ronca, aún adormilado.

—Tengo sueño. Vamos a dormir —susurré toda decidida.

Ethan volvió a girarse y emitió un gruñido adorable. Sonreí y me acurruqué a su lado con cuidado de no despertarlo. Después me quedé muy quieta. Podía oír su respiración e incluso sentía su aliento contra mi pelo.

Respiré hondo, llenando mis pulmones con su olor, el cual conseguía relajarme tanto como revolucionaba mis hormonas.

Cada vez me costaba más mantener los ojos abiertos, a pesar de que ya no quería dormirme. Lo único que deseaba era poder disfrutar de su cercanía un poco más…

Pero no pude. En cuestión de minutos, me quedé profundamente dormida.

Me revolví un poco antes de abrir los ojos. Había dormido mejor que nunca: mi sueño había sido profundo y tranquilo, y no quería despertarme aún, pero terminé cediendo, y dejé que la luz me despejase poco a poco.

—¿Despierta, princesa?

Volví a cerrar los ojos de inmediato y maldije en voz baja. Los recuerdos de la noche anterior regresaron como pequeños *flashbacks* vergonzantes. ¿En qué diablos estaba pensando al meterme en su cama?

Me giré despacio para enfrentar el rostro sonriente de Ethan.

—Eh... —Traté de ordenar mis pensamientos para poder dar una explicación lógica sobre la situación, pero, por más que pensaba, no se me ocurría ninguna excusa decente. Al final, desistí y dije—: ¿Buenos días?

Ethan elevó una ceja. Por lo menos, no parecía incómodo. Tampoco enfadado, pero claro, siendo él, eso no decía mucho.

—¿Qué haces en mi cama?

Vale, la situación definitivamente *no* le molestaba; de hecho, daba la impresión de que se lo estaba pasando en grande con mi actitud avergonzada.

—Pues... me confundí de habitación después de ir al baño. Creía que esta era la cama de Zoe. —Ethan vio a través de mi descarada mentira, por supuesto, pero fue lo suficientemente considerado como para no señalarlo de forma directa.

—¿Y duermes abrazada a ella como un koala para evitar que se mueva? Tengo que admitir que es una táctica bastante eficaz.

—Lo siento —me disculpé a la vez que el rostro se me teñía de rojo.

—Que sepas que casi me muero del susto cuando he notado que había alguien durmiendo a mi lado.

—Ya te he dicho que lo siento —me quejé, y su sonrisa se volvió más amplia.

—¿Has dormido bien, al menos?

—Sí —admití—. Eres bastante cómodo. Y no das patadas. —Estábamos tan cerca el uno del otro que noté la vibración de su pecho cuando soltó una carcajada. Tragué saliva y me alejé todo lo que el ancho de su cama individual me permitía. Es decir, tan solo unos pocos centímetros—. ¿Crees que se habrá dado cuenta de que no estoy? —pregunté en voz baja, refiriéndome a su hermana.

—Lo dudo mucho —respondió en el mismo tono y, acto seguido, movió la mano para coger un mechón de mi pelo.

—¿Qué haces?

—¿Siempre amaneces con el pelo tan... ordenado? —Lo acarició con sumo cuidado y yo sentí que se me cortaba el aliento. Tragué saliva cuando me rozó la mejilla con los nudillos. Estaba tan embobada que solo pude asentir con la cabeza.

Ethan apartó la mano para moverse y quedar sentado sobre la cama, y yo sentí una punzada de decepción, hasta que me di cuenta de que no llevaba camiseta. Tardé un rato en recordar que Ethan siempre dormía así, y después necesité otro momento para procesar que había dormido abrazada a su torso desnudo.

Apreté los labios y le eché un vistazo a su espalda. Tenía una forma tonificada y masculina y un color de piel cálido y brillante. Sentí el impulso de acercarme a él para besarle el hombro y los omoplatos.

—Si me sigues mirando tan intensamente, me voy a sonrojar —bromeó como si fuera capaz de notar el peso de mi mirada sobre su cuerpo.

Como de costumbre, la que terminó roja fui yo.

Robé su almohada para lanzársela a la cara y, aunque le dio de lleno, lo único que conseguí fue sacarle una carcajada. Negué con la cabeza, aún roja como un tomate, y salí de la cama.

—Supongo que hoy no hay tortitas —dije tras mirar la hora en mi móvil. Era la una del mediodía—. Una pena.

—Volveré a prepararte tortitas otro día.

Le dediqué una sonrisa sincera. ¿Cómo no iba a enamorarme de él, si hasta se ofrecía a prepararme tortitas para desayunar?

—El mundo necesita más personas como tú.

—Pues sí, pero hoy nos tendremos que conformar con un desayuno más ligero. —Se levantó de la cama con cierta pereza y, al ver que iba descalza, me preguntó si quería que me prestara unos calcetines. Acepté y volví a sentarme para ponérmelos. Me quedaban bastante grandes, pero el suelo estaba helado y agradecí tener algo que impidiese que mis pies se convirtieran en cubitos de hielo.

Antes de que pudiera levantarme, Ethan se inclinó y acercó su rostro a mi cuello. Me quedé paralizada y con el corazón latiéndome a mil por hora.

—Apestas a alcohol —declaró con la voz un poco ronca. Instintivamente, miré hacia abajo y olisqueé la tela de mi camiseta.

—Ah, sí —recordé—. Sheila volcó un poco de su bebida sobre mi ropa al abrazarme.

—¿Quieres que te deje también una camiseta? —De pronto, se mostró algo inseguro. Incluso me pareció que mostraba una actitud un tanto tímida—. Luego puedes pedirle a Zoe que te preste algo de ropa, pero mientras tanto… puedes usar la mía.

—Eh…, sí, claro —asentí.

Él se dirigió al armario.

—¿Te sirve esta? —preguntó segundos antes de lanzarme la camiseta.

La cogí al vuelo. Al estirarla, vi que era una que solía ponerse muy a menudo, por lo que probablemente olería a él.

—Sí, esta está bien —dije apresuradamente. Claro que quería la que estaba impregnada de su olor, porque masoquista se nace, no se hace—. ¿Puedo…, eh…, darme una ducha antes de cambiarme?

—Sí, claro —respondió un poco confuso.

El apartamento de sus padres era casi una segunda casa para Jake y para mí, así que resultaba extraño que le pidiera permiso para algo que otras veces había hecho con una libertad absoluta. Pero es que, cuando estábamos solos, no me sentía para nada como cuando estaba a solas con Zoe o cuando estábamos los cuatro reunidos. Todo parecía tan… íntimo.

Sin decir nada más, me dirigí al baño y, tras desvestirme, me metí en la ducha. Mientras el agua descendía por mi cuerpo, me di cuenta de un pequeño detalle que había pasado por alto: se me había olvidado coger una toalla.

Salí de la ducha en cuclillas y revisé algunos armarios con la esperanza de encontrar alguna, pero sabía que las guardaban fuera, en una de las cómodas del pasillo. Maldije en voz baja y decidí recurrir a la única solución que no implicase salir del baño desnuda y goteando: llamar a Ethan por teléfono para pedirle ayuda.

—¿Kate? —contestó casi al instante.

—Esto…, ¿me puedes traer una toalla?

Hubo un breve momento de silencio.

—Dame un minuto. Enseguida te llevo una.

Después de esa corta conversación, colgó la llamada. Le quité el pestillo a la puerta y me metí de nuevo en la ducha para cubrirme con las cortinas por si Ethan entraba. Segundos más tarde, la puerta se abrió.

—Te dejo la toalla colgada en la percha. —No saqué la cabeza para ver dónde se refería, pero aun así le dije que estaba bien—. ¿Necesitas algo más?

—No. Y… gracias —respondí como un tomate. Esa mañana me estaba costando mucho interactuar con él como de costumbre.

Le eché la culpa al alcohol, a pesar de que lo único que quedaba de él era una leve resaca. Me dolía un poco la cabeza y me encontraba algo fatigada, pero eso era todo.

La puerta se volvió a abrir y a cerrar, y así supe que Ethan se había marchado. Terminé de aclararme el pelo para quitarme los restos de acondicionador y salí de la ducha. Mientras agarraba la toalla y me cubría el cuerpo con ella, volví a pensar en lo estúpida que había sido al meterme en su cama y me sentí fatal. No solo porque el hecho de haber acabado ahí era supersospechoso, sino también por la nefasta excusa que le había dado después. Habría sido mejor contarle la verdad —una parte de ella, al menos—: que Zoe no me dejaba dormir y con él sí que estaba a gusto.

En fin. Poco podía hacer ya.

Me sequé con la toalla y me puse la camiseta de Ethan. Era muy cómoda y me cubría los muslos hasta la rodilla.

Y sí, olía a él.

Y sí, me quedé oliéndola un buen rato.

Salí del cuarto de baño y me volví a reunir con Ethan, esta vez en la cocina. Se había puesto uno de los pijamas que solía usar para estar por casa cuando yo andaba cerca.

—¿Quieres ir al partido de Zoe esta tarde?

—¿Esta tarde? —Fruncí el ceño—. ¿Sus partidos no son los domingos?

—Este fin de semana lo han cambiado porque mañana hay previsión de lluvia —explicó—. Mis padres no volverán hasta esta noche, así que estaré solo en las gradas. Y no es que el fútbol me apasione, la verdad. Me lo pasaría mejor si vinieras conmigo.

Sentí un cosquilleo en el vientre cuando dijo eso último. Para mí fue como si me hubiera dicho que se sentía a gusto conmigo. Pasar la tarde con él sonaba muy bien… y también era una pésima idea. Estaríamos solos. Otra vez.

¿Por qué se me presentaban de repente tantas ocasiones para estar a solas con él? Había pasado dieciséis años de mi vida luchando con uñas y dientes para conseguir un solo minuto de su tiempo, y ahora que mi meta era superar mis sentimientos por él surgían situaciones como esa constantemente. Me parecía tan irónico como frustrante.

Pero no iba a rechazar la oferta. Teniéndolo delante, con sus ojos grises clavados en mis pupilas y su olor envolviéndome por completo, me era imposible negarme a nada que él me pidiera. Así que terminé aceptando y luego miré la hora en el reloj de la cocina. Eran casi las dos.

—Buena hora para desayunar —señalé con sarcasmo.

Ethan sonrió.

—Creo que nos va a tocar comer. ¿Qué te apetece?

—¿Vas a volver a cocinar tú? —Alcé ambas cejas en su dirección, pero en realidad, la idea me emocionaba. Que cocinara para mí me parecía un gesto superbonito y, ¿para qué engañarnos?, también bastante romántico.

Ethan asintió con la cabeza y empezó a sacar un montón de comida del frigorífico. Quise saber qué demonios iba a cocinar que necesitara tantos ingredientes, pero antes de que pudiera hacer la pregunta en voz alta, me dijo:

—Despierta a Zoe, por favor. Necesitará comer algo antes del partido.

Reprimí las enormes ganas que me entraron de darle un beso en la mejilla antes de ir a la habitación de Zoe. Entré sin demasiado cuidado y separé las cortinas para dejar que la luz entrara. Ella gruñó y se dio la vuelta para hundir la cara en su almohada y poder seguir durmiendo. La zarandeé suavemente, lo que terminó de despertarla. Mientras se desperezaba, me dirigí a su armario y le eché un vistazo a las prendas que había colgadas en las perchas y dobladas en los estantes. Saqué un par de sudaderas y un jersey que pensé que podrían valerme, porque eran lo que más se ajustaba a mi tipo de cuerpo, que no se parecía en nada al de mi amiga. Zoe no tenía unas curvas tan marcadas como las mías y usaba, por lo menos, dos tallas menos que yo.

—¿Qué te pasa? —inquirió, somnolienta, al ver que fruncía el ceño frente a su armario.

—Es que… no estoy segura de poder ponerme nada de esto.

—¿Y por qué quieres cambiarte? Con esa camiseta vas bien. Ponte unos pantalones y ya está —respondió como si la solución fuese obvia.

—Es de tu hermano —afirmé señalando la que llevaba puesta.

—Ya. Y esas son mías. —Ella señaló las prendas que había sacado de su armario.

Indecisa, volví a mirar su ropa.

A ver, podía ponerme algo suyo aunque me quedara pequeño y, si no, podía buscar algo entre la ropa de su madre. Pero acababa de darme la excusa perfecta para seguir usando la camiseta de Ethan, así que dije:

—Bueno, si insistes…

No había insistido. De hecho, se estaba volviendo a quedar dormida. La zarandeé otra vez y la obligué a salir de la cama, cosa que hizo a regañadientes.

—¿Tienes unos pantalones que te vengan grandes? —le pregunté.

—No —respondió secamente. Estaba irritada porque la había despertado dos veces.

—¿Crees que puedo tomar prestados unos de Louise?

—Sí.

Puse los ojos en blanco ante sus monosílabos y salí de la habitación. Fui hasta la de sus padres —en la cual había una cama *ace size*, de casi tres metros de ancho— y rebusqué entre la exagerada cantidad de prendas que guardaba Louise hasta encontrar unos *leggins* negros y elásticos que pudieran quedarme bien.

Zoe ya estaba en la cocina cuando regresé. Olía a beicon y a pan tostado y la mesa estaba llena de otros ingredientes apetitosos, como aguacate cortado en rodajas, huevos revueltos y queso. En el centro había un bol de ensalada.

Ethan no dijo nada al ver que llevaba puesta su camiseta y yo no supe interpretar la forma en la que me miró. Era intensa, eso seguro, pero no sabía con exactitud si lo era en el buen sentido o en el malo.

—Esto tiene muy buena pinta —comenté a la vez que tomaba asiento en una de las sillas.

—Sí —me dio la razón Zoe—. Has despertado mi espíritu familiar y todo; hoy no me encerraré en mi habitación para desayunar sola. Comeré aquí con vosotros.

—Qué gran honor. —Ethan puso los ojos en blanco, pero sonreía.

—Creo que habría sido difícil que te llevaras algo de esto a tu cuarto.

Era un *brunch* en toda regla, no un vaso de leche con cereales o un yogur con frutas y muesli.

Nos lo comimos todo con tranquilidad, porque, según Ethan, aún quedaba mucho para el partido. Después él fue a vestirse mientras nosotras terminábamos de recoger la cocina.

—Gracias por aguantarme anoche —le dije a Zoe cuando nos quedamos a solas—. No pensaba beber tanto, pero con la paliza que nos disteis a Heather y a mí en el «*Beer pong*»...

—Está claro que las fiestas no son lo mío, pero esa parte no estuvo nada mal. —Sonrió, lo cual me alivió bastante.

Cuando Ethan volvió a la cocina, llevaba puestos unos vaqueros azules y un jersey gris que parecía hecho a medida, porque no era normal que toda su ropa le quedara *tan* bien. Zoe tardó un poco más en arreglarse. Se dio una ducha rápida y se vistió con el conjunto de su equipo: una camiseta negra con el número ocho detrás, unos pantalones cortos, medias y zapatillas. Ni siquiera la ropa deportiva conseguía disimular lo atractiva que era. Es más, incluso lo acentuaba.

Se recogió el pelo en una cola alta, como de costumbre, y después nos quedamos los tres en el salón esperando a que llegase la hora de coger el autobús.

Las chicas que estaban sentadas justo detrás de nosotros en las gradas no dejaban de mirar a Ethan. También me echaban ojeadas a mí de vez en cuando, seguramente porque se preguntaban cuál era mi relación con él. Tuve que recordarme a mí misma que no debían caerme mal por estar interesadas en el chico que me gustaba. Después de todo, no es que Ethan tuviera un cartel colgado a la espalda en el que se leyera: «Propiedad de Katherine Moore». Y aunque lo tuviera…, bueno, no sería verdad.

Traté de centrar mi atención en el partido. Zoe corría de un lado a otro y hacía bien su trabajo, pero no mostraba demasiada pasión que digamos. Estaba ahí simplemente por estar, y se movía haciendo buen uso de sus reflejos porque, en el fondo, los deportes siempre se le habían dado bien.

—Pídele su número de teléfono —susurró una de las chicas de atrás, acabando de nuevo con mi paz interna—. ¡Vamos!

Me crucé de brazos, incómoda.

—¿Tienes frío? —me preguntó Ethan en un tono suave y protector—. ¿Quieres que te deje mi chaqueta?

Asentí con la cabeza porque sí tenía frío —después de todo, solo llevaba puesta su camiseta de manga corta y la chaqueta que había llevado a la fiesta— y porque él no la estaba usando. Me la puso alrededor de los hombros y me rodeó con un brazo para atraerme hacia sí y darme algo de calor.

Tuve la impresión de que estaba marcando territorio de alguna forma. La idea me pareció ridícula; ¿qué necesidad tenía de hacer eso, cuando el número de teléfono que querían era el suyo y no el mío? Además, llevaba puesta su camiseta, sus calcetines, y ahora también su chaqueta. El territorio estaba más que marcado.

Sin embargo, no me quejé. Todo lo contrario: sonreí y me olvidé por completo de las chicas que lo miraban.

Se me escapó un bostezo. Había dormido más de ocho horas del tirón, pero la borrachera me había dejado hecha polvo.

—Si quieres descansar, puedes apoyar la cabeza en mi hombro —susurró Ethan muy cerca de mi oído. Me estremecí de arriba abajo al notar su aliento acariciándome la mejilla, pero asentí y reposé la cabeza sobre su hombro.

Siempre que mi cuerpo estaba cerca del de Ethan, surgía algún tipo de reacción por mi parte. A veces eran mariposas en el vientre. Otras, una corriente eléctrica. En ese momento lo que sentí fue paz. Una calma inmensa que solo él me hacía experimentar.

Lo que *siempre* sentía por él, por otra parte, era amor. Supe que estaba enamorada de él desde muy pequeña. Desde que fui capaz de entender lo que eso significaba, prácticamente.

Existen muchas definiciones para el concepto de amor platónico. El que a mí me gusta utilizar es el que dice que es un amor idealizado e inalcanzable que trasciende la belleza física.

Hasta el momento, Ethan había sido justo eso para mí, pero incluso yo podía notar que últimamente las cosas estaban cambiando. Haber renunciado a mis sentimientos —o al menos tener la intención de hacerlo— lograba que me sintiera un poco más relajada a su lado. También me obligaba a pensar mucho en él, pero de una forma distinta. Ya no lo miraba con los ojos de una niña, adorándolo por encima de todo lo demás y soñando con vivir mi romance de película. Lo miraba como lo que era: alguien que me conocía mejor que la mayoría de las personas, que me inspiraba y me transmitía paz. No era mi amor platónico, era mi amor, a secas, y también mi mejor amigo y mi persona favorita en todo el mundo.

12

Bésame de nuevo,
siente mis latidos.
Enciende este fuego;
si me abraso,
que sea contigo.

El domingo me desperté temprano y pasé la mañana estudiando hasta que Zoe, Ethan y sus padres tocaron el timbre. Fui corriendo de puntillas hasta la entrada y los recibí con una sonrisa. Me encantaban los cumpleaños —y todo tipo de celebración que me permitiese planificar y dar regalos, en realidad—, y el de Jake me animaba especialmente porque sabía que le hacían ilusión las sorpresas y los detallitos.

—Sigue dormido, ¿verdad? —me preguntó John, el padre de Zoe y de Ethan, en voz baja. Asentí con la cabeza.

—No se despertará hasta las once o así.

Teníamos tiempo de sobra para decorar el salón y preparar el desayuno. Yo me encargué de lo primero junto a Zoe y Louise: llenamos la pared del salón con fotos, dibujos y trabajos escolares de cuando Jake era pequeño y colocamos los regalos en la esquina de la habitación. Los billetes de avión estaban dentro de una caja enorme para que abultara más y no pudiese imaginarse lo que había dentro de ninguna forma.

Cuando terminamos, el olor a chocolate caliente se había esparcido por toda la casa y en la mesa de la cocina había un plato lleno de churros espolvoreados con azúcar. Se me hizo la boca agua enseguida. Zoe se acercó a la mesa y se quedó mirando el desayuno muy quieta, como si estuviera haciendo un gran esfuerzo por no probar nada antes de tiempo.

—No seas ansias —la regañé.

—Es que pienso en que se van a enfriar y se me parte el corazón. —Señaló los churros afligida. Negué con la cabeza, pero al final permití que se comiera uno pequeñito porque la verdad es que a mí también me daba pena dejar que se enfriasen.

Después miré la hora en el reloj de la cocina. Mi lado impaciente se moría de ganas por despertar a Jake, pero ¿a quién le habría gustado que lo despertaran en su cumpleaños? Siendo domingo, la idea resultaba incluso diabólica, así que me contuve y me senté en el sofá a leer con la esperanza de que eso amenizara un poco la espera.

Ni siquiera me había dado tiempo a abrir el libro cuando los hermanos West se sentaron a mi lado, uno a cada extremo del sofá. Zoe se puso sus auriculares para ver una película desde su móvil, mientras que Ethan, aburrido, se interesó por mi lectura.

—Uy, este es nuevo —dijo tras echarle un vistazo a la cubierta. Me había visto releyendo los mismos libros tantas veces que le sorprendió no reconocer el título de ese.

Lo cerré y le di la vuelta para mostrárselo mejor. La cubierta era mayoritariamente roja, pero en la parte de delante se veía la espalda de una mujer vestida de verde.

—Estaba en la biblioteca del instituto —expliqué.

—¿De qué va?

No voy a mentir: adoraba que me preguntara eso. Ethan era el único que aguantaba mis charlas eternas sobre los libros que me gustaban. Se sabía la trama de *Orgullo y prejuicio*, de *Yo antes de ti* y de *Tardes de otoño* de principio a fin por mi culpa.

Comencé a contarle cosas sobre esa novela en específico y él me escuchó atentamente hasta que los dos oímos que la puerta de la habitación de Jake se abría. Nos miramos mutuamente y, como si nos hubiésemos comunicado de esa forma, nos levantamos del sofá a la vez para ir corriendo hacia mi hermano y envolverlo en un gran abrazo.

—¡Felicidades! Ya puedes comprar alcohol legalmente —exclamé.

—Y también ir a la cárcel —agregó Ethan.

Jake soltó una carcajada.

—Gracias, gracias. Muy amables los dos… —Se le iluminó la mirada de repente—. ¿Eso que huelo es chocolate?

—Sí. —Asentí animadamente—. También hay churros, y Edith ha comprado un preparado de tortitas proteicas por si no te apetece saltarte la dieta.

—La policía del azúcar no perdona —se lamentó Zoe mientras andaba tranquilamente hacia nosotros. Se acercó a Jake y le dio un par de palmaditas en la espalda—. ¡Feliz cumple! —Al ver que sus padres se acercaban, bajó la voz para añadir—: Tranquilo, yo defenderé tus derechos. No dejaré que te envenenen con proteína de guisante, o lo que sea que lleven esas tortitas, el día de tu cumpleaños.

Jake soltó otra carcajada.

—Sabes que si yo también como churros, habrá que repartirlos entre más personas y tocaremos a menos, ¿no? —respondió, también en voz baja.

—Sí. Hasta ahí sí que llegan mis conocimientos matemáticos. Pero, ya ves, así de generosa soy.

Antes de que Jake pudiera volver a reírse siquiera, Louise llegó y lo abrazó con fuerza. John se unió al abrazo con la paciencia que lo caracterizaba —y que Ethan había heredado—, mientras que Edith se quedó viendo la escena con una sonrisa llena de cariño. Cuando los otros dos se apartaron, ella le dio un apretón en el hombro.

—Dieciocho añazos… —murmuró tras felicitarlo. Su voz estaba teñida de nostalgia, como si no pudiera creer que el tiempo hubiera pasado tan rápido.

—Sigues siendo prácticamente un recién nacido. —Louise le pinzó las mejillas con los dedos.

—Sí, un recién nacido que, en vez de haber estado nueve meses en la barriga de su madre, se ha pasado nueve meses entrenando en el gimnasio —se rio John—. Antes, viendo las fotos, casi no te reconocemos.

Tenía razón. Entre el estirón de la pubertad y su afición por el gimnasio, Jake había cambiado bastante en los últimos años. Era superalto, más incluso que Ethan, que John y que mi padre. Su energía de golden retriever era la única razón por la que no intimidaba en absoluto.

—¿Qué fotos? —preguntó curioso.

Fue entonces cuando lo dejamos entrar al salón. Se quedó boquiabierto al ver la decoración y la pila de regalos y quiso abrirlos de inmediato, pero Edith y Zoe le dijeron que el desayuno iba primero. Yo tenía aún más ganas que él de que viera los billetes de avión, así que me comí mi parte en tiempo récord y presioné un poco al resto para que hicieran lo mismo. Cuando llegó el momento, se sentó en el suelo y fue abriendo los regalos uno a uno. El último fue el mío.

Antes de rasgar el papel que envolvía la caja la sacudió un poco y me miró con el ceño algo fruncido pero sonriendo. Probablemente se preguntaba por qué pesaba tan poco algo tan grande. Al abrir la caja, se quedó aún más confuso. Y lo entiendo: lo único que había ahí dentro eran trozos de papel con letras, números y códigos de barras. Le llevó unos segundos entender lo que era exactamente, pero entonces abrió mucho los ojos y me miró como si aún no terminara de creer que le hubiéramos regalado algo así.

—¿Y bien? —Hice un esfuerzo por ocultar mi emoción.

—Me esperaba un par de calcetines, no un viaje a Nueva York. —Se rio—. Joder, gracias.

Dejó la caja en el suelo, se puso de pie y me dio un abrazo enorme. Un abrazo de hermano mayor conmovido.

—Tuve que hacer un PowerPoint para convencer a papá y mamá

de que esto era una buena idea. —Solté una carcajada—. Me alegra que haya merecido la pena.

—Es genial. Muchas gracias, enana.

A las cinco de la tarde comenzaron los preparativos de la fiesta. Yo me encargué de arreglar la sala de reuniones de nuestro edificio. Estaba situada en la planta baja, entre la lavandería comunitaria y la sauna. Habíamos bajado la mesa de nuestro balcón y la habíamos colocado en el centro de la sala. Ahí irían las bebidas, según la escasa información que Jake me había proporcionado sobre la fiesta. Al parecer, yo tendía a querer controlarlo todo y a frustrarme cada vez que algo se salía mínimamente de mis planes, y mi hermano no quería que «acabase estresada porque alguien comprara la marca equivocada de patatas fritas», como él mismo me hizo saber.

Pasé la aspiradora por el suelo del local y limpié la mesa hasta que quedó reluciente. Después me subí en el ascensor y me reuní con Jake, que acababa de volver de hacer la compra.

—¿A cuánta gente has invitado? —pregunté al ver la cantidad de comida y bebida que había sobre la mesa de la cocina.

—No quieres saberlo —aseguró. Arqueé las cejas y lo miré fijamente hasta que se rindió y dijo—: No sé exactamente cuántos son, pero he invitado a todo mi antiguo equipo de fútbol y a varios amigos que no veo desde hace tiempo.

—Además de tus amigos actuales, ¿no?

—Exacto. —Asintió—. Y lo más probable es que traigan a alguien más.

Suspiré. La casa iba a estar llena de gente con la que no tenía absolutamente nada que ver. Empezaba a sentirme como Zoe, e incluso contemplé la idea de irme con ella y pasar la noche en su casa. Y, aunque me sabía mal largarme de la fiesta, no estaría dejando tirado a Jake porque, al parecer, tenía compañía de sobra.

—Ya puedes ir avisando de que mi habitación es zona restringida.

—Lo sé. Haré un cartel y lo pondré en la puerta. Aun así, lo mejor es que cierres con llave.

—Ya contaba con ello.

El timbre sonó en ese mismo momento. Jake fue a abrir la puerta y, un par de minutos más tarde, regresó acompañado de Ethan, que iba cargado con bolsas llenas de *snacks* y bebida.

—¿Cómo vais? —preguntó.

—Está casi todo listo. Solo queda bajar los pufs del balcón.

—Yo me puedo encargar de eso —se ofreció Jake—. Vosotros podéis ir bajando los aperitivos y la bebida.

—Entendido, jefe —respondí en tono de burla.

—Pues si lo has entendido, empieza a mover el culo. Dentro de dos horas comenzará a venir la gente.

Una vez dicho eso, se encaminó hacia el balcón, dejándonos a Ethan y a mí solos. Yo decidí hacer caso a mi hermano y saqué una bolsa grande para llenarla de todo lo que había que bajar. Cuando me giré para seguir preparando el resto de las cosas, me encontré con Ethan a centímetros de mí y me sobresalté.

—Joder, qué susto.

Sonrió y le echó un vistazo a la enorme bolsa que se encontraba a mis espaldas.

—¿Necesitas ayuda?

—¿Para meter la comida en una bolsa? Creo que puedo hacerlo sola —indiqué con sarcasmo.

—Entonces voy metiendo estas botellas en otra bolsa —informó él, ignorando mi comentario.

Me quedé mirándolo un momento, pensando en la fiesta. Nunca había estado en una con Ethan y, si bien tenía curiosidad por saber cómo se comportaba en un ambiente así, también estaba aterrada. Seguro que conseguía llamar la atención de, por lo menos, dos tercios de las chicas que se presentaran, y yo no estaba preparada para enfrentarme a eso.

—Bueno, en realidad, podrías hacerme un favor —le dije, y enseguida me otorgó toda su atención—. Necesito que llames a tu hermana y le preguntes si puedo pasar la noche en su casa.

Se quedó muy quieto de repente y clavó la vista en mí.

—¿No vas a quedarte?

—Sí, ese era el plan, pero… Después de ver todo el alcohol que Jake ha comprado, estoy dudando. —Jugueteé con el dobladillo de mi camiseta, incómoda. No podía decirle que la razón por la que quería irme de la fiesta de cumpleaños de mi hermano era él, y esperaba de veras que no viera a través de mi mentira y comenzara a hacer preguntas—. No quiero ser la niñera de nadie esta noche.

—No vas a serlo.

—Todos vais a beber.

—¿Y tú no? —preguntó frunciendo el ceño. Por cómo me miraba, estaba claro que se había dado cuenta de que estaba ocultándole algo—. La gente sabe cuidarse sola. No vas a ser la niñera de nadie.

—Aun así, va a venir un montón de gente que ni siquiera conozco.

—A mí me conoces. También conoces a Emily, a Sam, a Mark y a otros de los amigos de Jake. Muchos van a nuestro instituto.

—No quiero pasarme la tarde pegada a ti o a Emily. Vais a acabar hartos de mí.

—Emily te adora —aseguró, y luego dio un par de pasos en mi dirección, acercándose peligrosamente a la vez que ladeaba un poquito la cabeza y me dedicaba una mirada suplicante—. Y sabes que yo también.

Me reí con nerviosismo.

—¿Y quién no? —dije con una seguridad del todo fingida para romper la tensión que empezaba a invadir el ambiente.

—¿Lo ves? Quédate. —Esbozó una sonrisa irresistible y lo primero que pensé fue que no era justo. No era justo que me lo pidiera de esa forma, porque no podía negarme.

Le sostuve la mirada —que pretendía ser de cachorrillo, pero a mí me aceleraba el pulso, me secaba la garganta y me dejaba casi hipnotizada— hasta que, finalmente, desistí.

—Vale —acepté. ¿Qué puedo decir? Era débil frente a sus encantos—. Te arrepentirás cuando veas que no te dejo tranquilo ni para ir al baño.

Su sonrisa se ensanchó.

—Dudo mucho que me pueda arrepentir de estar contigo.

Necesité unos segundos para recuperarme de todo lo que me hicieron sentir sus palabras. Definitivamente, no era justo.

—Vamos a bajar las bolsas antes de que mi hermano venga quejándose de que es el único trabajando a pesar de ser el cumpleañero —cambié de tema. Necesitaba salir de ahí cuanto antes, porque la situación empeoraba por momentos. Cada vez que me quedaba a solas con Ethan terminaba perdiendo contra lo que sentía por él.

Y aunque hacía que me diese cuenta de lo débil que era y de lo difícil que iba a ser pasar página, lo *disfrutaba*. Ese era el problema, en realidad: que, pese a quebrar mi fuerza de voluntad y hacerme sentir derrotada, la sensación que me dejaba era cálida y agradable.

Por eso tenía ganas de sonreír cuando me colgué la bolsa en el hombro y seguí a Ethan hasta el ascensor. La que él cargaba estaba llena de alcohol y refrescos y debía de pesar un montón. Me sentí un poco mal; lo único que había en mi bolsa eran patatas fritas, galletitas saladas y vasos de plástico. De hecho, en las bolsas de patatas fritas había más aire que patatas, así que en realidad lo que estaba cargando era *aire*.

—¿Quieres que te lleve alguna botella? —le pregunté.

—No. Es más fácil llevarlas en una bolsa.

—Ya, pero tu bolsa pesa mucho más que la mía. Es un poco injusto.

—No pesa tanto como parece. —Me dedicó una sonrisa, pero sabía lo terca que era y también que no iba a quedarme tranquila si él hacía todo el trabajo, así que acabó dejando la bolsa en el suelo del ascensor para sacar una botella de vodka y tendérmela—. Toma.

Eso no iba a aliviar demasiado el peso que cargaba, pero la cogí de todos modos y, como no quería chafar lo que había en mi bolsa, la llevé en la mano hasta llegar al local de alquiler del edificio. Jake ya había colocado los dos pufs en una esquina.

Dejamos las bolsas en el suelo y sacamos todo para colocarlo en la mesa. Cuando terminamos, suspiré al imaginar el posible escenario que podría encontrarme en esa misma habitación después de la fiesta. Nunca antes había organizado una en mi casa, solo había asistido a las de otros, y no tenía muchas ganas de saber lo que se sentía al tener que recoger todo al día siguiente.

—¿Queda algo por hacer? —pregunté.

—No. Con esto basta —decidió Jake.

—Aún queda bastante para que venga la gente —dijo Ethan—. Si se te ocurre algo que falte, estás a tiempo de ir a comprarlo.

Jake se quedó pensativo unos segundos y después abrió mucho los ojos, como si acabase de recordar algo muy importante gracias a las palabras de Ethan.

—¡Mierda, los cubitos de hielo! Voy a comprarlos.

—¿Te acompaño? —me ofrecí, pero Jake me miró con el ceño ligeramente fruncido.

—¿Tú no querías maquillarte y eso? No te va a dar tiempo si vienes conmigo.

Hice un rápido cálculo mental y llegué a la conclusión de que iba a necesitar por lo menos una hora para arreglarme. Y si a eso le sumábamos la probabilidad de que algo saliera mal… No, definitivamente no me iba a dar tiempo.

—Voy yo contigo —le dijo Ethan a mi hermano después de dedicarme una mirada fugaz. En ese breve instante, sentí que podía ver los engranajes de mi cabeza y saber exactamente en qué estaba pensando.

A veces me asustaba que fuera capaz de leerme tan bien.

Me subí de nuevo en el ascensor y, en cuanto se abrieron las puertas, fui directa a mi habitación. La ropa que iba a ponerme estaba plegada sobre las sábanas de mi cama. Había elegido el conjunto por la mañana y sabía que me quedaba bien, pero al verlo otra vez, dudé. No estaba acostumbrada a usar prendas de colores vibrantes, y el body que había escogido era de un tono de rojo muy vivo. Dejaba los hombros al descubierto y me parecía precioso, pero era muy diferente de lo que me solía poner en mi día a día. Era el tipo de ropa que reservaba para las noches en las que salía con Heather, Karen y Sheila. Y los pantalones ajustados de cuero sintético… A ver, adoraba la forma en la que se ceñían a mis curvas, pero con ellos puestos me sentía otra persona. Una mucho más atrevida.

«Lo cual no es malo en absoluto», me dije, y aunque tuve que repetírmelo un par de veces más, al final terminé poniéndome el conjunto. Después me cepillé el pelo y me senté frente a mi escritorio para comenzar a maquillarme. Esa era la parte por la que había incluido el margen de error a los cálculos sobre el tiempo que podía tardar arreglándome. La probabilidad de que algo saliera mal era muy alta, porque quería hacerme un delineado y no tenía mucha práctica. Repetí el trazo hasta que quedó más o menos decente y entonces me puse rímel y me pinté los labios de un tono tan rojo como mi body.

Al terminar de maquillarme, me pasé una mano por el pelo y observé el resultado de mi esfuerzo en el espejo. Minutos más tarde, alguien llamó al timbre de casa. Corrí a abrir la puerta y mis ojos se encontraron con unos iris marrones que trataban de ocultarse tras unas larguísimas pestañas.

—Emily, hola —la saludé antes de envolverla en un abrazo.

—Hola. —Sonrió al separarse y entonces se fijó en mi aspecto—. Vaya. Estás preciosa.

—Tú también.

Era verdad: le quedaba muy bien el vestido que llevaba. Era blanco y ajustado solo hasta la cintura, y combinaba perfectamente con su piel trigueña. Se había puesto una cazadora negra por encima, pero, aun así, tenía un aspecto muy dulce. El pelo castaño con mechas rubias le caía en ondas perfectamente desordenadas hasta los hombros.

Jake y ella se conocieron durante su primer año en el instituto, y aunque mi hermano era cariñoso con todos sus amigos, estaba claro que Emily era especial para él. Era su mejor amiga, sí, pero no de la misma forma en la que Ethan también lo era.

—¿Jake no está en casa? —indagó, un poco confusa.

—Ethan y él han ido a comprar hielo. Volverán enseguida. —Me fijé en la bolsa de papel que llevaba en la mano—. ¿Eso es para Jake? —pregunté, incapaz de ocultar mi curiosidad.

—Sí, es su regalo. —Sacó un paquete envuelto de la bolsa.

—¿Quieres que te ayude a esconderlo?

—Me harías un gran favor. —Sonrió agradecida.

La guie hasta la habitación de Jake y metí el regalo en su armario, justo al fondo. A Emily le preocupó que mi hermano pudiera encontrarlo allí, pero le aseguré que no se daría cuenta.

Esperamos a Jake y a Ethan en el salón y, cuando llegaron, fuimos a recibirlos a la entrada porque Emily parecía tener muchas ganas de felicitar al cumpleañero.

—Anda, hola, Ems. —Le brilló la mirada al verla.

Ella esbozó una sonrisa amplia.

—Feliz cumpleaños.

—Gracias. —Le sonrió de vuelta y después dirigió la vista hacia mí—. ¿Y tú de qué circo te has escapado?

—Muy gracioso. —Me crucé de brazos.

—Aunque creo que te has equivocado, *hermanita*. El rojo va en la nariz —prosiguió, utilizando el apodo más irritante del mundo. El que reservaba únicamente para burlarse de mí «con cariño». Puse los ojos en blanco—. ¿Qué? ¿No intentabas disfrazarte de payaso?

—Veo que los dieciocho no han hecho que madures ni un ápice —me defendió Emily.

—Estás genial —añadió Ethan. El cumplido me recordó que esa era su primera impresión de mi nueva apariencia y mis nervios hicieron acto de presencia.

—Sois unos aburridos —se quejó mi hermano—. No estás tan fea. Puede que no estés tan guapa como yo, pero fea no estás.

—Ya, es que he tenido que hacer un esfuerzo para no robarte protagonismo —bromeé.

Jake hizo una mueca de burla digna de un niño de cinco años.

—No lo conseguirías ni aunque lo intentases.

Emily miraba nuestra pelea de hermanos con una mezcla entre sorpresa y ternura, y aunque Jake nunca me había hablado sobre la familia de Emily, supe enseguida que era hija única.

—¿No deberías meter el hielo en el congelador? —interrumpió Ethan.

Jake miró la bolsa de hielo que sujetaba como si, hasta ese momento, se hubiera olvidado de su existencia.

—¡Ostras, es verdad! —Corrió hacia la cocina y Emily lo siguió.

Justo cuando Ethan se disponía a hacer lo mismo, lo cogí del brazo. Le hice un gesto con la cabeza, indicándole que me acompañara, y lo guie hasta el balcón.

—Dejémoslos a solas un rato —propuse.

Ethan sonrió. Parecía haber captado el mensaje.

—Cupido haciendo su trabajo.

—Uno de mis muchos hobbies —me reí.

Como ya no había pufs en el balcón, me senté en el suelo con la espalda pegada a la puerta. Ethan me imitó y se puso a mi lado, tan cerca de mí que nuestros brazos y piernas se rozaban.

El precio que pagar por dejarles a Emily y a Jake su momento era volver a quedarme a solas con él. «Fantástico», pensé, y aunque sonaba sarcástico, las mariposas de mi vientre eran la prueba de que el pensamiento no era del todo falso.

Tragué saliva.

—¿Crees que se habrán dado cuenta de la razón por la que no hemos ido con ellos?

—Es posible.

Su mano estaba peligrosamente cerca de mi pierna y, al echarse un poco hacia atrás para ponerse más cómodo —todo lo cómodo que se podía estar en el suelo—, la movió y se quedó en mi muslo.

Sentí que mi piel ardía en el lugar exacto en el que hacía contacto con la suya.

—Mi hermano es demasiado denso cuando se trata de Emily —seguí hablando, porque no iba a ser capaz de soportar ese silencio tan lleno de tensión por mucho más tiempo.

Ethan, que admiraba las vistas al cielo con aire distraído, se encogió de hombros.

—Sinceramente, «denso» no es la palabra que yo usaría para describirlo. Es... —Frunció un poco el ceño, como si le estuviese costando ordenar sus pensamientos—. Creo que es más *cauteloso* cuando se trata de ella, pero es consciente de que lo que hay entre ellos va más allá de la amistad.

Lo medité durante unos segundos. No terminaba de convencerme. Si lo que Ethan trataba de decirme era que Jake conocía los sentimientos que Emily tenía hacia él pero que le daba miedo hacer algo al respecto..., bueno, no encajaba en absoluto con el Jake que yo conocía.

—No sé, Ethan... Si ya sabe que Emily también siente algo por él, ¿a qué puede temerle?

Negó con la cabeza.

—Es complicado.

—¿Cómo lo sabes? ¿Te lo ha dicho él?

—No, pero... —Se interrumpió, soltó un suspiro y se giró para mirarme—. Sabes cómo es Jake. —Sí, precisamente por eso no me cuadraba que se quedara de brazos cruzados y sin dar el primer paso *por miedo*—. Creo que si siguen siendo solo amigos es porque eso les funciona.

Pensé en él. En Ethan. En lo bonito que habría sido poder mantener lo que teníamos y a la vez sentir que eso era suficiente. Pero no lo era, y a mí sí que me aterrorizaba la idea de tirar mi amistad con él por la borda y asimismo destruir todo lo que Zoe, Jake, Ethan y yo habíamos construido durante los años que habíamos pasado juntos, que era toda una vida.

13

No era mi intención sentir
las mariposas que bailan
para una canción sin fin.

En tan solo una hora, mi casa se había llenado de gente. Los amigos de Jake estaban por todas partes, y resultaba que Ethan no se había equivocado: aunque a muchos de ellos no los conocía, de vez en cuando me cruzaba con alguna cara que me resultaba familiar. Pero no solo tenía razón en eso, sino que también había cumplido su promesa y no se había separado de mí en ningún momento. Mientras Jake estaba en el salón disfrutando de la compañía de sus amigos, su *mejor* amigo estaba haciendo de niñera en otro lado.

Me sentí fatal.

Por eso, aproveché el instante en el que se paró a saludar a un par de antiguos compañeros de clase para escabullirme y bajar al local de alquiler. Así le dejaría un poco de espacio.

La fiesta estaba incluso más animada abajo. Las conversaciones de la gente se entremezclaban con la música que retumbaba en la sala. El equipo de fútbol al que Jake solía pertenecer se había adueñado de los pufs y charlaban y se reían sin parar en una esquina. En la otra, un grupito más pequeño conversaba tranquilamente.

Me sentí un poco perdida entre toda esa gente. Dejar que Ethan me convenciera de quedarme había sido una mala idea.

Suspirando, me acerqué a la mesa y me serví un vaso de Coca-Cola con hielo, porque me estaba muriendo de sed. Mientras bebía, alguien me dio un par de toquecitos en el hombro. Al girarme me encontré con una chica pelirroja y bajita que parecía emocionada de verme.

—¡Qué fuerte, cómo has crecido! —me saludó con mucho entusiasmo—. Y qué guapa estás. Qué envidia.

Tardé unos segundos en recordar quién era, pero al final conseguí que su nombre me viniera a la mente. Se llamaba Olivia. Jake y ella habían sido amigos en el colegio.

—Lo mismo digo. —Sonreí intentando ocultar la vergüenza que me provocaban sus cumplidos.

—Tu hermano también ha cambiado muchísimo. Me hizo mucha ilusión que me invitara, ¿sabes? —Por su tono de voz, se notaba que le guardaba cariño, y eso me causó cierta ternura—. ¿Y Ethan? Pensé que estaría aquí, pero no lo he visto en toda la fiesta.

Tuve que hacer un gran esfuerzo por mantener la sonrisa. No me molestó que preguntara por él, pero, de nuevo, me recordó que había estado apartándolo de gente con la que se llevaba bien y a la que no había visto en mucho tiempo.

—Está arriba —dije.

—Hace mil años que no hablo con él. ¿Qué tal está? —Le conté algunas cosas, como que seguía dibujando y que, de hecho, le había regalado uno de sus cuadros a Jake por su cumpleaños—. Jo, me alegra que os sigáis llevando tan bien. Supongo que Zoe también estará por aquí, entonces.

Hasta se acordaba de Zoe. Era un encanto.

—Bueno, ella se ha quedado en casa. Pero puedo saludarla de tu parte, si quieres.

—Gracias. —Me dedicó una sonrisa amplia y luego se sirvió un refresco con alcohol. Le dio un sorbo a la bebida antes de volver a hablar—. Y… ¿Ethan sigue siendo igual de mono que a los diez años?

Soltè una carcajada sutil. «Mono» no era el adjetivo que yo habría usado para describir a Ethan. Incluso «guapo» y «atractivo» se le quedaban cortos.

—Tendrás que verlo por ti misma para decidir si sigue siéndolo.

—Seguro que sí. Tiene los ojos grises. Los chicos con ojos grises siempre son… —Se quedó callada de repente y puso cara de sorpresa. Estaba mirando algo que se encontraba a mis espaldas—. Dios mío. Está buenísimo.

Me giré instintivamente para ver a qué se refería, y no tardé mucho en descubrirlo; Ethan avanzaba hacia nosotras, con los ojos grises de los que hablaba Olivia clavados en mí. Parecía aliviado de verme.

—Kate —me llamó—. Perdona. No pensaba dejarte sola tanto tiempo, pero llevo un rato buscándote y no te encontraba. ¿Por qué no me has dicho que ibas a bajar?

—Bueno, es que pensaba que quizá necesitabas un poco de espacio y…

—Tengo espacio de sobra a tu lado —respondió con franqueza a la vez que su ceño se fruncía.

—Ya lo sé, pero… no me parece justo —admití finalmente—. Muchos de los que están aquí son amigos tuyos. Deberías estar hablando con ellos, no conmigo.

—Pero es que *quiero* estar contigo. ¿Tan difícil es de entender?

—¿Y por qué no venís los dos con nosotros? —interrumpió Olivia, señalando al grupo de la esquina. Viéndolos mejor, me di cuenta de que conocía al menos a un par de las personas allí reunidas.

Ethan pareció percatarse de la presencia de la pelirroja por primera vez desde que había llegado. Tardó menos que yo en reconocerla.

—¿Olivia? Joder, cuánto tiempo.

—Lo mismo digo. Me alegro de verte. —Le pasó ambos brazos por encima, envolviéndolo en un abrazo lleno de afecto. Me pareció excesivamente cariñoso para alguien con quien llevaba años sin hablar.

Me incomodó un poquito, igual que la forma en que lo miraba. No había tardado ni un segundo en darle un repaso completo con los ojos y, por el brillo de estos, estaba claro que le gustaba lo que veía. Maravilloso.

A ver, siendo justa, no podía juzgarla. A mí también me costaba apartar la vista de Ethan.

—¿Quieres algo de beber? —se apresuró a ofrecerle al ser consciente de que se había quedado mirándolo demasiado tiempo.

—No, estoy bien. Gracias.

—Bueno, pues… —Señaló otra vez a sus amigos—. Como os decía, están jugando a «Atrevimiento o verdad». ¿Os apuntáis?

Miré a Ethan de reojo. No parecía entusiasmado con la idea, pero yo me apresuré a asentir antes de que él pudiese abrir la boca siquiera. No es que el juego me emocionara, pero por primera vez tenía la oportunidad de participar con Ethan y no iba a desaprovecharla. Así podría enterarme de todas esas cosas que en realidad no quería oír, pero que me moría por saber.

La curiosidad mató al gato, dicen.

Ethan me lanzó una de esas miradas que hacen innecesario el uso de palabras porque lo dicen todo. En este caso, su mirada transmitía el siguiente mensaje: «¿En serio, Kate? Tienes que estar de broma». Pero no lo estaba, así que asentí ligeramente con la cabeza sin que Olivia lo viera, y Ethan suspiró.

—Está bien —se rindió.

Olivia nos introdujo en el grupo con mucha naturalidad. A mí me presentó como la hermana de Jake, pero a Ethan ya lo conocían, así que no le hizo falta decir nada. Saludé con la mano tímidamente. Me sentí como una intrusa en una reunión familiar. Y cuando alguien sugirió que jugásemos sin alcohol de por medio porque yo era menor, me sentí también como una niña pequeña.

—Todos los que nacisteis a finales de año lo sois —les recordó Ethan, poniendo los ojos en blanco—. No finjáis ahora que sois una buena influencia. Y tú —se giró para mirarme y esbozó una sonrisa divertida y furtiva— no finjas que es la primera vez que bebes alcohol.

Enrojecí por completo. Los dos sabíamos que se estaba refiriendo al hecho de que, un par de días atrás, había terminado durmiendo en su cama borracha. Por suerte, el juego comenzó y pude olvidarme de ello.

Pasaron tres turnos antes de que alguien retara a Ethan. Lo pensó durante un largo rato, pero finalmente escogió «verdad». La chica que lo había retado no tardó ni dos segundos en formular su pregunta:

—¿Estás saliendo con alguien?

Me miró de reojo durante un breve instante, pero enseguida apartó la mirada.

—No —respondió con indiferencia. Ni siquiera pareció notar el brillo de esperanza que asomó a los ojos de la chica. Después, se giró para robarme el vaso de Coca-Cola y le dio un trago—. Vaya. —Se relamió los labios a la vez que me miraba con las cejas en alto—. Al final va a ser verdad que lo del otro día fue una excepción.

Le dediqué una mirada de reproche y volví a arrebatarle el vaso. ¿En serio iba a recordarme el desliz que cometí estando borracha cada vez que se le presentara la oportunidad de hacerlo?

—Te toca preguntar —le indicó Olivia.

Y entonces, sin dejar de mirarme, Ethan esbozó una pequeña sonrisa desafiante.

—Kate —pronunció mi nombre con mucha suavidad—, ¿atrevimiento o verdad?

Titubeé. Las veces en las que había jugado a ese juego con mis amigas, escoger «atrevimiento» nunca traía nada bueno, así que lo evitaba siempre que podía. Pero ¿a qué clase de pregunta tendría que enfrentarme si escogía «verdad» ahora? A juzgar por el atisbo de diversión en el semblante de Ethan, me esperaba una pregunta que no querría responder.

Me mordí el labio indecisa, hasta que tuve clara cuál era la mejor opción.

—Atrevimiento —escogí finalmente. Ethan me miró sorprendido y yo me sentí orgullosa. Por primera vez, no me podía tachar de predecible.

Es cierto que en cualquier otro contexto habría preferido responder a una pregunta a hacer algo como…, qué sé yo, ¿beber una mezcla de bebidas como la que Zoe había preparado en la fiesta de Sheila? Los retos no eran lo mío. Pero en ese contexto, prefería cualquier cosa antes que confesarle algo a Ethan.

—Te reto a… —Pasó un minuto entero sin acabar la frase. Finalmente, suspiró y dijo—: No se me ocurre nada. No soy bueno para estos juegos, ¿puede alguien echarme una mano?

—¿«Siete minutos en el paraíso»? —sugirió uno.

Ethan frunció el ceño y le lanzó una de esas miradas que Jensen había descrito días atrás: amenazante y protectora.

—No. —Fue el «no» más rotundo que había oído en mucho tiempo.

—Apenas nos conoce —añadió Olivia—. Espera a que se sienta un poco más cómoda para atrevimientos como ese.

Me llevé el vaso a los labios. Empezaba a parecerme divertido que me trataran con tanto cuidado solo por ser un año menor.

—¿Y por qué no con Ethan? A él sí que lo conoce.

Aunque no recordaba el nombre de la chica que había propuesto eso, en ese momento quise correr a abrazarla. No me estaba tomando demasiado en serio lo de superar a Ethan, lo sé, pero es que no podía evitar querer acercarme a él.

Y en esa fiesta, en ese juego, se me había presentado la oportunidad de hacerme notar. De conseguir que Ethan me viera como algo más que la hermana pequeña de su mejor amigo, al menos por un par de horas.

Esa frase era la excusa que me ponía constantemente para seguir enamorándome de él sin sentirme culpable. Es como cuando estás leyendo y dices: «Un capítulo más y me voy a dormir».

—¿Y por qué no le preguntáis a ella? Puede hablar, ¿sabéis? —me defendió un chico que me sonaba del colegio. Ethan, Olivia y la chica que había sugerido que fuera con Ethan se giraron para mirarme.

Cuánta presión.

—Pues... preferiría que fuera con Ethan, la verdad —dije esforzándome por sonar tímida (cosa que no me costó demasiado, porque mi rostro ya había adquirido su habitual tono rojizo). Tenía que aprovecharme de que me consideraran pequeña y delicada para ocultar lo mucho que quería pasar esos siete minutos con Ethan.

Lo miré para asegurarme de que no le importaba. Él también me estaba mirando, pero apartó la vista rápidamente y se encogió de hombros.

—¿Y dónde nos metemos?

—La sauna está vacía ahora —informé.

—¿Qué sauna? —preguntó alguien.

—Hay una sauna en la habitación de al lado. Tengo la llave, podemos entrar.

—Perfecto. Os iremos a buscar dentro de siete minutos.

Volví a mirar a Ethan. Me hizo un gesto con la cabeza, como si me estuviera preguntando en silencio si estaba lista. Asentí y lo seguí hasta la sauna. Cuando saqué la llave de mi bolsillo para abrir la puerta, me temblaban las manos. De pronto, me sentí nerviosa ante la idea de quedarme a solas con él. No sabía si estaba preparada para hacer que Ethan me viera como yo quería.

Resultaba un poco irónico. Llevaba años deseando ser algo más que una amiga para él, pero en ese momento sentí que no estaba preparada. No sabía cómo actuar. ¿Qué podía hacer que fuera lo suficientemente sutil para no espantarlo o generar una situación incómoda?

Tomé una gran bocanada de aire antes de abrir la puerta por fin. La cerré detrás de mí en cuanto entramos y pensé: «Ya está. Estamos los dos solos».

Alcé la mirada hasta encontrarme con la suya. Se había apoyado contra la pared de madera y tenía los brazos cruzados. Sus ojos estaban fijos en los míos, pero no fui capaz de leer lo que fuese que esperaba transmitir. Tampoco fui capaz de romper el silencio que nos envolvía.

De todos modos, no me hizo falta. Ethan lo rompió por mí.

—¿Qué tal te va con Jensen?

Tardé un segundo en reaccionar. No me lo podía creer: entre todos los temas de conversación posibles, ¿tenía que escoger justo ese? Estaba demasiado nerviosa como para mentirle en condiciones.

—Bien. —Me miré las uñas en un intento pobre de parecer distraída.

Ethan se separó de la pared y dio un par de pasos hacia delante. Hacia mí. Se me aceleró el pulso, no por la repentina cercanía, sino por la forma en la que me miraba, como si yo fuera todo lo que podía ver. Como si nada de lo que nos rodeaba existiera realmente y lo único sólido en todo el mundo fuéramos él y yo.

—Dime una cosa… —Vale, la cercanía también tenía *mucho* que ver con mis nervios. Su pecho estaba a centímetros del mío—. ¿Estás enamorada de él?

Tragué saliva.

—Sí —mentí descaradamente.

Y no coló, a juzgar por la sonrisa de falsa inocencia que se dibujó en sus labios.

—¿En serio? —Ladeó un poco la cabeza. El gesto me habría parecido adorable de no ser por el cosquilleo que me provocaba tener la piel de su cuello tan cerca. Su aroma era embriagador—. Pues estuve hablando con Zoe sobre la fiesta del viernes y parece que a ella le dijiste otra cosa.

Abrí la boca, volví a cerrarla y, finalmente, maldije a su hermana para mis adentros. Y a Jensen también, porque si no hubiera aparecido justo cuando le iba a advertir a Zoe de que no dijera nada, no me habría encontrado en esa situación tan desfavorable.

—Oye, no he elegido «atrevimiento» para que acabes interrogándome de todas formas. Esto no es lo que se supone que se hace en «Siete minutos en el paraíso». —Puse ambas manos sobre su pecho y traté de apartarlo con cuidado, pero no se movió ni un poco.

—¿Ah, no? ¿Y qué se hace? —Se acercó aún más, hasta que su aliento me acarició la nariz, y su sonrisa se ensanchó, probablemente debido a la reacción exagerada de mi piel. Tenía que estar *muy roja*, porque las mejillas me ardían como si alguien hubiese colocado una cerilla encendida a ambos lados de mi rostro.

—Pues... No lo sé. No suelo jugar a estos juegos. —Al menos, eso último sí era verdad. Frunció el ceño y, entonces sí, se separó un poco.

—Entonces, ¿qué hacemos jugando?

Me encogí de hombros con indiferencia, aunque mis piernas seguían temblando.

—Es mejor que quedarse en una esquina sin hacer nada. —Ethan me miró con las cejas alzadas, como si no terminara de creerme. ¿Qué le pasaba esa noche? No me daba tregua. Sacudí la cabeza ligeramente—. En fin, que guardes tus preguntas para cuando escoja «verdad».

—Ya, pero es que no vas a hacerlo sabiendo lo que te voy a preguntar.

—Chico listo —me burlé.

—Aun así..., sabes que no vas a poder elegir «atrevimiento» todo el rato, ¿no?

—¿Qué? ¿Por qué no?

—Porque ellos juegan así. —Se encogió de hombros—. No puedes escoger lo mismo más de tres veces seguidas.

Fruncí el ceño y me crucé de brazos.

—¿Desde cuándo?

—Desde siempre. Así que, a no ser que prefieras responder a mis preguntas delante de más gente, te recomiendo que lo hagas ahora —contestó con una sonrisa socarrona.

—No tengo que responder a nada. Hay formas de evadir las preguntas en este juego.

Volvió a enarcar las cejas.

—¿Prenda? —adivinó—. Venga ya. ¿Y para qué estamos jugando a esto si ni siquiera vas a participar de verdad?

—Estoy aquí, encerrada contigo, ¿no?

—Sí, pero no… —Ethan se interrumpió y cerró los ojos, frustrado. Después se quedó mirándome con una expresión suplicante—. Solo dime qué te hizo.

—¿Qué me hizo quién? —pregunté confusa.

—Jensen. ¿Qué te hizo para que acabaras llorando sola en la escalera del instituto?

—Ah. —Parpadeé un par de veces, todavía algo aturdida.

No entendía el giro que había tomado la conversación, y tampoco el cambio en su actitud. Cada vez que salía el tema de Jensen, pasaba de hacer bromas y meterse conmigo a estar tenso, y después a hacer bromas otra vez. Me costaba seguirle el ritmo. Además, ¿a qué venía tanta sobreprotección? Ni siquiera Jake se había preocupado tanto por mi relación con Jensen.

—No me hizo nada. Tuve una discusión con Sally y me enfadé un poco con él también.

Analizó mi expresión durante un segundo y, al ver que estaba siendo sincera, pareció tranquilizarse. Justo en ese momento, alguien tocó a la puerta. Me apresuré a abrirla.

—Ya han pasado los siete minutos —nos informó Olivia.

—¿Tan rápido? —La pregunta se escapó de mis labios antes de que me diera tiempo a procesarla en mis pensamientos. Ethan esbozó una sonrisa divertida y me la dedicó solo a mí.

—El tiempo vuela cuando te lo pasas bien, ¿eh, Kate? —Pronunció mi nombre como si le hubiese supuesto un gran esfuerzo no llamarme «princesa».

Sonrojada, los seguí de vuelta al local de alquiler.

—¿Atrevimiento o verdad, Ethan?

La que había hecho la pregunta era Mela, una chica que estaba al lado de Olivia. Después de pasar casi una hora con ellos, por fin me había aprendido algunos nombres.

Ethan bebió del vaso que habíamos terminado compartiendo después de que me lo robara varias veces. Esta vez no llevaba solo Coca-Cola, sino también algo de ron.

—Verdad —decidió.

—De eso nada —se quejó Olivia—. Es la cuarta vez que escoges «verdad», y ya conoces las reglas.

Ethan suspiró con pesadez y luego me devolvió el vaso. Le di un trago pequeño sin dejar de mirarlo, a la espera de su respuesta.

—Si no queda otra… —dijo sin muchas ganas. No entendía por qué seguía jugando si le parecía tan aburrido. Aunque, para ser justos, tampoco terminaba de entender por qué seguía jugando yo.

A pesar de que llevábamos allí un buen rato, no había conseguido ningún tipo de información valiosa sobre él. Todas sus respuestas eran vagas. Antes me había acusado de no estar «participando de verdad» en el juego, pero era él el que apenas se estaba esforzando.

Mela pasó el dedo por el borde de su vaso, pensativa. Las ideas para nuevos retos empezaban a escasear. Hasta el momento, todo había sido bastante inocente y tenía la sensación de que, en parte, se debía a que yo estaba allí. Y me incomodaba un poco, pero si por ser más joven me libraba de tener que hacerle un chupetón a alguien del grupo, pues tampoco iba a quejarme.

—Vale, ya lo tengo. Besa a la chica que más te atraiga de las que estamos jugando —decidió Mela finalmente y, en el momento en el que terminó de pronunciar esas palabras, me di cuenta de que nada de eso había sido buena idea.

Miré a Ethan, pero él no me miró a mí, ni siquiera de reojo.

—¿Y por qué no elegís a alguien y ya? —pidió un poco tenso, y yo recé mentalmente por que le hicieran caso. Verlo besar a otra persona iba a ser doloroso, pero verlo *elegir* a otra persona…

La idea formó un nudo en mi garganta.

Clavé la vista en el líquido marrón de mi vaso y le di un largo trago.

Si me acababa la bebida antes de que Ethan cumpliera con el reto, podría ir a por más y no tendría que presenciar nada de eso.

Pero no conseguí terminármela porque, en el fondo, no me quería ir. Porque una minúscula parte de mí esperaba que me escogiera y me aferré a ella sin quererlo.

—Entonces pierde la gracia —se quejó uno de los chicos.

Ethan me miró por fin, pero enseguida deseé que no lo hubiera hecho, porque apartó rápidamente la vista y la dirigió hacia las otras chicas que participaban. Después de varios segundos sopesando sus alternativas, se acercó a Olivia y le dio un beso en los labios.

Así, en dos pasos: se puso delante de ella y la besó. Ese es el resumen perfecto de lo que ocurrió, pero yo viví algo muy diferente. Para mí, todo ocurrió a cámara lenta. Vi la forma en la que a Olivia le brillaron los ojos cuando Ethan dio un par de pasos en su dirección, y después la forma en la que la mano de él se amoldó a la mejilla de ella, justo antes de que se inclinara para juntar sus labios con delicadeza.

Y me rompí.

Noté que mi corazón se quebraba lentamente.

Lo peor llegó cuando él se apartó; no por la expresión maravillada de la pelirroja, sino por la mirada que me dedicó Ethan cuando nuestros ojos se cruzaron. Los suyos reflejaban culpa, como si fuese perfectamente consciente de que me estaba haciendo daño.

Y lo estaba haciendo. Una puñalada habría dolido menos.

Sentí una presión asfixiante en el pecho, como si mi cuerpo me estuviera advirtiendo de que algo iba mal. El constante bombeo de sangre era lo único que me recordaba que seguía viva.

El problema no había sido el beso, sino el golpe de realidad y el mensaje que me había transmitido: Ethan no era mío. El beso era la representación de algo que se iba a repetir muchísimas veces a lo largo de nuestras vidas, porque en algún momento él comenzaría a salir con alguien y ese alguien no sería yo.

Todas las esperanzas que algún día tuve desaparecieron por completo en ese instante, y me di cuenta que debía pasar página cuanto antes, porque lo que me había dolido ese beso no tenía ni punto de comparación con lo que me iba a doler verlo enamorado de otra persona.

14

No era mi intención pensar
que cualquier mundo contigo
es más bonito que la realidad.

Me bebí hasta la última gota de tequila de mi vaso y me serví uno nuevo, pero en vez de llevármelo a los labios, me quedé muy quieta pensando en lo que estaba haciendo: ahogar mis penas en alcohol.

En cualquier otro escenario, habría llamado a Heather para desahogarme y después me habría quedado llorando hasta las tantas pensando en lo ocurrido. En ese, había robado la botella de tequila de la fiesta de mi hermano para luego encerrarme en mi habitación y dedicarme a leer poemas en un blog aleatorio de internet.

Resoplé y, esta vez sí, volví a beberme el alcohol de mi vaso de golpe. Hice una mueca al notar otra vez el ardor en la garganta. Ni siquiera me gustaba. Estaba siendo ridícula.

Decidida, lancé el vaso vacío a la papelera, pero fallé y se estrelló contra el suelo de mi habitación. Me pasé una mano por el rostro. Todo me estaba saliendo mal.

Había conseguido aguantar un par de rondas más antes de abandonar el juego por fin, utilizando una excusa, y subir a la planta de arriba. Llevaba casi una hora encerrada en mi habitación, completamente sola. Al otro lado de la puerta, la fiesta continuaba. Podía oír la música proveniente del salón y las risas de la gente que se había adueñado del pasillo.

Me sentía fatal por estar montando un numerito simplemente porque el chico que me gustaba había besado a otra. Esas cosas le pasan a todo el mundo; no vas a gustarles a todas las personas que te gusten a ti. Es ley de vida.

Sin embargo, cuando llevas enamorada de alguien tanto tiempo… es mucho más difícil de asimilar. Y yo ni siquiera recordaba lo que era no estar enamorada de Ethan. Me gustaba desde que tenía memoria.

Y me sentía culpable, sobre todo porque no era su culpa. Él podía besar a quien quisiera. Debería poder enamorarse de quien quisiera sin tener que soportar que yo generase un drama innecesario por ello. Pero ahí estaba yo, con todo el maquillaje corrido por culpa del llanto y hecha un ovillo en mi cama después de haberme bebido tres *shots* de tequila en un intervalo de tiempo preocupantemente corto. Estaba hecha una mierda.

Mientras me compadecía de mí misma en silencio, alguien tocó a la puerta. No me levanté a abrirla. Entonces tocaron otra vez, y luego otra más, y al final decidí abrirla solo para que el golpeteo parase.

Esperaba que fuera un desconocido. Lo último que necesitaba en esos momentos era tener que darle explicaciones a Jake sobre por qué estaba encerrada en mi cuarto con una botella de tequila medio vacía. Si eso ocurría, mi plan era decirle que la viese medio llena antes de cerrar la puerta en sus narices.

Por supuesto, encontrarme con Jake no era mi mayor preocupación; encontrarme con Ethan me asustaba mil veces más. Pero, claro, la suerte no estaba de mi parte ese día, así que, cuando abrí la puerta, él estaba justo ahí.

Su alivio se esfumó en cuanto vio el pésimo estado en el que me encontraba, y me morí de vergüenza al pensar en lo que estaba viendo: mis ojeras manchadas de negro por la mezcla de rímel, delineador y lágrimas, el pintalabios corrido y el pelo hecho un desastre. En otras palabras: la peor versión de mí misma.

—¿Puedo pasar? —preguntó con delicadeza, como si yo fuera algo extremadamente frágil y tuviese miedo de romperme.

Retuve una carcajada seca. Ya había tocado fondo. Nada de lo que me dijera ahora iba a romperme, porque ya estaba rota.

—Es mi habitación —fue mi única respuesta.

—Sé que es tu habitación. —Hizo una pausa. Abrió la boca, volvió a cerrarla, apretó los labios y finalmente la abrió de nuevo para decir—: Déjame pasar. Por favor. Solo hoy.

Mantuve el contacto visual durante unos segundos. No podía apartar los ojos de su mirada suplicante, sobre todo porque él también tenía un aspecto deplorable. A ver, seguía siendo el chico más atractivo que había visto nunca, pero parecía hecho polvo.

Me dolió verlo así, y me sentí aún más culpable. Por eso, acabé haciéndome a un lado. Bueno, por eso y porque, incluso en momentos como ese, era incapaz de negarle nada.

Cuando entró, se me hizo muy raro verlo en mi habitación, entre mis estanterías repletas de libros, velas aromáticas y cajas llenas de rotuladores, y el estante de mi cama, con mis vinilos y mi tocadiscos rosa. Se me hizo raro, no porque sintiera que no pertenecía a ese sitio, sino porque me pareció que encajaba demasiado bien. Lo que lo rodeaba era todo lo que me definía y él… él también era una parte importante de mí.

—Ha cambiado un poco —comentó mientras le echaba un vistazo al cuarto sin tocar nada. De hecho, estaba de pie y muy quieto, como si no se atreviera siquiera a sentarse.

—Sí, bueno, cambié un par de muebles y la redecoré un poco. —Intenté sonar lo más normal posible y lo invité a sentarse en la cama—. ¿Qué tal la fiesta?

—No está mal.

—¿Siguen jugando a «Atrevimiento o verdad»?

—No lo sé —admitió, primero sin mirarme y luego clavando sus ojos en los míos—. Hace media hora que dejé de jugar.

Me quedé callada.

—¿Por qué está la botella de tequila en tu habitación? —preguntó cambiando de tema, y yo me encogí de hombros. No tenía ganas de inventarme una excusa. Por suerte, él no preguntó de nuevo.

Lo miré durante un largo rato. O quizá fue menos tiempo, pero me pareció que el silencio alargaba los segundos. La tensión del ambiente apenas me permitía respirar.

—¿Te gusta alguien? —La pregunta sonó extraña, porque aunque la voz que la había formulado me pertenecía, mi intención no había sido pronunciarla en voz alta. Después de todo, no quería oír la respuesta.

—¿Por qué me lo preguntas?

—Tú me haces preguntas sobre Jensen todo el rato.

No respondió al instante.

—No me gusta nadie —dijo después de lo que me pareció una eternidad. El nudo de mi estómago se volvió un poco más liviano. A la vez, me sentí una persona horrible: me estaba marcando un «si no vas a ser mío, prefiero que no seas de nadie» en toda regla.

—¿Y por qué no? —fue la siguiente estupidez que se me ocurrió preguntar. Ethan soltó una carcajada suave.

—¿Que por qué no? —Volvió a reírse—. Y yo qué sé. Qué pregunta más rara.

—Tú eres el raro. —Arrastré las palabras. El alcohol me estaba comenzando a hacer efecto.

—No soy yo quien se ha encerrado en su habitación para beber tequila solo.

—Puedes unirte, si quieres. —Solté una pequeña carcajada que no sonó para nada divertida. Estaba demasiado cansada. Demasiado rota.

Ethan apretó los labios, se puso de pie otra vez y dio un par de pasos en mi dirección. Me apartó un mechón de la cara con mucho cuidado y lo colocó detrás de mi oreja.

—Por muy tentadora que suene la oferta, dudo que sea una buena idea, princesa —susurró con dulzura. El tono de su voz me instó a cerrar los ojos y a respirar hondo. La cabeza me daba vueltas; su cercanía me mareaba—. ¿Estás bien?

«No».

—Sí. —Abrí los ojos de nuevo—. Estoy bien.

—¿Segura? Las personas que están bien no se ponen a beber tequila de esta forma —intentó bromear, pero ninguno de los dos tenía demasiadas ganas de sonreír.

—Algunas lo hacemos.

Me miró fijamente durante un instante y vi la duda reflejada en sus ojos. Quise saber lo que pasaba por su mente, pero no me atreví a preguntar.

—Si necesitas que hablemos…

—No hay nada de lo que hablar. Solo estoy cansada —lo corté, y suspiré con resignación—. Y también frustrada porque me he esforzado mucho con el maquillaje y ahora parezco un mapache con los labios mal pintados.

Entonces sí, se le escapó una carcajada.

—Ven. —Hizo un gesto con la cabeza para que me sentara en la cama. Obedecí sin muchas ganas—. ¿Tienes toallitas?

—Sí. Están ahí. —Señalé la caja de mi estantería en la que guardaba los productos relacionados con el maquillaje. Ethan la abrió y sacó un paquete de toallas desmaquillantes. Después se acercó y comenzó a limpiar con mucho cuidado el desastre que era mi cara.

—Solo para que conste, no pareces un mapache con los labios mal pintados —aseguró. Una pequeña sonrisa decoraba sus labios mientras acariciaba los míos con el pulgar y la toallita. Solo me estaba quitando el pintalabios, pero mi corazón comenzó a latir con fuerza de todas formas—. Pareces un cuadro melancólico pintado con acuarela.

—Es decir, que tengo un aspecto horrible.

—No. Tienes el aspecto de… —Se interrumpió a mitad de la frase.

—¿De…?

Una vez más, formó una fina línea con los labios, como si se estuviera enfrentando a un dilema muy complicado.

—De alguien a quien le han roto el corazón de mil maneras en una noche —dijo finalmente.

No supe qué contestarle, así que cambié de tema.

—Esto de que la fiesta sea en mi casa no me gusta nada. Estoy cansada y quiero dormir, pero no puedo con tanto jaleo ahí fuera.

—¿Quieres que les diga algo?

—No. —Negué con la cabeza—. No voy a estropearle la fiesta a Jake. Esperaré a que la gente se vaya.

—Aún queda bastante para que eso pase —me informó con una mueca de disculpa.

—Lo sé, pero no me queda otra. —Suspiré—. En fin, supongo que me pondré a ver alguna película. Netflix me recomienda un montón de películas de terror desde que vimos la de las decapitaciones.

—Bonita forma de resumir la trama. —Se rio y me miró con cierta ternura—. Entonces, ¿te vas a quedar aquí sola viendo películas macabras?

Ese «sola» me dolió como si alguien hubiera retorcido el puñal que ya tenía clavado en el pecho. No se iba a quedar. ¿Por qué iba a hacerlo, cuando todos sus amigos seguían en la fiesta? Solo había venido para saber si estaba bien y, ahora que tenía una respuesta, se iba a marchar de nuevo.

—No. Borracha no dan tanto miedo —dije con un nudo en la garganta.

—¿Si no pasas miedo no te apetece verlas? —Alzó una ceja divertido, pero se le borró la sonrisa en el instante en que se dio cuenta de que yo no estaba de humor para bromas—. ¿Qué quieres ver, entonces?

—No lo sé. Elige tú algo.

Se tensó un poco.

—¿Eso quiere decir que puedo quedarme a verla contigo? —Su tono de voz se convirtió de nuevo en esa caricia delicada que me hacía sentir tan frágil.

—Estoy demasiado cansada como para echarte.

No podía decirle que lo necesitaba a mi lado. Que, justo cuando más distancia tenía que poner entre nosotros, más difícil me resultaba separarme de él. Dicen que el amor es como una droga, y no se equivocan. Es adictivo y cuesta alejarse de él porque *duele*. Mis sentimientos por Ethan eran la razón por la que me dolía el pecho, pero también eran lo único capaz de mitigar ese dolor. Si él estaba cerca, me sentía mejor.

Tragué saliva y fui a buscar mi portátil. Me volví a sentar en la cama, esta vez con la espalda pegada a la pared. Ethan se acomodó a mi lado. El colchón no era muy grande, así que, para que los dos pudiéramos ver bien la película, teníamos que estar bastante juntos.

Le dejé el ordenador para que escogiera una película.

—¿Qué te apetece ver? —me preguntó.

—Ya te lo he dicho, no tengo ni idea. Pon lo que a ti te apetezca.

Lo único que sabía era que debía evitar las películas románticas lo máximo posible.

Me arrepentí de haberle dejado la decisión a él en cuanto vi que escribía la palabra «*Titanic*» en el buscador.

—¿Estás de broma?

—Me has dicho que pusiera lo que quisiera.

—Sí, pero... —Me interrumpí al darme cuenta de que no podía contarle el motivo por el que no quería ver ningún drama romántico—. La has visto un millón de veces.

Era su película favorita.

—Ya, pero tú no.

—Para la gente normal, ver una película una o dos veces es suficiente.

—Entonces no podemos decir que tú seas muy normal. He visto *Orgullo y prejuicio* tantas veces por tu culpa que ya me sé los diálogos de memoria.

—Eres un exagerado.

Enarcó una ceja e, interpretando mis palabras como un reto, comenzó a recitar:

—«He luchado en vano y ya no lo soporto más. Estos últimos meses han sido un tormento. Vine a Rosings con la única idea de verla a usted. He luchado contra el sentido común, las expectativas de mi familia, su inferioridad social, mi posición y circunstancias, pero estoy dispuesto a dejarlas a un lado y pedirle que ponga fin a mi agonía».

—Vale, sí, ya lo he pillado. Te sabes la escena, muy bien. Pero eso no significa que yo tenga que aprenderme las de *Ti*…

—«La amo.» —El corazón me dio un vuelco cuando pronunció esas dos palabras, no solo por el significado de estas, sino por la forma en la que lo hizo. Mi rostro estaba a centímetros del suyo y sus ojos, que no perdían de vista los míos, brillaban con intensidad—. «Ardientemente.»

Su aliento me acarició la boca. Me ardían las mejillas y comencé a sentirme mareada otra vez. Culpé de ello al alcohol, pero en el fondo sabía que él era el causante de esa sensación, y también del cosquilleo que sentía desde los dedos de los pies hasta la coronilla y del bombeo acelerado de mi corazón

Tragué saliva y, reuniendo la poca fuerza de voluntad y cordura que me quedaba, me separé un poco y desvié la vista hacia la pantalla.

—Está bien. —Traté de que mi voz sonara firme—. Tú ganas. Podemos ver *Titanic*.

Esbozó una sonrisa triunfal y le dio al *play*. Yo me crucé de brazos.

Intenté concentrarme en la película lo máximo posible y descubrí que, a pesar de lo cerca que estaba de Ethan, no era tan difícil. Estaba cómoda a su lado y no tardé mucho en meterme en la historia.

—Los amores prohibidos son los más interesantes —dije durante un momento de la película. Ethan estuvo de acuerdo—. Y los más populares. Fíjate en Darcy y Elizabeth. El cliché del romance entre dos personas provenientes de mundos opuestos siempre triunfa. —Aunque estaba distrayéndonos a ambos, no podía dejar de hablar. El alcohol me animaba a compartir todo lo que pasaba por mi mente—. No entiendo por qué la palabra «cliché» está tan llena de prejuicios. A mí me encantan.

—Te encantan solo si acaban bien —rebatió señalando la pantalla con la cabeza.

—Es que tampoco entiendo cómo puede gustarle a nadie una historia de amor sin final feliz. La sensación que se te queda en el cuerpo después de ver una es desesperanzadora. Mira a estos dos, por ejemplo. —Señalé a Rose y a Jack—. Durante tres horas te obligan a cogerles cariño y a ver cómo se enamoran, solo para poder destruirte emocionalmente después —me quejé—. Y no me hagas hablar de obras como *Romeo y Julieta*. Tanto drama, tanto esfuerzo, para que al final mueran los dos de la forma más tonta posible.

Ethan soltó una carcajada suave.

—A la gente le gusta *sentir*. Incluso si la emoción es negativa. Te recuerda que estás vivo.

Pensé en sus palabras durante un buen rato, hasta que llegó la escena en la que Jack le enseñaba sus dibujos a Rose e, instintivamente, miré a Ethan.

Notó que mis ojos estaban fijos en él y me devolvió la mirada. Sonrió un poco y volvió a prestarle toda su atención a la película. Yo aproveché ese momento para observarlo. Estando tan cerca y pudiendo mirarlo con detenimiento, percibí detalles que normalmente no tenía la oportunidad de apreciar.

Tenía las pestañas muy largas y muy oscuras, la nariz recta, los labios carnosos y la mandíbula bien definida. Dos lunares en el cuello. La poca barba que le crecía estaba bien afeitada.

Sacudí un poco la cabeza. No podía quedarme embobada mirándolo.

Volví a hablar cuando llegó el momento de la cena a la que Jack había sido invitado por salvar a Rose.

—Odio a la madre. Y también a Cal. Y a todos los de clase alta que se creen superiores —murmuré indignada al ver lo mal que trataban a Jack.

—Tú y todos, princesa. —Se rio.

—Es que son muy injustos —repuse alargando el «muy».

Ethan volvió a reírse.

—Quién me iba a decir que borracha hablas durante las películas incluso más que cuando estás sobria.

—Ay, perdón —me disculpé avergonzada.

—Tranquila. Me gusta que lo hagas.

Esbozó una sonrisa tierna y yo no pude evitar devolverle el gesto. Después se movió un poco y su mano acabó muy cerca de la mía. Me moría de ganas de entrelazar mis dedos con los suyos pero, por desgracia, la valentía no estaba entre las habilidades que había adquirido al estar borracha. Las únicas que había conseguido eran la de hablar por los codos y soltar la primera tontería que cruzara mis pensamientos. Especialmente en los momentos menos oportunos.

—Podrías dibujarme así —dije cuando Jack estaba pintando a Rose.

Ethan me miró de reojo, pero apartó la mirada rápidamente y tragó saliva antes de contestar:

—Los desnudos están prohibidos en el concurso.

—Mi retrato no es para el concurso.

Volvió a mirarme y abrió mucho los ojos, como si no pudiera creerse lo que estaba oyendo. A mí también me costó un buen rato procesar lo que había dicho, y cuando lo conseguí quise esconderme en cualquier sitio. Al parecer, la valentía estúpida era otra de mis habilidades recién adquiridas.

—¿Me estás pidiendo que te pinte desnuda? —preguntó, todavía incrédulo.

—No. O sea, sí, pero lo digo por ti. —Mi conciencia respondió con un irónico «Ya, claro»—. Porque... la anatomía es importante.

Siguió aturdido durante unos segundos y, finalmente, soltó una carcajada nerviosa.

—Sí, es importante. —Me dedicó una mirada intensa y con un ligero toque de diversión que me revolvió por dentro. No obstante, no dijo nada más al respecto.

Yo tampoco lo hice. Permanecí en silencio con la vista fija en la pantalla e hice un esfuerzo por dejar atrás esa conversación tan embarazosa.

Empecé a sentirme cansada cuando ya llevábamos dos horas de la película. Solté un bostezo y apoyé la cabeza sobre el hombro de Ethan.

Al principio se tensó un poco, pero enseguida se relajó y me atrajo un poco hacia él para que estuviera más cómoda. Ahora, nuestras manos se tocaban. Su meñique estaba sobre mi meñique. Habría sido tan sencillo entrelazar mis dedos con los suyos en ese instante…

Rose se subió en una de las barcas, dejando a Jack atrás por insistencia de él. Se me formó un nudo en el estómago al ver la escena y la sensación me recordó un poco a la que había sentido unas horas atrás. Cuando Rose huyó de la barca y fue al encuentro de Jack mientras él corría para buscarla a ella, pensé en lo que le había dicho a Ethan: nos daban un minuto de alivio, un momento romántico, enternecedor, tan solo para rompernos el corazón más tarde.

Pegada a Ethan, yo era la protagonista de una escena parecida. Lo tenía a mi lado y sentía cosquillas en los dedos que me invitaban a rozar los suyos. Era mi minuto de alivio. Estaba en el punto más alto de una montaña rusa que, a partir de entonces, solo iría cuesta abajo.

Me invadió una sensación de vértigo.

De alguna forma, Ethan debió de notar que mi vagón amenazaba con descender y que me daba tanto miedo que necesitaba una mano a la que aferrarme, así que tomó la decisión que yo no me había atrevido a tomar y entrelazó sus dedos con los míos.

Ese simple gesto deshizo un poco el nudo de mi estómago, dejándolo más suelto, al menos hasta que comenzó la parte del iceberg. Por culpa del alcohol y del mal de amores, esa noche estaba especialmente sensible y no pude retener las lágrimas con la despedida de Jack. Tampoco fui capaz de mantenerme en silencio; al final se me terminó escapando un sollozo.

Ethan se giró e inclinó un poco la cabeza para mirarme a los ojos.

—¿Estás llorando?

—Qué va, es que he pensado que mis mejillas podrían necesitar una ducha —ironicé entre sollozos.

Soltó una pequeña carcajada, y aunque esta se perdió en el aire, dejó una sonrisa en su rostro.

¿Cómo podía sonreír en un momento así? Jack se estaba muriendo. Se estaba muriendo delante de Rose.

—Veo que sigues enfadada. —Con la mano que no estaba unida a la mía, acarició mi mejilla suavemente para secar las lágrimas que caían por mi rostro. Sus iris grises desprendían un sentimiento cálido que no supe interpretar—. Anda, voy a por pañuelos.

Soltó mi mano, se puso de pie y salió de la habitación. Me llevé las rodillas al pecho y, tras cubrirme el rostro con las manos, lloré sin reprimirme tanto y sin saber realmente cuál era el verdadero origen de mis lágrimas. Estaba desolada.

Cuando Ethan regresó, mi cara seguía bañada en lágrimas.

—Eres una sensiblera —se burló con voz calmada y dulce. Después hizo a un lado mi portátil, se sentó enfrente de mí y me tendió un paquete de pañuelos.

—Cállate. —Lo cogí y saqué uno. Me limpié la nariz y traté de relajarme para dejar de llorar. Al final lo conseguí, pero los labios me temblaban como si el llanto siguiera ahí, esperando el momento en el que mis defensas flaquearan para regresar.

Ethan se rio suavemente. Al mismo tiempo, unas risas fuertes provenientes del pasillo me recordaron que él no debería estar riéndose conmigo, sino con sus amigos.

—Lo siento —me disculpé en un susurro. Él se mostró confuso.

—¿Por qué?

—Por retenerte aquí cuando deberías estar con Jake, celebrando su cumpleaños.

—Kate…

—No me digas que no pasa nada —lo corté—. No todos los días cumple años tu mejor amigo, y menos los dieciocho. Debería haber dejado que disfrutaras de la fies…

—No, escúchame de una vez. —En esta ocasión, él me interrumpió a mí. Puso la mano en mi mejilla y la acarició con el pulgar. Sus ojos grises, fijos en mí, suplicaban que me tomase en serio sus siguientes palabras—: No podría haberla disfrutado sabiendo que tú no lo hacías.

—Eso también es culpa mía —dije apenada—. Debería haber pasado la noche en tu casa, con Zoe.

—Fui yo quien te pidió que te quedaras. —Puse mala cara. Ethan suspiró, se separó un poco y se acomodó como si hubiera aceptado que la discusión iba para largo—. Mira, yo estoy con Jake prácticamente a diario. Tiene derecho a pasar un rato con amigos a los que lleva tiempo sin ver.

—A lo mejor él quería estar *contigo* —repliqué haciendo uso del argumento que él mismo había utilizado al comienzo de la fiesta, antes del desastre—. No creo que te haya invitado para hacer de niñero.

—¿De verdad crees que a Jake le molestaría saber que estoy aquí contigo? —Enarcó una ceja. Me encogí de hombros a pesar de que ambos sabíamos que la respuesta a esa pregunta era un rotundo «no». Si la consecuencia de celebrar su fiesta con Ethan era dejarme de lado, a Jake no le importaría prescindir de su amigo por una noche.

Al ver que no contestaba, Ethan apretó un poco la mandíbula.

—Solo estás buscando excusas para sentirte culpable por querer que me quede.

Su comentario se me clavó en el pecho como una astilla diminuta y molesta. No necesitaba *buscar* excusas para sentirme culpable porque estaban ya ahí, delante de mis narices: había aislado a Ethan del resto por celos. Por egoísmo. Una cosa era dejar que me hiciera compañía, pero que hubiéramos acabado encerrados en mi cuarto solo porque yo no era capaz de soportar verlo con otra chica era muy distinto, y muy injusto para él.

—Kate. —Al pronunciar mi nombre con tanta suavidad, sentí que sacaba la astilla de mi pecho, besaba la herida y la cubría con una tirita—. Estoy aquí porque ver mi película favorita contigo es mil veces mejor que hablar durante horas con gente con la que ya no tengo nada en común. Estoy aquí porque... —Dejó la frase a la mitad para cerrar los ojos y respirar hondo, como si necesitara esa pequeña pausa para poder continuar. Después volvió a mirarme con la misma intensidad que destruía mis barreras y hacía pedazos mi determinación—. Estoy aquí porque, de entre todas las personas que hay en esta fiesta, tú eres con la que más quiero estar. Así que, por favor —suplicó—, no me obligues a repetirlo.

Me quedé muy quieta, reproduciendo sus palabras en mi mente para cerciorarme de que no eran producto de mi imaginación. Pero no lo eran. Y algo me decía que hablaba en serio. Las mariposas de mi vientre comenzaron a hacer acrobacias. Estaba tan impresionada, tan fascinada, que solo pude rendirme y asentir.

—Bien, ahora que el asunto ha quedado zanjado…, ¿seguimos viendo la película?

—No, gracias. Ya he llorado suficiente por hoy —respondí. La verdad es que, llegados a ese punto, dudaba que me quedaran lágrimas para seguir haciéndolo siquiera.

—Tienes que admitir que es muy buena.

—Está bien hecha —reconocí a regañadientes. La película era genial, el problema estaba en lo que me hacía sentir—. Pero no entiendo por qué te gusta tanto a ti. Te pega algo más artístico y menos… romántico.

—¿Y eso por qué?

—Bueno, porque no pareces interesado en el amor.

Levantó las cejas sorprendido.

—¿Qué te hace pensar eso? —replicó con genuina curiosidad.

—Que yo sepa, nunca has tenido pareja.

—Puede que esté esperando a la persona indicada.

—Lo dudo mucho —repuse en voz baja—. Si no, no habrías besado a Olivia.

Volvió a apretar la mandíbula. Me pareció que esta vez era yo la que había clavado una astilla en su corazón. Cerré los ojos y me maldije en silencio. No debería haber sacado el tema, pero los estúpidos celos me envenenaban la sangre.

—Era una prueba, Kate. —Ni siquiera el hecho de que me llamara por mi nombre consiguió convencerme de que lo decía en serio—. Que la besara a ella no significa que me guste. No significa nada, en realidad.

—Da igual. No me tienes que dar explicaciones. —Mi respuesta no lo alivió en absoluto—. Es que… el alcohol me vuelve un poco más curiosa y entrometida. —Aunque asintió con la cabeza, me miraba con cierta preocupación.

Decidí aprovechar la excusa del alcohol para cruzar mis límites. Me incliné hacia delante y puse una mano en su pecho. Noté cómo este subía y bajaba con lentitud, mientras que su corazón latía a toda prisa.

—Solo quiero que haya igualdad de condiciones entre nosotros. Tú sabes quién me gusta, lo justo es que también compartas algo conmigo.

Volvió a respirar hondo.

—Está bien —dijo finalmente—. ¿Qué quieres saber?

—¿Alguna vez has estado enamorado? —le planteé, ahora un poco más seria. Mi rostro estaba muy cerca del suyo, y ninguno de los dos rompió el contacto visual. Ni siquiera cuando tragó saliva y se humedeció los labios.

Contuve el aliento hasta que asintió despacio con la cabeza, como si no pudiera admitirlo verbalmente. No importó, porque me dolió como si lo hubiera gritado.

Retuve un poco más el aire en mis pulmones porque sentí que, si lo soltaba, nunca podría respirar de nuevo, pero al final el dolor de mi pecho me obligó a dejarlo ir.

Me costó no apartar la mirada, y fue aún más difícil encontrar la fuerza para preguntar:

—¿Y qué pasó?

—Nada —susurró. Su voz sonaba igual de apagada que la mía, y el gris de sus ojos había perdido un poco de su brillo—. No pasó nada. —El silencio reinó en mi habitación durante lo que me pareció una eternidad—. ¿Y tú? ¿Has estado enamorada?

Asentí con la cabeza de la misma forma en la que lo había hecho él. No podía mentirle; no después de que él se hubiera sincerado conmigo.

—¿Y qué pasó? —repitió mi pregunta.

—Que me rompieron el corazón.

Se quedó callado por unos segundos. Después apartó un mechón de mi cara y me acarició la mejilla con el dorso de la mano.

—Lo siento.

Por un instante creí que estaba disculpándose por lo ocurrido esa noche, pero aparté rápidamente esa idea de mi mente. Solo estaba mostrando compasión.

No podía aferrarme a ninguna de las conclusiones a las que llegara mientras tenía el corazón roto. Mi organismo buscaba cualquier excusa para arreglar las rupturas, de la misma forma en la que arreglaba las heridas en la piel cuando esta sangraba.

—Sí, bueno, son cosas que pasan, ¿no? —Miré hacia otro lado. Me escocían los ojos de luchar para evitar que se humedecieran. No iba a llorar otra vez. No frente a él.

—Kate…

—No te preocupes, es… el alcohol. —Se había convertido en mi comodín y en mi vía fácil de escape. Solté una carcajada vacía, parpadeé un par de veces y después me sorbí la nariz—. Dios, no voy a volver a beber en la vida.

—Necesitas descansar. —Me acarició el pelo—. ¿Quieres que vayamos a mi casa? Puedes dormir en mi cama. Yo dormiré en el sofá.

Negué con la cabeza. Lo último que quería en esos momentos era rodearme de todo lo que me recordaba a él. Y él, cómo no, hizo justo eso: me envolvió con sus brazos y acercó mi cuerpo al suyo. ¿Alguna vez os ha pasado que estáis luchando para no llorar y, de repente, alguien os da un abrazo que destruye todos los muros que habíais construido para retener las lágrimas? A mí sí.

Enterré el rostro en el hueco de su cuello y me aferré a su camiseta. Permanecimos así unos segundos: sin decir nada, simplemente abrazados. Yo llorando; él sosteniéndome como si me estuviera protegiendo de todo lo que me hacía daño. En cierto modo, funcionaba. Me sentía segura en sus brazos, como si se hubiese formado una especie de burbuja a nuestro alrededor.

Sin embargo, nada me protegía de lo que se hallaba dentro de la burbuja, y el dolor de saber que no iba a tenerlo así para siempre era el que más me afectaba.

—¿Quieres que me quede contigo o prefieres estar sola? —susurró contra mi pelo.

Y aunque sabía que más tarde me iba a arrepentir de ello, respondí:

—Quédate.

15

No era mi intención creer
que si tú estás a mi lado
no tengo nada que temer.

Ni siquiera sé en qué momento me quedé dormida, pero el primer pensamiento que cruzó mi mente al despertarme fue que Ethan ya no estaba en la habitación. Por un instante, temí haberlo soñado todo, pero también sentí un pequeño alivio al imaginar que no había sido más que un sueño.

Sorprendentemente, solo tenía una leve resaca, lo cual era muy bueno porque, aunque no tenía clases, tampoco iba a ser un día de descanso: me tocaba recoger y limpiar todo lo que habíamos armado la noche anterior.

Suspiré al pensar en ello, y después cogí una almohada para taparme la cara con ella. Me daba mucha pereza tener que empezar el día así.

Tardé por lo menos quince minutos en salir de la cama. Cuando abrí la puerta de mi habitación y vi el desastre que se ocultaba detrás de esta, suspiré de nuevo. Definitivamente, la limpieza no iba a ser ligera. Había vasos de plástico e incluso algunas patatas fritas tiradas por el suelo, pequeños charcos de bebida y vómito.

Puse mala cara y fui hasta el baño de puntillas, esquivando todo eso. Al mirarme al espejo, vi que aún tenía restos de maquillaje en las ojeras. Me pasé un algodón con desmaquillante y me lavé la cara. De camino a la cocina recogí algunos vasos del suelo para luego tirarlos en una enorme bolsa de basura. Fui limpiando el pasillo así, poco a poco, y después pasé la mopa.

Al terminar intenté desayunar, pero tenía el estómago completamente cerrado. La sola idea de llevarme algo a la boca hacía que me entraran náuseas, así que me serví un vaso de agua fría y volví a mi habitación. La pantalla de mi móvil, que estaba sobre mi escritorio, se iluminó al recibir una notificación de Zoe, y vi que además de esa me habían llegado otras tantas.

¿Qué tal la fiesta?

Ethan sigue durmiendo.

Creo que es la primera vez en toda mi vida que me levanto antes que vosotros.

Miré la hora. Ella me había escrito a las doce del mediodía y ya eran casi las dos.

Decidí llamarla.

—¿Cómo estás? ¿Qué tal os fue en la fiesta? —fue lo primero que me preguntó al coger el teléfono.

—La fiesta bien —mentí. Había sido la peor noche de toda la historia, aunque luego se hubiera arreglado un poco—. Y respondiendo a la primera pregunta: estoy sorprendentemente bien para todo lo que bebí. —«Y para la forma en la que lo hice», quise agregar, pero al final preferí no dar detalles sobre la patética escena que monté—. Tengo un poco de náuseas, pero eso es todo.

—Me alegra que digas eso, porque necesito alejarme de los libros de matemáticas por una tarde y quería preguntarte si te apetece que hagamos algo juntas.

—Claro. —La verdad es que yo también necesitaba distraerme, porque si me quedaba en casa dándole vueltas a todo lo ocurrido durante la fiesta, iba a acabar muy mal—. Tengo que ir al centro comercial a comprar algunas cosas. ¿Te apetece acompañarme?

—Si luego podemos ir a comer gofres, te sigo a donde tú quieras.

—Vale. —Solté una carcajada—. Te llamo cuando esté lista. Puede que tarde bastante, porque Jake y yo tenemos mucho por limpiar... De hecho, no nos vendría mal que te pasaras por aquí para echarnos una man...

—Espera, se está cortando la señal —me interrumpió rápidamente—. Uy, problemas técnicos. Te veo luego, suerte con la limpieza.

Y, tan pronto como acabó la frase, colgó.

Negué con la cabeza y le sonreí a la nada. ¿Cómo podía ser tan descarada?

Cogí algo de ropa —aún llevaba puesto el body rojo con los pantalones de cuero— y me dirigí de nuevo al cuarto de baño. Al intentar abrir la puerta, me di cuenta de que estaba cerrada con pestillo.

Apoyé la espalda en la pared y esperé pacientemente a que Jake saliera. Cuando lo hizo, abrió la boca cual león a punto de rugir, pero solo soltó un bostezo exagerado.

—Buenos días —me saludó. Tenía un aspecto cansado aunque acabara de lavarse la cara. Ni siquiera el agua había conseguido espabilarlo.

—No parecen ser muy buenos para ti —repuse—. ¿Bebiste mucho?

—Hasta el agua de los floreros. ¿Tienes un ibuprofeno?

Asentí con la cabeza y dejé la ropa dentro del baño antes de ir a buscar la pastilla. Siempre llevaba un par en la mochila, por si me encontraba mal en clase. Cuando salí, mi hermano estaba en la cocina bebiendo agua como si no lo hubiera hecho en días, y se tomó otro vaso cuando le di la medicina.

—Gracias. —Se secó la boca con el dorso de la mano.

—Espero que te haga efecto rápido, porque hay que limpiar todo esto antes de que papá y mamá vuelvan. —Señalé todo lo que había recogido y todo lo que quedaba por recoger.

—No me lo recuerdes —se quejó—. Deja al menos que me despeje.

—Te doy media hora.

Emitió otra queja, pero yo lo dejé solo en la cocina y fui a ducharme. Cuando salí, me lo encontré tirado en el sofá del salón, hecho polvo. Pensé en dejarlo descansando un rato más, pero él mismo se puso de pie al verme.

Conectó su teléfono a un altavoz. Minutos más tarde estábamos los dos cantando un terceto de *Rolling in the Deep* junto a Adele. Al menos así nos entretuvimos mientras terminamos de limpiar la casa. El local de alquiler nos dio un poco más de trabajo, porque tuvimos que subir los muebles que habíamos colocado allí para la fiesta, pero hicimos un buen trabajo en equipo y al final acabamos de recogerlo todo en tiempo récord.

Llamé a Zoe y le propuse que nos reuniésemos en la papelería del centro.

—¿Para qué necesitas tantas libretas? —Frunció el ceño cuando, una vez allí, me vio poner cinco libretas en la cesta—. ¿Y los rotuladores? Si apenas te caben en tu estuche los que ya tienes…

—No tengo ningún subrayador de este color. —Levanté uno que era rosa pastel—. Y algunas libretas son de repuesto, para tenerlas listas cuando termine de llenar las que uso en clase ahora mismo.

—Sabes que las tiendas seguirán abiertas para cuando eso pase, ¿no? No tienes que almacenar material escolar como si fuera comida y te estuvieras preparando para el apocalipsis. —Sacó de mi cesta un paquete de pósits de colores—. ¿Y esto? ¿No tienes una cesta llena de cosas así en casa?

Le quité el paquete de las manos y lo volví a dejar donde estaba.

—Se me están acabando los pósits rojos.

—Pues usa otros.

La mera sugerencia me ofendió.

—Tienen que ir a juego con la cubierta del libro que me estoy leyendo —expliqué—. Y también los necesito para los apuntes de literatura.

—¿Les pones pósits rojos a los apuntes de *literatura*? —Me miró horrorizada—. El rojo es para las matemáticas, Kate. Simboliza la sangre y transmite agresividad.

—No. Representa el amor y la pasión de la literatura. —Me crucé de brazos.

Seguimos discutiendo mientras nos acercábamos a la caja para pagar. Zoe terminó dándome la razón porque sabía que, aunque no hubiese forma de comprobar a ciencia cierta quién de las dos tenía razón, yo no iba a dejar el tema a un lado y a ella le daba demasiada pereza continuar con un debate tan tonto.

Me guio hacia un puesto de gofres. Yo me pedí uno con sirope de chocolate, helado de vainilla y fresas. Ella ordenó uno con tantos *toppings* que cuando lo trajeron a nuestra mesa ni siquiera parecía un gofre, porque estaba enterrado bajo las galletas, chocolatinas, malvaviscos y helado de tres bolas. Había mezclado tantos sabores diferentes que, solo de ver el resultado, me empezó a doler la barriga.

—¿No te parece empalagoso mezclar tantas cosas dulces?

—No —respondió justo antes de meterse un trozo de gofre en la boca. Terminó de masticarlo para poder seguir hablando—. Y a ti, ¿no te parece aburrido pedir siempre algo tan… clásico?

—Me gusta lo clásico.

—No te gusta innovar, que es diferente —me corrigió, y yo no lo negué porque era cierto. No sabía arriesgarme. Les daba tantas vueltas a los posibles resultados de cada elección que tomaba que siempre terminaba yéndome a lo seguro—. La próxima vez me gustaría verte elegir los ingredientes por impulso.

—Sabes que eso no va a pasar, ¿no? —Alcé una ceja.

Pareció pensarlo mejor.

—Sí, supongo que es mejor que no pase. No quiero tener que llevarte al hospital cuando te agobies por hacer un pedido sin la certeza absoluta de haber elegido la opción correcta —se rio.

—Qué exagerada. —Puse los ojos en blanco, pero de nuevo tenía algo de razón.

Pinché una fresa y me la llevé a la boca pensativa. ¿Me habrían ido mejor las cosas de no ser tan precavida? La falta de impulsividad me frenaba. Pero a veces necesitas echar el freno para no estrellarte, ¿no?

—¿En qué piensas? —me preguntó Zoe. Tenía las comisuras de la boca manchadas de helado.

—Tienes chocolate. —Esquivé la respuesta y me señalé los labios para que ella supiera de qué estaba hablando. Cogió una servilleta y se limpió con cuidado.

No sé cómo se las ingeniaba, pero siempre terminaba manchándose con la comida. Los espaguetis con tomate eran un peligro para la persona que fuera a lavar su ropa.

—¿Ethan seguía dormido cuando has salido de casa? —pregunté actuando de forma distraída. Necesitaba saber si le había dicho algo sobre la fiesta.

O sobre mí, más bien.

—No, se ha levantado media hora después de que tú me llamaras. —Se zampó una cucharada llena de gofre, galleta y sirope.

—Y, eh…, ¿sabes si se lo pasó bien en la fiesta?

Me miró con el ceño un poco fruncido y sin dejar de masticar. Al parecer, mis nervios eran tan obvios que incluso levantaban las sospechas de Zoe. Con lo distraída que ella era, eso decía mucho.

—No parecía tener ganas de hablar, la verdad. Lo he deducido por el aspecto de muerto con el que se ha levantado. Creo que ha dormido fatal esta noche o, si no, no me explico esas ojeras —dijo, y luego se me quedó mirando—. Tú no estás tan mal. ¿Pudiste dormir bien con todo el jaleo?

—He dormido como un bebé —confesé—. Estaba tan cansada que ni siquiera recuerdo el momento en el que me quedé dormida.

Después de que yo le pidiera a Ethan que se quedara conmigo, no hicimos mucho más que permanecer juntos en la cama. Él se sentó con la espalda apoyada en la pared y yo recosté la cabeza en su regazo. Comenzó a jugar con mi pelo y fue ahí cuando me empezaron a pesar los párpados. Sé que hablamos un poco, pero estaba tan cansada que no fui capaz de registrar la conversación. Aun así, los escasos recuerdos que tenía de ese momento me calentaban el pecho.

Respiré hondo y cogí otra cucharada de mi gofre. Puede que el alcohol no me hubiera dejado con un dolor de cabeza como el de Jake, pero tenía otro tipo de resaca (emocional) que también me hacía sentir como si me estuvieran taladrando el cerebro. Mi mente era un caos. Estaba tan confusa y tan perdida que apenas sabía lo que sentía exactamente. Durante la fiesta habían sucedido cosas que deseaba poder eliminar de mi memoria, pero la noche también me había dado recuerdos agradables que atesorar.

Ver *Titanic* junto a Ethan era uno de ellos. Quería apoyarme de nuevo en su hombro y enlazar sus dedos con los míos.

—Tierra llamando a Kate. —Zoe me salvó de mis propios pensamientos, que comenzaban a llevarme por un camino muy peligroso—. Igual he dicho muy pronto lo de que tú no estás tan mal. Me parece que vas a necesitar una siesta.

—Muy graciosa. —Le lancé una servilleta arrugada y ella soltó una pequeña carcajada—. No necesito una siesta, necesito algo que me espabile y me distraiga.

—Dímelo a mí —bufó—. Tú por lo menos estás cansada posfiesta. Yo estoy cansada porque llevo todo el fin de semana con la cabeza enterrada en el libro de matemáticas. La palabra «apotema» me persigue, te juro que la veo hasta cuando cierro los ojos. Y lo peor es que ni siquiera estoy segura de saber lo que significa.

Esta vez fui yo la que se rio.

—Sí, dicho así, mis dramas de anoche parecen poca cosa. —Me llevé a la boca otro trozo de gofre.

—¿No me habías dicho que la fiesta había estado bien?

La pregunta hizo que me atragantara con el gofre. Empecé a toser tanto que Zoe se tuvo que levantar para darme unos golpes en la espalda, preocupada. Cuando me estabilicé, fue corriendo a por un vaso de agua. Me lo bebí entero, con los ojos aún llorosos debido al agobio de no poder respirar.

Había estado a punto de sufrir una muerte patética a causa de un trozo de gofre, pero decidí ser positiva y mirarlo por el lado bueno: al menos había conseguido que Zoe se olvidara de lo de la fiesta.

Después de comer aquel dulce, y como ninguna de las dos quería volver a casa, caminamos durante por lo menos tres horas, casi como si fuéramos turistas en nuestra propia ciudad. Llegué a casa molida de tanto andar.

Quitarme los zapatos y deshacerme del sujetador fue el mayor placer del día, seguido del que me proporcionaron los dos vasos de agua que me bebí de golpe. El resto de la tarde lo pasé escribiendo. Tomar el aire paseando me había sentado bien; aunque no me ayudó a olvidar todo lo ocurrido con Ethan, había conseguido inspirarme, y eso era justo lo que necesitaba para acabar de desenredar la maraña de pensamientos que tenía en la cabeza.

Escribí trece versos de una nueva canción antes de cerrar la libreta. Todos eran agridulces, y descubrí que lo que más me frustraba de lo sucedido la noche anterior era saber que tenía que asimilar ciertas cosas y enfrentarme a varios cambios.

Pensé en la conversación que Ethan y yo tuvimos antes de la fiesta. Me planteé la posibilidad de ser solamente su amiga, no porque no me quedara más remedio, sino por voluntad propia. Hasta ese momento siempre había anhelado más. Por muy platónico que fuera mi amor por él, seguía soñando con besarlo y con ver en sus ojos el brillo que caracteriza al amor.

Lo que tenía que empezar a asimilar era la posibilidad de que ese brillo apareciera pero no estuviera destinado a mí sino a otra persona. Tenía que encontrar el modo de entender eso. Me lo repetiría hasta que la idea se asentara en mis pensamientos y después hasta que dejara de doler. Y, como sabía que esto último no iba a ocurrir mientras siguiera tan prendada de él, también tenía que aprender a pensar en Ethan como pensaba en Heather o en Jensen (en Zoe no, porque ella era una hermana para mí más que una amiga, y a Ethan nunca podría verlo de esa forma).

Le eché un vistazo rápido a la canción que acababa de escribir y arranqué la hoja. No fui capaz de tirarla a la basura, pero sí que la guardé en un cajón de mi escritorio que no abría a menudo y decidí que, al hacer eso, estaba sellando una promesa: mi encaprichamiento por Ethan terminaba ahí. Era hora no solo de pasar página, sino de arrancarla de una vez por todas y de enterrarla en algún sitio para no tenerla presente.

El martes me desperté positiva y con la sensación de haberme convertido en una persona nueva. Para reforzar ese pensamiento, busqué varios vídeos sobre cómo ser la mejor versión de ti mismo y los vi mientras me preparaba el desayuno. Mis padres entraron en la cocina en ese mismo instante y me miraron como si estuvieran pensando: «¿Y a esta qué mosca le ha picado?».

Solo me había dado tiempo a verlos un rato antes de irme a la cama porque llegaron a casa bastante tarde. Aun así, siempre se despertaban muy pronto, y ese día no fue la excepción. Supongo que les chocó que me hubiera levantado antes que ellos.

Pausé el vídeo —«¡Estos cinco sencillos hábitos cambiarán tu forma de ver la vida!»— para darles los buenos días con una sonrisa radiante. Mi madre frunció un poco el ceño, como si le preocupara que se me estuviera yendo la cabeza, pero me saludó a su vez.

—Buenos días, cielo. —Mi padre se acercó y me dio un beso en la sien. Al menos él sí que parecía contento de verme de buen humor.

Se sirvieron café y se prepararon unas tostadas mientras yo terminaba de hacer mis tortitas de avena y plátano. Las bañé en miel y me senté con ellos a la mesa. Era la primera vez en muchísimo tiempo que desayunaba con mis padres.

—Habéis dejado la casa incluso más limpia que antes —observó mi madre—. ¿Fue una fiesta tranquila?

—No estuve mucho tiempo, pero creo que sí.

Lo único que se había roto era una de las macetas del balcón, pero la planta estaba tan seca que me pareció un alivio poder deshacerme de ella, y estaba segura de que mis padres tampoco la echarían de menos. Nunca se acordaban de regar ninguna.

Después de desayunar y de asearme, fui con Jake a la parada del autobús. Cuando nos encontramos con Ethan y con Zoe, decidí prestarle más atención a ella que a él. Le pregunté por sus clases y por los planes que tenía para la tarde. Zoe me miró como si mi parloteo la estuviera incitando a tirarse por la ventana con el autobús en marcha y a dejar que el siguiente coche que pasara la arrollase, acabando así con su sufrimiento.

Heather me dedicó la misma mirada cuando me reuní con ella antes de entrar en clase, pero no fue por mi parloteo o por mi repentina actitud positiva, sino por otro motivo que no parecía tener nada que ver conmigo.

Llevaba la melena rubia suelta y algo enmarañada, cosa que me chocó un poco, no porque le quedara mal, sino porque estaba acostumbrada a verla muy bien peinada. Eso sí, se había maquillado como de costumbre, aunque el corrector no terminara de cubrir del todo su cansancio.

—¿Estás bien? —pregunté.

—Sí —contestó casi de inmediato. Las dos sabíamos que era mentira, pero su tono de voz me dio a entender que estaba demasiado cansada como para hablar del tema, así que lo dejé pasar.

Se sentó a mi lado y, cinco minutos más tarde, la profesora comenzó a dar la clase. Heather se limitó a apuntar lo que había escrito en la pizarra. No cabía duda de que tenía la mente en otro lado.

—Ey, ¿estás segura de que estás bien? —susurré para no llamar la atención de la profesora, y también porque Heather parecía una bomba a punto de estallar en cualquier momento y yo no quería ser el detonante.

Asintió con la cabeza sin dejar de mirar a la pizarra y yo no insistí más.

Durante el resto del día luché contra las ganas de escuchar canciones como *One Last Time* de Ariana Grande y me puse *New Rules* de Dua Lipa en bucle para no arruinar mi determinación. Estaba preparada para reunirme con Ethan por la tarde para seguir ayudándolo con las prácticas de dibujo.

Flaqueé un poco cuando lo vi sentado en el aula en la que habíamos quedado. Ya nos habíamos visto por la mañana, de camino al instituto, pero es que Ethan parecía volverse más guapo con cada hora que pasaba. Las ondas de su pelo se habían desordenado y sus mejillas habían adquirido un brillo suave que le daba vida a su rostro. Sonrió al verme y tuve que repetirme —por decimoctava vez— que éramos amigos.

Debería haber añadido *Friends*, de Anne-Marie y Marshmello a la *playlist* de ese día, pero la letra me deprimía porque lo de «¿No lo he hecho obvio? ¿No lo he dejado claro? ¿Quieres te lo deletree? A-M-I-G-O-S» era casi un ataque personal.

—Hola —lo saludé sonriéndole.

—Hola. ¿Qué tal las clases?

Le hablé de mi día mientras él preparaba el lienzo y me indicaba dónde sentarme. Cuando todo estuvo listo, me pidió que siguiera contándole cosas.

—Estás más relajada cuando hablas —dijo.

No respondí que el motivo era que hablar me distraía y, estando a solas con él, contar con algo que lograra hacerme pensar en otra cosa era como sujetar un paraguas bajo la lluvia. Me aferré a la empuñadura de este y le hablé de todo lo que me vino a la mente.

—¿Sabes que seguimos sin tener un nombre para la banda? Le he estado dando vueltas desde que le pedí a Heather que nos ayudara con los pósteres. Todavía no me ha dado tiempo a proponer que nos pongamos a buscar un nombre en serio, pero quiero hacerlo mañana.

—¿Se te ha ocurrido alguno? —me preguntó, demostrando que, aunque estuviera muy concentrado en su trabajo, seguía prestándome atención.

Negué con la cabeza.

—Sigo en ello. Estuve mezclando palabras en un generador de internet por si alguna sonaba bien. La única que me gustó fue «Halove». Viene de *«halo»* y *«love»* —expliqué—. Pero creo que Seth me va a decir que no nos pega nada.

—A ti sí te pega. Suena muy delicado y casi angelical, como tu voz.

No me resultó nada fácil ignorar la forma en la que había descrito mi voz. Tuve que tragar saliva y recordarme a mí misma la promesa que me había hecho.

—Precisamente por eso van a rechazar la idea. Soy la única a la que le queda bien. A Sally le pega más llevar un par de cuernos de demonio que un halo, Garrett tiene de delicado lo que yo de buena cocinera y Jensen necesita conservar su imagen de guitarrista rompecorazones para atraer a las adolescentes.

—¿No os parece poco ético utilizar su apariencia como estrategia de marketing? —preguntó un tanto divertido.

—Seth es como un mánager corrompido por el mercado musical. La ética es un lastre del que ya se ha deshecho —bromeé—. Así que, ya ves, no va a ser fácil encontrar un nombre que se adapte a todo el grupo.

—Ya lo veo. La verdad es que no entiendo cómo habéis podido

poneros de acuerdo para escoger la canción que vais a tocar en el concierto, si sois tan diferentes.

—Ah, eso fue fácil. Para todo lo que conlleve fastidiarme a mí, se coordinan perfectamente.

—¿Es que no te gusta la que han elegido?

Me quedé muy quieta, y no precisamente por mi papel como modelo de dibujo. Era la segunda vez en dos días que metía la pata de esa forma. Si para elegir un sabor de helado consideraba todas las consecuencias posibles, debería poder hacer lo mismo antes de abrir la boca, pero, por desgracia, parece que la obsesión por el control no incluía un manual antitorpeza.

—Es... Bueno, ya sabes que no me van los desamores. —Para mi propia sorpresa, la excusa era muy convincente.

Ethan no pareció notar nada raro. Respondió con normalidad y yo no tuve demasiados problemas para cambiar de tema. Le hablé del libro que me estaba leyendo y del próximo que me leería. Le hizo gracia que ya tuviera preparada mi siguiente lectura.

No sabía exactamente qué estaba haciendo con el cuadro, porque no me permitió echarle un vistazo en ningún momento, pero de vez en cuando estiraba el cuello para poder ver la paleta de colores. Vislumbré varios tonos de marrón y de beige.

Al acabar la sesión, me preguntó si me apetecía pintar algo con él como la otra vez. Le dije que no, porque pasar tantas horas a su lado mientras me obligaba a mí misma a no sentir nada especial era agotador. Sabía que verlo como un amigo implicaba no huir de su compañía, pero tampoco quería ponerme las cosas aún más difíciles sin necesidad.

Terminó de recogerlo todo y se acercó a la mesa en la que yo estaba sentada. Él, como Heather, también parecía agotado. De hecho, me hizo pensar en las palabras de Zoe cuando describió su aspecto después de la fiesta. Había mencionado que Ethan se había levantado con unas ojeras pronunciadas, y estas seguían ahí. Le quedaban muy bien —¿le quedaba mal algo alguna vez?—, pero me pareció extraño que no se le hubieran ido después de todo un día de descanso.

—¿Estás bien?

Sorprendido por mi pregunta, se rascó la nuca y apartó la vista.

—Sí, es que... —Carraspeó, volviendo a mirarme—. Ha sido un día largo y estoy un poco estresado por los exámenes y el concurso.

Me quedé mirándolo. Sí que parecía agobiado.

Pensé en Heather y en lo que habría hecho para animarla si se hubiera sincerado conmigo de la misma forma en la que Ethan acababa de hacerlo. Decidí que la habría abrazado, así que hice justamente eso: me acerqué a Ethan y lo envolví en mis brazos.

—Te va a salir todo genial, ya verás.

Ethan se tensó un poco, pero terminó poniendo una mano en la parte baja de mi espalda y otra en mi hombro. El calor de ambas traspasaba la tela de mi camiseta. Tuve que cerrar los ojos y respirar hondo cuando me atrajo un poco más hacia su cuerpo y enterró la cabeza en el hueco de mi cuello.

—Gracias —murmuró.

Sentí una ola de alivio y el pecho se me llenó de una sensación muy agradable.

«Puedo ser su amiga. —Me convencí por fin—. Si puedo estar ahí para él, si puedo compartir más momentos como este... quizá eso es todo lo que necesito.»

16

No era mi intención contar
cada mensaje que me escribes,
cada abrazo que me das.

Heather faltó a clase al día siguiente. Cuando le escribí para preguntarle si estaba bien, esta fue su respuesta:

> He cogido un resfriado, pero es de esos que en un día se van si descansas.

> Mañana estaré como una rosa :).

Empezaba a preocuparme de veras. Heather era… compleja. De esas personas que son alegres y transparentes únicamente en la superficie. Si te esfuerzas en conocerla en profundidad, te das cuenta de que esos rasgos son solo a la punta de un enorme iceberg.

La llamé por si acaso.

—Hola —me saludó con un tono tranquilizador, como si quisiera decirme «¿Lo ves? No me pasa nada».

—Hola. ¿Quieres que pase por tu casa esta tarde?

—No.

—Espera, que reestructuro la frase: voy a pasar por tu casa al acabar el ensayo de la banda. Te llevaré los apuntes de hoy y algo para el resfriado, ¿está claro?

Su risa sonó frágil.

—De verdad, Kate, no hace falta.

—No me quedaré mucho tiempo si no quieres, pero voy a ir —aseguré—. Así que ve enviándome tu dirección. Si a las cuatro de la tarde no la tengo, le pediré a Blanca que me la dé.

Era extraño que, tras año y medio de amistad, siguiera sin saber dónde vivía Heather. En el instituto yo era su mejor amiga, por lo que dudaba que Sheila, Karen o cualquier otra persona conociera la dirección de su casa.

Por suerte, tras insistir un poco, Heather acabó enviándomela.

Durante el resto de la mañana no volví a pensar en ello. No porque mi amiga no me importara, sino todo lo contrario: lo único que podía hacer por ella en esos momentos era detallar mis apuntes tanto como fuera posible, así que me obligué a mí misma a centrarme en las clases y a olvidarme de todo lo demás. Después, cuando la jornada de estudio llegó a su fin, los pasé a limpio mientras esperaba a que Sally y Seth terminaran las clases para empezar el ensayo.

Iba de camino al aula de música cuando recibí un mensaje que no esperaba en absoluto. Era Ethan:

> He estado pensando en un nombre para tu banda.

> Se me ha ocurrido que podría estar relacionado con sirenas.

> Dijiste que al resto no le pegaría algo delicado y angelical. Pues bien, las sirenas son todo lo contrario: tienen una voz melodiosa e irresistible, la

cual usan para embelesar a los marineros y así conseguir que estrellen sus barcos.

Creo que cumplen todos vuestros requisitos.

Además, a todo el mundo le gustan las sirenas.

«Mantente firme, mantente firme, mantente firme.»

Pero no podía hacerlo, porque no solo se había molestado en pensar un nombre para mi banda, sino que lo había hecho teniendo en cuenta todo lo que le había contado sobre nosotros. ¿Cómo iba a mantenerme firme cuando él era así de... perfecto? Por un momento deseé haberme enamorado de alguien con peor carácter. Menos detallista, menos paciente, menos comprensivo. Pero Ethan ni siquiera era capaz de permanecer enfadado conmigo durante más de cinco minutos.

Respiré hondo y solté todo el aire de golpe. Después le respondí como le habría respondido a cualquier otro de mis amigos. Ese era más o menos el lema por el que me guiaba: «Compórtate con él como lo harías con Heather».

¡Muchas gracias! Me encanta la idea.

Es genial.

En serio, gracias ♡.

Con aquella idea en mente, entré por fin al aula de música. Todos me esperaban ya allí.

—Queda poco para el concierto —anunció Seth dramáticamente, casi como si nos estuviera entrenando para la guerra.

Todos asentimos con la cabeza. Habíamos estado practicando mucho, pero seguíamos nerviosos (al menos, yo lo estaba). También volvía a sentirme insegura sobre la canción, no porque no quisiera cantarla, sino porque ya no sabía cómo debía sentirme respecto a ella.

Ethan estaba presente en demasiados aspectos importantes de mi vida. En mis poemas, en mis canciones y, ahora, hasta en el nombre de mi banda. Eso si el resto aceptaba la idea, claro.

—Oye, tengo una sugerencia para el nombre de la banda —dije de forma que todos pudieran oírme—. «Ziren», con zeta. —Crucé las manos sobre mi regazo—. Viene de la palabra «sirena».

Les di la misma explicación que Ethan me había dado a mí.

—¿Y la zeta?

—Ah, eso es solo para que quede mejor. Más... exótico. Me parecía aburrido dejarle la ese —admití.

Sally aceptó la idea casi de inmediato. Confesó que las sirenas eran su criatura mitológica favorita y que cuando era pequeña solía fingir que era una cada vez que iba a la piscina. Me imaginé a una pequeña Sally sin tatuajes y con el pelo rubio —su color natural— nadando como una sirena en la piscina. Qué adorable.

Le dediqué una mirada enternecida y, por primera vez, vi que ella se sonrojaba.

Garrett tampoco se opuso. De hecho, dijo que le daba absolutamente igual el nombre que eligiésemos mientras no fuera «Las salchichas ahumadas» o algo por el estilo.

—Puedes quedarte tranquilo —le aseguré—. Preferiría cortarme las cuerdas vocales a pertenecer a un grupo con ese nombre.

Jensen soltó una pequeña carcajada. Él no había dado su opinión todavía, y era la que más me interesaba, precisamente por algo que Ethan había mencionado: no quería que pensase que lo consideraba una cara bonita y nada más. Es solo que él ya emanaba esa aura de guitarrista interesante. Un nombre que no fuera a juego con eso simplemente no le pegaba.

Se reclinó contra el respaldo de la silla y siguió haciendo girar su lápiz con los dedos mientras terminaba de sopesar la idea. Al final, sonrió y declaró:

—Me gusta.

Casi suspiro de alivio. En lugar de eso, le devolví la sonrisa.

Bien. Ahora solo quedaba Seth, el más quisquilloso de los cinco… y el que más voz tenía en el asunto. Después de todo, él había fundado la banda. Se subió un poco las gafas y se cruzó de brazos. La seriedad con la que lo analizaba a todo llegaba a parecerme ridícula en algunas ocasiones. Y entendía que escoger un nombre para la banda era un paso importante y que no podríamos echar marcha atrás, pero me estaba poniendo de los nervios. Justo cuando mi paciencia estaba a punto de llegar a su límite, abrió la boca y dijo:

—Vale. La verdad es que está muy bien pensado. Y si a todos os gusta…

—Nos gusta. —La paciencia de Sally se acabó antes que la mía—. Deja de hablar como si estas fuesen unas elecciones presidenciales. Y hablando de presidentes, ¿por qué coño actúas como si fueras el de este grupo? Que yo recuerde, nadie te ha votado. —Seth le dedicó una mirada de indignación, pero eso solo consiguió divertirla aún más.

Antes de que pudiera seguir picándolo, intervine:

—¿Empezamos el ensayo ya?

Y así, por primera vez, tocamos juntos como Ziren.

Estaba recogiendo mis cosas cuando vi que Ethan se encontraba frente a la puerta de la sala de música, apoyado contra la pared. Terminé de meterlo todo en la mochila rápidamente y salí del aula para ir hasta donde él estaba.

—¿Habéis acabado? —preguntó con las manos metidas en los bolsillos. Yo asentí con la cabeza—. ¿Qué tal te ha ido?

—¡Genial! —contesté animada—. Ya tenemos nombre. Muchas gracias por la idea. Era justo lo que buscaba.

Ethan esbozó una sonrisa que hizo temblar todo lo que había construido esos últimos dos días.

—No hay de qué, princesa. ¿Te vas a casa?

—Pues… no. Todavía no. —Comenzamos a andar hacia la salida—. Voy a ir a casa de Heather antes. Lleva un par de días rara. Dice que está resfriada, pero quiero asegurarme de que eso es lo único que le pasa. —Me mordí una uña—. ¿Crees que me estoy entrometiendo demasiado?

—No. —Me miró de reojo sin dejar de andar—. Creo que es muy considerado de tu parte y que a Heather le gustará saber que te preocupas por ella.

—Es que siempre ha sido muy reservada con todo lo que respecta a su vida fuera del instituto y… no sé. La considero mi mejor amiga, ¿sabes? Y me sabe mal que sienta que no puede confiar tanto en mí.

—Pensaba que tu mejor amigo era yo —respondió en un tono burlón, quizá porque había notado la forma nerviosa en la que me estaba mordiendo las uñas y quería distraerme.

Funcionó: pasé de morderme las uñas a morderme el interior de la mejilla. Pero también dejé de caminar e hice que él se parara conmigo. Lo miré a los ojos y, aunque el corazón me latía con tanta fuerza que sentía el pulso hasta en las yemas de los dedos, me recordé que debía mantenerme firme.

—Lo eres. Eres mi mejor amigo. Eres mi mejor amigo en todo el mundo.

En cuanto lo dije me vino a la mente la cita de un libro que había leído recientemente: «Quiero ser tu amigo. Quiero ser el amigo de quien te enamoras irremediablemente. […] El que memoriza las cosas que dices, así como la forma de tus labios al decirlas».[1] Involuntariamente, al pensar en esa última frase bajé la vista hacia sus labios y me

1. La cita es del libro *Libérame*, de Tahereh Mafi, Puck, Barcelona, 2022.

quedé mirándolos unos segundos. Entreabrí los míos para decir algo, pero lo único que salió fue un suspiro.

¿A quién quería engañar? Esa era exactamente la clase de amiga que yo quería ser para él: la amiga a quien acudiera en busca de consuelo, la que consiguiera calmarlo con solo un abrazo y también la que secara sus lágrimas con besos. Quería todo lo que ya tenía, pero no era suficiente. Nunca sería suficiente.

Me encontraba de nuevo en el punto de partida y me dolió darme cuenta de que, independientemente de mis esfuerzos, ese era el punto al que siempre regresaría.

Tragué saliva, aparté la vista y reemprendí la marcha.

—Espera. —Me cogió del brazo de modo que acabé de nuevo frente a él. Clavó la vista en mis labios y yo sentí que el suelo bajo mis pies temblaba. El corazón me retumbaba con fuerza en los tímpanos. Latía tan deprisa que sentí un leve mareo—. Lo sé. Sé que soy tu mejor amigo, de la misma forma en que tú eres la mía.

Alzó la mirada y me encontré con sus ojos, de un gris azulado que en ese momento me recordó al color que adquiría el cielo minutos antes de llover. Que me mirara de ese modo era una tortura incluso mayor que la de que mirara mis labios igual que yo me había quedado observando los suyos.

Me congelé al instante.

«Igual que yo me había quedado observando los suyos.»

Mierda.

Su mirada no era una tortura: era un mensaje.

Ethan sabía que me moría por besarlo.

17

No era mi intención sentir
que una vida a tu lado
es mejor que una vida sin ti.

Después de ese momento tan incómodo, le dije a Ethan que tenía que irme y no le di la oportunidad de acompañarme, porque estaba muerta de vergüenza. Busqué la dirección de Heather en el GPS de mi móvil antes de acercarme a la parada de autobús que me llevaría hasta su casa. Aún quedaban veinte minutos para que llegara, así que decidí entrar en un supermercado que había cerca para comprar una bolsa de patatas fritas y un paquete de galletas de chocolate. Es bien sabido por todos que la comida es lo mejor para animar a alguien.

Ya en el autobús, me coloqué los auriculares y me puse a escuchar canciones que no me recordaran a Ethan, pero no sirvió de nada, porque ni siquiera la música conseguía acallar mis pensamientos.

Que me hubiera quedado mirando sus labios no significaba nada, ¿no? Seguro que había malinterpretado la mirada que me había echado después. Tenía miedo de que se hubiera dado cuenta de lo que pasaba por mi mente, y ese miedo me había jugado una mala pasada. Había hecho que imaginara cosas, o que le diese un significado diferente a lo que en realidad ocurría.

Pero sus palabras…

«Soy tu mejor amigo, de la misma forma en que tú eres la mía.»

¿Qué interpretación debía darle a eso?

Dios, estaba hecha un lío. Tanto que casi me salto la parada que estaba marcada en el GPS. Me bajé deprisa y seguí las indicaciones del navegador hasta llegar a una pequeña casa amarilla con el número ocho dibujado sobre la puerta. Según mi teléfono, había llegado a mi destino.

Eché un vistazo a los alrededores de la vivienda con curiosidad. Heather vivía en un barrio bastante alejado del centro, con casas rodeadas por jardines que solo estaban separados por vallas de madera. El jardín de mi amiga estaba muy poco cuidado. El césped estaba cubierto de hierbajos y hojas anaranjadas que volaban al caer de un árbol hasta aterrizar frente a la casa.

Abrí la puerta de la valla y caminé hasta el porche. Toqué al timbre una vez y esperé a que alguien me abriese. Lo hizo una mujer joven muy parecida a mi amiga.

Habría jurado que entre ella y yo no había más de quince años de diferencia, pero sabía que Heather no tenía hermanos, por lo que debía de tratarse de su madre. Era igual de delgada que Heather y tenía el pelo tan rubio como ella. Sus ojos eran de un color castaño claro y parecían... apagados.

—Esto... hola —la saludé tímida y educadamente—. Soy Katherine, una amiga de Heather. Voy con ella al instituto.

Abrió los ojos ligeramente y el gesto difuminó un poco la tristeza de su mirada.

—¡Oh, Kate! He oído hablar de ti. —Esbozó una sonrisa frágil—. Soy Cora, la madre de Heather.

Le devolví la sonrisa.

—Seguro que se alegra de verte. —Su expresión se volvió algo más alegre, pero no abandonó ese toque melancólico que bajaba un poco los ánimos. De pronto, tuve la impresión de que en realidad no conocía a Heather en absoluto—. Pasa.

Crucé el umbral de su puerta y observé con detalle su casa. Recuerdo que Heather había mencionado una vez que vivía sola con su madre, por lo que no me extrañó que fuera tan pequeña. Había varias fotos colgadas en la pared, y otras tantas sobre los muebles de la entrada. Cogí una que me llamó la atención especialmente. En ella salían dos niños de unos ocho años abrazados. La chica, que tenía el pelo rubio platino, casi blanco, le sacaba la lengua a la cámara. El chico tenía los ojos marrones clavados en ella.

—Su habitación está en la planta de arriba, al final del pasillo —me indicó Cora. Volví a dejar el marco en su sitio.

—Vale. Muchas gracias.

—Avísame si necesitáis algo. —Esbozó otra sonrisa amable y triste a partes iguales.

La diferencia más obvia entre Heather y ella no residía en el color de sus ojos, ni en la forma de su rostro o de su nariz, ni en su altura. Lo que más las diferenciaba era el hecho de que la mujer que tenía delante parecía muy frágil, como si fuera a quebrarse en cualquier momento, mientras que la presencia de Heather era mucho más sólida.

Volví a darle las gracias a la mujer y subí la escalera. Cuando estuve frente a la habitación de Heather, toqué dos veces a la puerta, pero nadie contestó. Al final decidí entrar de todas formas.

Mi amiga, que estaba sentada en una silla de escritorio, se quitó los cascos y se giró para mirarme. Parecía sorprendida de verme allí.

—No me puedo creer que de verdad hayas venido.

—¿Pensabas que no iba a hacerlo?

Heather suspiró y volvió a recostarse en el respaldo de su silla.

—Esperaba que se te quitaran las ganas al ver lo lejos que vivo del centro —admitió.

—Pues no. —Entré en su habitación y me senté en el borde de su cama, dejando a mi lado la bolsa con lo que había comprado.

Aproveché ese instante para echarle un vistazo a su habitación. El espacio reducido del cuarto daba para que cupiese una cama, un armario, una estantería y un escritorio con su respectiva silla, no más. De hecho, tan solo había dos personas dentro y ya parecíamos multitud. Además, estaba bastante desordenada y eso hacía que se viera aún más estrecha.

—¿Qué es eso? —preguntó señalando la bolsa.

—Ah, es para ti. —Le mostré lo que había dentro—. ¿Prefieres dulce o salado?

Por un momento pensé que me diría que no le apetecía comer nada, pero me miró y, tras unos segundos, hizo un gesto con la cabeza para indicarme que abriera la bolsa de patatas fritas. Cuando se la entregué, cogió una y la masticó despacio, como si estuviera haciendo un esfuerzo.

—No me mires así. —Hizo una mueca incómoda—. Estoy perfectamente.

—Heather…

—He tenido un par de días malos, eso es todo.

—Vale. —Asentí con la cabeza, no porque la creyese, sino porque era evidente que no quería hablar del tema—. Oye, ¿cuántos años tiene tu madre? Parece superjoven.

—Tiene treinta y tres.

—Venga ya, ¿en serio? —Abrí mucho los ojos y ella (¡por fin!) sonrió un poco—. Espero verme como ella cuando tenga su edad.

—Mientras solo sea la apariencia… —Vaya. Así que estaba enfadada con su madre. No podría haber elegido un tema mejor para entretenerla—. Oye, en serio, siento que hayas tenido que venir hasta aquí. Si hubiera sabido que pensabas hacerlo de verdad, te habría ido a buscar o algo.

—No te preocupes. Lo cierto es que el paseo ha sido agradable. Tu barrio es bastante… tranquilo.

—Ya. —Apretó los labios y miró por la ventana. Su pecho se infló y se desinfló muy lentamente. Cuando volvió a posar los ojos en mí, noté que se le habían humedecido, pero parpadeó un par de veces y volvieron a la normalidad.

No dije nada, pero sentí que se me partía un poquito el corazón.

No estaba acostumbrada a verla así. Supongo que precisamente por eso se había quedado en casa, porque no soportaba tener a gente cerca cuando estaba tan de bajón.

—Perdón por haberte forzado para que me dieras tu dirección —me disculpé por fin—. Sé que no querías que viniera, pero necesitaba asegurarme de que no te había pasado nada muy malo.

—Estoy bien —repitió.

—No me lo creo —admití por fin—. Pero no pasa nada. No estoy aquí para que sientas que debes contármelo todo. Estoy aquí para que sepas que puedes hablar conmigo si lo necesitas. —Le dediqué una sonrisa amable y sincera—. Yo siempre te cuento mis dramas, lo justo es que tú puedas hacer lo mismo.

—A mí tus dramas me entretienen. Son como ver una comedia romántica.

—Vaya, gracias. —Fingí sentirme ofendida, pero no dejé de sonreír.

—Vamos, sabes a qué me refiero. —Sonrió también, y yo sentí una ola de alivio. Parecía que se animaba poquito a poquito—. El otro día, cuando me dijiste en clase que por la tarde ibas a ayudar a Ethan con lo del concurso, Blanca te oyó y se acercó para preguntarme por «el chisme».

—Blanca tiene un nulo sentido de la ética laboral. —Chasqueé la lengua.

—Pues sí. —Su sonrisa se ensanchó un poco más—. El caso es que le conté algunas cosas y ella mencionó que erais la definición perfecta de un «cliché adolescente» y que a ella le encantaban ese tipo de historias. —Se llevó una patata frita a la boca y, cuando terminó de masticar, agregó—: Dijo que ella era *«Team Ethan»*. —Se rio muy suavemente—. Como si hubiera otro.

—¿Y tú qué respondiste?

—¿Yo? Que soy *«Team KitKat»*. Siempre fiel a mis amigos. —Levantó el puño e hizo un gesto de camaradería. Enarqué una ceja, pero ella siguió con la misma actitud taciturna y un poquito divertida—. Sabes que si has decidido olvidarte de él, yo te apoyo hasta la muerte.

Me ruboricé en cuanto mencionó mi plan fallido.

—¿Qué? —Notó que le estaba ocultando algo—. ¿No es eso lo que querías?

—Sí, pero…

—¿Has cambiado de opinión? ¿Ya vuelves a querer que te coma la boca?

—¡Heather! —Agarré uno de sus cojines y se lo lancé a la cara.

Riéndose, se agachó a recogerlo.

—¿Es verdad o no? —Me lo lanzó de vuelta, más amablemente.

—Yo quiero su amor incondicional —exageré—. Lo de besarnos es un extra.

—Un extra que te mueres por probar.

Apreté los labios y asentí con la cabeza. No tenía sentido negarlo.

—El problema es que ahora él también lo sabe.

—¿Cómo que lo sabe? ¿Se lo has dicho? —preguntó confusa.

—Claro. Le he dicho que quiero que me coma la boca y, ya de paso, que me regale todas sus sudaderas. Luego le he pedido que vaya pensando el nombre de nuestros hijos y la temática de nuestra boda —respondí con todo mi sarcasmo a la vez que ponía los ojos en blanco.

—Qué graciosa. ¿Le has hablado también de tu carrera como comediante? Seguro que le hará ilusión conocer la profesión de su futura esposa.

—Lo he mirado a los labios, ¿vale? Me he quedado mirándolos un buen rato y…

Estalló en carcajadas antes de que pudiera terminar la frase.

—Sutil forma de pedirle que te bese —se mofó.

Estuve a punto de tirarle el cojín a la cara otra vez, pero decidí no hacerlo solo porque verla reír era reconfortante.

—No le estaba pidiendo nada, idiota.

—Ya, solo estabas admirando la belleza de sus labios. —Esbozó una sonrisa maliciosa—. Me pregunto qué harás cuando quieras que te foll…

—¡Heather!

—Vale, ya paro. —Apretó los labios en un intento de contener la risa—. ¿Y qué ha hecho él? ¿Te ha dicho algo?

—Pues... —Recordé sus ojos oscurecidos clavados en los míos y un escalofrío agradable me recorrió la espina dorsal. Cuando esa sensación se fue, sentí que la temperatura de la habitación había subido mucho—. Me ha devuelto el gesto y me ha dicho que soy su mejor amiga... de la misma forma en que él es el mío.

Heather soltó un chillido que casi me rompe los tímpanos. Me tapé los oídos con las manos y puse mala cara.

—¿Por qué no estás chillando conmigo? —preguntó al ver cómo la miraba.

—Porque aún no he decidido qué interpretación quiero darle a esa frase. Igual era su manera de marcar una línea entre los dos sutilmente. Ya sabes, como si hiciera hincapié en que somos amigos y en que eso es todo lo que vamos a llegar a ser. Vaya, que igual me está advirtiendo para que no me haga ilusiones —hice otra mueca—, y aquí estoy yo..., haciéndome ilusiones.

—Qué pesimista. Yo creo que es todo lo contrario: ha dicho que eres para él lo mismo que él es para ti. O sea que, si sabe lo que sientes, ¡te ha dicho que es mutuo!

—No alimentes mi lado romántico y soñador, que ya es lo suficientemente grande —lloriqueé—. Si lo tiene todo tan claro, que me lo diga, que a mí se me da fatal captar indirectas.

—A mí eso me parece lo más parecido a una «directa» que alguno de los dos ha llegado a lanzarle al otro.

—Heather, estaba tan nerviosa que puede que me lo haya imaginado todo. No voy a hacerme ilusiones por esto.

—¿Y qué vas a hacer, entonces? ¿Vas a volver a fingir que puedes conformarte con ser su amiga? ¿Vas a seguir sufriendo porque crees que Ethan no siente por ti lo que tú sientes por él?

Quise gritarle que no tenía ni idea de lo que iba a hacer, pero me limité a morderme el labio y a pensar en una respuesta. No había venido a enfadarme con Heather, sino a hacer todo lo contrario. Al final, me rendí y me cubrí el rostro con las manos. Estaba tan confusa como frustrada.

Oí que Heather se movía hasta sentarse justo a mi lado. Me puso una mano en el hombro y dijo:

—Mira, si no puedes ser su amiga, acéptalo y ya está. Lo has intentado.

Levanté la cabeza sin muchas ganas.

—Igual no lo suficiente.

—Nunca vas a poder intentarlo lo suficiente si lo tienes cerca. Todos nos saltamos la dieta cuando nos ponen un trozo de tarta delante.

Tenía razón, pero de repente me sentí fatal, porque yo había ido a su casa para servirle de apoyo, no para que ella terminara consolándome a mí. Por lo menos parecía más animada que cuando había entrado a su habitación. Tenía la mirada más despierta y ya no mantenía una postura tan decaída. Puede que estuviera fingiendo para tranquilizarme, pero esperaba que no fuese el caso.

Aun así, decidí llevar la conversación hacia un terreno un poco más divertido.

—Qué sabia te has vuelto de pronto. Debería venir a visitarte más a menudo para que me ilumines con tu filosofía.

—Si vas a ser así de desagradecida, no vengas nunca más, gracias. —Esbozó una mueca infantil y yo solté una carcajada que, tras perderse en el aire, dejó una sonrisa decorando mis labios.

Heather me la devolvió, y en cuestión de segundos el ambiente comenzó a volverse emotivo. Creo que es algo que sucede a menudo cuando una persona está pasando por un mal momento.

Los labios le temblaron un poco y tuve la impresión de que se estaba esforzando por alejar las lágrimas de sus ojos. Entendí que no nacían de la tristeza, sino de una emoción más cálida. Su mirada parecía transmitir un mensaje de agradecimiento.

La envolví con mis brazos.

—Ten en cuenta lo que te he dicho antes, ¿vale? Puedes contar conmigo para lo que necesites, ya sea hablar, escuchar o que te traiga más patatas fritas. —Conseguí sacarle otra carcajada pequeña, esta vez un poco más entrecortada—. Y si lo que necesitas es compartir tu silencio con alguien más o llorar junto a otra persona, yo estoy aquí para ambas. Tú solo avísame, ¿entendido?

Se separó, asintió con la cabeza y se secó los ojos rápidamente.

Había hecho bien en ir a visitarla. Puede que no me hubiera contado mucho sobre lo que le preocupaba, pero sentí que ahora había un poquito más de confianza entre nosotras. Que nuestra amistad no se limitaba solo a lo que ocurría dentro del instituto y en las fiestas, sino que había adquirido un poco más de profundidad.

Quizá fue eso lo que me animó a girarme justo antes de salir de la habitación y preguntar:

—¿Quién es el chico que sale contigo en la fotografía que hay abajo?

Heather se quedó muy quieta. Temí haberlo fastidiado todo de nuevo, pero no parecía enfadada, solo… paralizada. Como si todos sus pensamientos e inquietudes se hubieran puesto en pausa durante un instante para dejar paso a una avalancha de recuerdos. Apretó un poco los labios y, finalmente, dijo:

—Es alguien a quien no he visto en mucho tiempo, pero a quien espero volver a ver.

De camino a la parada del autobús, pensé en la conversación que acababa de tener con Heather. Sus preguntas se repetían una y otra vez en mis pensamientos.

«¿Vas a volver a fingir que puedes conformarte con ser su amiga?»

«¿Vas a seguir sufriendo porque crees que Ethan no siente por ti lo que tú sientes por él?»

Pensé en él cocinando para mí. En él durmiendo a mi lado, en el calor que su cuerpo emanaba bajo las sábanas. En el hecho de que aún guardaba el dibujo que le había regalado a los nueve años. En las veces que *él* me había dibujado *a mí*. En su mano sobre la mía, guiando los movimientos del pincel sobre el lienzo que estábamos llenando de color juntos. En el refugio que había sido su hombro para mis lágrimas.

En sus comentarios provocadores, en sus sonrisas arrebatadoras, en sus «princesa» y en sus labios pronunciando mi nombre con suavidad. En que se había aprendido de memoria mi diálogo favorito de *Orgullo y prejuicio*. En que había encontrado el concepto perfecto para el nombre de mi banda.

En él abrazándome, en su mano en la parte baja de mi espalda.

En él acariciándome el pelo. Acariciándome la mejilla.

En él, en él, *en él*. Dios, estaba tan perdidamente enamorada de él…

Supe que la respuesta a la primera pregunta era un «no» rotundo: no tenía sentido fingir que ser su amiga era suficiente para mí. La segunda era más compleja. Iba a seguir sufriendo, sí, pero no estaba segura de poder soportarlo. Hasta la fiesta de Jake, pensaba que sería capaz. Que, llegado el momento en el que Ethan conociera a otra persona, lo asimilaría poco a poco e incluso lograría pasar página gracias a eso. Que entendería de una vez por todas que no tenía oportunidad.

Pero no había sido así. Verlo besar a Olivia me dolió como si me hubieran atravesado el pecho con una daga. Y, aun así, la esperanza seguía latente en mi interior, porque Ethan no había dejado de ser Ethan conmigo en ningún momento tras eso. Seguía preocupándose por mí y seguía haciendo que me sintiera especial.

Lo que sentía por él no iba a cambiar solo porque su relación con otras personas cambiara. Era la nuestra la que tenía que volverse distinta. Mientras todo siguiera igual entre nosotros, yo seguiría enamorada de él.

Lo que tenía que hacer era lo que siempre había evitado por miedo a alterar lo que habíamos construido.

Podía salir muy mal. *Iba* a salir muy mal. Y era un acto egoísta, pero ¿qué otra cosa podía hacer?

Me bajé del autobús en la parada más cercana a su casa.

18

Cinco letras,
dos palabras.
Yo las grito,
tú las callas.

Marqué el número de Ethan en mi teléfono. Me temblaban las manos y, con tantos nervios, no estaba segura de poder articular las palabras, pero esperé a que contestara la llamada y me preparé mentalmente para lo que estaba a punto de ocurrir, a pesar de que era obvio que nunca estaría lo suficientemente preparada para algo así.

—¿Hola? —La voz de Ethan me hizo temblar aún más. Sentí el impulso de colgar y volver a casa.

No hice ninguna de las dos cosas.

—Ethan. —Estaba segura de que los nervios que sentía llegaban hasta el altavoz de su teléfono junto a mis palabras—. Baja al portal de tu casa. Tenemos que hablar.

—¿Estás en el portal de mi casa? —preguntó incrédulo.

—Sí, así que, por favor, baja… —«Antes de que me arrepienta.» No terminé la frase en voz alta y el silencio se prolongó tanto que temí que me hubiera colgado.

—Está bien —respondió finalmente—. Quédate ahí, ahora mismo bajo.

Un ruido mecánico indicó que había desbloqueado la puerta del edificio para que pudiese entrar. La abrí y recorrí el pasillo de suelo porcelánico y brillante hasta llegar al ascensor. Esperé frente a este mientras jugaba con el dobladillo de mi blusa. Me sudaban las manos y el corazón me latía muy deprisa, al menos hasta que las puertas se abrieron. Entonces, sentí que se paraba.

Sentí que todo se paraba.

Que me quedaba sin sangre, sin respiración, sin pensamientos.

Estaba tan asustada que me había quedado callada y clavada en el sitio.

Ethan me miró con preocupación y se acercó para sujetarme los brazos cuidadosamente mientras buscaba en mi rostro algún signo de estar herida.

—¿Estás bien? ¿Ha pasado algo?

Soltó mis brazos para pasarme las manos por el pelo y después acunó con estas mi mejilla.

—No, yo…

—Estás pálida, Kate. —Me molestó que no me llamara «princesa», porque mi nombre le aportaba un tono serio a la conversación y yo necesitaba que el aire que nos rodeaba pesara un poco menos para llenarme bien los pulmones.

—Quiero decirte algo. Quiero decirte algo y… —No encontraba las palabras adecuadas y me estaba empezando a agobiar. Comencé a buscar una escapatoria, pero entonces volví a mirarlo a los labios y vi todo un poco más claro. Respiré hondo, solté todo el aire de golpe y dije—: ¿Sabes qué? Prefiero mostrártelo.

Y entonces lo besé.

Lo besé como si fuera lo que más había deseado en toda mi vida. Y es que lo era.

Me dio igual lo que ocurriera después de ese beso: el mundo podría acabarse y no me importaría en absoluto porque había conseguido un beso suyo. Solo que, en realidad, el beso no era suyo, sino mío. Él me sujetaba el rostro, pero era yo la que había juntado nuestros labios. Era yo la que estaba aferrada a su camiseta en una súplica silenciosa para que no se marchara.

Pero entonces sus manos abandonaron mis mejillas y agarraron mi cintura. En un movimiento rápido, nos dio la vuelta a ambos de forma que mi espalda terminó pegada a las puertas del ascensor. Y así, de repente, el beso ya no era solo mío.

Le rodeé el cuello con los brazos, enterré las manos en los suaves rizos de su pelo y lo atraje hacia mí sin pensar. Tenía la mente en blanco; me estaba dejando guiar por él y por la sensación efervescente que me provocaba tenerlo tan cerca.

Siempre me había preguntado a qué sabrían sus labios. Ahora lo sabía: tenían un sabor que me recordó al caramelo, muy muy dulce y con un agradable deje amargo.

Se convirtió en mi sabor favorito en todo el mundo.

La manera en la que me tenía apretada contra el ascensor era firme; sus dedos estaban hundidos en mi cintura como si temiese que me fuera a apartar de él. Como si no me quisiese soltar.

Se apartó durante un efímero instante.

—Mierda, Kate —maldijo en un tono de voz grave, casi inaudible, justo antes de darle un pequeño golpe al lateral del ascensor. Y luego, en lo que dura un parpadeo, volvió a estampar sus labios contra los míos y puso las manos en mi trasero para así poder levantarme.

Entendí lo que había hecho cuando el ascensor se abrió y me vi dentro de este. Mi espalda chocó contra el espejo y parte de mi peso recayó sobre la barandilla. Aun así, era Ethan quien me mantenía sujeta.

Mi corazón había vuelto a la vida. Latía más deprisa que nunca y, con cada latido, las emociones intensas que nacían en ese punto de mi organismo viajaban con la sangre hasta esparcirse por todo mi cuerpo. Había tres sentimientos que dominaban sobre los demás: el deseo, el amor y el miedo.

Deseo, porque aunque sus labios seguían pegados a los míos y aunque la distancia entre nuestros cuerpos era casi inexistente, deseaba más. *Mucho* más. Como que ese momento no se acabara nunca, por ejemplo.

Amor, porque estaba locamente enamorada de él y en los últimos cinco minutos ese sentimiento solo había crecido. Era tan arrollador e inmenso que no podía retenerlo; me pareció que se esparcía por el diminuto espacio en el que nos encontrábamos para no acabar conmigo.

Y miedo... porque me aterraba pensar en el después. En lo que pasaría cuando el beso se terminara y ambos regresáramos a la realidad; una realidad en la que él, simplemente, nunca me habría besado por propia iniciativa.

Ese pensamiento me distrajo durante un segundo, pero entonces Ethan gruñó contra mis labios y se aferró a mí con un poco más de fuerza. Me centré en eso y en nuestras respiraciones agitadas, que seguían un mismo compás. Jugué con su pelo y me deleité en la sensación de sus labios, suaves y cálidos.

No quería separarme de él. Habría preferido desmayarme por falta de oxígeno a dejar que mi boca abandonara la suya para coger aire. Pero él también tenía que respirar, así que, finalmente, tuve que dejarlo ir.

Al separarnos, y cuando mis pies tocaron el suelo, él apoyó las manos en la barandilla, una a cada lado de mi cuerpo. Al mismo tiempo, apretó los labios y se inclinó un poco hacia delante para juntar su frente con la mía.

Nos quedamos en silencio unos segundos. Lo único que se podía oír en el pequeño cubículo del ascensor eran nuestras respiraciones agitadas. Yo oía también el latido acelerado de mi corazón, porque era tan fuerte que retumbaba en mis tímpanos.

Como si estuviera completamente derrotado, bajó la cabeza un poco más, no para volver a besarme, sino para enterrarla en la curva de mi cuello. Me quedé muy quieta. Me pareció que hasta el subir y bajar de mi pecho podía espantarlo, y quería que permaneciésemos así un rato más, porque si levantaba la mirada y veía en esta cualquier signo de arrepentimiento, mi corazón volvería a romperse en pedazos.

Conté mentalmente las veces en las que inhalaba y exhalaba. Una, dos, tres...

Al final, llevé las manos a su pelo para acariciarlo y me obligué a mí misma a hablar.

—Lo siento —susurré—, pero ya no puedo fingir que no quiero besarte cada vez que miro tus labios. Ya no puedo vivir con miedo a que descubras que te quiero, porque lo hago. Siento muchas cosas por ti, Ethan. —No dijo nada, pero noté que se le aceleraba el pulso. Tragué saliva y continué—: Y sé que tú no sientes lo mismo. Por eso necesitaba decírtelo, porque a partir de ahora algo va a cambiar inevitablemente.

Me sentí muy culpable por ponerlo en aquella situación, pero también experimenté un alivio inmenso.

—Lo sient...

Alzó la cabeza y yo entré en pánico. Asimilé de golpe todo lo que acababa de pasar. Todo lo que estaba pasando. ¿Qué acababa de hacer?

Tan deprisa como pude, le empujé con suavidad y pulsé el botón que abría las puertas del ascensor. Después, sin darle tiempo a reaccionar, salí corriendo del edificio y no paré hasta que estuve a varias manzanas de distancia y me quedé sin aliento. Me apoyé en las rodillas y, tras recuperarme un poco, empecé a reírme como si hubiera perdido la cabeza. Un niño que pasaba por la calle se me quedó mirando extrañado, pero no le hice caso; no podía dejar de pensar en lo ridícula que era aquella situación.

Había llegado con la intención de hablar y había terminado besándolo y *huyendo*. Ethan debía de estar preguntándose qué narices acababa de pasar. Para ser sincera, yo tampoco lo sabía. ¿Qué había hecho?

Mis sentimientos eran tan intensos y tan contradictorios que me entraron ganas de llorar, de reír y de gritar, todo al mismo tiempo.

Por una parte, estaba feliz. Más feliz que nunca. ¡Había besado a Ethan! ¡Y él me había devuelto el beso, indudablemente! Ya no podía decirme a mí misma que mi subconsciente ilusionado me estaba mandando señales equívocas de lo que ocurría. Lo que acababa de pasar no era producto de mi imaginación: aún podía sentir las cálidas manos de Ethan en mi rostro, en mi cintura y en mi trasero. Y la sensación de tener sus labios sobre los míos era tan reciente que a mí aún me cosquilleaban. Inconscientemente, me llevé una mano al rostro para tocarlos como si mis labios, de alguna forma, fuesen la prueba de que todo había sido real.

Pero también estaba asustada. Mi amistad con Ethan, para bien o para mal, había terminado. No sabía con exactitud lo que iba a pasar a continuación, pero la sola idea de perderlo bastaba para que se me llenaran los ojos de lágrimas.

Me sentí expuesta y vulnerable. Su rechazo me iba a doler más que nunca, porque no tenía ningún tipo de armadura.

Llamé a mi madre.

—¿Kate?

—Estoy en casa de Zoe. ¿Podrías venir a buscarme?

—¿No hay autobuses?

Sí, claro que los había. No eran ni las ocho de la tarde. Pero quería que ella viniera a recogerme. Por muy estúpida y caprichosa que fuera la idea, quería que fuera ella quien me consolara, como cuando un niño va a la habitación de sus padres en busca de refugio cuando ha tenido una pesadilla por la noche.

—Sí que hay. —Mentirle me habría hecho sentir aún más aniñada.

Estaba preparada para oír un discurso sobre lo ocupada que estaba y lo poco que pensaba en ella, pero solo suspiró y dijo:

—Te veo en el portal dentro de quince minutos.

Sentí un alivio inmediato.

—Gracias.

Colgó y me di cuenta de que «Te veo en el portal dentro de quince minutos» implicaba volver al edificio del que había huido despavorida. Aunque dudaba mucho que Ethan siguiera por allí, no quise tentar a la suerte: me recogí el pelo en una cola alta, me quité la chaqueta para atármela a la cintura y me acerqué a su calle cual agente secreto a punto de ser descubierto, mirando a todos lados y procurando que nadie me viera a mí.

Cuando divisé el coche de mi madre, fui corriendo hasta él y me metí en el asiento del pasajero a toda prisa. Ella me miró como si mi comportamiento y mi aspecto fuesen la confirmación de mi locura. No la culpé; en menos de cuatro días había pasado de actuar como una florecilla recién brotada a convertirme en un pequeño lémur asustadizo.

—Ponte la chaqueta —fue lo primero que dijo—. Me entra frío solo de verte.

Sí, la verdad es que yo también me estaba helando, y eso que la calefacción estaba puesta. La radio también estaba encendida. Sonaba *Thinking Out Loud,* de Ed Sheeran.

—Ugh, quita eso.

Me miró de reojo, extrañada.

—Pero si a ti te encanta Ed Sheeran…

—Hoy no.

No era un buen día para escuchar a nadie hablando de amor, y menos con frases como «Te voy a amar hasta que tengamos setenta años» y «Me enamoro de ti cada día y quería decírtelo». Que estuviera sonando en la radio justo en ese momento me pareció una broma cruel del destino, que se estaba riendo de mí.

Yo también me reí; solté una carcajada desquiciada que terminó de perturbar a mi madre.

—¿Se puede saber qué te pasa? Estás de los nervios —señaló—. ¿Es por el concierto del que nos hablaste? ¿Te da miedo que algo salga mal?

—Sí —mentí aprovechando la perfecta excusa que ella misma me había proporcionado.

—Bueno, pues intenta relajarte, que pareces un tren sin frenos.

No me defendí, porque la descripción era bastante acertada. Sí que me sentía como un tren sin frenos, aunque añadiría «a punto de estrellarse contra un muro».

Ninguna de las dos dijo nada más. Mi madre aparcó en el garaje de nuestro edificio y subimos juntas a casa. Vi desde la entrada que mi padre también había llegado y que se había quedado dormido en el sofá.

—Se suponía que hoy íbamos a pasar la tarde juntos para desconectar un poco del trabajo, pero en cuanto hemos encendido la tele, se ha quedado frito —suspiró mi madre con hastío. Eso explicaba que hubiera venido a recogerme. Después se acercó a la mesa del salón y cogió algo para enseñármelo—. He empezado a leerme este libro. Creo que es tuyo.

—Ah, sí. —Era el de la cubierta roja con la mujer vestida de verde—. Lo encontré en la biblioteca del instituto. ¿Te ha gustado?

Asintió con la cabeza.

—Voy por la página ciento veinte, creo. Es… interesante.

—No tengo que devolverlo hasta dentro de un mes más o menos, así que puedes terminar de leerlo, si quieres.

Tenía la esperanza de poder comentarlo con ella, por lo que sonreí ampliamente cuando me dijo que sí. Probablemente no necesitaría el mes entero, se lo terminaría esa misma noche. Mi madre siempre era así; disponía de poco tiempo libre para leer, pero cuando lo tenía, devoraba los libros que tuviera pendientes. En realidad, era decidida y directa en todos los ámbitos de su vida. Corría en línea recta para llegar a cualquier destino. Yo, en cambio, me paraba a oler las flores y a apartar las piedras con las que temía tropezar.

Estar con ella un rato me permitió distraerme, pero en cuanto llegó la hora de irme a dormir y me tumbé en la cama con los ojos cerrados, los recuerdos del beso me impidieron pensar en nada más. El aroma de Ethan me seguía envolviendo y ni siquiera sabía cómo. Puede que fuera una alucinación, o quizá se debía a lo cerca que habíamos estado el uno del otro.

Porque habíamos estado cerca. Más cerca que nunca. Pensé en sus labios sobre mis labios. Sus piernas entre mis piernas. Sus manos en mis muslos, las mías en su pelo…

Reviví el beso una y otra vez mientras intentaba quedarme dormida.

Definitivamente, iba a ser una noche larga.

19

He escrito mil poemas sobre ti,
sobre cuánto te quiero
y cuánto me haces sentir.

Desde el beso había estado evitando a Ethan a toda costa. Dejé de tomar el mismo autobús que él por las mañanas y, si sabía que él iba a venir a casa, yo me iba a estudiar a algún otro sitio. Normalmente, a la cafetería a la que Jensen me había llevado una vez. La chica que trabajaba allí ya se sabía hasta mi nombre.

Estaba terminando un trabajo de inglés cuando el camarero trajo mi zumo de fresa y kiwi. Le di las gracias y lo observé al marcharse. Era alto, casi tanto como Jake, y tenía el pelo rubio oscuro. Su atractivo me recordó al de Ethan, pero el rostro casi perfecto del camarero carecía de expresividad. Estaba serio la mayor parte del tiempo y sus gestos eran meramente corteses. Tenía un aire misterioso muy atractivo, pero prefería mil veces a Ethan y sus sonrisas abrumadoras.

«Basta, Kate —me dije—, deja de comparar a todo el mundo con Ethan. ¡Deja de pensar en Ethan!»

Solté un suspiro lleno de frustración y volví a concentrarme en lo que estaba haciendo. Tan solo me quedaba cerrar la redacción con una conclusión que resumiera los párrafos anteriores, así que me propuse concentrarme al máximo hasta acabarlo. Conseguí centrarme tanto que no me percaté de que alguien se sentaba en la silla vacía que había al otro lado de la mesa.

—¿Vienes aquí todos los días para estudiar? Qué aplicada. —Reconocí la voz al instante y, sobresaltada, aparté rápidamente los ojos del portátil.

—Ethan —pronuncié su nombre con horror y después tragué saliva—. ¿Qué haces aquí?

—No te he visto mucho últimamente. Pasas bastante tiempo aquí, ¿no? —Empujó suavemente la pantalla de mi ordenador hasta cerrarlo—. Aunque, según Jake, solo visitas esta cafetería cuando él queda conmigo. —Se inclinó un poco hacia delante sin despegar sus ojos de los míos y me dedicó una sonrisa burlona—. Qué coincidencia tan desafortunada.

—Eh... —Comencé a jugar con la pajita de mi zumo, nerviosa—. Es que estoy intentando adelantar trabajos para poder centrarme en los ensayos de la banda.

—Ya no vas al instituto en el mismo autobús que nosotros —señaló refiriéndose a Zoe, a mi hermano y a sí mismo—, y tampoco nos hemos cruzado en los pasillos estos días. Desde el miércoles pasado, para ser exactos. ¿Eso también es una coincidencia? —Su expresión cobró un poco más de seriedad—. Zoe está preocupada. Piensa que estás rara.

—¿Cree que la estoy evitando? —Sentí una pizca de culpa.

Afortunadamente, Ethan negó con la cabeza.

—No, no es tonta. Sabe que me estás evitando a mí. De hecho, me hizo un par de preguntas porque piensa que te he hecho algo. —Recuperó la sonrisa burlona. Estaba claro que una parte de él estaba disfrutando de la conversación, y el tono rojo de mis mejillas solo parecía divertirle más—. Me habría encantado poder decirle que la pobre víctima de todo esto soy yo.

Entreabrí la boca, indignada e incrédula a partes iguales.

—¿Le has contado lo que pasó el miércoles?

—¿Te refieres a la parte donde me besaste apasionadamente y

después saliste corriendo? —Su sonrisa se ensanchó—. No. Le he dicho que no sé por qué estás tan rara.

Apreté los labios, muerta de vergüenza. ¿Cómo podía hablar tan abiertamente de lo ocurrido? ¿Era esa su forma de castigarme por haberle puesto en una situación tan comprometida?

—¿Cómo me has encontrado? —Decidí cambiar de tema por mi propio bien.

—Lo siento, no puedo revelarte mis fuentes.

Tras soltar un suspiro de frustración, lo miré con los ojos entrecerrados.

—Voy a matar a Jake.

Reprimió una carcajada.

—No nos pongamos violentos. En su defensa, he sido bastante insistente. No me has dejado otra opción. —Apoyó los brazos en la mesa y me miró fijamente—. ¿Por qué me estás evitando, Kate?

Me aclaré la garganta y desvié la mirada hacia una de las mesas vacías. Sus enormes ojos grises me estaban poniendo nerviosa. Sentía que podía perderme en ellos si me descuidaba.

—Necesito que olvides el beso —respondí.

—En mi vida olvidaría ese momento.

—¿Por qué no? Simplemente... bórralo de tu memoria.

—No quiero. —Su respuesta fue rotunda.

Volví a mirarlo, desesperada.

—Por favor, Ethan —supliqué en voz baja—. Necesito que lo olvides para que podamos seguir siendo amigos como siempre

No era la solución que deseaba, pero, dentro de las realistas, era la que menos dolía.

Me habría gustado poder viajar en el tiempo, porque quería estar en cualquier momento menos en ese. Si me hubiesen dado la oportunidad de volver atrás, habría retrocedido hasta el día del beso para evitar que sucediera. Y de haber podido moverme en cualquier dirección de la línea temporal, como si fuera la reina en un tablero de ajedrez, habría viajado hacia un futuro en el que todo eso fuera agua pasada.

Apreté los labios y volví a apartar la mirada.

—Ahora mismo me cuesta mirarte sin pensar en ese beso —confesé.

—A mí me cuesta mirarte sin imaginar cómo sería besarte de nuevo.

Lo miré de nuevo y muy rápidamente.

Mi corazón se había parado.

—¿Qué quiere decir eso? —pregunté desconfiada. Si significaba lo que yo creía, me parecía demasiado bueno como para ser verdad.

—Que me muero por volver a besarte, Kate. —Ni siquiera me dio tiempo a procesar sus palabras o de devolver mi corazón a la vida. Ethan se acercó un poco más y bajó la voz—. ¿Sabes la de años que llevaba soñando con ese momento? —siguió hablando sin dejarme tiempo para responder—. Demasiados. Y, aun así, fue mejor de lo que nunca había imaginado.

Lo observé. Quería asegurarme de que no estaba bromeando. Por la forma en la que me miraba, con una mezcla entre seriedad y vulnerabilidad, supe que no era así.

Mi corazón volvió a latir de nuevo, y lo hizo frenéticamente. Pasó del cero al cien en un instante.

—¿Me estás diciendo que llevas años queriendo besarme?

—Te estoy diciendo que llevo años enamorado de ti.

Me pellizqué el brazo con tanta fuerza que la marca de mis uñas se me quedó grabada en la piel. Tenía que comprobar que no estaba soñando. Y no desperté, lo cual quería decir que eso era la realidad. Había besado a Ethan West, mi amor platónico, y ahora él me estaba diciendo que estaba enamorado de mí. Que llevaba estándolo mucho tiempo.

Dios, estaba a nada de desmayarme.

Afortunadamente, y sin saber muy bien cómo, conseguí permanecer consciente.

Pero entonces el pánico me invadió y se me formó un nudo en la garganta. Los engranajes de mi cabeza comenzaron a girar de manera brusca y acelerada en busca del error.

—Ethan… Sé que te dije que las cosas iban a cambiar, pero eso no significa que… —Negué sutilmente con la cabeza. Me costaba encontrar las palabras adecuadas para decir lo que temía—. No necesitas corresponder mis sentimientos para mantenerme a tu lado. Lo único que deseo es que sepas que te quiero y…, no sé. Estaría bien que me pusieras un poco más difícil el enamorarme aún más de ti, porque ahora mismo no dejo de hacerlo. —Las palabras abandonaban mis labios con descontrol. Provenían de la parte más honesta de todo mi ser—. Es asfixiante. Todo lo que haces, todo lo que dices… Dices que llevas años enamorado de mí, pero, Ethan, yo llevo años *enamorándome* de ti. Así que si no estás seguro, si lo que ocurre es que ese beso te ha confundido y te ha hecho creer que el amor que sientes por mí es distinto del cariño de dos personas que llevan toda una vida juntas… Por favor, no lo digas. No digas que me quieres de la forma en la que yo te quiero a ti.

Confesarle todo eso me hacía sentir emociones contradictorias. Por una parte, el alivio era inmenso. Me estaba quitando un peso enorme de encima, uno con el que llevaba cargando tanto tiempo que, ahora que me estaba deshaciendo de él, notaba que flotaba a ras del suelo.

Por la otra, exponerme tanto me hacía sentir frágil e indefensa hasta el punto de querer llorar.

—No te lo estoy diciendo por eso. Kate, mírame. —Extendió los brazos y me colocó las manos en las mejillas para evitar que mirara hacia otro lado—. No te lo estoy diciendo por eso —repitió. Cogió aire y lo soltó todo en un resoplido de frustración—. Joder, ¿de verdad piensas que me he dado cuenta ahora de lo que siento por ti? El beso ha cambiado muchas cosas, pero no mi forma de quererte.

—Besaste a Olivia en el cumpleaños de Jake —señalé.

—Quería besarte a ti —confesó, y me suplicó con la mirada que lo creyese.

—Entonces, ¿por qué no lo hiciste? Yo también estaba jugando.

—Sabes bien el porqué.

Me mordí el labio. Sí que lo sabía: porque eso supondría arriesgar su relación con Jake y la mía con Zoe. Además de la nuestra, claro, que ya no volvería a ser la misma, para bien o para mal.

—Había dibujado una línea entre nosotros y estaba decidido a no cruzarla, pero has sido tú quien la ha cruzado —confesó suavemente, y yo fruncí el ceño.

—No lo habría hecho si tú no hubieras besado a Olivia. Por tu culpa comencé a pensar en lo que sentiría al verte con otra persona y fui consciente de que ya no podía ser tu amiga.

—Fuiste tú quién accedió a que jugásemos a «Atrevimiento o verdad». Yo iba a decir que pasaba de jugar, pero tú abriste la boca antes y me arrastraste a esa estupidez de juego.

—¡Bueno, pero me quedé en la fiesta porque tú insististe!

Me di cuenta tarde de que había alzado la voz. Ethan me miraba con las cejas levantadas, divertido, y las chicas que había sentadas a la mesa de al lado nos observaban con atención, como si el espectáculo que estábamos montando las entretuviese. La camarera de tez oscura y pelo rizado también nos miraba. Temí que nos fuera a echar, pero parecía intrigada por lo que pasaba entre Ethan y yo.

Agaché un poco la cabeza, avergonzada. Ethan rio suavemente.

—¿Por qué nos estamos echando las culpas? Sí, has cruzado una línea, pero no estoy insinuando que me parezca mal que lo hayas hecho. Y sí, besé a Olivia. —Esa última frase la dijo en voz muy baja. Estaba claro que no lo enorgullecía haber tomado aquella decisión—. Pero no me arrepiento de haber insistido en que te quedaras en la fiesta porque, a excepción de lo del beso, fue una buena noche y pude pasarla contigo.

Se me ablandó un poquito el corazón. Hablaba de lo sucedido como si hubiésemos llegado hasta ahí «gracias a» y no «por culpa de» todo eso.

—*Titanic* estuvo bien —le di la razón.

Ethan esbozó una media sonrisa divertida.

—Dormir a tu lado también, aunque habría sido mejor que la cama no apestara a tequila.

—Lo siento —me disculpé abochornada. Igual que a él no lo enorgullecía haber besado a Olivia, mi reacción tampoco me enorgullecía a mí.

—Tranquila —le restó importancia—, borracha también eres adorable.

Ignoré su respuesta en un intento de hacer a un lado todo lo que esas dos últimas palabras me hicieron sentir.

—Bueno…, ¿ahora qué hacemos? —Me puse un poco más seria y lo miré a los ojos con determinación—. Porque yo no puedo seguir como hasta ahora, Ethan. Puedo permanecer en tu vida como la hermana pequeña de Jake y, en ese caso, tú seguirás en la mía como su mejor amigo, pero nosotros dos… Nosotros dos no podemos ser amigos mientras tenga sentimientos por ti. Y deshacerme de ellos llevará un tiempo.

—Lo sé.

—¿Entonces…?

Jugueteé con la pajita del zumo para ocultar lo mucho que me temblaban las manos. Los minutos que pasaron hasta que abrió la boca de nuevo se me antojaron eternos, pero al final la espera mereció la pena, porque dijo:

—No pienso renunciar a ti.

Si antes estaba flotando a ras del suelo, en ese preciso instante me encontré a mí misma surcando el cielo por encima de las nubes.

Siempre había creído que, si llegaba el momento en el que Ethan me confesara que también guardaba sentimientos por mí, lloraría de la emoción. Me sorprendió mucho darme cuenta de que el llanto era la única parte de mi sueño que no se iba a cumplir.

Había escrito canciones y poemas sobre él, pero a la hora de la verdad, cuando la idea de que me amara salió por fin del papel, me quedé en blanco y sin palabras. Mis esperanzas abandonaron la libreta para sumergirse en la realidad y se llevaron todas las letras que había escrito sobre ese sueño consigo.

Ethan, tan paciente como siempre, supo darme un tiempo para asimilar sus palabras y, cuando estuvo seguro de que estaba lista para avanzar, me preguntó:

—¿Y tú? —Sus ojos me distraían. El gris azulado de los mismos parecía más vivo que nunca. No podía apartar la mirada; estaba fascinada—. ¿Qué quieres tú, Kate?

Solté la pajita y comencé a jugar con mis uñas, aún más nerviosa que antes.

¿Que qué quería? Pues… todo. Quería sus abrazos, sus caricias y sus besos. Quería que siguiera llamándome «princesa» y también oírlo pronunciar mi nombre una y otra vez. Quería notar su aliento sobre mi piel y oír su voz cerca de mi oído. Quería ser su mejor amiga y el amor de su vida, todo al mismo tiempo.

—Te quiero a ti —declaré finalmente, porque esa era la mejor forma de resumir todo lo que deseaba.

Estaba demasiado alterada como para evitar fijarme en la curva de sus labios, que dibujaban una de esas sonrisas increíblemente tiernas que, al mismo tiempo, denotaban una gran seguridad en sí mismo.

Con mucho cuidado, extendió su mano para agarrar la mía e impedir que siguiera estropeándome las uñas poco a poco por culpa de los nervios. Se me disparó el pulso, y no solo porque me hubiese privado de lo único que mantenía mis nervios a raya, sino porque empezó a acariciarme el interior de la muñeca con el pulgar.

—Yo ya soy tuyo, Kate —dijo muy suavemente—. Siempre lo he sido.

Respiré profundamente, pero no tuve la sensación de que el aire llegara hasta mis pulmones. Hice que me soltara la mano y me aparté un poco, pero seguía sin oxígeno.

—Necesito aire. Salgamos de aquí —le pedí—, porque creo que me voy a desmayar si seguimos dentro.

No lo decía de broma; empezaba a sentirme mareada. Ethan me miró con preocupación y me ayudó a guardar el portátil en la mochila.

Se mantuvo muy cerca de mí mientras caminábamos hacia la salida, como si estuviera preparado para agarrarme si me caía.

La calle en la que encontraba la cafetería era amplia, y al lado había un parque con una pista de fútbol sala en no muy buen estado y unos escalones de piedra a modo de gradas. Ethan me llevó hasta allí y me sentó en los de arriba.

Poco a poco, recuperé la capacidad de respirar. Miré a Ethan, cuya expresión preocupada se iba difuminando lentamente. Su cabello azabache estaba ligeramente despeinado, como de costumbre, y su rostro había adquirido un brillo precioso que acentuaba sus marcados pómulos. Al contrario que las mías, sus mejillas no estaban teñidas de rojo. Eso hizo que me preguntara qué sentía él en esos momentos.

Yo tenía las emociones alborotadas. Habían formado una maraña que no podría desenredar ni con lápiz y papel.

Estaba acostumbrada a que Ethan hiciese que mis latidos se dispararan, pero en esos instantes sentía cada palpitación en todo mi cuerpo. Había llegado a otro nivel. Nunca había dudado de mis sentimientos por Ethan, porque nadie nunca me había hecho sentir tanto. Era mirarlo y mi cuerpo entero gritaba: «Lo amas». El problema era que estaba acostumbrada a amarlo, pero no a sentir que me amaba a su vez.

—Ya tienes tu aire —sonrió satisfecho—. Ahora, retomemos la conversación.

—Dame cinco segundos. —Por mucho que hubiera conseguido que el aire llenara mis pulmones, seguía con vértigo—. Aún estoy asimilando tus palabras.

—¿Cuáles de todas las que he dicho?

—Todas. —Ethan se rio suavemente. Fruncí el ceño, indignada por ser la única al borde de la locura—. Y tú, ¿se puede saber por qué estás tan tranquilo? No me digas que estos últimos días te han bastado para digerir los cambios, porque no me lo creo. Yo sigo intentándolo, y eso que fui yo quien tomó la decisión de cambiarlo todo.

En realidad, no eran los cambios, así en general, lo que me mantenía inquieta. Era un cambio en concreto, es decir: el hecho de que Ethan correspondiera mis sentimientos. De todos los escenarios posibles que había imaginado después del beso, ese era para el que menos me había preparado.

Así que, si Ethan lo había sobrellevado todo tan bien..., ¿quería decir eso que ni mi beso ni mi declaración le habían sorprendido tanto?

—¿Sabías que me gustabas? —pregunté directamente.

Fue incapaz de guardarse su sonrisa ladeada para sí mismo.

—Algo imaginaba.

—Ey, no te rías —lo regañé—. Hacía lo posible por ocultarlo.

Por supuesto, eso solo hizo que soltara una carcajada aún más grande.

—Eres adorable, Kate, en serio.

—Y tú eres un poco capullo. —Lo miré con los ojos entrecerrados—. Si sabías que me gustabas, ¿por qué dejaste que durmiera contigo en la misma cama?

—No me pareció que fuese para tanto. —Se dio cuenta de su mal uso de palabras cuando vio mi expresión descontenta—. Es decir..., hemos dormido juntos en muchas ocasiones. En la cabaña del lago hemos tenido que compartir cama varias veces.

—Nunca solos, y, desde luego, ¡nunca en ropa interior! —Me crucé de brazos, tan indignada como avergonzada—. Te mereces que me vaya con Jensen por provocarme.

Apretó un poco la mandíbula con la mención del guitarrista, pero mantuvo su buen humor.

—¿Crees que yo no sentía nada teniéndote apenas a unos centímetros de mí, durmiendo en la misma cama? Créeme, lo pasaba peor que tú.

—Permíteme dudarlo.

—Permiso denegado. —Esbozó una mueca de burla.

—Venga ya. —Puse los ojos en blanco—. Es imposible que sintieses siquiera un cuarto de lo que sentí yo.

Ethan negó con la cabeza a la vez que cogía aire, como si lo exasperara que a mí me costara tanto creerlo. Creo que era de las pocas cosas que podían hacerle perder la paciencia. Tomó mi mano y la puso contra su pecho. Más concretamente, contra el pectoral izquierdo. Sentí su pulso, tan acelerado como él mío, y entonces lo oí decir en un susurro profundo y lleno de sinceridad:

—Estoy muy enamorado de ti, Kate.

Eso fue lo que, finalmente, me obligó a aceptar la realidad de lo que estaba ocurriendo. No pude hacer otra cosa que confiar en él.

—Te creo. —Asentí lentamente con la cabeza.

Me soltó la mano y la suya acabó muy cerca de mi cara, con el pulgar descansando en mi mejilla, y el resto de los dedos calentándome el cuello. La movió un poco, acariciando cada tramo de piel hasta llegar a mi barbilla, y entonces su índice me sujetó el rostro mientras su pulgar me acariciaba los labios de arriba abajo, dejándolos entreabiertos bajo su atenta mirada.

Se humedeció los suyos y me miró a los ojos durante un breve instante, solo para asegurarse de que yo también quería eso y de que no iba a salir corriendo en cuanto nuestras bocas se juntaran y volvieran a separarse. Asentí casi de forma imperceptible y, por suerte, eso fue suficiente para él.

Presionó sus labios contra los míos en un beso mucho más suave de lo que había sido el primero. Ese había sido una descarga; puse en él los sentimientos que había guardado durante tantos años y el resultado fue desbordante. Era un beso desesperado; me sentí como si, después de haber pasado una larga temporada en el desierto, él fuese mi primer contacto con el agua.

Ese segundo beso fue diferente. Más lento. Menos torpe. No nos besábamos como si nos necesitáramos casi tanto como necesitábamos respirar, sino como si hubiésemos anhelado ese momento durante una eternidad y quisiéramos disfrutarlo.

No teníamos prisa, porque no había ningún reloj a punto de quedarse sin arena. No existía ningún tipo de cuenta atrás.

Se separó solo para acariciarme el pelo y la mejilla y susurró:

—Sigo sin entender cómo es posible que tus besos en la realidad sean mejores que en mis sueños. Porque mira que he soñado con besarte, y en mi imaginación ya me parecían insuperables.

Sonreí tímidamente.

Mi mente viajó al recuerdo del diario que escribía cuando era pequeña, a una página concreta donde escribí cómo pensaba que sería besar a Ethan. Me habría gustado volver a leerlo para compararlo con la realidad, porque, por muy romántica e intensa que fuera, estaba segura de que nada, aunque fuese producto de mi imaginación, podía ser mejor que eso.

Un sentimiento cálido me inundó el pecho al pensar en nosotros, en mí y en Ethan, y en lo que acabábamos de convertirnos.

Ethan West había dejado de ser mi sueño para convertirse en mi realidad.

20

He escrito mil versos sobre tus labios,
escribo versos sobre ellos
porque no puedo besarlos.

—¿Estabas celoso? —le pregunté a Ethan cuando íbamos de camino a casa. Nuestras manos estaban unidas y yo seguía en las nubes. Ya no estaba tan nerviosa, pero seguía sintiendo un cosquilleo agradable en el estómago.

—¿Celoso? —Me dedicó una mirada llena de confusión sin dejar de andar.

—De Jensen. En la fiesta a la que fui con Zoe mencionó que te habías puesto celoso al vernos juntos en el instituto. ¿Tenía razón?

—Ah. —Por primera vez, *él* enrojeció—. Sí, estaba celoso. Pero también preocupado por ti. Habría llegado a aceptar que te enamoraras de él, pero no me hizo ninguna gracia verte llorar por su culpa. Y menos que lo perdonaras tan fácilmente.

—Vaya. —Enarqué una ceja—. Tú, que no aguantas más de cinco minutos enfadado, ¿me estás riñendo por perdonar a alguien demasiado rápido?

Volvió a sonrojarse. Me pareció muy tierno verlo así, y también disfruté de saber lo que yo le había hecho sentir. Nunca habría imaginado que Ethan sería capaz de ponerse celoso por mí. Aunque, pensándolo bien, supongo que cualquiera en su situación lo estaría. Quiero decir, yo armé todo un drama cuando besó a Olivia en *un juego*, pero él había soportado oírme hablar de Jensen como si estuviera enamorada de él.

—Antes me has dicho que me he comportado como un capullo por provocarte sabiendo lo que sentías por mí, y sé que tienes razón. He hecho un montón de cosas que no debía por no ser capaz de dejarte ir.

—Bueno, tampoco es que me hayan disgustado.

—Aun así, no he sido justo contigo en muchos aspectos. Besé a Olivia cuando podría haberme quitado una prenda porque quería ayudarte a pasar página, pero no fui capaz de aguantar las ganas de consolarte, así que al final te hice daño para nada.

»Fui a verte la noche en la que fuiste a aquel concierto con Jensen porque estando en casa los celos me estaban consumiendo. No podía pensar en otra cosa.

Le di un pequeño apretón en la mano. Por mucho que a mí me hiciera ilusión todo lo que me estaba contando, sabía que para él no había sido igual de emocionante. Quizá lo había pasado tan mal por los celos como yo en la fiesta de cumpleaños de Jake.

Ralentizó sus pasos hasta que nos quedamos quietos en medio de la calle. Se mordió el labio. Me miraba como si quisiera disculparse conmigo, y aunque sentí el impulso de decirle que no hacía falta, me callé porque parecía que solo se quedaría tranquilo si lo decía.

—Me quedé contigo esa noche porque necesitaba saber que seguías enamorada de mí, Kate. He sido lo suficientemente egoísta como para atraerte de nuevo cada vez que sentía que te alejabas, y solo ha salido bien porque tú le has puesto fin al tira y afloja. Así que… siento haberme portado como un capullo, princesa.

Le dediqué una pequeña sonrisa e hice algo que muchas otras veces había querido hacer: apoyé la mano en una de sus mejillas y en la otra le di un beso. Al hacerlo, me sentí como una niña pequeña abriendo sus regalos de Navidad y descubriendo que entre ellos se hallaba lo que siempre había querido.

El cielo estaba teñido de naranja cuando llegamos a mi casa. Ethan se despidió con un beso en la frente, pero a mí me supo a poco, así que tiré del cuello de su camiseta y junté mis labios con los suyos. Tenía que sentirlos una vez más antes de despedirme del todo. No porque tuviera miedo de que ese beso fuera a ser el último, sino porque estaba harta de quedarme con las ganas de besarlo.

Ethan se mostró un poco sorprendido al principio, pero enseguida me sujetó de la cintura para atraerme hacia él y devolverme el beso.

—Hasta mañana, princesa. —Su rostro seguía tan cerca del mío que sus palabras me acariciaron la boca.

—Hasta mañana. —Sonreí, y esa sonrisa no abandonó mi rostro ni siquiera cuando entré en el edificio, ya sin Ethan.

Una vez dentro del ascensor, me miré en el espejo y vi que tenía los labios ligeramente hinchados, que mis mejillas sonrojadas brillaban gracias a mi expresión, que irradiaba felicidad. Parecía que tuviera grabada la palabra «enamorada» en el rostro.

Crucé la entrada de mi casa tarareando *Lover*, de Taylor Swift, cosa que llamó la atención de Jake cuando me lo encontré en el pasillo. Alzó una ceja y esbozó una sonrisa divertida.

—Si no te conociera, pensaría que acabas de echar el mejor polvo de tu vida —se burló—. Pero como te conozco, sé que eso es bastante improbable.

Me crucé de brazos e hice una mueca.

—Muy gracioso, Jake. ¿Es que no puedo tener un buen día?

—¿Acaso he dicho yo eso? —Se rio—. Y ¿se puede saber a qué se debe tanta felicidad? ¿Te han regalado un batido de Oreo en la cafetería? ¿Te has encontrado con Taylor Swift y te ha firmado una teta?

—No. Ha pasado algo mucho mejor.

Mi respuesta le sorprendió, pero enseguida volvió a su expresión divertida y curiosa. Esperó a que yo siguiera hablando, pero cuando se dio cuenta de que no iba a hacerlo, hundió un poco las cejas.

—¿No me vas a decir qué es?

—No. —Me reí y pasé de largo hasta mi habitación, dejándolo a él en medio del pasillo y con la duda.

Muy contenta, abrí los cajones de mi escritorio en busca del diario que había escrito años atrás. Quería leer la página donde describí cómo pensaba que sería besar a Ethan ahora que por fin lo había besado de verdad.

Lo encontré justo debajo de la hoja doblada en la que había escrito los primeros versos de una canción sobre mi corazón hecho pedazos, mis esperanzas pisoteadas y mis sueños rotos. Me había pasado de dramática, lo reconozco, pero es que en ese momento estaba indignada y dolida con la vida. No me parecía justo que me dieran a alguien como Ethan solo para obligarme a ver cómo se enamoraba de otra persona.

Ahora la vida me parecía totalmente equitativa y equilibrada. Esa manera de pensar no duraría mucho, porque nadie puede quedarse a vivir en una nube de felicidad absoluta. Siempre llega algo que te empuja y hace que acabes con los pies en la tierra otra vez.

Volví a dejar el papelito doblado en su sitio y saqué el diario. Era un cuaderno de color rosa con una cerradura en forma de corazón. Por suerte, la llave también estaba guardada en ese cajón. La había pegado con cinta adhesiva a la parte de arriba, donde nadie pudiera verla.

Pasé las páginas hasta encontrar la entrada que estaba buscando.

Sonreí ante la imagen de mí misma a los once años, describiendo cómo sería su beso perfecto con cara de enamorada. En esa época aún tenía esperanzas. Leía muchísimas novelas románticas llenas de clichés, y estaba convencida de que algún día viviría uno de esos clichés junto a Ethan. No recuerdo el momento exacto en el que me hice a la idea de que eso nunca ocurriría. Pasé de verlo como una meta que perseguir a pensar en ello como un sueño inalcanzable. Y ahora, cinco años más tarde, el diario descansaba en mi regazo y yo me rozaba los labios con los dedos, rememorando el tacto de los suyos.

Nuestro primer beso no había ocurrido bajo la lluvia, y Ethan no me había jurado amor eterno antes de que nuestras bocas se juntaran. Había sido, más bien, un huracán de emociones, y sus labios sabían a deseo, a anhelo y a amor. Sabían a todo lo que yo sentía mientras lo besaba. Y a mí me parecía perfecto.

Recibí un mensaje de Zoe nada más salir de clase. Me pedía que fuera a su casa después del instituto porque necesitaba que alguien la obligara a estudiar y, al parecer, yo era su mejor opción. Acepté porque quería ayudarla… y porque esperaba encontrar a Ethan allí.

Desde el momento en que, dos días atrás, nos despedimos frente a mi edificio, no había vuelto a tener ninguna otra oportunidad de estar a solas con él. Ya no lo evitaba, pero las prácticas de la banda estaban siendo bastante intensas y, por eso, la tarde anterior no había tenido tiempo para ir a saludarlo siquiera.

Zoe estaba sentada junto a su escritorio cuando entré en su habitación. En la esquina de la mesa había un portalápices lleno de chocolatinas. Ella sujetaba un lápiz enano, del tamaño de mi meñique, y ese era su único material de estudio junto con una goma muy desgastada, una libreta y el libro de la asignatura en la que estaba trabajando.

—Tienes cuatro tipos distintos de chocolatinas y ni un solo bolígrafo. ¿Es que planeas usar el chocolate derretido como tinta cuando se te acabe ese lapicero tan diminuto?

—Si no le saco punta, no se me va a acabar —dijo, muy orgullosa de su lógica.

Negué con la cabeza y saqué mi estuche para dejarle un portaminas en condiciones. Después le eché un vistazo a la asignatura que estaba estudiando. En la cubierta del libro de texto ponía *«Química 2»* en letras muy grandes.

Dos años atrás, cuando nos vimos obligadas a escoger una modalidad escolar y Zoe eligió la de ciencias, todos pensamos que se había vuelto loca porque, seamos sinceros, ¿qué hace una persona que detesta las matemáticas estudiando física y química? Lo habría entendido si alguna de las dos le apasionara, pero ninguna le generaba el más mínimo interés.

Lo único que motivó su decisión fue la incertidumbre. Los otros programas de estudio te cerraban algunas puertas de cara a la universidad. Las personas como Heather y yo, que estudiábamos ciencias sociales, no estábamos cualificadas para acceder a carreras científicas, pero los que cursaban la rama de ciencias naturales podían entrar al grado que quisieran mientras les diera la nota.

A mí no me limitaba demasiado porque tenía muy claro lo que quería estudiar y lo que *no*, pero Zoe no estaba tan segura e hizo su elección pensando solo en eso: en que no tenía ni idea de a lo que aspiraba.

—Si es que debería haberme hecho pintora, como Ethan —se quejó después de quince minutos de estudio. En cuanto cerró el libro y lo hizo a un lado, estiró el brazo para coger una chocolatina y se la comió con mala cara, como si la libreta abierta, llena de apuntes ilegibles, no le estuviera dejando disfrutar del dulce tranquila.

—Pero si Ethan también está en la rama de ciencias…

—Sí, pero solo porque Jake también la eligió. Nosotras tendríamos que haber hecho lo mismo. Una decisión conjunta.

—Yo estoy bastante contenta con la que yo hice, la verdad.

Me dedicó una mirada de ojos entrecerrados, como diciendo: «No estás ayudando».

Entonces, alguien tocó a la puerta. Zoe soltó un largo suspiro antes de levantarse para abrirla. John entró en la habitación con una guitarra española algo vieja y cubierta de polvo.

—He encontrado esto en el trastero —dijo. Los ojos grises que se escondían tras sus gafas cuadradas me recordaban siempre a los de su hijo, no solo por su color, sino por la tranquilidad que transmitían—.

En nuestra familia no hay demasiado talento musical, así que no creo que le saquemos mucho partido. ¿Tú la quieres?

—¿Sabes siquiera tocar la guitarra? —me preguntó Zoe con el ceño fruncido.

—Lo básico. —Me encogí de hombros—. Y Jensen me ha enseñado a tocar un par de canciones.

—Perfecto, pues para ti —dijo el padre de Zoe, muy contento. Estaba claro que se alegraba de poder darle «un nuevo hogar» en lugar de tener que tirarla.

La dejó sobre la cama. Alcancé a darle las gracias antes de que se marchara de la habitación, y él me respondió con una sonrisa.

—Es increíble la de cosas que uno encuentra en el trastero —comentó Zoe mientras rozaba las cuerdas de la guitarra con los dedos. No supe si su curiosidad era genuina o si simplemente trataba de alargar sus cinco minutos de descanso—. No recuerdo haberla visto nunca. Seguro que no saben ni cómo afinarla.

—Yo tampoco sé hacerlo —confesé.

—Hay tutoriales en YouTube, ¿no? Yo te puedo ayudar si quie…

—No. Tú a estudiar. —La mandé de vuelta al escritorio y ella obedeció a regañadientes—. Voy a pedirle a tu hermano que me eche una mano con la guitarra, ¿vale?

No fui capaz de ocultar lo emocionada que estaba por ir a verlo. Afortunadamente, Zoe no me hizo demasiado caso. Solo asintió con la cabeza sin apartar la vista de sus apuntes y murmuró un vago «ajá».

Salí de la habitación toda contenta y con la guitarra en la mano. Toqué a la puerta y esperé pacientemente hasta oír un «pasa».

Ethan estaba tumbado en la cama, pero se levantó en cuanto me vio entrar y se acercó a donde yo estaba. Sonrió al saludarme, aunque le extrañó un poco verme con la guitarra. Le expliqué que me la había regalado su padre.

—Zoe dice que no recuerda haberla visto antes.

—Bueno, Zoe no se acuerda ni de lo que cenó ayer —bromeó a la vez que cogía la guitarra para echarle un vistazo más de cerca. Yo aproveché para mirarlo a él—. Me suena haberla visto en casa de mis tíos.

—Pues… no está en mal estado. No parece que la hayan usado mucho —señalé—. En fin, ¿me ayudas a afinarla? No estoy segura de poder hacerlo sola. Podría llamar a Jensen y preguntarle cómo se hace, pero pref…

No me dejó acabar la frase, porque, tras dejar la guitarra en el suelo, apoyó el brazo derecho en la puerta y se inclinó para besarme. Fue un beso corto, de esos que parecen darte la bienvenida a casa. Cuando se apartó, sonrió y volvió a cogerla como si nada.

—No hace falta, yo te ayudo —declaró muy convencido.

Después de un largo rato limpiando e intentando afinar el instrumento (al final tuvimos que llamar a Jensen, por poca gracia que le hiciera a Ethan), conseguimos dejarlo bien.

—¿Te sabes alguna canción?

Lo pensé durante un segundo. Sí que me sabía un par, como le había dicho a Zoe, pero no se me daba demasiado bien. Me habría gustado poder practicar un poco antes. Sin embargo, Ethan me miró con expectación, casi suplicándome que tocara algo y, por supuesto, no pude negarme.

Se sentó en la silla y yo me dejé caer en su cama, justo enfrente de él, con la guitarra pegada a mi abdomen. Los ojos de Ethan no abandonaron los míos en ningún momento.

—No me mires tan intensamente —le pedí.

—¿Y adónde quieres que mire? —Rio—. Las paredes de esta habitación ya las tengo muy vistas. Tú me pareces mucho más interesante.

Traté de ignorar el último comentario, porque ya estaba demasiado nerviosa como para seguir alterándome.

—¿No puedes ponerte a dibujar mientras tanto?

—Solo si cantas también.

—Yo he aceptado tocar la guitarra sin pedirte nada a cambio.

—No es mi culpa que no sepas negociar, princesa.

Chasqueé la lengua, pero terminé aceptando sus condiciones. Él abrió uno de los cajones de su escritorio y sacó un cuaderno pequeño de dibujo y un lápiz.

Toqué los primeros acordes de *The Scientist* un par de veces, solo para probar cómo sonaban. Fui bastante torpe y me equivoqué en varias ocasiones, pero saber que él me estaba escuchando me impulsó a tocar la canción en serio al fin. En otras circunstancias no, pero en esa era mejor fallar cinco veces durante la canción que cuarenta practicando.

Tocar la canción con la guitarra ya era bastante complicado, y tener que cantar al mismo tiempo me puso las cosas más difíciles aún. Tuve que concentrarme tanto para cometer el mínimo número de fallos posible que me llegué a olvidar de que Ethan me miraba.

Cuando la canción acabó, respiré profundamente y solté todo el aire de golpe. Ethan aplaudió despacio. Una sonrisa llena de cariño y de orgullo le decoraba el rostro.

—Me encanta tu voz —dijo fascinado. Sentí un poco de vergüenza, pero conseguí mantenerme más o menos firme—. Es como... Joder, no tengo palabras para describirla. Nunca te había oído cantar en serio.

Eso era cierto. Empecé a practicar de verdad al empezar el instituto, así que nunca había cantado de esta forma frente a él.

—Bueno, pues ya lo has hecho.

—Y lo volverás a hacer en el festival de otoño.

—No me lo recuerdes.

—Lo harás bien. Ya te lo he dicho. —Sí, me lo había repetido cientos de veces, pero yo seguía un poco nerviosa. Quizá un poco menos ahora que sabía que Ethan era consciente de mis sentimientos, pero aun así...

Empecé a morderme las uñas.

Ethan chasqueó la lengua y me llamó la atención.

—Ven aquí. —Palmeó su regazo. Lo miré indecisa y sin dejar de mordisquear la uña de mi pulgar. Al ver que no pensaba moverme, puso los ojos en blanco, se levantó y se acercó a la cama.

Entonces, me agarró de la cintura y me cogió como si fuera un saco de patatas.

—¡Bájame! —exclamé entre risas y pataleos—. ¡Se me va a ir la sangre a la cabeza!

—Por lo menos a ti se te irá a un sitio decente. —Soltó una carcajada—. Qué roja te has puesto, ¿tan rápido viaja tu sangre?

Muerta de vergüenza, seguí forcejeando para que me dejara otra vez sobre la cama. Al final terminó haciéndome caso: sin dejar de reírse, me depositó sobre el colchón, se sentó a mi lado y después me colocó sobre sus piernas, de forma que nuestras caras quedaron la una frente a la otra. Me peinó el desastre en el que se había convertido mi pelo con los dedos. El gesto fue dulce, pero sus movimientos lentos y cuidadosos despertaron algo en mí, sobre todo porque, al contrario de otras ocasiones en las que se había mostrado así de cariñoso conmigo, esta vez estaba sentada a horcajadas sobre él.

Me humedecí los labios al tiempo que fijaba la vista en los suyos. Esperaba que él me besara, pero solo sonrió un poco, como si quisiera jugar conmigo, obligándome a dar el paso yo misma. Las mejillas y las orejas me ardían, pero acogí su rostro entre las manos y apoyé mis labios sobre los suyos. Me sentí muy muy a gusto besándolo así. Tuve la sensación de que llevaba haciéndolo toda una vida, porque todo en él me resultaba familiar. Su olor, su tacto, la delicadeza y la paciencia de sus movimientos… Nada de eso era nuevo para mí y, aun así, tenerlo tan cerca y de ese modo mantenía la emoción de lo desconocido.

Al separarnos, Ethan me acarició el brazo de arriba abajo muy superficialmente, casi sin tocarme de verdad. Me hizo cosquillas y provocó que la piel de la zona se me erizara, pero era agradable.

—Oye, Kate… Tenemos que hablar un poco de lo que vamos a hacer.

—¿Seguir besándonos? —Le hice ojitos—. A mí me parece un plan maravilloso.

Ethan se rio, pero negó con la cabeza.

—Puedes intentar seducirme, pero no te va a servir de mucho.

Llevo muchos años practicando mi autocontrol, princesa, así que no te vas a librar tan fácilmente de esta conversación.

Resoplé y me aparté un poco.

—Eres un cortarrollos.

—Bueno, uno de los dos tenía que adoptar el papel de responsable en la relación.

La palabra «relación» sonaba increíblemente bien cuando se refería a nosotros dos. Solo por eso le di la razón y me puse un poco más seria, preparada para tener una charla que, muy probablemente, no me iba a gustar.

—Está bien. ¿De qué quieres que hablemos?

—De cómo vamos a gestionar este cambio. Sabes que no solo nos afecta a nosotros; a Jake y a Zoe les afecta también. Vamos a tener que estar bastante seguros de que esto —se señaló a sí mismo y después me señaló a mí— es viable, antes de contarles nada a ellos dos —prosiguió—. Si vemos que no funciona, quizá podamos seguir siendo amigos y a ellos no les afectará en nada.

—Ethan, ya te dije que no puedo ser tu…

—No es lo mismo probar algo y descubrir que no es lo que esperabas que quedarse con la duda de si habría funcionado. Creo que, si decidimos que no estamos hechos para ser algo más que amigos, podremos seguir adelante y conseguir que todo vuelva a la «normalidad» esforzándonos un poco.

—¿Me estás diciendo que ahora que ya me has besado ya no te costaría tanto verme como a una amiga? —Me separé un poco más y lo miré con desconfianza.

—Vamos, sabes que no me refería a eso —se quejó, volviendo a atraerme hacia él—. Es más bien un… «puedo morir en paz ahora que ya he hecho esto».

Me besó.

Y luego me besó de nuevo.

Me dio un montón de besos cortos en los labios y luego fue bajando poco a poco hasta llegar a mi mandíbula y a mi cuello. Sus labios me hicieron cosquillas y la humedad de su boca hizo que me estremeciera. Dejé salir un suspiro cuando succionó levemente la zona de mi cuello que acababa en mi clavícula.

Apoyé las manos sobre el colchón y me incliné un poco hacia atrás. Fue una manera silenciosa de pedirle que siguiera, y él pareció entenderme, porque aprovechó para acariciarme la cintura por debajo de la camiseta sin separar sus labios de mi piel.

No entendía cómo unas caricias tan delicadas y unos besos tan lentos y húmedos podían llegar a calentar la sangre de todo mi cuerpo, pero estaba ardiendo. Y él también lo estaba. El calor que emanaban las palmas de sus manos se asemejaba al de una chimenea encendida en invierno: era cálido y relajante.

Con la mano que sujetaba mi espalda, me irguió para poder acceder a mi boca de nuevo. Esta vez me dio un beso largo y profundo que no tenía nada que ver con los anteriores.

Se separó tan solo durante un breve instante.

—Sé que funcionará, Kate. ¿Cómo no va a funcionar? —susurró contra mis labios antes de volver a besarlos, como si la forma en la que nuestras bocas encajaban fuera prueba suficiente de que lo que decía era cierto.

21

He escrito mil palabras aun sabiendo
que no las verás nunca,
serán solo un recuerdo.

Quedaban exactamente veintitrés días para el festival de otoño, por lo que decidimos cambiar el horario de ensayos, añadiendo un día más a nuestras prácticas semanales. Es decir: adiós a mis tardes libres los viernes. Por lo menos me habían dejado los martes para ayudar a Ethan con el cuadro en el que seguía trabajando.

Jensen había perfeccionado la canción con su guitarra. Sally ni siquiera necesitaba practicarla; era ella quien había compuesto la melodía y le tenía un cariño especial que yo no terminaba de entender. Garrett y Seth también iban por buen camino, sin nervios y mejorando cada día un poco más.

Yo era la única que parecía ir a peor. A medida que el día se iba acercando, mis inseguridades crecían y me equivocaba más en los ensayos. Estaba segura de que mis nervios iban a ser mucho peores en el concierto, así que, si no aprendía a controlarlos, haría de nuestra actuación un desastre. La presión era tan asfixiante que me temblaban las manos cada vez que agarraba el micrófono.

Ese día, durante la práctica, hubo un momento en el que, al subirme al escenario, sentí que todo daba vueltas. Me mareé tanto que me puse pálida y perdí el sentido de la vista. Era capaz de percibir los colores que me rodeaban, pero todo parecía estar formado por puntos diminutos en vez de materia sólida. Ni siquiera tuve que pedir un descanso, Seth lo paró todo en cuanto vio que estaba a punto de desmayarme.

Me obligó a sentarme y me pidió que hiciera un esfuerzo por controlar mi respiración, pero no pude hacerlo, porque no era capaz de centrarme en otra cosa que no fuera lo que me estaba pasando. Me aterró pensar que podría ocurrir también el día del concierto.

La sola idea provocó que me entraran náuseas.

Jensen se acercó y me ofreció un vaso de agua fresca y una toalla pequeña para secarme el sudor. No me había dado cuenta hasta entonces, pero tenía las manos, la frente y la nuca empapadas.

—¿Estás bien? —me preguntó, pero no esperó una respuesta y yo tampoco se la di. La cabeza me daba vueltas y estaba a punto de vomitar—. Cualquiera que te viese ahora pensaría que te estamos torturando psicológicamente con lo del concierto.

—Jensen. —Seth lo mandó callar utilizando su habitual tono autoritario—. No le hables, deja que respire.

Me habría gustado poder dedicarle una mirada de agradecimiento.

Sally y Garrett se mantuvieron a una distancia prudente para darme un poco de espacio. De reojo, cuando se me hubo pasado la ceguera momentánea, vi que Garrett se había puesto pálido. Era el tipo de persona a la que también le entraban ganas de vomitar si veía que alguien tenía náuseas.

Me bebí una botella entera de agua antes de empezar a sentirme mejor. Seguía un poco aturdida, pero por lo menos el suelo del aula de música ya no se movía, y aunque sentía un molesto bombeo en la cabeza, mis cinco sentidos funcionaban adecuadamente. Ahora podía oír hablar a Jensen y a Seth, que estaban a un par de metros de distancia.

—Me parece lo más lógico —dijo Jensen. Estaba serio y de brazos cruzados—. Si le pasa algo así frente a más gente, no volverá a pisar un escenario en su vida.

—No es solo eso. Puede terminar haciéndose daño si se vuelve a marear de esta forma. ¿Tú crees que va a pedir una pausa en medio del concierto? Porque yo lo dudo mucho. Es tan terca que le preocupará más hacer algo mal que desmayarse y caerse de bruces.

Cerré los ojos y me apreté las sienes con los dedos. No me gustaba nada el rumbo que estaba tomando la conversación, pero me encontraba demasiado mal como para decir algo al respecto.

—Cerrad el pico los dos —intervino Sally, tajante.

Seth se giró para mirarla y frunció un poco el ceño.

—Sally, no es momento para que empieces con tus exigencias. La pobre casi se desmaya. —Me señaló—. No vamos a hacer que cante en el festival si no puede.

—¿Te crees que me importa un concierto que se organiza en el patio de la escuela? Esto no es el Live Aid. —Sally puso los ojos en blanco—. *La pobre* —imitó la voz de Seth— está aquí presente viéndoos hablar de ella como si fuerais su padre y su madre. La última vez nos dejó bastante claro que no quería que volviésemos a tomar ninguna decisión por ella, así que os recomiendo que esperéis a que se encuentre mejor para discutir esto.

Jensen la miró con una expresión de sorpresa y admiración.

—Es más, largaos de aquí. —Les hizo un gesto a los dos para que se fueran, pero ninguno se movió (ni siquiera Garrett, que estaba a mi lado, casi tan fuera de juego como yo)—. ¡Que salgáis!

Los echó a todos sin ningún tipo de compasión.

Yo me quedé mirándola un poco perpleja, pero sentí bastante alivio cuando nos quedamos a solas.

—Tú —me llamó con la misma delicadeza de siempre, es decir: ninguna—, túmbate ahí mismo.

No tenía ganas de que me mangoneara a gritos a mí también, así que hice lo que me había pedido y me tumbé de espaldas sobre el suelo del escenario. Clavé la vista en el techo y respiré hondo. Noté que Sally se movía. Hizo un poco de ruido, pero no me giré para ver lo que estaba haciendo. De todos modos, no tardé mucho en descubrirlo; al cabo de unos segundos, la melodía de su teclado llenó la sala entera.

Reconocí la canción que estaba tocando. Era una versión al piano de *Nothing Else Matters*. Sonreí y dejé que la letra eclipsara mis pensamientos. Canté en voz muy baja.

Para cuando la canción llegó a su fin, ya me sentía bastante mejor. Me incorporé y Sally bajó del escenario de un salto para buscar algo en su mochila. Después de encontrarlo, me lo tendió a mí. Era una barrita energética.

—No te la he dado antes por si la vomitabas.

—Muy considerado por tu parte.

—Sí, ¿verdad? —Se sentó a mi lado—. Estoy atenta a todo.

Puse los ojos en blanco, pero no dejé de sonreír. Rasgué el envoltorio de la barrita y le di un mordisco.

—Gracias, por cierto.

—No hay de qué. ¿Estás mejor? —me preguntó. Asentí con la cabeza—. ¿Lo suficientemente mejor como para hablar de lo del concierto?

Hice una mueca y lo pensé unos segundos, pero al final terminé aceptando. Prefería hablarlo un rato con ella antes de que el resto de la banda regresara.

—Si quieres que lo cancelemos, por mí no hay problema. De todas formas, no tenemos fans a los que decepcionar. —Su propio chiste le sacó una carcajada, aunque no tardó mucho en volver a mostrarse serena—. Pero sé que te gusta la música. Te gusta componer y cantar, y si decides dedicarte a ello, puede que llegues lejos porque tienes mucho potencial. —Sus elogios tiñeron mis mejillas, pero Sally ignoró mi timidez y siguió hablando—: Dedicarte a la música sin enfrentarte al público es posible. Hay mil formas de hacerlo. Pero también hay formas de superar el pánico escénico, y yo creo que eso es lo que necesitas realmente. Más que esconderte, y más que dejar que Jensen y Seth coloquen almohadas a tu alrededor para protegerte de lo que te hace daño. Lo cual, por cierto, no te va a servir de nada porque la raíz de todos tus problemas eres tú misma. —Esbozó una mueca burlona—. Si te dieran un euro cada vez que piensas demasiado las cosas, nos harías millonarios.

—¿Perdona? ¿Quién dice que compartiría ese dinero contigo? —repliqué burlona, y ella se hizo la ofendida.

—No te recordaba avariciosa.

—Es que no lo soy. Compartiría con todos menos contigo.

—Desagradecida.

—Abusona.

Mantuvimos el contacto visual, desafiantes, hasta que las dos comenzamos a reír. Le di otro bocado a la barrita energética.

—Bueno y, según tú, ¿qué es lo que necesito para superar el pánico escénico?

—Pues, lo primero de todo, contarme a qué le tienes tanto miedo para que pueda entenderlo.

Mastiqué despacio, ganando así un poco de tiempo para pensar en mi respuesta. Había tantas cosas que me preocupaban...

—Me da miedo hacerlo mal, no quedar contenta con el resultado, desafinar, que la gente se lleve una mala primera impresión... Pero, sobre todo, me da miedo abrirme delante de tanta gente, exponer algo tan personal y que la gente sienta que tiene derecho a opinar sobre ello.

—Nadie va a criticar tu canción o cómo la cantes, Kate. Siento ser yo quien te lo diga, pero no somos tan importantes. La gente se parará a escucharnos por curiosidad, no porque esperen a Freddie Mercury o a Taylor Swift. Preocúpate por los críticos cuando salgas en la revista *Rolling Stone*.

—No creo que los *haters* tarden tanto en llegar. —Puse mala cara.

—Lo que es seguro es que los fans llegarán también. Y si tienes un *hater* por cada diez fans, ¿qué más da lo que opine esa persona?

—Es que me preocupa absorber las críticas y que lo que hago deje de gustarme.

—Vale, pero ya te he dicho que eso no va a pasar en este concierto, así que, ¿qué es lo que te agobia tanto de esta situación en concreto?

—Pues que me siento expuesta y vulnerable.

Me miró en silencio durante un par de segundos, como si tratara de entenderme y de buscar una solución al mismo tiempo. Al final, soltó un suspiro y dijo:

—Mira, hagamos una cosa: vamos a cambiar el enfoque de nuestros próximos ensayos. Dejaremos de practicar lo que es la canción durante un tiempo y empezaremos a tocar frente a otras personas hasta que te acostumbres a tener público.

Mi expresión horrorizada debió de hablar por mí, porque se apresuró a endulzar la idea como si tuviera miedo de que fuera a marearme otra vez.

—Podemos empezar con gente con la que te sientas cómoda. Podría venir tu novio, y también tu amiga Hailey.

—Heather —la corregí.

—Ah, ¿me corriges eso y no lo de «tu novio»? —Sonrió con picardía y movió las cejas de arriba abajo repetidas veces—. Qué interesante.

Me ruboricé.

—Te estás desviando del tema principal.

Soltó una carcajada, pero decidió apiadarse de mí y siguió hablándome de su plan para ayudarme a superar el pánico escénico.

—Después, cuando te sueltes un poco, les pediremos a las chicas del otro día que vengan a los ensayos. No te incomodó demasiado cantar frente a ellas, ¿no?

—No. Me parecieron muy majas —reconocí—. Pero no podemos enseñarles otra vez la canción que vamos a cantar en el concierto. Perdería toda la gracia.

—No te preocupes por eso. Podemos dedicarnos a hacer *covers* de canciones que todos conozcamos.

—¿Estás loca? Quedan menos de cuatro semanas para el concierto, ¡no tenemos tiempo para andar practicando otras canciones!

—Claro que tenemos tiempo —dijo muy convencida—. Eres la única que se equivoca en los ensayos. El resto vamos bien, conque practiquemos un par de veces antes del concierto nos sobra.

—Vaya, gracias —me quejé.

—Estoy siendo realista. Ya te he dicho que tienes mucho talento, pero necesitas relajarte un poco para sacarle partido. De nada te va a servir aprender a cantar tu canción sin errores aquí dentro si en el concierto vas a entrar en pánico.

La idea tenía lógica, y Sally sonaba tan convencida que terminó convenciéndome a mí también. Su confianza en mí, en sí misma y en el resto de la banda contrarrestaba mis miedos y mis inseguridades.

—Está bien —terminé aceptando.

Sally sonrió ampliamente. Creo que nunca la había visto tan emocionada. Le brillaban los ojos y me miraba como si acabara de decirle que íbamos a Coachella en vez de a un festival organizado por el instituto. Estaba claro que, pese a lo que le había dicho a Seth, subirse a un escenario y cantar frente a un público, por pequeño que este fuera, le hacía mucha ilusión.

—Saldrá bien, Kate, te lo prometo.

Terminé de comerme la barrita energética y, ya de pie, me sacudí las manos para limpiarlas. Después la miré y, con toda la determinación que fui capaz de reunir, dije:

—Más nos vale.

Mi madre ya estaba en casa cuando yo llegué. Me sorprendió que hubiera vuelto tan pronto del trabajo, pero media hora más tarde, cuando mi padre hizo lo mismo, entendí que no habían regresado antes que de costumbre, sino que yo me había quedado hasta muy tarde en la escuela practicando. Estaba tan cansada y tenía los músculos tan agarrotados que tuve que darme una ducha para relajar el cuerpo.

Llevaba tensa mucho tiempo. Antes pensaba que era por Ethan, pero en ese momento me di cuenta de que era porque me había exigido en exceso en todos los aspectos de mi vida y no solo en ese. Les estaba dando tantas vueltas a tantas cosas que apenas podía dormir. Me preocupaba el concierto, lo que Jake y Zoe opinarían cuando se enteraran de que Ethan y yo estábamos juntos, los exámenes, el hecho de que Heather llevaba semanas de bajón... Estaba pendiente de todo a la vez y, al final de cada día, me dolía la cabeza como si tuviera una banda elástica apretada alrededor del cráneo.

Cuando salí del cuarto de baño, ya vestida con el pijama, me senté en el sofá e intenté leer un poco, pero no fui capaz de concentrarme. Leía una frase y las palabras se entremezclaban con mis pensamientos. Era muy frustrante.

Mi madre se sentó a mi lado, también con un libro entre las manos. Llevaba las gafas de ver puestas. Los cristales le hacían los ojos muy grandes; parecía un personaje de dibujos animados.

Al notar que la miraba, llamé su atención. Cerró el libro y lo dejó sobre su regazo.

—¿Qué te pasa? Pareces cansada.

—He estado ensayando.

—Pues tienes unas ojeras terribles —señaló—. Deberías relajarte un poco y descansar.

Reprimí las ganas de mirarla con una ceja alzada. Que ella me dijera eso resultaba hasta insultante. Las vacaciones no existían ni para ella ni para mi padre. De hecho, la necesidad de ser productiva la había sacado de ellos dos.

Además, ¿podía la gente dejar de repetirme que me hacía falta relajarme? ¿Es que no entendían lo difícil que era eso para mí? La mayoría de las veces, esos «deberías relajarte» me estresaban aún más. Me frustraba mucho intentar hacerlo y no conseguirlo.

Mi madre debió de pensar que su consejo había cerrado la conversación, porque volvió a abrir el libro y comenzó a leer. Yo me quedé allí sentada unos minutos, hasta que me cansé y me dirigí a mi habitación. Al pasar por delante de la de Jake, oí sus gritos. Estaba jugando a algún videojuego, y por las cosas que les gritaba a sus compañeros de equipo —que no podían oírlo—, asumí que iba perdiendo.

Tras soltar un par de insultos, se quedó en silencio. Lo único que se oía desde fuera era el repiqueteo de las teclas de su ordenador. Toqué un par de veces a la puerta, pero como llevaba los cascos puestos, no me contestó, así que la abrí directamente. Se lo veía muy concentrado frente a la pantalla. También bastante tranquilo. Era sorprendente que un par de gritos le sirvieran para calmarse.

Aunque sabía lo mal que lo había pasado por esos enfados explosivos, en ese momento me habría gustado poder hacer lo mismo.

Tardó un buen rato en darse cuenta de que lo observaba. Entonces, me miró con el ceño fruncido.

—¿Cuánto tiempo llevas ahí? Das miedo.

—Estoy estudiándote.

—Vale, das *bastante* miedo. ¿Por qué no te dedicas a estudiar a otro?

—¿Te da miedo que vea cómo pierdes?

Me dedicó una mirada que parecía decir «No estoy de humor» y volvió a ponerse los cascos. Capté la indirecta y me fui de su habitación fastidiada. Que mi hermano estuviera malhumorado suponía otro problema al que darle vueltas, porque sonsacarle a Jake información sobre lo que le preocupaba era casi imposible. Tendría que hacer el papel de detective y comerme la cabeza yo sola hasta descubrir, como mucho, un cuarto de lo que le ocurría.

Tumbada en la cama, reflexioné sobre lo que podía hacer para no pensar en ello. Normalmente, cuando estaba nerviosa por algo en concreto, no era capaz de distraerme. Lo único que me hacía pensar en otra cosa era… Ethan.

Decidí mandarle un mensaje.

¿Estás ocupado?

No especialmente.

Su respuesta fue llamarme él mismo.

—Kate, no tienes que preguntarme si me puedes llamar. Tú solo hazlo. —Su voz era un calmante instantáneo—. ¿Ha pasado algo?

—No. Simplemente quería hablar contigo. —Me levanté y comencé a pasearme por la habitación—. ¿Qué vas a hacer el sábado?

—No tengo nada planeado. ¿Por qué lo dices? ¿Quieres que hagamos algo juntos?

—Sí. Me gustaría mucho.

—¿Tienes algo en mente?

Acaricié la superficie de mis libros con los dedos. Lo que más me apetecía, y lo que muy probablemente conseguiría distraerme, era tener una cita con él. Si aceptaba no podría pensar en otra cosa hasta el sábado, lo cual me quitaría muchísimos dolores de cabeza.

—Vale, está claro que se te ha ocurrido algo —dijo al ver que tardaba en darle una respuesta—. Suéltalo ya, princesa.

Me mordí el labio y le hice esperar un poquito más.

—Quiero pasar un día entero contigo —admití finalmente.

Esta vez, él se quedó un rato pensando. Empecé a juguetear con las hojas de una de las plantas de mi estantería.

—Vale —lo oí decir—. Podemos hacer una escapada a la capital, si te apetece.

Sonreí muy emocionada. Viajar los dos solos, aunque fuera a una ciudad que tan solo se encontraba a dos horas en coche de la nuestra, me parecía un plan perfecto.

—Me apetece —respondí rápidamente, tanto que le saqué una carcajada.

—Tendremos que coger el tren. Luego miraré los horarios.

—Genial. Muchas gracias, Ethan.

—¿Gracias? —Volvió a reírse—. No me tienes que dar las gracias. Si por mí fuera, me apropiaría de todas tus horas libres.

Les sonreí a los libros de mi estantería. Lo mejor de las llamadas era que podía expresar mi enamoramiento de la forma en la que quisiese sin pasar vergüenza.

—Entonces a ti no te quedaría ninguna.

—Sobreviviría.

—Eres un cursi, lo sabes, ¿no? —me burlé de él sin dejar de sonreír.

—Dijo la fan de Nicholas Sparks.

Quise defenderme, pero no encontré ningún argumento para hacerlo, sobre todo teniendo delante una estantería llena de libros que servían como prueba irrefutable de mi romanticismo empalagoso.

—Tengo que ayudar a preparar la cena. ¿Seguimos hablando mañana? —preguntó, y aunque me habría gustado alargar la llamada un poco más, le dije que sí.

Se despidió como de costumbre. Yo quise hacerlo con un «te quiero», pero las palabras se quedaron atoradas en mi garganta, así que terminé pronunciando un simple «adiós» y después colgué el teléfono. Me frustró un poco no poder comportarme como su novia de manera espontánea, pero es que, después de tantos años queriéndolo en secreto, me sentía extraña expresando mis sentimientos por él abiertamente. Cuando él lo hacía, parecía tranquilo y cómodo con ello. La forma en la que me hablaba o me tocaba era muy natural. Yo, en cambio, aún temblaba un poco cada vez que me acercaba a él. Aún sentía que algo en mi interior —miles de luces, a juzgar por la sensación cálida y cosquilleante— se encendía cuando nuestros cuerpos se rozaban.

A ratos, me parecía fascinante.

Otras veces, como en ese momento, me hacía sentir pequeña y endeble.

22

He escrito mil letras sobre el amor,
vuelves locos mis sentidos,
y el latir del corazón.

—Heather ha propuesto que salgamos de fiesta este viernes. —Sentada sobre el mismo pupitre en el que Ethan había comenzado a dibujarme, balanceaba las piernas de adelante hacia atrás.

—Seguro que os lo pasáis genial. —Apartó la vista del lienzo durante un segundo, solo para sonreírme.

Yo también lo creía. Casi siempre me lo pasaba bien cuando estaba con Heather, Karen y Sheila. Contrarrestaban mi falta de espontaneidad y me hacían salir de mi zona de confort constantemente, lo cual acababa en anécdotas bastante divertidas. Pero…

—Es que me molesta un poco que Heather actúe como si no le pasara nada. Estuvo ausente durante más de una semana, y no me refiero a ausente en plan «está aquí conmigo pero su mente está en otro lado», sino a ausente de verdad —expliqué—. Cuando fui a su casa parecía un alma en pena y ahora vuelve a ser el alma de la fiesta.

—Pero eso es bueno, ¿no?

—Es que no me lo trago —contesté—. Y quiero que sea sincera conmigo. Le dije que no tenía que abrirse conmigo si no se sentía cómoda, pero la verdad es que quiero que lo haga. Me estoy volviendo loca con el tema, de hecho. ¿Y si le ha pasado algo grave y estamos todas siendo unas insensibles sin querer?

—Es que a lo mejor eso es lo que quiere, que la tratéis como siempre. Pero si te preocupa mucho, pídele que te hable de su situación, aunque solo sea por encima —me aconsejó. Después frunció un poco el ceño, pensativo, mientras le aplicaba un color anaranjado al dibujo. Eso era lo único que veía desde mi posición: los colores que utilizaba—. La verdad es que yo debería hacer lo mismo con Jake.

Ah, mi hermano. Otro dolor de cabeza. Llevaba todo el fin de semana distante, respondiendo con monosílabos y poniendo mala cara.

—Le ha pasado algo con Emily, ¿verdad? —Estaba casi segura. Ethan asintió con la cabeza—. Pero ayer estuvisteis juntos.

—Precisamente por eso sé que ha ocurrido algo. Emily me preguntó si Jake me había dicho algo sobre ella últimamente, y él se pasó toda la tarde esforzándose por mantener las distancias entre los dos.

—Él no te va a contar nada aunque se lo pidas, lo sabes, ¿no? —Volvió a asentir—. ¿Y Emily? ¿Crees que ella te dirá algo?

—Lo dudo mucho, pero puedo intentarlo.

—Bien. Entonces yo hablaré con Heather y tú con Emily —resumí muy satisfecha—. Míranos, somos como un equipo de agentes con la misión de recolectar información.

—¿Un equipo de solo dos personas? Eso tiene otro nombre.

Ethan limpió el pincel y lo dejó en la mesa. Al levantar los brazos para desatar el nudo que mantenía el delantal sujeto a su cuello, se le tensaron los músculos y la camiseta que llevaba debajo se elevó lo suficiente como para mostrar la piel de su abdomen.

—Ah, ¿sí? ¿Y cuál es? —pregunté sin dejar de admirarlo.

Dio un par de pasos en mi dirección, apoyó las manos en el pupitre, a ambos lados de mis piernas, y se inclinó para darme un beso corto. Después, sonrió y respondió por fin a mi pregunta.

—Una pareja.

Después de que Ethan se bajara del autobús en su parada, llamé a Heather para recordarle que al final nunca llegamos a hacer la sesión de fotos otoñal.

—Ah, ya. Pensé que no te apetecería mucho. Como vas a tener que hacerte un montón para lo de la banda, y además estás haciendo de modelo para el cuadro de Ethan... —La frase se perdió en el aire cuando se dio cuenta de algo—. Un momento. ¿Me has llamado para decirme que echas de menos nuestras sesiones de fotos? Qué bonito, *KitKat*.

—Empiezo a arrepentirme, si te soy sincera —bromeé. Heather soltó una pequeña carcajada justo en el momento en el que yo llegué a mi edificio—. Pues no hagas planes para el domingo, ¿vale? Reserva ese hueco en tu apretada agenda para mí.

—Haré lo que pueda.

—Genial. —Aguanté el móvil junto a mi oreja como pude mientras buscaba las llaves en la mochila—. Pues mañana nos vemos en clase y ya terminamos de organizarlo todo, ¿de acuerdo?

Nos despedimos y, tras finalizar la llamada, me metí en el ascensor y abrí el calendario que venía instalado en mi móvil. Agregué la sesión de fotos a la lista de próximos eventos. Justo encima, anotado para el sábado, se leía: «Viaje con Ethan ♡».

Solo con ver esas dos entradas ya me sentía más tranquila. Tener un plan elaborado, ponerme pequeñas metas que sirvieran para ir desenredando problemas más grandes poco a poco, me hacía sentir mucho mejor. Y todo estaba muy bien pensado; había hecho una lista de cosas que me preocupaban con sus respectivas soluciones y la había organizado por orden de prioridad. Puede que mis amigos tuvieran motivos para llamarme maniática, pero nadie podía negar que mi método de planificación era eficaz.

Canturreando, entré en casa y me quité el abrigo. Estaba colgándolo en el perchero cuando la puerta volvió a abrirse. Jake iba vestido con su ropa de deporte y llevaba puestos sus cascos inalámbricos negros. Tenía la bolsa que usaba para ir al gimnasio colgada del hombro. Últimamente pasaba la mayor parte de su tiempo libre entrenando.

Por lo menos, cuando volvía parecía un poco más relajado.

Se encerró en el aseo y yo me fui a mi habitación hasta que llegó la hora de la cena. Mis padres aún no habían vuelto a casa, así que le tocó cocinar a mi hermano. Por suerte, preparó algo sencillo y pude ayudar un poco cortando verduras.

No me di cuenta de que estaba canturreando hasta que Jake se quejó.

—Está muy bien que quieras practicar para el concierto, pero tu versión de *Love Story* me está dando dolor de cabeza.

—Perdón.

—Puedes encender el altavoz y poner algo menos pasteloso, si quieres. —En otras palabras, no le apetecía escuchar canciones románticas porque su historia de amor con Emily iba por mal camino. Me entraron ganas de hacer algún comentario al respecto, pero al final decidí ser buena y me contuve—. Pensándolo bien, pon lo que quieras. A ver si eso te ayuda a mantener el buen humor hasta el sábado, porque lo vas a necesitar.

Lo miré de reojo.

—¿A qué te refieres?

—Bueno, sabes que mamá no va a querer hacer de guía turística, así que nos encasquetará el trabajo a nosotros. —Su respuesta me dejó aún más confusa.

—Sigo sin entender nada.

Jake dejó lo que estaba haciendo para mirarme con extrañeza. Empecé a agobiarme, porque el sábado era el día de mi cita con Ethan, y si mi madre había organizado algo sin informarme siquiera…

—¿No te lo ha contado? —preguntó. Negué con la cabeza, intrigada y molesta a partes iguales. Cuando Jake se dio cuenta de que de verdad no sabía nada, frunció aún más el ceño y endureció la mandíbula—. No me lo puedo creer.

—Bueno, pero dime qué está pasando. —Dejé de cortar la verdura para cruzarme de brazos.

—Pues que su querida hermana va a pasar el fin de semana aquí con sus hijos, y como a ella no le apetece tener que hacerles compañía, nos va a dejar a cargo a nosotros —dijo con el tono de felicidad más falso posible.

Menos mal que había dejado el cuchillo sobre la tabla de cortar, porque sujetarlo mientras la indignación me hervía la sangre no habría acabado bien.

Mi madre se llevaba mal con casi toda su familia porque no encajaba en ella. Nunca lo había admitido directamente, pero les guardaba mucho rencor a sus padres por la forma en la que la habían criado y por los valores que le habían transmitido. Sus dos grandes amores siempre habían sido mi padre y su trabajo, con el cual estaba comprometida al cien por cien, y para dar lo mejor de sí misma en este último tuvo que esforzarse el triple porque siempre trataron de persuadirla para que siguiera un camino más… familiar. En el fondo, yo estaba segura de que no quería tener hijos, pero creo que no le permitieron plantearse la posibilidad de no ser madre hasta que los tuvo.

Y aunque nada de eso era culpa de mi tía, a mi madre le daba infinita pereza estar cerca de ella porque no tenían absolutamente nada en común.

Salí de la cocina hecha una furia y llamé por teléfono a mi madre.

—Cielo, estoy ocupada, te llamo en un r…

—Mamá, yo este fin de semana tengo planes. No voy a estar aquí para entretener a tu familia.

—También es tu familia —me corrigió tajante—, así que pospón los planes que hayas hecho, porque tienes otros fines de semana para quedar con tus amigas o lo que sea que hayas organizado, pero solo tienes este para estar con tus primas y con tus tíos. No los ves desde las Navidades del año pasado.

—Bueno, pues van a tener que esperar hasta las Navidades de *este* año para volver a verme, porque mis planes son inamovibles.

La oí soltar un suspiro cargado de impaciencia.

—Kate, ya hablamos cuando llegue a casa, pero ten claro que no pienso discutir contigo si vas a hablarme así.

—Es que no hay nada que discutir, mamá. Este fin de semana tengo planes que no puedo cambiar, punto. Veré a los tíos un rato el domingo por la mañana, y ese es todo el tiempo que pasaré con ellos.

—Pues no me parece bien, qué quieres que te diga.

—¿Tú vas a estar con ellos todo el fin de semana? —contraataqué.

—Si el trabajo me lo permite, sí.

Solté una carcajada irónica. Usaba el trabajo como excusa para todo, y lo peor es que se creía que eso la hacía sonar responsable. O quizá le daba igual cómo sonara; el argumento no daba pie a discusiones y eso era más que suficiente.

—Mira, ya eres lo suficientemente mayor como para tomar tus propias decisiones. Si prefieres irte con Zoe, con Heather o con quien sea en lugar de estar con tu familia los dos días que van a pasar en la ciudad, pues vete con ellas. —El tono que usó me dejó claro que no me iba a gustar nada la siguiente frase—. Ahora bien, tomar tus propias decisiones significa también responsabilizarte de las consecuencias. Yo no voy a poner ninguna excusa por ti; si tus tíos o tus primas me preguntan dónde estás, les diré la verdad.

Es decir que, a modo de castigo, me iba a dejar como una niñata egoísta delante de todo el mundo.

—No es justo.

—¿Y qué quieres que haga? ¿Les miento?

—No, pero es que lo haces sonar como si no quisiera estar con ellos o como si no me importaran nada, cuando lo que pasa es que lo has organizado todo sin consultarme y me has desestructurado el fin de semana entero. Ni siquiera me has dicho que iban a venir, me ha tenido que informar Jake. Llego a enterarme el viernes y ¿qué hago?

¿Cancelar todos mis planes a última hora porque a ti no te ha dado la gana de pensar en alguien más que en ti misma?

—Mira, no eres la indicada para hablar de egoísmo. Que parece que todo lo tengamos que hacer siempre a tu manera —contestó enfadada—. Si no te viene bien algo, si no entra en tu cuadriculado calendario, nos toca aguantarnos y adaptarnos a ti porque, si no, se te viene el mundo encima y armas un escándalo. Ya está bien. —Quise intervenir pero, por supuesto, la última palabra tenía que ser suya—. Búscate un problema de verdad por el que tener una rabieta.

Me colgó.

Estuve a punto de llorar de la impotencia, pero retuve las lágrimas porque mi madre había conseguido que me sintiera estúpida al enrabietarme por un capricho. Porque, sí, mi pequeño viaje a la capital con Ethan era un capricho, pero también era justo lo que necesitaba para sentirme un poco mejor y más tranquila de cara al concierto y a todo lo demás. Y acababa de ser sustituido por un maravilloso fin de semana en compañía de familiares a los que, con suerte, había visto veinticinco veces en toda mi vida. Fantástico.

Además, tenía que llamar a Ethan para contárselo, pero como estaba segura de que al hablar con él acabaría aún más frustrada por no poder pasar el fin de semana a su lado, pospuse la tarea para otro momento. Así que, en lugar de llamarlo, busqué mi libreta con la intención de desahogarme en un poema. No conseguí escribir ni una sola frase. Estaba tan tensa y tan bloqueada que no logré encontrar la inspiración en la bruma de mis pensamientos.

Enfadada con todo, hasta conmigo misma, volví a cerrar la libreta.

El sábado me desperté tarde y sin ganas de nada. La noche anterior había sido caótica por culpa de Sheila, que, literalmente, perdió las bragas estando borracha. Fue al baño, se las quitó del todo para poder mear sin tocar la taza del váter y después se olvidó de volver a ponérselas. Se dio cuenta horas más tarde. Cuando volvimos a buscarlas —porque, sí, nos hizo volver—, ya no estaban.

Por suerte, yo no había bebido, así que al menos no tenía resaca; solo sueño y mal humor. Miré la hora en mi teléfono. Quedaban tres horas para que mis primos llegaran y mi madre había insistido mucho en que tenía que limpiar mi habitación. Ya estaba bastante limpia y, además, no tenía intención de dejar que nadie entrara en ella, pero terminé prometiéndole que la dejaría impecable porque estaba harta de discutir.

Fui al baño y, al regresar, me coloqué los auriculares y comencé cambiando las sábanas con *All of Me*, de John Legend, de fondo. Era una de esas canciones que no podía evitar cantar cuando sonaban.

—Deberías grabarte cuando cantes. Así podría oírte sin tener que acercarme sigilosamente a tu puerta. —Me sobresalté al oír la voz de Ethan. Al girarme, vi que estaba apoyado contra el marco con los brazos cruzados y una sonrisa en el rostro.

Había pasado la noche en mi casa porque él también había salido de fiesta con sus amigos. Jake entre ellos, por supuesto. Puede que yo fuera su novia, pero sabía que iba a tener que compartir a Ethan con mi hermano durante el resto de mi vida.

Se separó e intentó dar un paso hacia delante, pero lo frené levantando una mano y chasqueando la lengua tres veces.

—No puedes entrar a mi habitación.

—¿Puedo besarte pero no entrar a tu habitación? —Alzó una ceja—. Me parece que tienes una confusión de prioridades en lo que consideras íntimo, princesa.

—A mí me parece lógico.

—Voy a pasar —me ignoró, y puso las manos en alto mientras entraba en la habitación muy lentamente—. No te alteres.

—Qué gracioso. —Me crucé de brazos—. Estás invadiendo mi privacidad. Es un comportamiento bastante tóxico de tu parte.

Se rio y bajó las manos.

—No estoy invadiendo tu privacidad. —Moviéndose un poco más rápido, consiguió arrinconarme contra una de mis estanterías. Curvó los labios en una sonrisa ladeada—. Estoy invadiendo tu espacio. —Acercó su boca a mi rostro y me besó la mandíbula, la mejilla y el lugar en el que acaba el pómulo. Me estremecí al notar su aliento cálido cerca de mi oído—: Y por la reacción de tu cuerpo, no parece que te moleste mucho.

Se separó un poco y recorrió la curva de mi cintura con los dedos. La caricia, por suave e inocente que fuera, me dejó temblando y le dio la razón: no me molestaba en absoluto que sus manos me invadieran el cuerpo y su aroma los pulmones. Podía quedarse mi espacio, si lo quería. Y mi tiempo también.

Recordé lo que me había dicho. Que, si por él fuese, se adueñaría de todas mis horas libres. A mí me pasaba lo mismo: quería estar con él todo el rato.

—Podríamos estar cogiendo un tren hacia Cantille dentro de unas horas —me lamenté *otra vez*.

Había perdido la cuenta de las veces en las que me había quejado de tener que cancelar el viaje. Después de pasar cuatro días completamente malhumorada, no entendía cómo Ethan era capaz de seguir aguantándome y consolándome.

—Hay más fines de semana. —Subió la mano y dibujó un trazo invisible que empezaba en mis costillas, ascendía hasta mi hombro y después volvía a bajar por mi brazo—. No estamos cancelando la cita, estamos posponiéndola. Aún me debes una, ¿vale? —Volvió a inclinarse para darme un beso casto.

Sonreí, ya más tranquila.

Era increíble que pudiera cambiar mi estado de ánimo para mejor con tan solo un beso.

Se separó del todo para sentarse en mi cama y la ausencia de su calor corporal me impulsó a seguirlo.

Soltó un bostezo.

—¿Estás cansado? ¿A qué hora llegasteis a casa?

—No lo sé. De madrugada —admitió—. Y Jake volvió aún más tarde que yo.

—¿No volvisteis juntos?

Negó con la cabeza.

—Él tuvo que acompañar a Emily.

—Entonces, dudo mucho que se levante antes de las dos de la tarde.

—Perfecto. —Sonrió, y yo lo miré extrañada. Antes de responderme, se acercó un poco y me dio un beso en el hombro—. Así tenemos algo de tiempo para nosotros.

Cogió un mechón de mi pelo entre sus dedos y comenzó a rizarlo. Su otra mano se unió a la mía, que descansaba sobre mi muslo. Esbocé una sonrisa tímida y lo besé. Entonces, soltó mi pelo y me atrajo hacia él.

Me sujetó la cabeza por el lateral del cuello y me besó con más vehemencia. El beso dejó de ser dulce y se convirtió en algo excitante, intenso y lleno de deseo.

Acabé tumbada en la cama con su cuerpo sobre el mío. Él siguió besándome, esta vez de forma lenta y tentadora, y consiguió que lo anhelase aún más; algo que hasta ese momento no veía posible.

Su boca dejó la mía para recorrer la piel de mi cuello con pequeños besos. El corazón me retumbaba con fuerza en el pecho y sabía que él podía notar ese bombeo en los labios presionados contra mi pulso. Deslizó las manos por debajo de mi camiseta —lo único que llevaba puesto, además de unas bragas rosas—, y me acarició el vientre y la cintura. Su tacto erizó el vello de todo mi cuerpo. Lo quería tanto y en tantos sentidos que me estaba volviendo loca.

—Tienes la piel tan suave… —Me estremecí cuando pasó un dedo por la parte baja de mi abdomen—. No puedo dejar de tocarte.

Me quedé sin aliento y casi temblando.

—Pues no dejes de hacerlo —susurré. Después de tantos años anhelando su tacto, ninguna caricia sobraba.

Creo que él pensó lo mismo, porque se dejó caer un poco más, acortando la distancia entre nuestros cuerpos, y me animó a tocarlo también. Acaricié su espalda por debajo de la tela de su camiseta y después pasé las manos por sus brazos torneados. Él también tenía la piel suave y agradable al tacto.

Tras volver a besarme en los labios, se movió para tumbarse a mi lado de forma que mi espalda quedó pegada a su pecho. Puso un brazo bajo mi cuerpo y con el otro me rodeó la cintura.

—Ojalá pudiésemos estar así siempre —susurró con el rostro hundido en mi cuello. Noté que se le hinchaba el pecho y que, después, el aire abandonaba sus pulmones muy lentamente.

—¿No podemos? —pregunté en voz baja, temiendo su respuesta.

—Bueno, en algún momento tendremos que salir de la habitación, ¿no?

Solté una pequeña carcajada de alivio.

—Pensaba que te referías a nosotros. A estar juntos.

—Ya te lo dije, Kate. —Me besó el pelo con infinita ternura—. No voy a renunciar a ti.

Mis tíos llegaron a casa con dos maletas grandes y dos pequeñas y las dejaron en el salón antes de que yo saliera a saludarlos. Lo hice ocultando lo mejor que pude la decepción que sentía en esos instantes.

Una parte de mí esperaba que hubieran cambiado de planes por el camino. Me entraron ganas de proponerles una alternativa yo misma. ¿No preferirían pasar el fin de semana en un parque de atracciones? Había uno en la ciudad de al lado. Seguro que Nerea, mi prima de once años, preferiría mil veces subirse a una montaña rusa que hacer turismo por una ciudad que no tenía nada de especial.

—¡Kate! —Mi tía me abrazó con demasiado entusiasmo. Era un poco más baja que yo y que mi madre. Empezó a llenarme de cumplidos a los que no supe cómo responder y me limité a darle las gracias unas quince veces mientras rezaba silenciosamente para que la tierra me tragara.

Ethan, que aún no se había ido a casa, me miró de reojo mientras saludaba educadamente a mi familia. Lo habían presentado como el mejor amigo de Jake. Vi que Soraya, la mayor de mis primas, lo observaba con interés, por lo que me acerqué a saludarla muy amablemente.

El pelo, tan castaño y liso como el mío, le llegaba por los hombros, y su tez tenía el brillo y el color del azúcar tostado.

—Qué guapo es —susurró para que solo yo la oyera.

—Cielo —por primera vez en toda la semana, me alegré de que mi madre me dirigiera la palabra, porque así no tenía que pensar una respuesta para el comentario de mi prima—, ¿por qué no llevas a Soraya a tu habitación? Seguro que tenéis muchas cosas que contaros.

¿A mi habitación? Le lancé una mirada de incredulidad. Mi cuarto era terreno prohibido. Tuve que hacer uso de toda mi paciencia para no soltar un «ni en mis peores pesadillas» delante de los invitados.

—No han venido hasta aquí para estar encerrados en casa, mamá. —Me giré para dedicarle una sonrisa fingida a Soraya—. Podríamos ir a tomar algo, si te apetece. Conozco una cafetería genial que no está muy lejos.

—Ah, perfecto. —Mi prima me devolvió una sonrisa mucho más sincera.

Miré a mi madre sin saber bien qué reacción esperar por su parte. Parecía complacida ante el hecho de que fuera amable con Soraya a pesar de nuestra discusión. Y aunque contentarla me irritaba profundamente, no podía castigar a mi prima por algo que no era su culpa, así que la llevé a la cafetería a la que me había aficionado y traté de ser amable con ella.

Pedimos dos crepes con chocolate y nos sentamos a una de las mesas que daban a la calle.

Me costó mucho encontrar temas sobre los que hablar. Lo poco que sabía era que estaba estudiando para ser veterinaria en un futuro, así que me aferré a eso y le hice un montón de preguntas al respecto. Ella, sin embargo, estaba centrada en algo muy distinto. No dejaba de echarle miraditas al camarero que se encontraba tras el mostrador. Ojalá hubiese empezado a hablar sobre él en vez de repetir lo guapo que era «el mejor amigo de Jake».

Mi novio.

Mi. No. Vio.

—Me encantan los chicos de pelo negro y ojos azules. No sé si es porque de pequeña estaba enamorada de Damon Salvatore o porque soy leo. —Me mordí el interior de la mejilla para evitar hacer un comentario respecto al color de los ojos de Ethan. Eran más grises que azules. ¿Debería aliviarme que no se hubiera fijado tanto en él como para darse cuenta de ello?—. No sabrás, por casualidad, cuál es su signo, ¿no? Es que tengo una app que te muestra la compatibilidad entre signos del zodíaco y quiero ver nuestro porcentaje. —Sacó su teléfono para mostrarme la aplicación, emocionada.

—Tiene novia —me apresuré a contestar. Justo después me invadió una oleada de vergüenza; estaba celosa de *mi prima*, la cual vivía a kilómetros de Ethan y de mí.

—No me extraña —suspiró—. Los guapos siempre están cogidos.

Quise decirle que hasta hacía poco no lo estaba, porque me moría por darle más detalles sobre *mi* relación con el chico del que estaba hablando. En lugar de eso, corté otro trozo de mi crepe y me lo llevé a la boca.

—¿Cómo de enamorado está de ella? —preguntó con un brillo de esperanza en la mirada. Por primera vez en toda la tarde, me enfadé con ella de verdad.

Le lancé una mirada crítica.

—¿Qué quieres decir?

Enrojeció un poco. Parecía tan avergonzada como lo estaba yo unos minutos atrás. Justo cuando iba a abrir la boca, Lydia, la camarera, pasó cerca de nosotras para llevar un pedido a otra mesa y aprovechó para preguntarnos si queríamos algo más.

«Momento perfecto para cambiar de tema.»

—¿Dónde os vais a quedar este fin de semana? —Hice una pausa para beber agua—. ¿En el mismo hotel de la otra vez?

—Se supone que vamos a quedarnos en vuestra casa, por eso hemos dejado las cosas allí.

Me quedé petrificada. El temblor de mi mano, que aún sujetaba el vaso, era la única prueba de que no me había convertido en estatua. Soraya me miró con cierta preocupación. Seguro que me había puesto pálida.

—¿No te lo ha dicho tu madre?

—No. —Apreté los labios para encerrar las palabras que nacían en mi garganta teñidas de rabia.

Iba a matar a mi madre. Y a mi padre también, porque él era la única persona a la que se lo consultaba todo, así que no solo debía de saberlo, sino que además lo había aceptado. Es más, estaba segura de que si no me lo habían dicho era porque esperaban que me enterase a última hora, cuando mi opinión ya no valiera nada. Quejarme sería inútil ahora que mis tíos ya se habían instalado en casa.

—Deberíamos volver —dije en un tono inexpresivo, casi mecánico, porque si usaba cualquier otro iba a explotar.

Con mis padres, las cosas muchas veces eran así. Llenaban el vaso de la impaciencia gota a gota, hasta que este terminaba rebosando. Y entonces te hacían sentir inmadura y diminuta al estallar por «una nimiedad». Porque, claro, la gota que colmaba el vaso era tan solo eso: una gota. Una porción diminuta e insignificante que no llegaba a medir un mililitro. Pero siempre se olvidaban de mencionar que los doscientos cuarenta y nueve mililitros restantes también los habían añadido ellos.

23

Me haces sentir tanto
cuando rozas mi mejilla
con el dorso de tu mano.
Cuando trazas en mi cuerpo
una línea con tus dedos
y la recorres de nuevo
con tus labios y mil besos.

Cuando Soraya y yo regresamos a casa, Ethan ya se había ido y mis padres estaban en la cocina preparando la cena. Aproveché ese momento para hablar con ellos.

—Soraya me ha comentado que se van a quedar a dormir aquí. —Me crucé de brazos y apreté los dientes.

—Sí. Tenemos espacio de sobra y un par de colchones hinchables que hemos subido del trastero —contestó mi padre mientras removía con una cuchara de madera el guisado que seguramente había comprado.

Olía demasiado bien como para haber sido cocinado por él, de quien había heredado mi talento culinario.

—¿Espacio de sobra? —Fruncí el ceño—. En el salón cabe solo un colchón grande, ¿dónde vas a poner el otro?

Mi madre me miró de reojo, pero volvió a centrarse en lo que estaba haciendo antes de responder:

—Nerea y Soraya dormirán en tu cuarto. Nosotros les dejaremos nuestra cama a tus tíos y dormiremos en el salón —explicó como si estuviera compartiendo conmigo un plan previamente calculado y sin opción a cambios—. Tú te irás a la habitación de Jake.

—Es una broma, ¿no? —Me horroricé.

—Son tus primas —me reprendió mi padre.

—¿Y solo por eso tienen que dormir en *mi habitación*? Sabéis lo mucho que me cuesta dejar que entre gente en ella. Es mi sitio seguro —dije, y mi voz se volvió un poco más aguda de repente— y os ha dado igual.

Me picaba la garganta, se me estaban humedeciendo los ojos y sentía un impulso casi irresistible de sorberme la nariz.

Esa. Esa era la gota que colmaba el vaso y lo único que necesitaban para reducirme a una niña caprichosa e inmadura. Desde la perspectiva que ellos mismos habían creado, yo estaba montando una escena porque no quería que mis primas durmieran en mi habitación, cuando además no quedaba alternativa. ¿Dónde iban a dormir, si no?

No quería llorar porque se quedaran en nuestra casa; quería llorar porque me sentía impotente y porque me daba rabia que mis padres actuaran como si yo fuera la única que se estaba comportando de forma egoísta cuando sabían de sobra lo que estaban haciendo y que me iba a molestar. Me estaban provocando. Llevaban haciéndolo toda la semana.

Mi padre me miró con una expresión de advertencia que parecía decir «Te estás pasando».

—Deja de ser tan paranoica. Nadie va a tocar tus cosas, solo van a usar tu cama —dijo mi madre, que permanecía serena. Me molestó tanto como la mirada de reproche de mi padre.

—¿Sabéis qué? Paso. —Me harté—. Deja que duerman en mi habitación. Diles que soy una maleducada y que prefiero irme con mi amiga, a la que veo todos los días, antes que pasar el fin de semana con ellos. Ninguna de las dos cosas es mentira.

—¿Adónde vas? —Mi padre alzó la voz cuando vio que salía de la cocina.

—A casa de Zoe. Voy a pasar la noche allí. Vosotros haced lo que os dé la gana.

—Estoy pensando en dejar el fútbol.

La confesión de Zoe no me sorprendió demasiado; había probado mil deportes diferentes por insistencia de Edith y siempre acababa dejándolos todos.

Terminé de masticar los espaguetis que Zoe había recalentado para mí. Cuando llegué a su casa, sobre las nueve, ella y su familia ya habían cenado, así que ahora estábamos las dos solas en su cocina, y yo era la única comiendo.

—¿Por qué? —pregunté—. Pensaba que el fútbol te gustaba.

—Y me gusta. Pero lo divertido es jugar, no los entrenamientos. Eso de malgastar mis tardes tres días a la semana para hacer ejercicios de posesión de balón, rondós y ruedas de pases no es lo mío.

—¿Porque interrumpe tus siestas de tres horas? —Enarqué una ceja.

—Porque quiero invertir ese valioso tiempo en actividades de provecho —me corrigió.

—Como dormir la siesta.

—Por ejemplo. —Sonrió. Luego apoyó un codo en la mesa y dejó la barbilla descansando sobre la palma de la mano—. Y también para estudiar. Como no apruebe los próximos exámenes voy a pasarme las Navidades entre ecuaciones y gráficas. —Suspiró con desgana—. Voy a tener que pedirle a Santa Claus un cerebro nuevo. El que tengo está defectuoso.

—Oye, eso no es verdad. —Fruncí el ceño—. Es normal que te cueste; estás en un curso difícil y tu profesor tiene fama de ser un capullo.

Mis argumentos no parecieron convencerla. Resoplé, dejé los cubiertos sobre el plato y me puse un poco más seria. Zoe tenía una expresión neutra, casi aburrida, pero sabía que eso era algo que le preocupaba y quería poder ayudarla.

—Estudiar en grupo ayuda muchísimo —aconsejé—. Explicar las cosas en voz alta hace que las entiendas mejor. Y podéis resolver ejercicios juntos; así, si uno se bloquea, los demás pueden explicarle cómo avanzar.

De nuevo, tuve la impresión de que había dicho todo lo que ella no quería oír. Puso mala cara y cruzó los brazos sobre la mesa.

—Kate, no te ofendas, pero tus consejos no me sirven de mucha ayuda. Tú no te bloqueas; eres la que explica las cosas para que los demás puedan avanzar. Tu mayor reto es tener que leer los ejercicios dos veces en lugar de una para entenderlo todo mejor.

—Estudiamos asignaturas completamente diferentes —le recordé—. No puedes comparar lo que yo doy con lo que das tú.

Mantuvo la vista fija en mí. Sabía que me había oído y que había analizado mis palabras, pero no dijo nada. Era algo que hacía a menudo: quedarse callada en medio de una conversación simplemente porque no le parecía necesario compartir sus pensamientos en voz alta. Era sumamente irritante.

—Lo que quiero decir, Zoe, es que no eres tonta. Así que deja de pensar que vas a suspender.

Lo único que conseguí fue que se encogiera de hombros. Solté un pequeño suspiro y me terminé el plato de espaguetis.

Cuando volvimos a la habitación, donde yo había dejado mis cosas, Zoe se subió a la cama y abrazó un cojín. Yo saqué el pijama de mi mochila.

—Me voy a dar una ducha y después me iré a la cama.

Zoe me echó una ojeada por encima del cojín.

—¿Con pantalón y todo? —Señaló mi ropa—. Eso es nuevo.

Evité mirarla para que no viera lo roja que me había puesto. Al llamar a Zoe para saber si podía dormir en su casa, mencioné lo exhausta que estaba tras la discusión con mis padres y le planteé si podía dormir en la habitación de Ethan, ya que él tenía una cama nido y yo necesitaba poder descansar sin que nadie me pegara patadas mientras dormía.

Así que el pijama lo había elegido pensando en Ethan.

—Sí, bueno, es que como voy a dormir en la habitación de tu hermano… —Dejé la frase en el aire porque no se me ocurrió una buena forma de terminarla.

Zoe me miró extrañada.

—Pues no esperes que él lleve algo más que un bóxer solo porque tú estés ahí.

Tampoco supe qué contestar a eso, así que decidí cambiar de tema.

—¿Me dejas una toalla?

Asintió con la cabeza y fue a buscar una. Me preguntó si necesitaba algo más y, como le dije que no, volvió a meterse en la cama. Yo me encerré en el baño con mi pijama, mi ropa interior y la toalla. Me quedé mirando la ropa. El pijama era sencillo: una camiseta de tirantes y unos pantalones de algodón. Las braguitas eran de color azul marino, a juego con el pantalón, y tenían un poco de encaje. No es que esperara que fuera a pasar algo esa noche…, pero quería estar preparada por si pasaba.

Hecha un tomate en la soledad del baño, me desvestí, corrí la cortina de la ducha y me metí dentro.

Normalmente, el agua me hacía pensar. Allí dentro, mientras me enjabonaba el pelo, no tenía nada mejor que hacer, así que le daba vueltas a todo. Ethan me sirvió de distracción *otra vez* y me ayudó a dejar a un lado la rabia que sentía hacia mis padres y la preocupación de tener que enfrentarme a ellos al volver a casa.

Al salir de la ducha y del cuarto de baño no volví a la habitación de Zoe, sino que me dirigí a la de Ethan directamente. Sentí que el corazón me martilleaba las costillas incluso antes de llamar a la puerta.

Ethan estaba sentado frente a su escritorio, dibujando algo. Enseguida se giró para verme y me dedicó una sonrisa que yo correspondí. Cerré la puerta con pestillo y me acerqué a él.

—Hola. —Una timidez repentina tiñó mis mejillas de rojo.

—Hola —respondió él, bastante más tranquilo, y después su voz adquirió un tono burlón—. Problemas para dormir, ¿eh? Si querías dormir en mi cama, solo tenías que decirlo.

Me puse aún más roja.

—Oye, que lo de que no puedo dormir con tu hermana cerca es verdad.

—¿Y conmigo cerca sí que vas a poder? No sé si debería sentirme ofendido.

—Eso no es... —Respiré hondo para calmar mis nervios y Ethan soltó una pequeña carcajada—. No te rías de mí, he tenido un día duro.

—Vale, voy a portarme bien contigo esta noche. Ven aquí.

Tiró de mi brazo, guiándome hasta que quedé a horcajadas sobre él. Entonces, juntó sus labios con los míos y fue profundizando el beso poco a poco. Me acarició la espalda de arriba abajo mientras nuestras lenguas se enredaban. De pronto, sentí sus manos en mi trasero. Segundos después él estaba de pie y yo le rodeaba la cintura con las piernas para sujetarme y ayudarlo a mantener el equilibrio.

Sin abandonar mis labios, me llevó hasta la cama y me dejó sobre esta suavemente. Se colocó encima de mí, con un brazo apoyado a un lado de mi cabeza y una rodilla entre mis piernas.

Besar a Ethan se había convertido en mi pasatiempo favorito. Era excitante y adictivo. Cuando lo besaba, tenía la sensación de que nuestros labios estaban hechos los unos para los otros.

En momentos como ese solo existíamos nosotros. El mundo se reducía a dos personas, a dos cuerpos que se exploraban mutuamente, a un par de bocas fusionadas. A cuatro manos que no dejaban de buscar el calor y el tacto de una piel que no era la suya.

—Pensaba que había venido a dormir —susurré divertida cuando nos separamos debido a la falta de aire.

—Ya. Yo también lo pensaba.

Volvió a besarme.

Enterré las manos en su pelo y le devolví el beso con la misma intensidad. Se pegó aún más a mi cuerpo; su pierna apretó la parte baja de mi abdomen y su rodilla presionó un lugar sensible. Jugueteó con la banda elástica de mis pantalones como si dudara entre quitármelos o no. Decidí ayudarlo con la decisión y tiré de su mano. La prenda descendió por las curvas de mis piernas y terminó en algún lugar desconocido de la habitación.

El beso dejó de ser continuo y profundo. Ethan presionó sus labios contra mi barbilla y fue descendiendo poco a poco. Me dio pequeños besos en la mandíbula y en el cuello. Contuve el aliento, cerré los ojos y eché la cabeza hacia atrás; los besos en el cuello eran mi perdición.

Continuó bajando. Me besó la clavícula, los hombros y el escote. Se deshizo de mi camiseta y, en un movimiento rápido y seguro, también de la suya. Alcé una mano para pasar las yemas de los dedos por su torso desnudo. Tenía la piel suave y caliente, y el abdomen duro.

Tragué saliva.

Él volvió a hundir un brazo en el colchón, puso su otra mano en mi cintura y comenzó a besarme de nuevo, esta vez tan cerca de mi pecho que sentí que se me paraba el corazón durante un instante, como si necesitara ese segundo de descanso para poder latir con mucha más fuerza después.

Siempre pensé que, cuando me expusiera de esa forma ante alguien, los nervios y las inseguridades me invadirían. Sorprendentemente, no fue así en absoluto. Con Ethan me sentía cómoda. El roce de sus dedos, que acariciaban el contorno de mi silueta de manera delicada y pausada mientras su boca exploraba el lugar en el que se hallaba mi corazón, me aceleraba el pulso sin hacerme sentir inquieta. De hecho, me inspiraba a tocarlo del mismo modo.

También es verdad que el hecho de que en mi mente solo quedara espacio para las sensaciones que Ethan me provocaba ayudaba a disipar los nervios y las preocupaciones que pudiese tener.

Su boca abandonó mi pecho para reencontrarse con mis labios.

—Me gustas mucho. —Se separó solo para decirme eso, me besó otra vez y luego volvió a separarse—. Muchísimo.

Sentí un cosquilleo en el vientre.

—Qué curioso. —Esbozó una sonrisa ladeada—. Te pones más roja cuando te digo que me gustas que cuando te quito la ropa y te toco.

—Es que cuando me tocas no puedo pensar, pero cuando me hablas… —Me acarició el vientre y la frase murió en mis labios. Cerré los ojos e inhalé profundamente—. ¿Lo ves?

Soltó una carcajada suave y tierna contra mis labios antes de volver a besarme. Su pulgar trazaba círculos alrededor de mi ombligo con mucha delicadeza, tensando la zona y erizando el vello que la cubría. Vaciló un poco, pero finalmente bajó un poco la mano. Lo hizo muy lentamente, como si me pidiera permiso. Y yo se lo di, claro. ¿Cómo no iba a dárselo, si me estaba muriendo de ganas de que me tocara?

Me inundaron sensaciones que nunca antes había experimentado. Mi respiración se volvió agitada. Hundí las uñas en su espalda conforme el placer iba creciendo hasta esparcirse por todo mi cuerpo en una pequeña sacudida que dejó mis piernas temblando.

Ethan se separó un poco y sonrió. Me apartó un mechón del rostro y presionó sus labios contra mi frente. Nunca había sentido tanta ternura ni tanto cariño.

Se dejó caer a mi lado. Tardé unos segundos en girarme para verlo; aún tenía el pulso descontrolado y necesitaba tiempo para recomponerme.

—Gracias. —Titubeé un poco al pronunciar la palabra.

—¿Gracias? —Se rio bajito—. Me halaga que quieras darme las gracias, pero no tienes que agradecerme nada.

—Es que tú lo has hecho todo y me sabe mal… —Miré hacia otro lado, profundamente avergonzada. El calor de mis mejillas y mis orejas podría haber provocado un incendio—. Me sabe mal no devolverte el favor —admití por fin.

Esta vez no se rio, sino que me miró perplejo, como si no acabara de entender la clase de lógica que había seguido para sentir que le debía algo.

—A mí también me ha gustado tocarte. Estamos en paz. Además... —volvió a apartarme un mechón de la cara para colocarlo detrás de mi oreja—, no sé tú, pero yo tengo intención de repetir esto muchas más veces. Puedes tocarme entonces, si quieres.

Apreté los labios para evitar sonreír como una idiota enamorada —sin mucho éxito— y asentí despacio. La forma cuidadosa y dulce con la que me hablaba me parecía adorable.

Sin embargo, la sonrisa se me borró un poco cuando me di cuenta de una cosa: la experiencia había estado demasiado bien. Se supone que las primeras veces nunca salen bien, incluso si se llevan poco a poco, como Ethan había hecho. Es decir, solo me había... tocado con los dedos. No era nada que pudiera hacerme daño, pero, aun así, había sido *muy* agradable.

—¿Has... has hecho esto antes?

Ethan volvió a mirarme un poco desconcertado.

—No. Esta es la primera vez.

—Ah —fue lo único que conseguí decir, y lo hice muerta de vergüenza.

Había estado celosa muchas veces antes, pero nunca lo había expresado tan abiertamente, y menos frente a Ethan. Compartir mis preocupaciones con él era nuevo para mí. Y también era extrañamente reconfortante.

Supongo que no lo habría sido tanto si hubiera confirmado mis miedos.

Decidí hablarle de la otra cosa que me molestaba.

—A mi prima le has parecido atractivo.

—Lo llevaréis en los genes. —Se rio, y yo le di un manotazo suave en el hombro que solo consiguió hacerle sonreír aún más. Se incorporó para apoyar la espalda contra el cabecero de la cama y me miró con regodeo—. ¿Estás celosa?

—¿Te divierte que lo esté?

—Un poco —admitió, aún sonriente, y yo alcé una ceja—. ¿Qué? Siempre me toca a mí ser el que está celoso. Esto me gusta más.

—¿Que siempre te toca a ti…? —Negué con la cabeza. Lo que una tenía que oír…—. Ethan, he visto a chicas babeando por ti desde que entramos en la pubertad. Olivia entre ellas, a la cual *besaste*.

Ethan puso los ojos en blanco.

—¿Me lo vas a recordar toda la vida?

—Probablemente. ¿No acabas de decir que te gusta verme celosa? Pues en esa anécdota tienes una buena dosis de celos.

—Esos no los disfruté tanto —se quejó.

—Ya somos dos.

—Pero hay una gran diferencia entre lo que ocurrió entonces y lo que está ocurriendo ahora.

Entrecerré los ojos desconfiada.

—¿Ah, sí? ¿Cuál?

—Pues que entonces no podía borrar tus dudas sobre lo que siento por ti. No podía hacer esto —se inclinó para besarme—, ni decirte que eres la única persona de la que siempre estaré enamorado.

Y así, sin más, mi corazón dio un vuelco y el pecho se me llenó de algo que llevaba queriendo sentir desde que tenía uso de razón: la certeza de que Ethan también me amaba. Era una sensación tan reciente que aún no me había acostumbrado a ella. Quizá nunca lo haría.

—Vale, es verdad que estos celos no están *tan* mal —admití, y Ethan soltó una diminuta carcajada.

Me dio un beso en la frente, volvió a tumbarse a mi lado y empezó a acariciarme el brazo muy suavemente. Cerré los ojos un segundo. Estaba tan relajada que podría haberme quedado dormida. Si no lo hice fue porque Ethan tardó poco en volver a hablar:

—Creo que deberíamos ponernos la ropa y quitar el pestillo. Si mis padres intentan entrar y no pueden, o, peor, si lo consiguen y nos ven así… —Apretó un poco los labios, conteniendo una carcajada nerviosa—. Creo que prefiero evitar el mal trago.

—Mmm… Pero aunque entren y nos vean vestidos, seguimos estando abrazados en una misma cama. Creo que eso es bastante más sospechoso que dejar el pestillo puesto.

—Ah, pero ¿no decías que ibas a dormir en la de abajo para que nadie interrumpiera tu preciado sueño? —respondió divertido.

Le di una patada suave por debajo de las sábanas.

—Hoy estás especialmente gracioso.

—He empezado bien el día. —Se encogió de hombros sin dejar de sonreír. Supe que se refería a los minutos que había compartido conmigo nada más levantarse—. Entonces… ¿vas a pedirme que duerma contigo o no?

—¿Vas a hacer que te lo pida? —No dijo nada, y me percaté de que, en realidad, lo que quería era que le dijese algo bonito. Solté un suspiro largo, le di un beso en el hombro y dije—: Me gusta dormir abrazada a ti.

Se le iluminó un poco la mirada. Dios, era adorable. Y aún más cursi que yo.

El chico perfecto.

Salí de la cama y busqué mi ropa interior y mi pijama en el suelo. Noté la mirada de Ethan sobre mi cuerpo mientras me vestía. Quise hacer un gurruño con mis pantalones y lanzárselos a la cara para que dejara de hacerme pasar vergüenza y se pusiera su camiseta de una vez, pero me di cuenta de que no iba a hacerlo. Iba a dormir como siempre, con el pecho al descubierto.

El hecho de que llevara puestos unos pantalones sueltos ya era un milagro.

Terminé de vestirme y volví al mismo hueco en el que estaba tumbada antes, con los brazos de Ethan rodeándome el cuerpo y mi cabeza descansando en su pecho, que subía y bajaba lentamente. Notaba los latidos de su corazón contra la mejilla.

Se estiró un poco para apagar la luz de la habitación con el interruptor que había a su izquierda. Entonces cerré los ojos y me pegué aún más a él. Dejé que mis pulmones se llenaran con su aroma y mi mente, con los recuerdos que acababa de crear. Con los latidos de Ethan, con los míos y con la paz que sentía en esos instantes.

Ethan conseguía transformar un día lleno de frustración en uno de los mejores de mi vida, y le había bastado con una hora para hacerlo. Debería haberme asustado el poder que tenía sobre mí, pero lo cierto es que siempre lo había tenido.

Lo único que había cambiado era que ahora podía disfrutar de ello.

24

Durante años escribiendo
una cosa me he enseñado,
y es que hay más de una manera
de decirte que te amo.

—Arriba los dos. —Me despertó una voz femenina que no me esforcé en reconocer. En vez de abrir los ojos y revolverme un poco, me pegué más a Ethan.

Estaba acurrucada a su lado, con una pierna rodeando las suyas y un brazo apoyado en su pecho. La distancia entre nuestros cuerpos era casi inexistente y yo estaba muy cómoda así. Por eso, solté un ruidito de queja cuando Ethan cambió de posición, obligándome a separarme de él.

Intenté abrir los ojos, pero los volví a cerrar con fuerza en el instante en que se encendió la bombilla del techo. Agarré la almohada para cubrirme el rostro con ella y así bloquear el paso de la luz, que me estaba cegando.

Al ser la primera noche que pasaba con Ethan siendo pareja, esperaba un despertar más agradable.

—Vamos, tórtolos —insistió la voz femenina. En ese momento sí que pude reconocerla: era la de Louise—. Veo que le habéis sacado mucho partido a la cama de abajo.

Menos mal que me había tapado la cara, porque enrojecí por completo.

—Louise —gruñó Ethan. Su voz ronca despertó a las mariposas de mi vientre—, ¿cómo demonios has entrado?

—Se puede girar el pestillo desde fuera utilizando un cuchillo. Trucos de madre.

—Bueno, pues gracias por respetar mi privacidad —ironizó su hijo, irritado.

—Oye, no he entrado porque quisiera molestaros. —Se mostró un poco más seria—. Ha llamado Evelyn.

Mi madre. Mierda.

Aparté la almohada de mi cara y volví a abrir los ojos, esta vez muy lentamente, para ir acostumbrándome poco a poco a la iluminación del cuarto. Lo primero que vi fue a Ethan. La espalda de Ethan, más bien. Estaba incorporado y yo tumbada, así que eso era todo lo que podía ver, y me faltó fuerza de voluntad para apartar la vista de su figura tonificada, sus hombros anchos, su nuca, que estaba un poco más morena que el resto de su cuerpo...

—Me ha dicho que pasará a recogerte dentro de una hora, Kate.

Cerré los ojos una vez más —en esta ocasión para armarme de paciencia— y suspiré.

—Vale. Voy a prepararme.

Con todo el dolor del mundo, hice a un lado el edredón para salir de la cama. Louise abandonó la habitación al verme de pie. Me pasé una mano por el pelo y enseguida noté un pequeño tirón; Ethan había cogido un mechón para enrollarlo en su dedo.

—¿No te preocupa que tu madre nos haya visto? —le pregunté.

—No. Es bastante evidente que no le ha sorprendido.

—Ya, pero ¿y si comenta algo? —Fruncí un poco el ceño—. Olvídalo. Me duele la cabeza solo de pensar en eso y en mi madre de buena mañana. Esperaba haber recibido al menos tres besos tuyos antes de verme obligada a volver al mundo real.

Ethan soltó una carcajada y dejó mi pelo para darme la vuelta y tirar de mí. Me incliné para darle acceso a mi boca.

—Buenos días —susurró justo después de besarme, y volvió a juntar nuestros labios. No se pareció en nada a lo que habíamos compartido esa noche; no hubo lengua ni caricias, pero aun así me hizo sonreír.

Me dio un tercer beso antes de separarse del todo.

—Mucho mejor —le dije, ya de mejor humor.

—Lo mismo digo. Me gusta más despertar a tu lado ahora que puedo besarte. —Esbozó una sonrisa adorable—. Estás preciosa, por cierto. Sigo sin entender cómo puedes levantarte así de perfecta.

Me entraron ganas de ponerle un espejo delante, porque él era la definición exacta de la palabra «perfección». Recién levantado, durante el día y antes de acostarse. Me parecía perfecto veinticuatro horas al día.

Se desperezó y salió de la cama para ponerse una camiseta.

—Hicimos bien en vestirnos. No quiero ni pensar en la vergüenza que habría pasado si Louise nos hubiera visto… —Se me encendieron las mejillas al imaginar la situación y no fui capaz de terminar la frase.

Su sonrisa se volvió socarrona.

—Creo que no necesita vernos desnudos para sospechar que hemos hecho *algo*.

Me morí de vergüenza. Que la madre de tu novio os pille juntos en la cama no es tan grave, pero que la madre de tu mejor amigo, a la que conoces desde muy pequeña, lo haga es muy diferente.

—Ha dicho que tu madre pasaría a recogerte dentro de una hora, ¿no? —Asentí con la cabeza—. Pues vamos a desayunar antes de que se haga tarde.

Louise ya nos lo había dejado preparado todo cuando llegamos a la cocina. Ethan le dio las gracias y un beso en la mejilla. Después se sentó frente a mí.

—No me apetece nada ver a mi madre. El trayecto de cinco minutos en coche hasta llegar a casa se me va a hacer eterno con su sermón.

—Bueno, igual ya no está tan enfadada. Es posible que esta noche le haya servido para recapacitar y ponerse en tu lugar. —Trató de consolarme. Lo miré con cara de «no digas estupideces. Conoces a mi madre»—. Vale, no, no es posible —reconoció—, pero está bien imaginarlo. Por la ley de la atracción y eso.

Me encogí de hombros. La ley de la atracción no podía hacer mucho por mí mientras tuviera la certeza de que todo iba a salir mal, y tampoco podía convencerme de lo contrario. Estaba destinada al fracaso.

Cuando terminamos de desayunar entré silenciosamente en la habitación de Zoe para recoger mi mochila. Así, en el momento en el que mi madre tocó el timbre, yo ya estaba vestida y lista para irme.

Lo primero que hizo fue dejarme claro con una mirada que seguía enfadada. Se cruzó de brazos al preguntarme:

—¿Lo tienes todo?

De mala gana, asentí con la cabeza. Me despedí de Ethan, de Louise y de Edith, que acababa de levantarse, y seguí a mi madre hasta el coche sin decir una palabra. Una vez estuvimos dentro, fue ella quien rompió el hielo.

—La forma en la que te comportaste ayer no me pareció correcta. Tienes dieciséis años y Nerea, que tiene once, es más madura que tú —dijo eso de forma calmada, sin apartar la vista de la carretera. En algunas ocasiones, mi madre me recordaba a un robot.

Esa era una de esas ocasiones.

—¿Puedes dejar de actuar como si mi indignación fuera del todo irracional? Sí, fui injusta con Soraya, con Nerea y con sus padres, lo reconozco. Pero tú y papá fuisteis injustos conmigo y no veo que os responsabilicéis de ello. Si os molesta que sea una maleducada, educadme. Es tan simple como eso.

Me miró de reojo, pero permaneció en silencio. Apreté los dientes. Me daba *tanta* rabia que mis argumentos se perdieran en el aire por su culpa…

—Me disculparé con mis tíos y con mis primas cuando lleguemos a casa —dije—. Pero lo haré por ellos, no porque piense que papá y tú habéis hecho las cosas bien.

Siguió en silencio, pero esta vez mantuve la vista sobre ella, presionándola para que dijera algo. Después de unos segundos, suspiró y me miró por fin, aprovechando un semáforo en rojo.

—Haz lo que quieras.

Esa frase puso punto final a la discusión. Una parte de mí se alegró de que no llegara a más, pero a la otra la irritó mucho no tener la última palabra. Además, si yo podía admitir mis errores y disculparme, ¿por qué no podía hacer ella lo mismo?

Mis padres se negaron a dejar que me disculpara sin ellos en la habitación. Supongo que pensaban que teniéndolos delante me callaría algunas de las justificaciones que los incluían. No fue así. Les dije a mis tíos que lo sentía y que me entristecía mucho no haber podido aprovechar el tiempo que estaban allí por culpa de mis padres y de su empeño por armar broncas en los momentos menos oportunos. Me gané una mirada glacial por parte de mi madre y una fulminante por parte de mi padre, pero mantuve una expresión angelical en todo momento.

Mis tíos fueron supercomprensivos y Soraya, un encanto. Me dio un abrazo y me dijo que no me preocupara, que en Navidades volveríamos a vernos y aprovecharíamos cada segundo que pasáramos juntas.

Se fueron al mediodía. No me había atrevido a entrar en mi habitación hasta entonces, pero descubrí que estaba tal como la había dejado. La cama estaba hecha y todo seguía en su lugar.

Alguien tocó a la puerta, pero yo no respondí al instante. No me apetecía tener que enfrentarme a mis padres otra vez.

—Soy yo. —La voz era de Jake, y a él sí que lo dejé pasar—. ¿Cómo estás? —Hice una mueca. Él resopló y se tumbó en la cama con las manos detrás de la cabeza—. ¿Cambia algo si te digo que ni Soraya ni Nerea han dormido en tu cuarto?

—¿Y dónde han dormido? —Fruncí el ceño.

—En mi habitación. Yo he tenido que dormir en la tuya, porque no había ninguna otra cama disponible. Pero no he tocado nada, lo prometo.

Me ablandé al imaginar a Jake hablando con mis padres, que ya estaban de mal humor, para que dejasen a mis primas dormir en su habitación en vez de en la mía.

Mi mal humor se desvaneció poco a poco.

—Gracias, Jake.

—No me las des —dijo. Le dediqué una sonrisa llena de afecto fraternal, pero él arqueó una ceja y me miró como si ser el hermano responsable le estuviera restando años de vida—. No, en serio, no me las des. Pienso cobrarme el favor.

Dicho esto, dejó la habitación. Entendí lo que había querido decir y me sentí un poco culpable: lo había dejado solo, con todo lo que eso suponía.

No le debía un favor; le debía muchos más.

Esperaba que fuera a cobrárselos de verdad.

Al menos, ahora que los invitados se habían marchado, podía estar tranquila. Y aunque hubiese cancelado el viaje con Ethan, la sesión de fotos con Heather seguía en pie.

Le escribí un mensaje.

Ya estoy libre. ¿Dónde quieres que hagamos las fotos?

Bajo su nombre apareció un «En línea», que enseguida se convirtió en un «Escribiendo…» y después:

Hay un bosque cerca de mi casa.

Es el paisaje otoñal perfecto.

¿Te paso el horario de los autobuses?

Sí, porfa.

El siguiente mensaje que recibí fue una captura de pantalla. Había marcado con rojo el autobús que tenía que coger y la hora a la que pasaba por mi parada. Me indicó también en cuál se subiría ella. Le mandé un *sticker* con corazones y volví a guardar el móvil para ducharme y cambiarme de ropa. Después me apliqué un poco de rímel y bálsamo labial, agarré mi abrigo y salí de casa. Pasé por lo menos media hora en el autobús, escuchando música y mirando por la ventana, hasta que por fin vi a Heather. Le hice un gesto con la mano para que le fuera más fácil localizarme y se sentó a mi lado.

—Tienes buena cara —observó—. Pensé que estarías hecha mierda después de cancelar el viaje a Cantille con Ethan.

Esbocé una sonrisa nerviosa. La canción que sonaba a través de mis auriculares antes de que me los quitara era *All Through the Night*. Estaba pensando en Ethan y en lo a gusto que se dormía entre sus brazos.

—Pasé la noche con él —confesé. Heather abrió mucho los ojos—. No pongas esa cara. No llegamos a tanto.

—A tanto, ¿eh? —Esbozó una sonrisita burlona—. Eso significa que llegasteis a *algo*. —No era una pregunta, pero aun así apreté los labios y asentí despacio con la cabeza. Pasó de la diversión a la curiosidad en un segundo—. Quiero detalles.

—No fue gran cosa, solo…

—Preguntas de sí o no —me interrumpió antes de que pudiera restarle importancia al asunto—. Yo pregunto, tú respondes.

Acepté. En realidad, me moría de ganas por hablar con ella de lo que había ocurrido entre nosotros. Puede que no fuera nada del otro mundo, pero para mí todo había sido muy nuevo y emocionante. Me latía con más fuerza el corazón solo de recordarlo.

—¿Te ha visto desnuda?

—Hemos crecido juntos, me ha visto desnuda muchas vec…

Tampoco me dejó acabar esa frase.

—Ayer, Kate, ¿te vio desnuda ayer? —Asentí—. Vale. ¿Te ha tocado? ¿Lo has tocado a él? ¿Está igual de bueno con la ropa puesta que sin ella?

—¡Más despacio! A ver: sí, me ha tocado. No, yo no lo he tocado a él, al menos no de la forma en la que tú estás pensando. Y, sí, está mil veces mejor sin ropa —admití sonrojada.

—Este juego no me sirve —decidió tras pensarlo mejor—, necesito más detalles.

—Te daré detalles si hablas conmigo de lo que te pasa.

Me arrepentí enseguida de haber sido tan brusca y directa. No quería que se cerrase en banda.

—¿A qué te refieres? —No supe si la confusión en su semblante era genuina o si se estaba haciendo la tonta para evitar responderme.

—Bueno, ¿recuerdas que te dije que no tenías que contármelo todo? —Heather entrecerró un poco los ojos, como si por fin se hubiera dado cuenta de por dónde iba la conversación, y asintió lentamente con la cabeza—. Era verdad. No necesitas contarme todo lo que te pasa, pero me gustaría que me contaras *algo*.

Su expresión cambió un poco; pasó de la incomodidad a la tristeza de manera progresiva y sutil.

—Es complicado. —Apartó la vista, pero como yo estaba en el lado de la ventana, no fue capaz de eludir mi mirada seria y decidida. Terminó suspirando y confesó—: Es por mi madre. Cada día está peor y no sé cómo animarla. Es frustrante y agotador. Para las dos —aclaró—. Nos pasamos el día discutiendo por eso y no hay forma de que nos entendamos.

—¿Está enferma? —me atreví a preguntar.

Heather negó con la cabeza.

—No. Está pasando por una mala racha. Tiene un trabajo de mierda que la consume y no mueve un dedo para salir de la espiral tóxica en la que está metida. —Hizo una pausa al ver mi expresión—. No me mires así.

—¿Así? —repetí confusa.

—Como si la juzgara por algo de lo que no tiene la culpa. Sé que no es fácil cuidar sola una adolescente, sobre todo si estás hasta arriba de trabajo y exhausta. Y sé que mucha gente necesita conformarse con trabajos que están lejos de ser ideales para seguir adelante. —Me quedé callada, porque es cierto que una parte de mí estaba pensando justo eso—. Pero mi madre no es una de esas personas, Kate. Puede permitirse dejar el trabajo y buscar uno mejor —explicó. Tragó saliva y apartó la vista. Esta vez le dio igual que no hubiera nada interesante en lo que fijarse porque no estaba tratando de esquivar el tema; clavó la vista en el botón rojo de «*Stop*», tensó un poco la mandíbula y siguió hablando—: No sé. La veo tan apagada, tan... vacía, que me mata no poder ayudarla y termino jodiéndolo todo aún más.

La miré sin saber bien qué decir. Lo que había compartido conmigo era mucho más de lo que esperaba, y de pronto me sentí un poco estúpida por presionarla a hablar de un problema que yo no podía solucionar. Ni siquiera fui capaz de encontrar las palabras adecuadas para animarla. Me dio miedo que se arrepintiera de haberse abierto conmigo.

—Lo siento mucho, Heather —dije por fin.

—Tranquila. —Volvió a tragar saliva. Creo que trataba de contener las lágrimas—. Está bien.

—Gracias por contármelo.

Asintió despacio con la cabeza, todavía sin mirarme. Dediqué un minuto entero a intentar descifrar sus pensamientos. No llegué muy lejos. Lo único que tenía claro era que a Heather no le gustaba hablar de sí misma. Ahora bien, ¿cómo soportaba escucharme hablar de mis problemas con Ethan cuando ella tenía preocupaciones mucho más grandes?

—No es para tanto, en realidad —pronunció las palabras como si se estuviera disculpando—. Mi madre y yo hemos estado así siempre. Nos cuesta ponernos de acuerdo y nos peleamos mucho, pero al final siempre lo solucionamos. De hecho, esta semana ya estamos un poco mejor, así que no te preocupes.

Me dedicó una sonrisa que, aunque parecía querer decir que todo estaba bien, me dio a entender que no quería hablar más del tema.

Carraspeé.

—¿Crees que este conjunto está bien para las fotos que tienes en mente? —le pregunté señalando mi ropa.

—Es perfecto. —Su sonrisa se volvió un poco más amplia—. Además, hoy estás radiante gracias a tu romántica noche con Ethan. —Soltó una carcajada pequeña al ver que enrojecía y después volvió a ponerse melancólica—. Sé que siempre digo que Ethan es un buen partido, pero, en realidad, creo que es él quien tiene suerte de tenerte.

Se me calentó un poquito el corazón.

—Me vas a hacer llorar, idiota. —Pese al tono de broma que utilicé, sí que me entraron ganas de llorar. Me sentía aliviada de que pensara eso después de que la hubiera presionado para hablar conmigo.

—Lo digo en serio. —Me dedicó una sonrisa de agradecimiento y luego negó sutilmente con la cabeza—. Ahora, basta de cursiladas. La siguiente parada es la nuestra.

Me reí y, contenta de verla sonreír, seguí a Heather hasta las puertas del autobús.

25

Somos todo y nada,
como una estrella fugaz,
una manzana envenenada.

Tenía una festividad favorita para cada estación del año, y Halloween era indudablemente la mejor de otoño.

Mientras muchos de los estudiantes de mi instituto ya se habían ido a casa para prepararse para la fiesta, mi banda y yo seguíamos practicando. Llevábamos media hora de ensayo cuando las tres chicas de la última vez vinieron a oírnos cantar de nuevo. Sally las había invitado.

—Hola —saludó una de ellas cuando Jensen les abrió la puerta. Sally me había dicho sus nombres. Tras hacer memoria, recordé cuál era el suyo. Lith. Las otras dos se llamaban Nai y Mica.

—Hola. —Les sonreí—. Pasad.

Me temblaban un poco las manos, pero intenté que no se notara. Era algo que había aprendido tras los últimos ensayos: la actuación no empezaba ni acababa en el escenario. No tenía que mantenerme serena frente al micrófono, sino frente al público. Mientras tuviera gente delante, tendría que fingir que todo estaba bajo control y que sabía lo que hacía, aunque ninguna de las dos cosas fuesen ciertas.

Me puse en mi sitio, justo al lado de Jensen, y coloqué las manos alrededor del micrófono. La canción que habíamos acordado tocar era su favorita: *I Don't Want to Miss a Thing* de Aerosmith, e íbamos a interpretarla los dos solos. Él con la guitarra española que John me había regalado, y yo con el micrófono de siempre.

Sally me había dicho que podía cerrar los ojos, siempre y cuando pretendiera que lo hacía para aportarle intensidad al espectáculo y no debido a mis inseguridades.

El eco de mi voz llenaba cada rincón del aula; las paredes devolvían el sonido como si se tratara del cántico de una sirena acompañado de las olas del mar. Me avergonzó un poco pensar en mi propia voz de esa forma, pero también me ayudó a destensarme y a abrir los ojos. Aun así, no conseguía soltarme del todo. El corazón me latía con fuerza y los pulmones me exigían más aire que de costumbre, provocando que llegara sin aliento al final de cada verso. En consecuencia, las palabras no fluían con la misma facilidad con la que lo hacían en mis ensayos normales.

Tuve que recordarme una vez más que lo importante era fingir que todo estaba saliendo mejor de lo esperado, no que fuera cierto.

Seguí cantando hasta la última frase y, cuando acabé, dejé salir una bocanada de aire. La sala se llenó de aplausos. Seguía temblando y las manos me sudaban por culpa de los nervios, pero miré a Jensen, sonreí tímidamente y después dirigí la vista al público.

—Vaya voz —dijo una de las chicas—. Ojalá supiera cantar así.

—Yo cantaría en vez de hablar.

Me elogiaron sin parar y yo acabé roja como un tomate.

Sally me había preparado para enfrentarme a los comentarios destructivos, pero a ninguna de las dos se nos pasó por la cabeza que también tenía que aprender a aceptar cumplidos sin morirme de vergüenza.

—Kate —me llamó Seth, rescatándome de la tortura que suponía escuchar a gente hablar sobre mi «talento» delante de mí—. Prepárate para repetir la actuación. Y trata de mantener una voz estable; te ha temblado tanto que he sido capaz de *oír* tus nervios. Es un fenómeno curioso, desde luego, pero no nos beneficia en nada.

«Vaya —pensé—. También voy a tener que trabajarme la recepción de críticas constructivas, porque ese nivel de sinceridad ha dolido, y mucho.»

—A mí me ha parecido que sonaba bien —opinó Nai.

Seth se giró para mirarla.

—Eso es porque no la has oído cantar en los ensayos sin público. Si la voz que acabáis de escuchar os ha parecido bonita, la que tiene cuando está cómoda os fascinaría.

Lo miré con desconcierto. ¿Acababa de alabarme, justo después de pisotear mi progreso?

Las personas como Seth son agridulces; su actitud te deja un sabor incoherente en la boca que confunde a tus papilas gustativas. Yo nunca sabía cómo interpretar su opinión sobre mí.

Con Sally me pasaba algo similar, pero no se debía a lo que ella proyectaba, sino a lo que yo percibía. Me sacaba de quicio y me parecía asombrosa a partes iguales. Que me revolviera el pelo con cariño era un claro ejemplo de ello.

—Vas mejorando, sirenita. —Protesté, y la aparté de un manotazo. Ella solo se rio y me miró con una expresión satisfactoria—. Estoy orgullosa de ti.

Volví a ponerme roja. Genial.

—Seth. —Llamé la atención del pelirrojo, rompiendo el momento bonito entre Sally y yo—. Me encantaría quedarme para tocar la misma canción una y otra vez hasta que te quedes contento con el resultado, pero hoy no va a poder ser. Tengo una cena a la que asistir.

—Qué bien suenas cuando mezclas sarcasmo con esa forma de hablar tan pedante —señaló Sally en tono de burla. Lo dicho, su actitud me hacía pasar del amor al odio y viceversa constantemente.

—¿Una cena? —preguntó Jensen curioso.

—Zoe, Ethan, mi hermano y yo celebramos Halloween juntos todos los años. Es una pequeña tradición —expliqué.

Antes nos disfrazábamos para pedir dulces. Si por Zoe hubiera sido, habríamos seguido haciéndolo, pero el resto decidimos que ya éramos lo suficientemente mayores como para ir de casa en casa con una cesta en forma de calabaza y decidimos cambiar la tradición.

—Bueno, dejaremos aquí el ensayo, entonces. —Seth se giró para darles las gracias a las chicas por hacer de público para que yo pudiera acostumbrarme a cantar frente a gente.

Yo también me acerqué para agradecérselo. Aunque Seth no estuviera del todo satisfecho con el ensayo, yo estaba muy contenta con mi progreso. Algo muy importante había cambiado: a pesar de los nervios, la idea de subirme a un escenario de verdad comenzaba a emocionarme.

A ninguno de los cuatro se nos daba bien disfrazarnos de algo en concreto, así que nos limitábamos a arreglarnos siguiendo una gama de colores oscuros. Zoe y Ethan lo tenían fácil; su madre, Louise, los ayudaba a prepararse, y su sentido de la moda era tan bueno que lograba contrarrestar el poco interés de sus hijos —de Zoe, sobre todo— en ese ámbito.

Jake y yo, por el contrario, nos teníamos que buscar la vida solos. O por lo menos lo intentábamos; después de casi quemarme con la plancha del pelo al tratar de rizármelo, desistí y acabé llamando a Heather.

—La chica del tutorial hace que parezca fácil. Un giro de muñeca y listo —me quejé—. Pero ¡yo hago lo mismo y no solo no me sale el rizo, sino que voy a acabar con el pelo en llamas!

—Bueno, míralo por el lado bueno —se rio—: si eso pasa, siempre puedes decir que vas disfrazada de Ghost Rider o de la princesita de fuego de *Hora de aventuras*. Ey, ¡si convences a Ethan de que se vista como Finn, podéis ir conjuntados!

—Lo digo en serio, Heather. Me estoy dejando fatal el pelo.

—A ver, enséñame cómo lo estás haciendo.

Encendí la cámara del móvil y le expliqué todo lo que el vídeo tutorial decía. Ella fue señalándome los errores hasta que conseguí rizarme un mechón. Salté de alegría en la silla.

—¡Cuidado! —me advirtió Heather—. Como se te caiga la plancha a la cama va a acabar en llamas *toda* tu casa, y a eso sí que no vamos a encontrarle el lado bueno.

Solté una carcajada y seguí peinándome. Para cuando terminé, mi cabello habitualmente lacio se había convertido en una cascada de tirabuzones que poco más tarde acabarían transformándose en ondas suaves.

Heather me ayudó también con el maquillaje. Me aconsejó que usara un pintalabios granate y que me maquillara con sombras oscuras. Quedé contenta con el resultado; el maquillaje hacía que mis ojos azules brillaran con más fuerza, que mis pestañas se vieran más largas y que mis pómulos parecieran elevarse un poco.

Me paseé por la casa canturreando hasta que Jake estuvo listo (un cuarto de hora más tarde, y eso que lo único que él tenía que hacer era ducharse, vestirse y peinarse un poco). Entonces les enviamos un mensaje a Zoe y a Ethan para avisarlos de que ya íbamos a salir de casa.

Aproveché para peinarme los rizos con la mano al entrar en el ascensor, y también me aseguré de que el pintalabios no me había manchado los dientes. Mi hermano puso los ojos en blanco.

—Estás perfecta, deja de ser tan maniática.

—No soy maniática, solo estoy haciendo uso de la lentitud de este ascensor. —Señalé la pantalla que indicaba por qué piso íbamos. Marcaba el tres—. ¿Cuándo van a arreglar esto?

—Nunca, probablemente.

Si Ethan y yo nos hubiéramos besado en ese ascensor, no tendríamos que habernos quedado en el primer piso para mantener las puertas cerradas; podríamos haber pulsado la tecla del último piso y, para cuando hubiésemos acabado de besarnos, aún no se habrían abierto.

—¿Les has dicho ya dónde vamos a cenar? —le pregunté. Cada año le tocaba a una persona diferente elegir el restaurante en el que íbamos a celebrar la noche de brujas.

—*Sip.* —Metió las manos en los bolsillos de su pantalón.

Hasta entonces no me había fijado, pero íbamos vestidos casi igual. Él llevaba una camiseta negra de cuello alto, yo un vestido sin mangas con el mismo color y tipo de cuello. De no ser Halloween, cualquiera habría pensado que nos dirigíamos a un funeral.

—¿Y a mí no me lo vas a decir?

—*Nope.*

—¿Por qué no? —Me crucé de brazos.

Jake suspiró.

—Porque te conozco y sé que vas a intentar convencerme de que vayamos a otro. Concretamente, a uno que a ti te guste.

—¿Qué quieres decir con eso? —Fruncí el ceño—. ¿Has elegido uno de los restaurantes de mi lista negra?

—Peor. —Me dedicó una sonrisa burlona—. He elegido uno que aún no has probado, y no vas a ver la carta hasta que lleguemos, así que no vas a poder planear tu pedido con antelación.

Le di un golpecito en el brazo justo antes de salir del ascensor.

—Deja de tratarme como si fuera la versión femenina y adolescente de Sheldon Cooper.

—Lo haré si dejas que pida por ti cuando lleguemos al restaurante.

Noté un pequeño tic en el ojo. Mi orgullo gritaba «¡adelante!», pero al analizar la idea con más detenimiento me acobardé y me eché para atrás. Comer en un restaurante nuevo ya era lo suficientemente arriesgado como para, además, permitir que Jake escogiera mi cena.

Nos subimos al autobús y allí nos encontramos con Zoe y con Ethan. Tragué saliva al ver a este último. Jake y yo formábamos un dúo lúgubre y elegante, pero Ethan parecía una divinidad oscura. Se había echado el pelo hacia atrás, pero algunos mechones rebeldes le caían por la frente. Llevaba puesta una camisa de color azul marino un poco arremangada y unos vaqueros negros.

Su hermana también llamaba mucho la atención, pero por un motivo muy diferente: iba vestida con un *kigurumi* de *Stitch* y se había dejado el pelo suelto solo para poder ponerse la capucha con la cara y las orejas del alienígena de Disney. No iba maquillada, pero era tan guapa que hasta la expresión somnolienta de su rostro le aportaba un aire interesante y atractivo.

Se llevó una mano a la boca y bostezó. Fue un bostezo amplio, de esos que solo sueltas cuando acabas de levantarte o cuando estás a punto de irte a dormir. Até cabos de inmediato.

—Te acabas de levantar, ¿verdad?

Asintió con la cabeza sin dejar de bostezar, y luego se frotó un ojo.

—Ha dormido tres horas y ya iba a por la cuarta —señaló Ethan—. Me ha costado la vida despertarla.

—Es que no hacía falta que me despertarais, estaba todo bajo control.

—Eso díselo a Louise. Casi le da un infarto al ver que no te has puesto el conjunto que ella te había preparado —se rio.

—Mi plan original era seguir durmiendo y venir a la cena en pijama. Dad gracias que he cambiado mis pantalones de dónuts por algo más acorde a la fiesta —dijo Zoe, toda orgullosa, y movió con las manos las orejitas de su traje.

Aproveché para repetir la pregunta que mi hermano no había querido responder.

—¿Dónde vamos a cenar?

Jake soltó una pequeña carcajada.

—A una pizzería que han abierto en el centro hace poco —me informó Ethan al ver que Jake no respondía.

Sentí un poco de alivio. Las pizzerías eran mi lugar seguro, aunque fueran nuevas, porque el menú casi siempre era el mismo.

Bajamos en la parada que nos dejaba más cerca del centro de la ciudad. Eran las siete y media de la tarde y, a pesar de ser tan pronto, las calles ya estaban repletas de gente disfrazada o arreglada para ir de fiesta.

Jake nos guio hacia el restaurante. Yo caminaba entre Zoe y Ethan, y aunque a ratos sentía la necesidad de darle la mano, tuve que contenerme. Me molestó un poco, porque llevaba toda una vida conteniéndome y, ahora que por fin podía entrelazar mis dedos con los suyos sin temer su reacción, debía reprimir las ganas de hacerlo por no alarmar a otras personas. Era muy frustrante.

La pizzería estaba situada en una calle estrecha, un poco alejada de las tiendas. Era la combinación perfecta entre moderna y acogedora; las ventanas amplias llegaban hasta el suelo y la puerta era de madera roja, al igual que las mesas de dentro.

Fui la primera en sentarme. Pensé que Jake se pondría a mi lado, pero se sentó enfrente y Ethan tomó su sitio. Zoe lo miró extrañada. Normalmente nos sentábamos Jake y yo en un lado y ellos dos en el otro. En algunas ocasiones, Zoe y yo nos poníamos juntas, pero muy rara vez acabábamos Ethan y yo en el mismo lado.

Le dediqué una sonrisa inocente a Zoe y ella se sentó con Jake un poco confusa, como si se hubiera percatado de que algo no terminaba de encajar, pero no supiera exactamente el qué. De todas formas, su confusión no duró mucho; en cuanto el camarero se acercó para entregarnos la carta y preguntarnos qué queríamos de beber, Zoe centró toda su atención en la comida.

Yo hice lo mismo. Le eché un vistazo a la carta para asegurarme de que tenían pizzas de cuatro quesos y eso fue lo que pedí.

Durante el resto de la tarde y de la noche, me di cuenta de que, aunque mi relación con Ethan hubiera cambiado, nada más lo había hecho. Nuestro pequeño grupo era el de siempre; el mismo en el que había crecido y con el que me juntaba todas las mañanas para ir a clase.

Al fin y al cabo, yo siempre había estado enamorada de Ethan y, si eso no había cambiado, ¿por qué iba a cambiar el resto?

Para cuando decidimos volver a casa ya eran las once de la noche y las calles estaban hasta arriba de gente. Caminamos pegados a un grupo enorme de lo que parecían ser estudiantes universitarios, disfrazados de la cabeza a los pies. Nuestro paso era lento y tardamos diez minutos más de lo normal en llegar a la parada de autobuses. En consecuencia, perdimos el que se suponía que teníamos que coger. El siguiente no pasaba hasta cuarenta y cinco minutos después.

—¿No es más fácil que vayamos a casa andando en vez de tener que quedarnos aquí parados casi una hora?

—Qué va. —Zoe bostezó—. Mira, hay hasta un banquito. Yo voto por que esperemos.

Cómo no.

—Vamos a morir congelados —me quejé, abrazándome a mí misma.

—Es que a quién se le ocurre salir a finales de octubre con un vestido así. —Jake negó con la cabeza en señal de desaprobación. Le lancé una mirada fulminante y él me respondió con una sonrisa.

—Va, Zoe —insistí un poco—. El camino se te hará corto si vas hablando con nosotros.

—Son las once de la noche. No quiero hablar; quiero apoyar la cabeza en el vidrio de la parada, cerrar los ojos y echarme una siesta hasta que el autobús llegue. —Hizo justamente eso, aunque volvió a abrir los ojos tras un segundo, solamente para mirarme y decir—: Deberías hacer lo mismo.

—No me puedo quedar dormida si se me están helando los huesos.

El abrigo que llevaba puesto me llegaba hasta las rodillas y cubría los brazos, que mi vestido dejaba al descubierto, pero mis medias transparentes no hacían mucho por mis piernas. Jake tenía la nariz, las orejas y las mejillas rojas, y supuse que yo las tendría igual.

Zoe suspiró y se incorporó, pero mi hermano le puso una mano en el hombro para indicarle que siguiera sentada.

—Espera. Tengo una idea mejor. Vosotros dos —nos señaló a

Ethan y a mí— podéis ir a casa andando, y nosotros cogeremos el autobús.

—Eso no tiene ningún sentido. —Mi amiga lo miró con las cejas hundidas. Francamente, yo tampoco le encontraba la lógica a esa idea—. ¿No sería mejor que tú acompañaras a Kate y que Ethan se quede conmigo?

—A mí me apetece caminar —dijo Ethan, y me miró de reojo con una expresión angelical que contrastaba con su atuendo oscuro.

Me di cuenta entonces de lo que estaba pasando y les dediqué tanto a Ethan como a mi hermano una mirada acusatoria. ¿Por qué intentaban dejarme a solas con Ethan? ¿Cuánto sabía Jake?

Zoe se encogió de hombros.

—Como queráis. —Se colocó la capucha de modo que la tela con los ojos de *Stitch* cubriera los suyos y echó la cabeza hacia atrás, apoyándola otra vez contra el vidrio—. Buenas noches a todo el mundo.

—Buenas noches —reí suavemente, y me despedí también de Jake—. Nos vemos en casa.

Asintió con la cabeza y Ethan y yo comenzamos a caminar. Aprovechando que Zoe no podía vernos, Ethan cogió mi mano y entrelazó mis dedos con los suyos. Se pegó a mí un poco más.

—¿Qué le has contado a Jake? —lo interrogué, arruinando la atmósfera romántica que empezaba a envolvernos.

—¿A qué te refieres?

—Sabe que estamos juntos, ¿verdad?

—Ah. —Apretó un poco los labios—. Sí, lo sabe. Pero no es algo que hayamos hablado. Ató los cabos él solo, tal como lleva haciendo toda la vida. —Me quedé boquiabierta, pero él sonrió—. No pongas esa cara, princesa. Disimular y ocultar cosas no es lo tuyo, y Jake es bastante perspicaz —puntualizó—. Estoy seguro de que Zoe también empezará a sospechar algo pronto. Cada vez se nos nota más.

—Es que no me siento cómoda conteniendo las ganas que tengo de estar cerca de ti. —Aminoré la marcha hasta que los dos nos quedamos parados en medio de la calle.

Di un paso en su dirección y coloqué la mano que no sujetaba la suya en la parte izquierda de su pecho. Desde que él me había permitido sentir los latidos acelerados de su corazón contra la palma de mi mano por primera vez, me había vuelto adicta a ello.

A veces tenía la sensación de que nuestros corazones funcionaban como dos canales de radio. Que emitían ondas electromagnéticas con la misma frecuencia; que estaban en sintonía y, por ello, latían al mismo compás. Quizá habría sido más romántico imaginar que la sincronización se debía a que mi corazón y el suyo eran uno solo, pero a mí me gustaba más pensar que nuestros corazones, aun separados, compartían una conexión especial.

Ethan tragó saliva. La luz cálida de las farolas se veía reflejada en sus ojos claros, que estaban fijos en los míos.

—Si seguimos así es probable que no tengamos que esperar ni una semana a que Zoe se dé cuenta de que algo ha cambiado. —Sonrió y me acarició la mejilla. Yo puse mi mano sobre la suya para apoyarme contra su palma y cerré los ojos—. ¿Estás cansada?

Asentí con la cabeza.

—Mucho —admití—. Quizá habría sido mejor hacerle caso a Zoe.

—Lo dudo. Si nos hubiéramos quedado con ellos, no te podría haber dado esto. —Se separó para sacar de su bolsillo un paquete pequeño, envuelto en papel de regalo. Era plano, casi como un sobre. Lo cogí con mucho cuidado y sin tener ni idea de lo que podía ser—. Ábrelo.

Le hice caso: quité la cinta adhesiva, saqué lo que había dentro y me quedé mirando el regalo detenidamente. Eran dos billetes de tren de ida y vuelta a Cantille, la capital.

—Como tuvimos que cancelar el viaje el fin de semana pasado, pensé que te haría ilusión ir este. —Metió las manos en los bolsillos de su pantalón. Estaba tan guapo como adorable; había algo en él que me impulsaba a abrazarlo para derretirme en sus brazos, y también a besar cada rincón de su cuerpo—. Jake insistió en que no te diera la sorpresa hasta el sábado, pero sé que disfrutarás más el viaje si puedes prepararte con antelación. Por eso he decidido dártelo hoy.

Lo miré emocionada justo antes de acoger su rostro entre mis manos para besarlo. Me puso una mano en la parte baja de la espalda y me atrajo aún más hacia él.

—Es perfecto —susurré al separarme, y lo abracé por encima de los hombros—. Muchas gracias, Ethan.

Se estremeció un poco al oír su nombre pronunciado por mí en un susurro que le acariciaba la oreja.

—No me las des. Tengo las mismas ganas de hacer el viaje que tú.

Me aparté de él lentamente, con los brazos aún rodeándole el cuello, y negué con la cabeza.

—Eso es imposible.

Ethan sonrió ante tal afirmación, se inclinó para darme otro beso, y después me miró con ternura.

—También pensabas que alcanzar lo que tenemos ahora sería imposible, y mira hasta dónde hemos llegado.

26

Somos todo y nada,
al igual que nuestros besos
son efímeros y eternos.

Me recogí el pelo en una cola alta, metí todo lo necesario en mi pequeña mochila blanca y me senté en el sofá del salón. Enseguida volví a levantarme; estaba tan agitada como feliz. No podía quedarme quieta.

Un día entero con Ethan. Eso era lo que me esperaba.

Aún quedaba una hora para que papá me llevase a la estación —se había ofrecido a llevarme en compensación a la pelea del fin de semana anterior—, pero yo ya estaba lista para salir de casa. Me había levantado *muy* temprano debido a la emoción. Afortunadamente, mis hobbies me permitían matar el tiempo en cualquier lado y a cualquier hora, así que me pasé gran parte de la mañana escribiendo. Conseguí terminar dos poemas y el estribillo de una nueva canción. Me sentía más inspirada que nunca.

Por primera vez, las palabras escritas en mi libreta no relataban un amor imposible ni estaban cargadas de frustración romántica, sino todo lo contrario: hablaban de lo que se sentía al ser correspondido e irradiaban felicidad. Al leerlas, sentía esa clase de alivio que te hace flotar sobre las nubes.

Y, aun así, no lograban mantenerme calmada.

Me dirigí a la cocina. Mi padre se acababa de despertar y estaba desayunando. Sentí su mirada curiosa sobre mí cuando abrí la nevera para sacar una manzana.

—¿No vas a lavarla antes? —preguntó al ver que salía de la cocina.

—No me la voy a comer ahora. Voy a meterla en la mochila, por si me entra hambre en el tren.

Asintió con la cabeza. Me pareció que quería decir algo más, pero permaneció callado.

—¿Qué? —lo presioné un poco.

—Nada. —Levantó las manos como si tuviera que probar su inocencia, y aun así añadió—: Es solo que te noto muy nerviosa. ¿Adónde vais a ir, exactamente?

—A Cantille, ya te lo he dicho. —Fruncí un poco el ceño.

—¿Y solo vais a pasearos por la ciudad?

—Ese es el plan, sí.

—Entonces, ¿por qué estás tan inquieta? Solo vas a pasar el día con Ethan. —Me dedicó una mirada de «sé que hay algo que me tienes que contar y lo vas a hacer ahora».

Mis nervios aumentaron considerablemente.

—Es que no quiero perder el tren.

—Aún quedan tres cuartos de hora para que salgamos de casa. Créeme, no lo vas a perder —insistió. Lo de ser mala mintiendo no hace tanta gracia cuando tus padres, que por norma general están ausentes, deciden interesarse por tu vida.

Solté un suspiro y me senté frente a él como si me estuviera preparando para tener una conversación muy seria.

—A ver, papá… —Me di cuenta enseguida de que no sabía qué decirle ni cómo empezar. Carraspeé y aproveché ese pequeño segundo para poner mis pensamientos en orden—. Ethan y yo…

—Estáis juntos —acabó la frase por mí, y casi me atraganto con mi propia saliva.

—¿Perdón?

—¿No es eso? —preguntó muy confuso, como si mi desconcierto

le sorprendiera tanto como a mí me había sorprendido que supiera lo que había entre Ethan y yo.

—No. Es decir, sí, es eso, pero... ¿cómo lo has sabido?

Dudaba mucho que Jake se lo hubiera contado. ¿Él también había atado cabos solo? A esas alturas, era muy posible que Zoe fuera la única en todo nuestro círculo que no se había dado cuenta de que Ethan y yo éramos algo más que amigos.

En ese momento pensé que confesar que estás enamorada de tu amigo de la infancia era un poco como salir del armario. Solo los menos avispados se sorprendían con la noticia.

—Cariño, llevas toda la vida enamorada de Ethan, y además, ¿cuántas veces habéis hecho planes los dos juntos sin contar con Zoe y con tu hermano?

Era una pregunta retórica, porque ambos conocíamos la respuesta: pocas, y siempre por algún motivo específico, como comprarle el regalo de cumpleaños a Jake. Un mes antes ni siquiera me habría planteado la posibilidad de hacer una escapada con Ethan solo para pasar tiempo juntos, alejados de todo lo demás.

—Vale, lo capto. —Me levanté sonrojada. Había perdido la cuenta de las veces en las que alguien me había señalado lo obvia que era, y cada vez me avergonzaba más ser consciente de ello.

Supongo que me lo había buscado yo sola. Tenía que dejar de preguntarle a la gente cómo se habían percatado de lo que trataba de ocultar. Me sentía como los bebés que se tapan los ojos con las manos y piensan que, como no ven, el resto del mundo no puede verlos a ellos.

Salí de la cocina con la manzana en la mano y miré la hora en el móvil. Cada minuto se me estaba haciendo eterno.

Cuando mi padre terminó de arreglarse y me preguntó si estaba lista, asentí febrilmente. Lo seguí hasta el ascensor con los auriculares puestos, canturreando *Unwritten* junto a Natasha Bedingfield.

—Soy tu padre y me tranquiliza mucho saber que estás contenta, pero, cariño, estoy teniendo una sobredosis de azúcar solo de verte —bromeó.

Me quité un auricular antes de responderle:

—Voy a ignorar eso último y me voy a quedar con lo de que te tranquiliza saber que estoy contenta.

Y seguí cantando hasta que llegó el momento de bajar del coche. Cogí la mochila, le di un sonoro beso en la mejilla a mi padre y me despedí de él.

—Pásatelo bien y mándame un mensaje cuando estéis de vuelta. Vendré a recogerte.

—No hará falta. Voy a dormir en casa de Zoe. En todo caso, recógeme allí mañana.

Antes de que le diera tiempo a contestar, comencé a caminar en dirección a la entrada de la estación. Entonces, lo oí gritar.

—¡Dile a Ethan que, aunque lo haya visto crecer, sigue necesitando mi aprobación para ciertas cosas como cualquier otro chico!

Por el bien de mi dignidad, entré en el edificio con la cabeza gacha, fingiendo que yo no era la persona a la que se estaba dirigiendo mi padre. No, yo no tenía nada que ver con ese señor, aunque tuviera unos ojos azules idénticos a los míos...

—¿Qué ha dicho tu padre que tienes que comentarme, exactamente?

Me sobresalté al oír la voz de Ethan. Al darme la vuelta, vi que mantenía su expresión burlona y tranquila de siempre.

—Algo sobre que tengamos cuidado y que nos lo pasemos bien —mentí, aunque estaba segura de que el rubor de mis mejillas ya me había delatado. Quizá mis dotes de actuación no fueran el problema; igual era mi piel la que siempre me traicionaba.

Mi cara adoptaba un tono rojizo y yo me volvía transparente. Qué ironía.

Ethan rio suavemente, me sujetó la cintura con ambas manos y me atrajo hacia él para juntar nuestros labios en un beso muy dulce. Entendí lo que mi padre había querido decir: yo también comenzaba a marearme por culpa del exceso de azúcar. Vernos juntos debía de ser como tomarse cien caramelos de golpe.

Aunque el beso acabó, seguimos en esa posición, con sus manos sujetándome de la cintura y nuestros torsos rozándose, y no pude evitar sonreír. Era la forma menos sutil de proyectar parte de la felicidad que sentía.

—Has llegado pronto —señalé.

—Solo he llegado un minuto antes de que tú lo hicieras.

—Exacto.

Llegar a la misma hora que yo era sinónimo de llegar pronto.

Ethan soltó una pequeña carcajada.

—¿Estás lista?

Asentí con la cabeza. Él sonrió y finalmente nos separamos, dejando por primera vez desde que nos habíamos encontrado una distancia normal entre nosotros.

Me ofreció su mano y yo la cogí sin dudar ni un segundo. Busqué con la mirada el nombre de nuestro tren, que estaba por llegar.

—Nuestros asientos están juntos, ¿verdad? —pregunté cuando ya íbamos de camino al andén. Ethan asintió con la cabeza.

La hora que pasamos en el tren se me hizo corta. Estar con Ethan era muy sencillo; los silencios con él nunca eran incómodos, y aun así, yo estaba tan a gusto a su lado que me resultaba fácil llenarlos. Hablamos de un montón de cosas. De mis padres, de su grupo de amigos, de las prácticas para el concierto y del progreso que estaba teniendo el cuadro para el concurso. Me enseñó una foto. Yo le presté uno de mis auriculares y puse algunas de mis canciones favoritas que no había incluido en la lista de reproducción que le pasé.

With or Without You le gustó mucho (y a mí me sorprendió que no la hubiera escuchado antes), pero dijo que *Video Games*, de Lana Del Rey, no terminaba de convencerle.

Eso me ofendió un poco.

—¿Cómo no te va a gustar Lana Del Rey?

—No he dicho que ella no me guste, he dicho que *esta canción* no me convence.

—Qué mal gusto tienes.

—Tú me encantas —soltó de repente, haciendo que se me parara el corazón por un segundo y que comenzara a latir a toda prisa al siguiente—. Tan mal gusto no tendré.

Aparté la vista en un intento de ocultar mi sonrojo, pero él, que me conocía lo suficiente como para saber lo que pasaba por mi mente, tomó mi barbilla y me obligó a mirarlo.

—¿Por qué te cohíbe tanto que te diga que me gustas? Llegados a este punto, no debería sorprenderte.

—No me sorprende. Es solo que… no sé qué responder a eso.

—Pues no digas nada. Solo haz esto.

Me besó.

Nos bajamos en la estación de Cantille y caminamos de la mano hasta llegar al metro que teníamos que coger para ir al centro de la ciudad. Había tantos tranvías, metros y autobuses, tantos carteles y tantas personas, que la estación me pareció un laberinto. Me habría perdido de haber estado sola.

Al subirnos en el metro, yo me senté junto a la ventana y me dediqué a admirar el paisaje. No era la primera vez que visitaba la ciudad, pero seguía fascinándome lo viva que estaba. Las calles estaban repletas de gente, los edificios del centro eran inmensos y los que estaban más alejados tenían fachadas bonitas y muy cuidadas, con balcones llenos de flores en su mayoría.

Era, en general, un sitio luminoso, alegre y lleno de vida.

Bedoa, la ciudad en la que yo vivía, era mucho más pequeña y tranquila. Tenía más barrios residenciales, más plazas y parques, las casas solían contar con jardines y los edificios, con espacio de ocio comunes. Era una ciudad bonita y acogedora, pero no moderna, y desde luego no tan animada como la que las ventanas del metro mostraban.

—¿Tienes hambre? —me preguntó Ethan, y yo asentí con la cabeza—. ¿Qué te apetece comer?

—Podemos dar una vuelta y ver qué encontramos.

Eso era lo que más ilusión me hacía: pasearme con él por la ciudad sin pensar en nada. De hecho, era lo único que había apuntado en mi planificación del viaje; después de una hora entera buscando en internet actividades, sitios que visitar y restaurantes, decidí que mi plan sería improvisar con Ethan. No quería tener que preocuparme porque me diera tiempo a todo, ni caminar con un destino fijo. Solo quería disfrutar estando a solas con él.

Acabamos en un centro comercial de varias plantas.

Al caminar entre las tiendas, recordé la mañana que pasamos buscando un regalo de cumpleaños para Jake. Entonces, la idea de tener algo con Ethan me parecía un sueño tan inalcanzable como estirar la mano hacia el cielo nocturno para recolectar estrellas. En ese momento, sentía que las había cogido todas y que ahora tintineaban en mis manos.

Ethan y yo ya no éramos dos personas unidas por una infancia compartida, éramos mucho más. Las mariposas que bailaban en mi interior se habían convertido en dragones. Revoloteaban con fuerza y me llenaban de fuego cada vez que estaba cerca de Ethan. Lo que sentía por él no era cariño a secas; era un sentimiento arrollador, un incendio de emociones completamente distintas de lo que otras personas me hacían sentir.

Esa parte siempre había sido así, pero ahora sabía que no estaba sola. Que él sentía lo mismo.

Y eso me hacía muy muy feliz.

Encontramos un restaurante asiático de tipo bufet, con una larga fila de platos que me moría por probar. Tras pagar, recorrí la parte del local en la que se encontraba la comida y llené mi plato con un poco de todo. Me sentía ligera y llena de energía.

—Pareces una niña en un parque temático de Disney —se rio Ethan—. Me alegra ver que te ha gustado mi regalo.

—Me ha encantado. Esto compensa todo el estrés de las últimas semanas. Gracias. —Le sonreí justo antes de dejar mi plato en la mesa.

Cuando terminamos de comer nos dimos cuenta de que se había puesto a llover, así que decidimos quedarnos en el centro comercial.

Vimos un par de tiendas, le compré a Zoe una camiseta de color rosa chillón en la que ponía «Queridas siestas, siento haberos odiado de pequeño», porque me la imaginé con ella puesta y me hizo gracia y, cuando dejó de llover, nos tomamos una taza de chocolate caliente en una cafetería que vimos de camino a la estación de tren. Pasamos el día entre risas, besos y caricias, y en ningún momento dejé de temblar de felicidad. Mi cuerpo no se acostumbraba a su proximidad, a estar junto a él sin nadie más durante tanto tiempo. Me encantaba que mi piel se erizara ante su tacto, que mis labios se aferraran a los suyos y que sus besos me robaran el aliento. Amaba que todo me resultara tan emocionante y nuevo, aun después de haberlo experimentado previamente.

—Funciona —dije en voz baja, porque en realidad me estaba hablando a mí misma.

Ethan me miró confuso.

—¿Qué funciona?

—Lo que hay entre nosotros.

Esbozó una sonrisa plena, de esas que te dejan sin respiración.

—Sí. Yo también lo pienso.

—Entonces, ¿ya no tengo que contenerme?

—Ya no. —Me acarició la mejilla con el dorso de la mano y se inclinó para besarme.

Me choqué de espaldas contra la puerta del edificio, pero seguí riéndome sin despegar mi boca de la de Ethan mientras él intentaba marcar el código de la entrada a tientas. Llevábamos así toda la tarde: riéndonos y besándonos sin descanso, como si no pudiéramos despegarnos el uno del otro.

La puerta se abrió cuando menos lo esperaba y tropecé. Ethan me agarró como pudo, y aunque no fue capaz de evitar que los dos nos cayésemos al suelo, sí que consiguió que la caída fuese más suave.

Solté una carcajada y, todavía con su cuerpo sobre el mío, le cogí las mejillas y volví a besarlo. Estábamos tirados en medio del pasillo, justo delante del ascensor en el que todo había empezado. No me importaba que alguien pudiera encontrarnos así; estaba demasiado entretenida como para preocuparme por ello.

Sin embargo, debería haberme preocupado, porque en ese mismo instante las puertas del ascensor se abrieron. Zoe tardó un segundo en procesar lo que estaba viendo: a Ethan con una rodilla entre mis piernas y a mí, que sujetaba su rostro con las manos como si acabara de besarlo.

Porque acababa de besarlo.

Y Zoe lo dedujo de inmediato.

Me separé de Ethan. Mi lado optimista, el que había tomado las riendas del día, pensó que la situación podría facilitarnos mucho las cosas. Explicarle todo así era mejor que hablar con ella como lo había hecho con mi padre esa misma mañana. Habría sido muy incómodo soltarle un «tenemos que hablar» para confesarle que estaba enamorada de su hermano.

No obstante, ese lado optimista se escondió en el momento en el que me di cuenta de la forma en que Zoe nos miraba. Sus ojos viajaban de Ethan a mí y viceversa, y no reflejaban nada bueno.

Podía entender que la hubiera cogido por sorpresa, pero por la expresión dolida de su rostro, parecía que la situación le hubiera sentado mal personalmente. Es decir, que no nos miraba como si la idea de que estuviéramos juntos la horrorizara, sino como si se sintiese traicionada. Eso me extrañó un poco.

—Hola. —Carraspeé—. Acabamos de llegar.

Zoe no dijo nada. Frunció el ceño y se quedó muy quieta, sin salir del ascensor y sin dejar de mirarnos a los dos. Yo no supe cómo seguir la conversación.

—Antes de que digas nada —se apresuró a decir Ethan—: sí, es lo que parece. Y sé que enterarte de esta forma no...

—¿Hace cuánto que...? —interrumpió a su hermano.

—Un par de semanas.

—¿De la nada?

—No. De la nada no —admití.

—Desde antes, entonces —repuso en voz baja, como si estuviera anotando todo en su mente para poder asimilarlo mejor. Tragó saliva y preguntó—: ¿Jake lo sabe?

Miré a Ethan de reojo, sintiéndome culpable de repente sin saber bien por qué. Él asintió despacio con la cabeza.

—Ethan, ¿puedo hablar con ella a solas? —pidió mi amiga, saliendo por fin del ascensor.

—¿Conmigo? —Fruncí un poco el ceño—. ¿Por qué conmigo?

Pero Zoe no contestó; se limitó a mirar a su hermano con insistencia. Él me miró preocupado, como si no supiera a cuál de las dos debía apoyar. Al final, la escogió a ella. Y me dolió, porque eso significaba que me iba a tocar defendernos a los dos sin su ayuda.

Ethan se subió al ascensor. Cuando la puerta se cerró, me entraron ganas de preguntarle a Zoe a qué venía tanto drama. No lo hice, pero sí que me crucé de brazos y adopté una postura defensiva. Ella tensó la mandíbula.

—No lo entiendo —admitió tras unos segundos—. Habéis crecido juntos.

—He crecido queriéndolo.

—Queriéndolo, ¿en qué sentido?

—Ya sabes en cuál.

Se quedó callada y pensativa durante otros cinco segundos.

—¿Y por qué me he tenido que enterar ahora y por accidente? ¿Por qué no me habías dicho nada antes?

Di un paso hacia delante, abandonando mi postura defensiva por un momento, y ella retrocedió. Aun así, seguí intentando arreglar la situación.

—Pensábamos decírtelo mañana. —Era la pura verdad, pero no pareció convencerle—. Queríamos asegurarnos de que iba a funcionar antes de «hacerlo público», por decirlo de alguna forma.

—Pero Jake lo sabe —repitió, y yo tuve que asentir con la cabeza—. ¿Lo sabe Heather también?

—Sí. Pero ella ya sabía que me gustaba, así que no…

—¿Soy la única que no sabía nada, entonces? —preguntó, aún más dolida si cabe, y me sentí fatal—. Soy tu mejor amiga, ¿no? —Nunca había sonado tan frágil como en ese momento. Me miró como si necesitara una confirmación a la que aferrarse, pero tardé lo suficiente en asentir como para ver que algo se quebraba dentro de ella.

Entendí en ese momento de dónde provenían sus sentimientos. No le molestaba lo que ocurría entre Ethan y yo; le molestaba sentir que la habíamos dejado de lado. En cierto modo, y sin quererlo, lo habíamos hecho.

—Es tu hermano —dije, esperando que pudiera aferrarse a eso—. Si lo he hablado con Heather antes que contigo es por eso y no por otra cosa.

—Yo te lo cuento todo. Si yo estuviera enamorada de Jake —hizo una pausa tras pronunciar esa frase, como si la sola idea la incomodara—, te lo habría dicho.

—Tenía miedo de que algo cambiara, Zoe. De que afectara a lo que hemos construido después de tantos años de amistad, no solo con Ethan, sino también con Jake y contigo.

—Pues no parecía importarte demasiado hace diez minutos, cuando tenías la lengua metida en su boca. —Hizo una mueca. Parecía más perturbada incluso que al hablar de Jake como si pudiera llegar a quererlo de una forma que no fuera fraternal.

—Bueno, pues me importa —aclaré un poco molesta. ¿Cómo podía insinuar otra cosa después de que me hubiera contenido tantas veces por ella?

—¿Sabes? Tu excusa pierde bastante credibilidad si tenemos en cuenta que Jake sí que estaba al tanto de todo esto.

—Yo no le conté nada.

—¿Recuerdas lo que te dije en la fiesta a la que me llevaste? —Ignoró mi argumento como si necesitara seguir justificando su enfado para no sentirse culpable por estar tan dolida e irritada. Daba igual lo que yo dijera, ella ya había construido un muro inquebrantable y tras este se encontraban todos sus miedos e inseguridades. Nada de lo que yo hiciera me llevaría hacia el otro lado—. Te dije que me habría gustado enterarme de que estabas enamorada de alguien por ti y no por otra persona. Si querías evitar hacerme daño, eso era todo lo que tenías que hacer.

Era la primera vez en años que veía a Zoe a punto de llorar, y eso me paralizó. No supe qué hacer ni qué decir. Me sentí atrapada en un callejón sin salida y quise hacerme un ovillo en una esquina.

—¿Sabes qué? Olvídalo —dijo al ver que no contestaba—. No quiero saber nada más del tema. Y se os da de maravilla dejarme al margen, así que, por favor, seguid así. —Su voz era punzante y estaba llena de sarcasmo—. Por mí como si os casáis y no me invitáis a la boda. Me da igual.

Alzó las manos y las volvió a dejar caer justo antes de alejarse en dirección a la escalera. Apreté los labios y pensé en seguirla, pero ¿por qué iba a hacer eso cuando ella no estaba dispuesta a escucharme y a entrar en razón?

27

Somos todo y nada,
porque cuando más cerca estabas,
más sentí que te alejabas.

Mi padre pasó a recogerme poco después de que yo lo llamara. No podía quedarme con Zoe si ella estaba enfadada conmigo.

Durante el trayecto a casa, respondí a las preguntas que me hizo con monosílabos, y cuando me preguntó si me pasaba algo, tan solo negué con la cabeza y le dije que era tarde y que tenía sueño. No se lo creyó, claro, pero tampoco me presionó para que hablara del tema.

Aun así, mi excusa no había sido del todo mentira: estaba exhausta.

Una vez, de pequeña, me rompí el pie. Era el cumpleaños de Zoe y estábamos en uno de esos parques infantiles con piscinas de bolas, toboganes y estructuras con redes. Era el típico sitio en el que todos los niños hacen el bruto pero se lo pasan muy bien. Yo no era la excepción; estaba disfrutando muchísimo correteando de un lado a otro, saltando y escalando, así que cuando un niño se chocó conmigo de forma que mi pie quedó atrapado entre dos barras de goma y se dobló, no sentí nada. Mi dolor estaba siendo eclipsado por la adrenalina, pero cuando esta desapareció, hizo acto de presencia y me eché a llorar.

En esos momentos me sentía exactamente así. La emoción del día se había desvanecido y lo único que quedaba era lo que mi felicidad me había permitido ignorar: el dolor en las plantas de los pies, la boca seca, los párpados pesados… Me sentía incluso mareada.

Y, aun así, a pesar del cansancio, esa noche apenas pude dormir. Di vueltas en la cama durante horas, pensando en Ethan, en Zoe y en lo diferente que habría sido todo si no nos hubiéramos besado frente a ese maldito ascensor. Y no estaba segura de a cuál de las dos veces me refería.

Sé que estaba siendo irracional. No me arrepentía de haberlo besado la primera vez —ni la segunda, ni la tercera, ni la cuarta…—, pero en ese momento mi mente era una espiral oscura, y todos los universos paralelos que lograba imaginar en los que Ethan y yo llegábamos a estar juntos acababan en tragedia. Como Romeo y Julieta. Como Jack y Rose.

Bueno, quizá no *exactamente* como ellos dos, porque al menos nosotros seguíamos con vida en todas las realidades alternativas, pero que dos personas enamoradas terminen separándose, sea que de la forma que sea, sigue siendo una tragedia.

«¿No querías vivir tu propia historia de amor? Pues ahí la tienes», se burló mi subconsciente cuando ya iba por el decimoctavo universo alternativo, en el que Ethan y Karen estaban juntos y a mí me tocaba asistir a su boda.

Le di la vuelta a la almohada y enterré mi rostro en ella para soltar un chillido. Después pasé una hora más rememorando una y otra vez los eventos del día en contra de mi voluntad. Recordé los besos de Ethan y la expresión afligida de Zoe. Ambos recuerdos me dolían; el primero se había estropeado gracias al segundo.

No era la primera vez que Zoe y yo nos peleábamos. Llevábamos haciéndolo toda la vida, como dos hermanas de edades similares que se querían aunque a ratos se detestaran.

Pero, aunque hubiéramos tenido roces en varias ocasiones, esa era diferente porque no había sido un simple enfado. Zoe estaba decepcionada y dolida, además de enrabiada. Me había mirado como si le hubiera roto el corazón, no como si quisiera golpearme. Y eso que a mí *sí* que me entraban ganas de darme golpes contra la puerta al recordar lo sucedido.

Aunque no me gustara, sabía que había hecho las cosas mal.

Las palabras que Zoe me había confesado en la fiesta de Sheila hacían eco en mis pensamientos.

«La verdad es que me habría gustado enterarme por ti y no por él. Siempre soy la última a la que le contáis estas cosas.» «Si yo me enamorara de alguien, tú serías la primera en saberlo.»

Ni siquiera podía fingir que no me había dado cuenta de que todo eso era importante para ella. Zoe no era una persona vulnerable. Cuando se abría, cuando decidía mostrar su lado más frágil y sensible, siempre era por algo que le afectaba mucho. En la fiesta me había hablado de cómo se sentía en tres pequeñas frases que resumían muy bien sus emociones. En la entrada de su edificio, se había abierto en canal.

Yo la había abierto en canal.

Sin querer y, sobre todo, sin intención de hacerle daño, pero lo había hecho.

Y me sentía fatal por ello.

Tras cambiar de posición sobre la cama por quinta vez consecutiva en el último cuarto de hora, cerré los ojos. Y entonces, por fin, logré conciliar el sueño.

Lo primero que hice al despertarme fue encender mi teléfono para ver si había recibido algún mensaje de Ethan o de Zoe. Tenía varios de él, pero no había rastro de su hermana en mis notificaciones.

Zoe se ha encerrado en su habitación.

Supongo que la conversación
no ha ido muy bien.

¿Tú cómo estás?

Y luego, horas más tarde:

No puedo dormir y sé que tú tampoco.

¿Quieres que te llame?

Los últimos mensajes fueron estos:

Vale, asumo que sí que estás dormida.

Mañana hablamos, entonces.

Buenas noches. Te quiero ♡.

Esas dos últimas palabras removieron algo en mí, pero seguía enfadada con él por haberme dejado sola en un momento como ese. Entendía por qué había escogido hacerle caso a Zoe: era su hermana pequeña, estaba herida por nuestra culpa y él tenía miedo de hacerle más daño. Pero comprender algo no hace que deje de afectarte.

No es conmigo con quien
tienes que hablar.

Ahora te toca a ti conseguir que entre
en razón, porque a mí ya me ha
dejado claro que la he jodido,
que está enfadada y que he creado
una brecha entre nosotras.

Salí de la cama. Mis pies descalzos rozaron el suelo, ahora más frío que unos meses atrás. Comenzaba a notar la llegada del invierno; las noches eran cada vez más largas y pronto se volvería necesario encender la calefacción.

Me puse unos calcetines gruesos y fui hasta la cocina. Jake estaba desayunando y su cara era la típica de recién levantado.

—Es raro que te despiertes la última.

—Lo raro es verte a ti despierto un domingo antes de las doce del mediodía.

Esbozó una sonrisa y bostezó. Tras remover su café con una cuchara pequeña, se llevó la taza a los labios.

—Oye. —Tomé asiento frente a él y crucé los brazos sobre la mesa—. ¿Por qué no me habías dicho que sabías que Ethan y yo estábamos juntos?

Terminó de beber antes de contestar y me di cuenta de que, después de lo de Zoe, tener esa conversación con él también me tensaba. Los segundos que tardó en dejar la taza sobre la mesa se me hicieron eternos.

—No pensé que hiciera falta —dijo finalmente—. Tampoco es que tratara de ocultarlo. De hecho, creo que he dejado bastante claro que os apoyo. Cupido se queda corto a mi lado. Deberías darme las gracias. —Esbozó una sonrisa amplia—. Eso sí, que tú dieras el primer paso era algo que no esperaba. No puedo decir que haya sido un gran giro argumental, teniendo en cuenta lo indeciso que es Ethan, pero sí que estoy bastante impresionado.

—Gracias, creo.

—De nada. —Volvió a darle un trago a su café.

—Pero hay una cosa que no entiendo: ¿cómo es que estás tan tranquilo? ¿No te preocupa que esto afecte en algo a tu amistad con Ethan? Si lo dejamos y la cosa se vuelve incómoda entre nosotros, ¿no te estaríamos poniendo en un compromiso?

Respiró hondo y se puso un poco más serio.

—Kate, las decisiones que toméis Ethan y tú en cuanto a vuestra relación os pertenecen solo a vosotros, igual que mi amistad con Ethan nos pertenece a él y a mí —aclaró—. Lo único que podría estropearla sería que Ethan te hiciera daño deliberadamente, y tanto tú como yo sabemos que eso no va a pasar.

Quise darle un abrazo. O regalarle una de esas tazas en las que ponen frases del tipo «Para el mejor hermano del mundo». O hacer cualquier cosa que demostrase lo agradecida que estaba por tener a alguien como él en mi vida.

—Tengo curiosidad —se inclinó un poco hacia delante, como si fuera a contarme un secreto o se preparara para escuchar uno—, ¿cómo te diste cuenta de que a él también le gustabas? ¿Fue porque pasó algo en mi fiesta de cumpleaños? Porque hasta entonces parecías igual de obtusa que siempre. Sin ofender, claro.

Parpadeé perpleja.

—No lo besé porque pensara que me fuera a devolver el beso o a confesar que él también me quería. —Me sorprendió mucho que Jake pensara eso. Supongo que confirmaba lo que Ethan me había dicho; no le había contado nada en detalle, simplemente tenían el tipo de conexión que les permitía saber algunas cosas y también ser conscientes de lo que el otro sabía—. Lo hice porque sentía que era algo que necesitaba para poder pasar página.

Mi respuesta acabó sorprendiéndole a él.

Soltó una carcajada.

—Pues te salió de maravilla —ironizó.

—Mal no me salió, eso desde luego. —Me sonrojé al recordar la forma en que me había devuelto el beso y todas las veces en las que me había confesado que mis sentimientos eran correspondidos. Sin embargo, esos recuerdos me llevaron también a la noche anterior, y entonces la situación perdió un poco la gracia—. Ayer Zoe se enteró de todo.

Por la forma en la que me miró, supe que ya había intuido el desenlace de la historia.

—¿Y qué tal os fue? —preguntó de todos modos.

—Pues… digamos que no se lo tomó igual de bien que tú. En parte, porque la manera en la que ella lo ha descubierto ha sido un poco menos sutil.

Le conté lo sucedido y él me escuchó atentamente. Su conclusión fue la siguiente.

—Pues sí, vaya cagada. Vas a necesitar muchos pasteles para compensar lo ocurrido.

—Ya. —Me encogí un poco en el asiento—. Hablaré con ella cuando ya no me odie tanto.

—No te odia —aseguró en un intento vago de consolarme—, pero sí que deberías esperar a que asimile todo antes de darle explicaciones y de defenderte.

Asentí con la cabeza, y Jake se levantó, dejó la taza en el fregadero y salió de la cocina. Volví a mirar mi móvil, esperando encontrar un nuevo mensaje de Ethan, pero no tenía ninguna notificación. Decidí escribirle otra vez.

¿Has podido hablar con ella?

Esperé unos segundos. Finalmente, la aplicación me señaló que estaba en línea y que había visto mi mensaje. Tardó bastante en escribir su respuesta.

Sigue dormida y creo que va a necesitar un poco de espacio antes de que pueda hablar con ella.

Zoe no me había dirigido la palabra en todo el fin de semana, y tampoco se dignó a aparecer en el autobús para ir al instituto con Jake, con Ethan y conmigo. Yo ya no sabía si debía enfrentarla o seguir dándole espacio.

—Pareces distraída —señaló Sally cuando terminamos el ensayo del lunes. En el aula ya solo quedábamos Seth, ella y yo—. ¿Qué te pasa?

Solté un largo suspiro.

—No me pasa nada.

—Mientes fatal. Anda, dime por qué estás de bajón. ¿Estás agobiada otra vez porque el concierto es la semana que viene? —insistió.

—No, no es eso.

—Ah, entonces admites que hay algo. —Se acercó como una serpiente acechando a su presa, pero Seth la frenó a tiempo.

—Déjala, no seas cotilla.

Le dediqué una mirada de agradecimiento. No tenía ganas de explicarles mi situación desde el principio a personas que ni siquiera conocían a Zoe. No habrían sido capaces de entender lo que significaba que se hubiera enfadado conmigo hasta el punto de evitarme. Nunca la había visto tomarse algo tan en serio.

Me bebí toda el agua que me quedaba y después guardé la botella en mi mochila. Tras eso, me despedí de los dos y salí del aula, tan solo para darme de bruces con otra persona.

—Ethan —pronuncié su nombre con cierta sorpresa. No esperaba verlo.

Me dedicó una sonrisa pequeña y un poco triste. Se lo veía cansado.

—Hola.

—Hola.

Tragué saliva. No habíamos pasado ni un solo segundo a solas desde el sábado. Solo nos habíamos visto por la mañana, en el autobús, pero nunca hablábamos demasiado durante el trayecto (Zoe y Jake no eran los más charlatanes cuando estaban recién levantados), y ese día no había sido la excepción.

Cuarenta y ocho horas antes, sentía que mi hogar se encontraba en sus besos, en sus abrazos y en sus palabras, pero en ese momento, en el pasillo del instituto, teniéndolo delante, me sentí incómoda.

No, no era solo una sensación mía; *el ambiente* era incómodo.

—¿Has presentado ya el cuadro de Jake? —pregunté para llenar el silencio.

Resultaba irónico que me sintiera obligada a hacerlo cuando un par de días atrás estaba convencida de que los silencios incómodos no existían entre nosotros. Y era más surrealista aún que las cosas se hubieran vuelto raras ahora. No después de que él besara a Olivia, no después de que yo lo besara a él, sino ahora.

Ethan asintió con la cabeza. Luego apretó los labios dubitativo, como si no estuviera del todo seguro de lo que quería decirme.

—He hablado con Zoe —confesó finalmente—. Me gustaría poder hablar contigo también. —Inhalé profundamente y dejé salir todo el aire de golpe en un suspiro pesado, pero dejé que continuara—: Siento mucho que Zoe se haya enfadado contigo. No es justo y…

—Sí que es justo —lo interrumpí.

—No, no lo es. No hay ninguna ley que os obligue a contároslo absolutamente todo simplemente porque sois amigas.

Sus palabras me recordaron a las de Jake y me aliviaron un poco, pero ese sentimiento reconfortante no duró mucho.

—Hay cosas que no están reguladas por la ley, sino por la moral y el contexto de la situación. Yo no sé cómo me habría sentido si los tres estuvierais al tanto de algo tan importante y me lo ocultarais expresamente. Esto es como… No sé. Como si hubiéramos organizado una fiesta y hubiésemos invitado a todo el mundo menos a ella. Imagínate cómo se sentiría.

—No me lo tengo que imaginar, Kate. ¿Sabes en cuántas ocasiones he visto a mi hermana llorando? —Las mismas que yo, seguramente. Lo cual equivalía a…—: Pocas. *Muy* pocas.

Eso me sentó como un puñetazo en el estómago.

Me crucé de brazos y él soltó un suspiro frustrado justo antes de pasarse una mano por el rostro.

—Esto era justo lo que trataba de evitar —dijo en voz baja, casi para sus adentros, y luego la alzó un poco—: Siento que las cosas hayan salido así.

—Yo también. —Descrucé los brazos y di un paso hacia él—. Pero esto no es culpa tuya y Zoe lo sabe; es por eso por lo que está enfadada conmigo y no contigo.

—Fui yo quien insistió en que no le contáramos nada hasta que estuviéramos seguros de que íbamos a funcionar juntos.

—Y tomaste esa decisión pensando en ella. Habría sido más fácil para nosotros ser abiertos con lo que estaba ocurriendo desde el principio, pero decidimos ocultarlo *por ella*.

No pareció muy convencido. Igual que su hermana se había cerrado en banda para ser capaz de justificar la rabia que sentía, Ethan había hecho lo mismo con su culpa; era irracional, pero no podía dejar de sentirla y por eso buscaba razones que la validaran.

Eso me molestó muchísimo, porque sentí que estaba cambiando a propósito la forma en la que pensaba en nuestra relación, como si le debiera a Zoe una gota de arrepentimiento. Y me daba aún más miedo que no estuviera forzando esa gota en absoluto.

—¿Te arrepientes de esto? —me atreví a preguntar con la garganta seca.

—¿De lo nuestro?

Asentí con la cabeza, y él dudó. Apenas duró un instante, pero la duda había sido tan clara, tan definida y afilada, que había logrado atravesar los tejidos de mi corazón, hundiéndose en este.

—No. Claro que no.

Pero sentí que estaba reaccionando ante mi semblante dolido y no ante la pregunta. No sé qué esperaba. ¿Una respuesta negativa y rotunda, como la que yo habría dado en su lugar?

—Pues no pareces tan seguro. —La garganta me escocía tanto que las palabras me provocaban un dolor punzante en la campanilla.

Ethan abrió la boca, la cerró de nuevo y finalmente volvió a abrirla para decir:

—Es complicado. —Esbocé una mueca y él se pasó una mano por el pelo—. No me puedes pedir que me sienta cómodo con todo esto cuando mi hermana está hecha una mierda por una decisión que yo he tomado.

—Que *hemos* tomado. Tú propusiste una cosa y yo la acepté, ¿recuerdas?

No conseguía entenderlo, y en consecuencia, tampoco lograba comprenderme a mí misma. ¿Por qué sentía que estaba obligándolo a escoger bando? Se suponía que nosotros *éramos* el bando. Que en un lado de todo ese drama exasperante se encontraba Zoe, y en el otro estábamos nosotros dos. Y, sin embargo, él actuaba como si Zoe y yo fuéramos dos islas separadas por el mar y él se encontrara flotando sobre el agua con los ojos cerrados, esperando a que la marea decidiera por él dónde iba a acabar.

—¿Qué me estás pidiendo exactamente? ¿Que me enfade contigo? ¿Que te diga que tienes razón, que lo hiciste todo mal y que Zoe y yo nunca volveremos a ser amigas por tu culpa?

—No. —Apretó los labios—. Eso último lo dejaste bastante claro en el mensaje que me mandaste ayer.

—¿En el mensaje que...? No me lo puedo creer —dije al caer en la cuenta de a cuál se refería—. No te estaba diciendo que tú hubieras jodido nada, ni te estaba echando en cara que Zoe se hubiera enfadado conmigo, ni te estaba responsabilizando de la brecha entre Zoe y yo —aclaré muy indignada—. Solo me estaba quejando de que me dejaras sola ante una situación incómoda que ambos habíamos originado.

Ethan me miró perplejo, pero no dijo nada. No sabía qué decirme.

Por suerte para él, yo estaba más que dispuesta a tener la última palabra.

—¿Sabes qué? Puede que tengas razón; debería centrarme en arreglar lo mío con Zoe antes de preocuparme por lo que tú sientas. —Tragué saliva, pero me repetí lo que había aprendido en los ensayos y mantuve la cabeza bien alta. En momentos como ese, no hacía falta ser fuerte, sino parecerlo—. Al fin y al cabo, es por esto por lo que quisimos asegurarnos de que lo nuestro funcionaría antes que nada. Y no funciona si uno de nosotros tiene dudas.

Me coloqué los auriculares, dando por finalizada la discusión, y nadé al otro lado del océano, donde Zoe se encontraba, porque merecía saber que al menos uno de nosotros no se había quedado flotando a merced de la marea, y también porque no tenía sentido esperar a que Ethan volviera a una isla que ya había abandonado.

28

Somos todo y nada,
porque empezamos de cero
y nuestra historia nunca acaba.

John me abrió la puerta cuando toqué el timbre y me dejó pasar amablemente. Me preguntó por los ensayos y por el viaje a Cantille. No parecía que Zoe le hubiera dicho algo sobre nuestra pequeña pelea, y eso era buena señal, porque significaba que no pensaba estar enfadada eternamente.

—¿Está Zoe en casa?

—Sí, está en su habitación.

Sonreí y me dirigí allí con la bolsa llena de chocolatinas que había comprado de camino. Recé mentalmente por que no estuviera dormida y le di dos golpecitos a la puerta.

—Pasa —la oí decir.

Me la encontré sentada en la cama con el portátil en su regazo. Pausó la serie que estaba viendo al darse cuenta de que era yo quien había entrado y me dedicó una mirada indescifrable. ¿Le sorprendía que hubiera ido a verla? ¿Me estaba analizando? ¿Se estaba preparando para ignorarme?

—Hola —saludé en voz baja y cautelosa. No quería que me echara de la habitación sin darme tiempo a hablar antes—. Te he traído

M&M's, Oreos y un KitKat. —Levanté la bolsa como si fuera una ofrenda de paz.

Zoe miró la bolsa. Me miró a mí. Tras unos segundos, suspiró, dejó el portátil a un lado e hizo espacio en la cama para que yo me sentase. Dejé la bolsa junto a ella y me acomodé a su lado.

—He echado de menos esto.

—Tampoco ha pasado tanto tiempo. —Se encogió de hombros.

Pero entre los ensayos y lo centrada que había estado en su hermano, yo sí que sentía que había pasado una eternidad desde la última vez que nos habíamos visto simplemente para hablar.

—Quería decirte que lo siento. No te conté que estaba enamorada de Ethan porque no quería que las cosas cambiaran entre Jake, él, tú y yo. No fue porque no confiara en ti, en serio.

Se quedó callada otros tres segundos.

—Lo entiendo. De verdad que sí. —Apretó un poco los labios y después añadió—: En realidad, no estás obligada a contarme nada que no me quieras contar, pero es precisamente eso lo que me duele: pensar que igual prefieres excluirme de esos aspectos de tu vida que normalmente se comparten entre amigas.

—No pretendo excluirte. Ya te he dicho que si no te dije nada no fue por ti, sino por...

—Por nuestro pequeño grupo, sí. —Suspiró—. Lo sé. Pero no puedo quitarme de encima la sensación de estar sola. Da igual lo que la gente me diga o que yo misma me intente convencer de que no es así: no puedo dejar de sentirme desplazada. —Dijo esto último sin mirarme y se revolvió en su asiento, incómoda.

Respiré hondo, cogí la bolsa y saqué el único KitKat que había comprado. Lo abrí, dividí las barras en dos partes y le tendí una a ella. Zoe la aceptó dubitativa.

—He comprado tres bolsas de M&M's porque sé que son tu acompañamiento favorito para una tarde de películas, dos paquetes de Oreos para que puedas mezclarlas con helado de vainilla y un KitKat porque es la única chocolatina que siempre compartes conmigo.

—Le dio un bocado a la barrita y masticó despacio, restándole dramatismo a mi discurso. Seguí hablando de todas formas—: Eres la única persona a la que puedo dejar a solas en mi habitación porque sé que mis cosas no te despiertan el interés suficiente como para que andes cotilleándolas. —Entrecerró un poco los ojos, pero siguió comiéndose la chocolatina sin interrumpirme—. Y sé todo eso, igual que tú sabes que los libros de mi estantería están ordenados desde mi favorito al que menos me ha gustado, porque no nos hemos separado desde que éramos pequeñas. Así que deja de compararte con cualquiera de mis amigos porque la comparación es ridícula. He crecido contigo, llevamos dieciséis años siendo amigas; si hay una amistad irremplazable en mi vida, es la que comparto contigo.

Dejó de masticar y se tragó el último trozo de su barrita con dificultad. Me miró como un animalillo que no terminaba de fiarse de los humanos.

—Vale —dijo finalmente.

—¿Vale? —pregunté confusa.

—Sí. Que vale, que te perdono.

Esbocé una sonrisa de alivio.

—¿Te apetece que veamos una película? Así puedes abrir también los M&M's —propuse.

Zoe asintió con la cabeza, volvió a coger su portátil, eligió un título que nos gustó a ambas y puso en marcha la película.

El jueves me enteré, gracias a Jake, de que Ethan había recibido el primer premio en el concurso de retratos. Me moría por darle la enhorabuena, pero mi orgullo no me lo permitía; las únicas palabras que habíamos intercambiado esos días habían sido un par de «hola» y «adiós» muy incómodos, y yo no iba a ser la primera en forzar una conversación que terminara reconciliándonos. Ethan tendría que buscarme a mí, no al revés.

No obstante, mentiría si dijese que no lo echaba de menos. Cada vez que estaba a su lado me costaba horrores mantener la vista lejos de sus labios y las manos quietas, porque buscaban constantemente las suyas. Estaba sufriendo mucho más que cuando no sabía lo que era besarlo o tocarlo de esa forma.

Me quedé mirando las hojas repartidas por todo mi escritorio. Estaban llenas de palabras sin sentido, y aunque me agobiaba ver tanto desorden y tanta falta de coherencia, ilustraba bastante bien cómo me sentía.

No es que me faltara inspiración; los corazones rotos son bastante útiles a la hora de escribir poemas y canciones. El problema era que estaba confundida, más que enrabiada. Quería que viniera a pedirme perdón pero al mismo tiempo me aterraba que lo hiciera porque sabía que lo perdonaría de inmediato.

Frustrada, tiré todo a la papelera y salí de mi habitación para ir a la de mi hermano. Para sorpresa de nadie, estaba frente al ordenador jugando a algo estresante. Con los cascos puestos y la mirada fija en la pantalla, ni siquiera se dio cuenta de que había entrado, y como yo no tenía ninguna intención de interrumpir su partida, me tumbé en su cama y esperé pacientemente a que terminara de jugar.

Minutos más tarde, apagó el ordenador, se quitó los cascos y se levantó de la silla. Al darse la vuelta, soltó un grito ahogado.

—¡Joder, Kate! —Dejó escapar un suspiro de alivio cuando se le pasó el susto. Entonces, frunció el ceño—. ¿Qué demonios haces en mi habitación?

—Me apetecía hablar contigo.

Entrecerró los ojos, desconfiado.

—¿Qué es lo que quieres?

—Nada. —Me crucé de brazos, aún tumbada, y mostré aún más mi indignación al fruncir el ceño—. ¿Tan raro te parece que quiera pasar tiempo con mi hermano?

—Sí.

Entonces fui yo quién entrecerró los ojos. Jake suspiró y volvió a su silla, pero le dio la vuelta, de forma que acabó mirándome a mí en vez de a la pantalla.

—Desde que dejaste a Ethan parecéis dos almas en pena —señaló.

Puse los ojos en blanco.

—Perdón por tener corazón y estar triste después de una ruptura.

—Pero ¡si fuiste tú quien lo dejó!

—Sí, pero fue su culpa —me defendí, muy convencida.

—Lo sé —dijo, y parecía que iba en serio—. Si me permites que sea sincero…, me parecéis cada uno más tonto que el otro. —Abrí la boca, completamente ofendida, pero no me dio tiempo a replicar—. Él es un indeciso, le da demasiadas vueltas a todo y tiene complejo de mártir. Y tú eres dramática, tajante e irritantemente perfeccionista. Le pones la etiqueta de «No funciona» a todo lo que falla una vez, y cuando algo te molesta eres impulsiva y concluyente. Discutir contigo es imposible.

—¿Es que has hecho una lista con todos mis defectos y estás aprovechando este momento para echármelos todos en cara? —Arrugué las cejas.

Jake se encogió de hombros.

—Me ha parecido necesario que fueras consciente de ellos.

—Bueno, pues soy consciente. Muchas gracias —espeté un poco molesta.

—Lo que tendríais que haber hecho era arreglar las cosas con Zoe antes de poneros a discutir entre vosotros.

—Zoe no ha tenido ningún problema con él, ha sido solo conmigo. Y la actitud de Ethan me enerva porque primero me deja a solas con Zoe como si la cosa no fuera con él y después viene lloriqueando porque siente que tiene la culpa de todo. ¡Y encima no me escucha cuando le digo que no es verdad!

—Y tú, en vez de decirle que te había molestado que te dejara hablando con Zoe a solas, vas y le mandas un mensaje pasivo-agresivo que se puede interpretar de varias maneras.

—¿Lo has leído?

—Sí, claro.

Me incorporé y me volví a cruzar de brazos, mirándolo con mala cara. Era un traidor; estaba jugando a dos bandas.

—Ya te lo he dicho. —Puso las manos en alto en señal de paz—. Me parecéis los dos unos idiotas. Hablad y arregladlo, que no he estado tanto tiempo apoyando vuestra relación para que ahora la tiréis por la borda por una discusión estúpida.

El jueves me quedé a dormir en casa de Zoe para compensar lo ocurrido. Pedimos pizzas, volvimos a tener una sesión un cine casero y la puse al día de todo lo que había sucedido entre su hermano y yo hasta el momento. Se quedó dormida a mitad de la historia —¡¿tanto drama para acabar ignorándome cuando decido contárselo todo?!— y un rato más tarde conseguí dormirme yo.

A las cinco de la mañana me despertó una patada suya. Al ver que no iba a poder conciliar el sueño otra vez, maldije en voz baja y salí de la cama. Busqué a tientas la ropa que me había preparado el día anterior entre mis cosas y me dirigí al cuarto de baño con cuidado de no despertar a nadie.

Lo único bueno que tenía despertarse tan pronto era que aún quedaba mucho para la hora en la que supuestamente teníamos que coger el autobús, así que podía ducharme con tranquilidad.

Las duchas así, relajantes, eran mis favoritas. Me permitían pensar con claridad y reflexionar sobre mil cosas. Mientras el agua caía por mi cuerpo, pensé en Zoe, en el concierto —los ensayos iban muy bien y cada vez me sentía más preparada para cantar frente a un público real—, en mis clases del día… y en Ethan.

Pese a lo que me había dicho mi hermano, yo estaba cada día más enfadada con él que el anterior. De hecho, las palabras de Jake me frustraban aún más: después de tanto tiempo soñando con llegar a tener algo más que una amistad con Ethan, los momentos de felicidad habían durado tan poco que no sentía que la espera, el esfuerzo y la contención hubieran valido la pena. Tenía la sensación de que llevaba dieciséis años haciendo cola para una montaña rusa en la que solo había estado sentada un minuto. Y ahora que volvía a estar en tierra..., bueno, la sensación de tener los pies en el suelo y de moverme a una velocidad normal otra vez era decepcionante.

Al menos podíamos estar seguros de una cosa: nuestra ruptura no había afectado al grupo de amigos que compartíamos con Jake y con Zoe, como temíamos en un principio. Si los cuatro estábamos juntos, fingíamos que todo seguía tal como lo habíamos dejado antes de que yo lo besara por primera vez, antes de la fiesta de Jake y antes de mi cita con Jensen. Nos comportábamos como si hubiéramos rebobinado la cinta que contenía todos los momentos bonitos que habíamos compartido esas últimas semanas, y aunque yo trataba de fingir que eso no me afectaba, por dentro me estaba matando.

Y también enfureciendo. *Sobre todo* enfureciendo.

Lo detestaba por haberme dejado ir tan fácilmente. Me entraban ganas de gritarle: «¡Hay un punto intermedio entre respetar la decisión de alguien que te ha dejado y luchar por la persona a la que quieres!». No sabía dónde se encontraba ese punto exactamente, porque tampoco sabía cuál iba a ser mi reacción si Ethan llegaba a pedirme perdón, pero quería que, al menos, hiciera un esfuerzo por buscarlo.

Solté un suspiro, terminé de aclararme el cuerpo y salí de la ducha. Mientras me secaba con la toalla, oí el sonido de la puerta al abrirse. Estaba de espaldas y mi primer instinto fue darme la vuelta. Casi al mismo tiempo, cubrí con la toalla todas las partes que convenía tapar.

Me crucé de lleno con la mirada gris de Ethan, que viajó desde mi rostro hasta mis muslos y luego de vuelta hacia arriba. Tragué saliva. Las mejillas me ardían, y no por el calor de la ducha precisamente.

Esperé a que se disculpara y saliera del baño, pero no lo hizo. En su lugar, apretó los labios y tomó una decisión: cerró la puerta con él aún dentro.

—¿Conoces la existencia de la palabra «privacidad»? —pregunté de mala manera, aferrándome con fuerza a la toalla.

Ethan soltó una carcajada pequeña.

—¿Y tú conoces la existencia de la palabra «pestillo»? —Quise coger el jabón de manos para tirárselo a la cara, pero me distrajo su sonrisa. Era la que esbozaba cada vez que se burlaba de mí: provocativa a la vez que cariñosa—. ¿Qué haces duchándote a las cinco y media de la mañana?

¿En serio tenía la poca decencia de invadir mi privacidad para preguntarme eso?

Fruncí el ceño.

¿Se iría antes si le respondía?

—Lo de que Zoe no me deja dormir no era solo una excusa para pasar la noche en tu habitación. —Le recordé la primera noche que habíamos pasado juntos como pareja y algo se rompió dentro de mí, porque deseaba con todas mis fuerzas volver a ese momento.

Me di cuenta en ese instante de que esa era la única vez en la que nos habíamos quedado a solas desde la discusión. ¿Por eso se había quedado? ¿Porque quería aprovechar cualquier oportunidad de hablar conmigo que se le presentase, por incómoda que fuera?

—Me alegra que Zoe y tú hayáis hecho las paces.

—A mí también —respondí, y acto seguido carraspeé—: Ahora, si me disculpas..., me gustaría vestirme.

No retrocedió ni se dio la vuelta. En su lugar, volvió a echarle una mirada a mi silueta. Sé que no lo hizo a propósito, porque enseguida cerró los ojos y tragó saliva, como si necesitara un segundo para centrarse en lo importante.

Tras un rato los abrió de nuevo y entonces los clavó en los míos. Eran tan claros y tan preciosos... Temí perderme en ellos, porque sabía que, de hacerlo, no regresaría nunca.

—Me iré en cuanto me prometas que hablaremos más adelante.

—Vale. Te lo prometo.

Ethan asintió con la cabeza. Entonces, volvió a desviar la vista, esta vez hacia mi boca. Sentí un cosquilleo en los labios, en el vientre y en las yemas de los dedos. Dio un pequeño paso en mi dirección.

—No sabes lo mucho que me está costando reprimir las ganas de besarte ahora mismo.

Dejé de respirar. Se me disparó el pulso y la cabeza comenzó a darme vueltas. Me aferré aún más a la toalla, como si eso pudiera ayudarme a mantenerme firme. Sorprendentemente, me dio la fuerza suficiente como para cerrar los ojos, recuperar el oxígeno que me faltaba y recordar que aún no se me había pasado el enfado.

Le dediqué una mirada llena de determinación.

—Pues esfuérzate un poco más en reprimirlas. Porque esto es lo que acordamos, ¿no? Que si lo nuestro no funcionaba, intentaríamos seguir siendo amigos.

—Y tú me dijiste que nunca podrías llegar a ser solo mi amiga —me recordó. Su voz suave reverberó en las paredes de mi corazón.

Me mordí la mejilla. Al igual que los enfados de Ethan siempre eran efímeros, los enfados *hacia él* también lo eran, y aunque nunca me había parado a analizar el porqué, empecé a hacerlo en ese momento.

Su voz tranquila y afectuosa invitaba a tratarlo de la misma forma, con paciencia y cariño. Además, tenía un rostro angelical. Era encantador, y por muchos años que hubiéramos pasado juntos, yo nunca había sido inmune a sus encantos.

Tragué saliva.

—Podemos tener esta conversación en otro momento, como ya te he dicho. —Traté de mantener un tono distante—. En uno en el que yo lleve puestos unos pantalones y una camiseta, por ejemplo.

El brillo de su mirada me indicó que se moría de ganas de soltar un comentario sarcástico, pero fue lo suficientemente inteligente como para mantener la boca cerrada. Asintió despacio y se dio la vuelta. Yo me quedé quieta mientras lo veía salir del baño, y antes de que cerrara la puerta sentí un impulso que no fui capaz de controlar.

—Ethan —lo llamé. En ese preciso instante, y pese a que acababa de pedirle que habláramos en otro momento, encontré un millón de cosas que decirle. Cosas como que no quería que se fuera y que yo también me moría por besarlo. Sin embargo, decidí compartir con él lo que más ganas tenía de decirle—: Enhorabuena por lo del concurso de arte. Sabía que ibas a ganar.

Él también parecía querer decirme un millón de cosas, pero, como yo, sonrió y escogió solo una:

—Gracias.

29

Desde que me perdí en el gris de tus ojos,
ya no temo a las tormentas.

Tener clases el día de un evento tan importante como el festival de otoño debería estar prohibido. Sobre todo cuando el tablón de novedades que se encuentra en la entrada tiene un folleto en el que sales tú. Heather había hecho y editado las fotos de la banda utilizando como referencia grupos más conocidos, y aunque le habían quedado muy bien, parecía que nos estábamos esforzando *demasiado* para un concierto de instituto. Cada vez que veía el maldito folleto me entraban ganas de esconderlo entre el resto de los papeles para que nadie más pudiera verlo. Lo dejé en su sitio solo por respeto al resto de la banda.

Minutos más tarde me encontraba tomando apuntes de lo que Blanca decía.

La historia de la literatura nunca me había parecido especialmente interesante, pero Blanca tenía una forma peculiar de hablar que divertía y enganchaba. Contaba anécdotas y datos curiosos, hacía chistes inapropiados, organizaba competiciones de vez en cuando… Todo eso invitaba a prestarle atención. Por eso, a pesar de que algunos de los otros profesores consideraban su trabajo una falta de profesionalidad, era de las que mejor enseñaban a sus alumnos.

Ese día, sin embargo, estaba tan nerviosa por el concierto que no fui capaz de concentrarme en la clase. Retenía las palabras de Blanca el tiempo suficiente para anotarlas en mi libreta, pero enseguida se esfumaban y mis pensamientos tomaban otra dirección.

Heather estaba a mi lado, tomando apuntes mucho menos densos. Escribía tan solo lo más importante y garabateaba en los márgenes de la hoja de vez en cuando. Me fijé en ella. Su aspecto había mejorado mucho en las últimas semanas y no había vuelto a faltar a clase. Volvía a parecer un libro abierto, alegre y espontáneo, aunque la realidad fuera un poco diferente.

Es curioso que una persona extrovertida pueda ser al mismo tiempo reservada. Me parecía una contradicción muy interesante.

Y... ya me había vuelto a distraer. Suspiré y volví a concentrarme. Quedaban diez minutos de clase, solo tenía que seguir así un poco más. Conseguí apartar las distracciones de mi mente durante todo ese tiempo y escribí unos apuntes tan detallados como siempre. Cuando la clase acabó, me sentí orgullosa de mí misma.

Mientras recogía mi estuche y mis libros, Blanca se acercó a mi pupitre.

—Mucha suerte con el concierto de esta tarde, Katherine.

—Gracias. —Metí las cosas en mi mochila y le dediqué una sonrisa de agradecimiento—. Espero que todo vaya bien.

—Seguro que sí. —Me sonrió—. Por cierto, les he echado un vistazo a los últimos poemas que me enviaste y me ha entrado curiosidad: ¿ha pasado algo entre el chico guapo de los ojos grises y tú?

Me puse tan roja como un tomate.

—No, nada —mentí. Blanca tuvo la decencia de no decir nada al respecto, pero me dedicó una mirada divertida—. ¿Por qué lo dices? ¿Has notado algo raro?

—He notado muchas cosas, cielo. —Rio. Después, ya más seria, se apoyó contra la mesa de enfrente de manera relajada—. Tu estilo ha cambiado. La rima es menos forzada y los versos son más suaves. Para explicarlo de manera visual, diría que antes tus poemas eran como los dibujos de alguien que acaba de empezar a pintar. —Me pareció irónico que usara el arte de Ethan para explicar el mío. Conociéndola, pensé que podría haberlo hecho a propósito—. Los de ahora tienen trazos más definidos y seguros. He visto mucha evolución en tu forma de escribir.

—Gracias. —Me sonrojé.

—Así que, dime, ¿qué te ha pasado con el chico de los ojos bonitos?

Negué con la cabeza, me colgué la mochila del hombro y me dirigí a la salida del aula.

—Katherine —oí su voz a mis espaldas—, si no me cuentas el chisme te bajaré la nota en el próximo examen.

Me di la vuelta muy indignada.

—No puedes hacer eso.

—Claro que puedo. Te la he subido varias veces porque me caes bien. Si puedo hacer eso, también puedo bajártela por comportamiento negativo. Lo pone en los criterios de evaluación de esta asignatura.

—Es abuso de poder.

—Pues claro. Así funciona el mundo, el que tiene poder abusa. —Se cruzó de brazos, adoptando una postura autoritaria que contrastaba con la sonrisa burlona que decoraba su rostro.

Abrí la boca para protestar, pero acabé resignándome y empecé a contarle por encima mi historia con Ethan.

—Te dolió que pareciera arrepentirse de lo vuestro y rompiste con él —resumió el final de un modo que me hizo sentir tal como me había descrito Jake—. Me parece que estás haciendo con Ethan lo mismo que Zoe hizo contigo: ignorar el contexto. No creo que se arrepintiera de lo ocurrido entre vosotros, pero sí de no haber hecho las cosas de otra forma. Y es perfectamente lógico, Katie. No puedes machacarlo por eso, y tampoco por haberse preocupado más por Zoe que por ti en un momento en el que ella era mucho más frágil.

—Entonces, ¿soy yo la que tiene que pedirle perdón? ¿Ese es tu consejo? —Fruncí el ceño.

—¿Consejo? Yo no doy consejos sobre relaciones; he estropeado casi todas las que he tenido. —Se rio como si no acabara de confesar algo supertriste—. Pero se me da bien entender los fallos de otros, porque yo cometo muchos. Y lo que te puedo decir es que no puedes esperar que la gente actúe siempre como a ti te convenga, o que, por ser tu novio, Ethan vaya a priorizarte a ti por encima de todo lo demás, sin importar el contexto de la situación. Las cosas no funcionan así, KitKat. —Decidí ignorar el apodo por una vez—. No sé si hace falta que le pidas perdón, pero sí que busques la forma de reconciliaros.

—¿Alguna sugerencia?

—Pues cada pareja soluciona las cosas a su manera. A algunas personas les va mejor el sexo de reconciliación, a otras hablar las cosas, otras lo solucionan todo con una cena romántica...

—¿Qué te funciona a ti? —pregunté con curiosidad.

—Lo mío no tiene solución. —Volvió a reírse, y entonces me dedicó una sonrisa de ánimo—. Pero lo tuyo sí —aseguró—. De momento, preocúpate por el concierto. Te irá mejor al hablar con Ethan si primero te quitas de encima el estrés y los nervios con los que cargas desde esta mañana.

—¿Has notado eso también?

—Te has pasado toda la clase moviendo la pierna compulsivamente y dándole golpecitos a la libreta con el lápiz. Me has puesto nerviosa hasta a mí. —Volví a ruborizarme—. No tienes nada por lo que preocuparte. ¿Qué es lo peor que te puede pasar? ¿Que te tropieces con el cable del micrófono y la escuela entera te recuerde la caída hasta que acabes el instituto? —Soltó una carcajada al ver mi cara de espanto—. Sería solo un año y medio. Parece mucho, pero se pasa muy rápido, créeme.

—Me sigue pareciendo horrible. Ahora tengo ganas de cancelar el concierto.

—Cobarde —me acusó divertida—. No canceles nada, KitKat. Súbete al escenario, yo estaré entre el público grabándote como Kris Jenner en el videoclip de *Thank U, Next*. —Me hizo un gesto de pulgares levantados.

Puse peor cara.

—No hagas eso, por favor te lo pido.

—Bueno, vale —dijo alargando la a—. Pero no canceles el concierto. Y ve a comer con Heather, que te está esperando fuera.

Me giré y vi que, efectivamente, acababa de asomarse por la puerta para ver si seguía dentro del aula. Me despedí de Blanca —advirtiéndole otra vez de que no grabara nada esa tarde— y me reuní con Heather.

—Lo siento. Me ha obligado a ponerla al día con mi situación personal.

—Qué profesional. —Se rio—. ¿Cuál es el plan para esta tarde? ¿Vas a quedar con la banda después de clase para organizaros?

Asentí con la cabeza.

—Sí, tenemos pensado hacer un último ensayo antes de que cada uno se vaya a su casa para terminar de arreglarse. Creo que hemos dejado unas dos horas y media de margen para esto último.

—Te iba a preguntar si necesitas que te preste algo de ropa o maquillaje, pero, conociéndote, intuyo que ya tienes todo preparado.

—Intuyes bien. —Me reí. Estábamos caminando hacia la cafetería—. He dejado la ropa doblada sobre mi cama y anoche lavé todas mis brochas de maquillaje. No me vendría nada mal que me ayudaras a usarlas, eso sí. —Accedió a ayudarme tanto con el maquillaje como con el pelo, esta vez estando presente y no a través de una videollamada—. ¿Cuánto nos llevará todo eso, más o menos?

—¿Lo dices para incluirlo en tu esquema? —Alzó una ceja divertida.

—Sí —admití, y repasé en voz alta todo lo que tenía que hacer y cuánto tiempo necesitaría para cada cosa. Heather le restó minutos a todo porque, al parecer, «no hace falta añadirle diez minutos a cada tarea por si surge algún imprevisto».

—Kate, nadie necesita veinte minutos para vestirse, sobre todo si ya has escogido la ropa que te vas a poner.

—¿Y si al ponerme las medias se me rompen y tengo que elegir otro conjunto? —discrepé.

—Puedes hacerlo en dos minutos.

—Imposible.

Heather soltó una carcajada.

—Tú sí que eres imposible.

Cuando yo era pequeña, mis padres me dejaban en casa de Zoe por las mañanas, justo antes de irse al trabajo, para que Louise, John o Edith —el que tuviera que preparar a sus hijos para ir a clase ese día— nos llevaran al colegio.

Recuerdo que Louise nos peinaba tanto a mí como a Zoe. Ella siempre pedía que le hiciera coletas o trenzas simples, porque le resultaban más cómodas, pero yo quería que me pusiera lazos, pinzas o gomas bonitas. Y me hizo gracia ver que, muchos años después, nada había cambiado. Heather se ofreció para peinar a Zoe y ella le pidió que le hiciera una trenza porque seguía sin saber dividirse el pelo en dos partes con una raya. Mientras tanto, yo me ondulé el cabello como en Halloween y me puse mi jersey de color ocre y mi falda negra acampanada.

—Si Ethan tiene algo de lo que arrepentirse, es de haberte dejado ir —dijo Heather muy convencida. Le dediqué una mirada significativa y me fijé en Zoe, preocupada por su posible reacción. Por suerte, seguía tranquila con su móvil, sin hacernos mucho caso. Estaba segura de que estaba reservando lo que le quedaba de energía social para el evento.

Media hora más tarde, cuando regresamos al instituto, me separé de ellas para buscar a mi banda. Los encontré cerca del escenario que el instituto había montado en el patio frontal del edificio, que era enorme. Me mordí las uñas; aunque estaba segura de que no iba a llenarse, el espacio intimidaba.

Me senté en la escalera del escenario. Sally y Seth ya habían instalado los equipos de música, incluyendo *mi micrófono*. El micrófono que iba a sujetar delante de más de treinta personas por primera vez.

«Llegará un día en el que serán más de mil», solía decirme Sally cada vez que me acobardaba. No calmaba mis nervios, desde luego. Imaginarme un futuro en el que eso pasara me daba vértigo... y también hacía que me cosquilleara todo el cuerpo. Era motivador y excitante.

Inhalé profundamente para recuperar todo el aire que ese pensamiento me había arrebatado. Uno de mis mayores miedos era, precisamente, quedarme sin aliento cuando el concierto hubiera empezado.

—¿Todo bien? —Jensen se dejó caer a mi lado y apoyó los antebrazos sobre las rodillas. Me miró de lado y el pelo castaño le tapó la frente.

—Sí. Todo bien.

Me sorprendió darme cuenta de que era cierto. Estaba nerviosa, pero también en paz conmigo misma. Dos meses atrás, todo me daba miedo. Me entraban náuseas solo de pensar en el concierto y estaba aterrorizada por la idea de que Ethan pudiera descubrir lo que sentía por él. También me dolía pensar en que quizá nunca se percataría. En que quizá yo siempre sería su amiga, pero seguiría enamorada de él el resto de mi vida.

Y en ese momento, sentada en la escalera del escenario del que me iba a adueñar al cabo de unas horas, me sentía realizada. Como si estuviera a punto de cruzar mi línea de meta.

Ethan me dijo una vez que haberme besado era, para él, un motivo por el que morir en paz. Pues yo sentía algo parecido: pasara lo que pasase, yo seguiría estando orgullosa de mí misma y de lo lejos que había llegado en tan poco tiempo. Me había atrevido a dar el paso en dos de los aspectos más importantes de mi vida. Que me tropezara durante el concierto sería una tragedia dentro de una montaña de progreso.

—Has pasado de *caos* a *zen* en un segundo —se rio Jensen, que me observaba con atención—. ¿Ya no estás nerviosa?

—Estoy *muy* nerviosa —le aseguré. Se quedó callado, como si supiera que tenía algo más que decir—, pero ya no tengo dudas. Es extraño; me falta seguridad en mí misma, y aun así estoy muy muy segura de querer salir al escenario.

Jensen me dedicó una sonrisa llena de orgullo.

—Va a ir todo bien, porque somos geniales y tu canción también lo es.

Mi canción.

Nuestra canción.

La letra y la melodía hicieron eco en mis pensamientos. Hablaba de arriesgarlo todo antes de darme por vencida. Quise escribir otra que hablara sobre lo que se siente cuando ya te has arriesgado y has vencido. Fue la primera vez desde mi ruptura con Ethan en la que me sentí inspirada.

Saqué mi móvil y escribí en la aplicación de notas todos los versos que mi mente había formado. Dejé de mover los dedos sobre el teclado cuando oí la voz de Sally a mis espaldas.

—Kate —me llamó, y me hizo un gesto para que me pusiera de pie y me acercara a ella. Entonces, me envolvió en un cálido abrazo—. Gracias.

—Gracias ¿por qué? —me reí suavemente. Resultaba extraño que Sally se mostrara tan… afable.

Se suponía que el peluche delicado de la banda era yo, pero en ese momento ella podría haberme robado el puesto perfectamente.

—Por darnos un nombre, una voz, una canción… Por no echarte atrás.

Vale, que se pusiera sentimental hasta ese punto ya no era tan gracioso. Por su culpa se me estaban humedeciendo los ojos. Los nervios amplificaban cualquier otra emoción que pudiera sentir en esos instantes.

Me liberé de su abrazo lo más cariñosamente que pude.

—La idea del nombre no fue mía —confesé para quitarle un poco de dramatismo y de ternura al asunto—. Yo le puse la zeta, pero el concepto lo ideó Ethan.

—Bueno, pues dale las gracias de mi parte.

—Lo haré. —Esbocé una sonrisa pequeña.

Tenía que darle las gracias a Ethan por un millón de cosas.

30

No te amo como te amaba hace unos años,
no te amo más, ni te amo menos.
El amor madura a nuestro lado,
y mientras crece, nosotros crecemos.

Mis cálculos estaban bastante alejados de la realidad: el patio del instituto estaba lleno. La gente se había reunido cerca del escenario, no solo porque supieran quiénes éramos o lo que íbamos a hacer, sino porque la construcción llamaba la atención y despertaba curiosidad. Por lo menos cien estudiantes iban a oír la letra que había escrito para una persona especial. Y esa persona estaba entre ellos.

No me costó identificarlo. En parte porque estaba junto a Jake, Zoe y Emily, y en parte porque su existencia era una especie de imán para la mía. En el momento en que mis manos temblorosas agarraron el micrófono y nuestras miradas se cruzaron, tuve la sensación de que podría encontrarlo en un lugar aún más grande, con mucha más gente. Si en el futuro llegaba a dar conciertos que llenaran salas enteras, seguiría siendo capaz de dar con él entre la multitud. Y él seguiría siendo capaz de calmarme y transmitirme seguridad con una mirada, sin importar lo que sucediera entre nosotros. Como en ese mismo instante: su expresión me relajó y pude sostener el micrófono con más fuerza.

—Hola a todos —comencé a hablar, y no conseguí ocultar mi timidez como había estado practicando. Volví a temblar. Me aparté un segundo del micrófono para tomar aire y soltarlo todo de golpe sin que el ruido del suspiro viajara a través de los altavoces—. Como muchos sabréis, pertenecemos al grupo de música del instituto. Durante este curso y el anterior hemos estado componiendo y ensayando algunas canciones y hoy venimos a compartir una de ellas con vosotros. Se titula *Una última vez*. Esperamos que os guste.

Tragué saliva y volví a llenar mis pulmones de aire. Mis compañeros comenzaron a tocar el instrumental mientras yo esperaba paciente a que mi momento llegase. Instintivamente, me centré en la música y en cada nota que sonaba. En la melodía de una canción que yo misma había escrito.

Respira hondo,
déjate llevar.
Sé que no buscabas esto,
no lo puedes evitar.

Déjame decirte lo que siento,
déjame decirte que te quiero.
Haz que roce el cielo con mis manos.
Ojalá lo nuestro fuera eterno.

Nunca olvidaré lo que sentí al exponer una parte tan importante de mí frente a tanta gente, como tampoco olvidaré jamás la sensación que me llenó el pecho cuando abrí los ojos y me encontré con un público que escuchaba cada palabra que cantaba. Que ponía su atención en el sonido de mi voz acompañada de los instrumentos.

Volví a buscar a Ethan entre todos esos rostros curiosos que me atemorizaban y me halagaban a partes iguales, y, cuando lo encontré, juro que el tiempo se detuvo. Me enamoré de él *una última vez*. Y digo «última» porque podría enamorarme más, podría enamorarme mejor, pero para volver a enamorarme de Ethan, primero tendría que desenamorarme de él. Y, desde ese instante, supe que no volvería a plantearme siquiera la posibilidad de que eso pasara.

Así que canté con la seguridad de que cada palabra, cada verso y cada estrofa iba dedicada a él. Canté intentando plasmar todo lo que había sentido escribiéndola y todo lo que sentía en esos momentos.

Te he querido durante tantos años,
aún hoy en día te quiero.
Déjame quererte solo hoy,
mañana ya será un día nuevo.

Déjame quererte
una última vez.
Déjame decirte
lo que nunca más diré.

En cuanto llegamos al final de la canción, mucha más gente de la que esperaba aplaudió y silbó, brindándonos un apoyo que me abrumó y, al mismo tiempo, me hizo sentir un alivio inmenso. No había sido perfecto, y la gran mayoría nos animaban porque era una fiesta, estaban con sus amigos y se lo estaban pasando bien, pero nada de eso afectó a la sensación de encontrarme en el punto más alto de una montaña que acababa de escalar. El pulso me latía justo así, como si acabara de hacer un esfuerzo descomunal. Estaba temblando y sudando y sin aliento. Y estaba eufórica; no quería bajar de la montaña. No quería dejar de sentir esa brisa que solo se siente cuando estás en lo más alto. Quería experimentarlo todo una y otra vez, en bucle, hasta que el temblor de las piernas me impidiera seguir de pie.

Y si esa sensación ya era maravillosa, ¿cómo sería cantar en un concierto *de verdad*? En uno al que asistiera gente que se sabía tus canciones, que estaba allí para verte a ti por lo que eras y por lo que cantabas, y no solo por curiosidad. Se me puso la carne de gallina solo de imaginarlo, y esta vez no fue culpa del miedo o de la incomodidad. Si compartir mi canción con otras personas me iba a llevar tan alto, entonces no me importaba que el resto del mundo también se adueñara un poco de ella.

Al entrar en el aula de música subida a los hombros de Jensen, casi me choco con el marco de la puerta. Estaba tan eufórica que seguí riéndome tras agacharme con apenas unos segundos de margen, y tampoco dejé de reírme cuando me dejó en el suelo.

—Joder, ha sido genial —dijo Sally por tercera vez consecutiva. Lo repetía como si no acabara de creerse que el concierto había terminado.

Seth le pasó una lata de cerveza. En la mesa había otras cinco, además de las botellas de refrescos y el montón de aperitivos que habíamos comprado entre todos.

Destapó la lata de cerveza y le dio un trago largo. Era lo primero que bebía desde la actuación. Se secó la boca con la manga de la sudadera y nos dedicó una sonrisa radiante. Era la más pura definición de la palabra «felicidad».

—Me da vergüenza decirlo, pero aquí va. —Cogió aire—: Desde pequeña, mi sueño siempre ha sido tocar el piano en una banda y dar conciertos por todo el mundo. Siento que hoy me he acercado un poco más a ese sueño, así que… —levantó la lata como si su próximo trago fuera en nuestro honor— gracias.

Garrett soltó una carcajada.

—Pensaba que tu cursilería se acabaría en cuanto lo hiciera el concierto, pero ya veo que no ha sido así. —Miró al techo y juntó las manos, aún riéndose—. Dios, ¿qué tenemos que hacer para que nos devuelvas a la borde amargada de siempre?

Se ganó un golpe con el paquete de galletas, pero a mí me pareció divertido.

Cogí uno de los refrescos y me senté en el borde de nuestro pequeño escenario. Le di un sorbo y, aunque no estaba frío del todo —irónico, porque en la botellita ponía «Té helado»—, me sentó de maravilla. Estaba sofocada después del concierto.

Jensen se puso a mi lado y me preguntó qué me había parecido. Le dije la verdad: que me moría por vivir algo así pero a lo grande.

Soltó una carcajada.

—¿Eso significa que podemos contar contigo para que escribas más canciones?

—Pues, de hecho… —jugueteé con la etiqueta de la botella—, empecé una nueva hace poco. Si queréis ponerle música, por mí genial.

A Sally, que seguía bebiéndose su cerveza cerca del escenario, se le iluminó la mirada al oírme decir eso. No dijo nada, pero tampoco necesité que lo hiciera para saber las ganas que tenía de seguir creando canciones propias de principio a fin.

Me habría gustado seguir celebrando el concierto con ellos, pero había otra cosa que también estaba deseando hacer.

—Sé que es un momento especial para el grupo y no quiero arruinarlo, pero…

—Pero te mueres por ir a ver a Ethan —adivinó Jensen, y sonrió cuando mis mejillas enrojecieron.

—Iba a decir que quería ver su cuadro —lo corregí.

—Ya. Su cuadro… —repitió Sally en tono de burla.

Salí del aula de música antes de que siguieran metiéndose conmigo. No quería llegar a donde fuera que se encontrara Ethan con la cara roja como un tomate.

Me dirigí al pasillo principal del instituto. Las paredes estaban decoradas con pinturas hechas por alumnos que, como Ethan, hacían uso del aula de arte. Cuando llegué a su cuadro me quedé impresionada; gritaba «Jake» aunque estuviera pintado en el estilo propio de Ethan, que se acercaba al impresionismo, con pinceladas sueltas y suaves, colores puros y una iluminación delicada y bien pensada.

Era precioso. Y perfecto. Era…

—Lo has hecho genial en el concierto. —Una voz conocida logró sobresaltarme. Al darme la vuelta, mis ojos se encontraron con el gris de los de Ethan.

—Gracias —respondí. Aunque me había sonrojado un poco, estaba tranquila. Miré otra vez el cuadro y después volví a mirarlo a él con una sonrisa serena y llena de orgullo—. Es increíble, Ethan. A Jake debe de haberle encantado.

—Sí, los dos hemos quedado bastante satisfechos con el resultado. —Se rascó la nuca nervioso. El gesto despertó mi curiosidad; no estaba acostumbrada a ser la relajada de los dos. Metió las manos en los bolsillos de su pantalón y, con mucha cautela, dijo—: Quiero enseñarte algo.

Eso me intrigó aún más. Asentí con la cabeza y lo seguí hasta el aula de arte, cuya puerta estaba cerrada. Ethan la abrió con una llave que me sonaba haber visto en algún lado.

«Es el llavero de Blanca», recordé. No me dio tiempo a darle demasiadas vueltas a ese pequeño detalle; me hizo un gesto para que pasara y le hice caso. El aula estaba repleta de caballetes, lienzos en blanco, pinturas secándose junto a las ventanas, cajas con pinceles… Tragó saliva y se quedó cerca de la puerta. Yo, por mi parte, me paseé por la sala observando todos los cuadros hasta que me topé con uno en concreto que me dejó sin aire y sin palabras.

Avancé hasta rozar la pintura con las yemas de mis dedos temblorosos y acaricié suavemente los trazos. Entreabrí los labios, pero fui incapaz de decir nada. Llevaba meses temiendo perder la voz durante el festival de otoño, y aunque mis miedos finalmente se habían cumplido, no lo habían hecho de la forma que me aterrorizaba. La voz no me había fallado en el escenario, pero sí allí, en el aula de arte, frente a un cuadro que reflejaba a una chica con el pelo liso, bañado por una luz que transformaba algunos mechones en finos hilos dorados. Estaba sentada en una mesa, con las manos apoyadas sobre la superficie y el cuerpo ligeramente inclinado hacia atrás, dejando al descubierto un cuello con dos lunares idénticos a los que yo tenía.

Con los mismos dedos que habían rozado el cuadro, realicé en mi rostro el mismo trazo que definía mi mandíbula en la pintura y tragué saliva. Tenía la boca seca y el corazón desbocado.

A Ethan se le daba muy bien transmitir sensaciones y pensamientos a través de la pintura. Y era justamente eso lo que me había dejado sin habla: lo que el cuadro transmitía. Paz, felicidad, plenitud… amor.

Las personas siempre hemos batallado a la hora de definir el amor con palabras. Nunca hemos sido capaces de plasmar su significado en ellas, pero Ethan había cogido un lienzo y un pincel y había dado un significado a la palabra en un conjunto de trazos gentiles y delicados.

Y me había utilizado a mí para ello.

Lo miré sin saber bien qué decir. Lo que sentía en ese instante era tan grande como la ola de un tsunami y rompía todo lo que me mantenía sujeta a la tierra. Las mariposas en mi estómago temblaron y yo temblé con ellas. Después se multiplicaron y alzaron el vuelo.

Ethan dio un paso hacia delante.

—Sé que hoy, en el escenario, me has dado una parte de ti que significa mucho para los dos.

Hizo una pequeña pausa y yo aproveché para dejar clara una cosa:

—Era tuya antes de que yo decidiera dártela.

Durante un segundo, me miró sin decir nada, como si estuviera procesando mis palabras y pensando bien las suyas antes de decirlas en voz alta. Finalmente se acercó al cuadro, a mí, y habló con la vista fija en mis ojos:

—Sé que me he equivocado en un montón de cosas. No solo en lo de Zoe, sino también en muchas otras, pero, Kate, no he dudado ni un solo segundo de mis sentimientos por ti. Lo único que me hizo sentirme inseguro sobre esto —nos señaló— fue el miedo a hacerte daño.

Abrí la boca para decirle que lo sabía, y que, aunque se hubiera equivocado en algunas cosas, también había hecho un montón de cosas bien. Sin embargo, me interrumpió antes de que pudiera decirle nada de eso.

—Te quiero. —Esas dos palabras seguían teniendo un efecto inmediato en mí. Me obligaban a inhalar profundamente para volver a llenar mis pulmones del aire que me arrebataban—. Te quiero como nunca he querido a nadie, y lo que ha habido entre tú y yo ha sido lo mejor que me ha pasado nunca. *Tú* eres lo mejor que me ha pasado nunca. —Cogió un mechón de mi cabello y lo enredó entre sus dedos. El roce de su mano y la caricia del mechón sobre mi piel me provocó un cosquilleo en la mejilla—. Sé que lo sabes, porque he hecho todo lo posible por demostrártelo, pero no me importaría hacerlo otra vez si me das la oportunidad. Y si decides que lo que quieres es que volvamos a ser amigos, prometo que también haré lo posible por que eso salga bien.

Era muy difícil concentrarme en sus palabras cuando sentía el calor que emanaba su mano tan cerca de mi rostro y cuando su boca estaba a apenas unos centímetros de la mía. Me habría bastado con ponerme de puntillas para besarlo, y saber eso era muy distrayente.

Pero no quería que se alejara; por eso me frustró que dejara de tocarme para meter las manos en los bolsillos de su sudadera y que dejara de mirarme para fijar la vista en el cuadro.

—Aun así, quería enseñarte esto. Cuando empezamos a trabajar en él pensaba que nunca tendría la oportunidad de confesarte lo que sentía. Por eso quise plasmarlo todo en este cuadro, porque esperaba que eso compensara que no me atreviera a decirlo en voz alta.

Alzó la mano y siguió con los dedos la pincelada que formaba mi pelo. Lo acarició como había jugado con mi mechón segundos atrás: con muchísimo cuidado.

—Quería que te vieras como yo te veo y que entendieras lo que siento cuando te tengo cerca —expuso en un tono de voz que me provocó un cosquilleo agradable en el vientre. Después volvió a mirarme—. Gracias a ti he podido decírtelo con palabras, pero, aun así, quería enseñártelo.

Tardé en encontrar una respuesta. Ninguna terminaba de ajustarse a todo lo que quería transmitirle; me habría gustado contar también con un cuadro que hablara por mí.

—Es precioso —dije finalmente—. El cuadro, este momento…, todo. —Tragué saliva y me preparé para confesarle lo que ambos ya sabíamos—. Yo también escribí la canción que he cantado hoy pensando que nunca encontraría la forma de decirte todo lo que los versos contaban. No pensaba enseñártela, porque, como tú has dicho, contiene una parte de mí que no me atrevía a compartir contigo. Puse en ella todo lo que sentía en ese momento: la frustración que me generaba no poder decirte que eres todo lo que siempre he deseado.

Su ojos centellearon cuando me oyó decir eso. Noté una calidez con la que ya estaba familiarizada en el pecho, y sentí el impulso de sonreír.

—¿Y ahora? —preguntó—. ¿Qué sientes ahora?

—Todo se intensificó en el momento en el que mi sueño se volvió mi realidad —confesé tímidamente. Tuve la sensación de que las cosas regresaban a su curso natural—. Y ahora siento que te quiero, pero no como antes. —El brillo de su mirada desapareció. Volvió a aparecer débilmente cuando entrelacé mis dedos con los suyos—. Te quiero de una forma más madura, Ethan. Siempre te quise por lo que eras, y aunque lo sigo haciendo, ahora también te quiero por lo que somos juntos.

Su pecho se desinfló como si el alivio hubiera liberado el aire que su preocupación retenía. Relajó los hombros, sonrió un poco y puso una mano en mi mejilla, justo donde debía estar. Mi cuerpo pertenecía al suyo igual que una persona pertenece a un lugar.

Cerré los ojos cuando se inclinó para besarme. Fue un beso lento, pausado, que dejaba claro que esa no iba a ser la última vez que nuestros labios se juntaran.

Tan solo sería una de muchas otras.

Epílogo

Lleno mis pulmones de aire antes de soplar las velas del enorme pastel que han colocado frente a Ethan y frente a mí. Se trata de una tarta de tres pisos decorada con notas musicales, pinceles y paletas de colores hechas con fondant. Es la primera vez que veo una tarta así de espectacular en persona. Tendré que darle las gracias a Lydia por regalármela la próxima vez que visite su cafetería.

Mientras Edith la divide en porciones generosas, Zoe se acerca sigilosamente, como si estuviera al acecho del primer trozo. No tarda en hincarle el diente. Se lo come en tiempo récord y se sirve dos más antes de que el resto podamos probarla siquiera. A Jake no le importa; él está ocupado tratando de adivinar lo que hay dentro de cada regalo, pese a que ninguno es para él.

Ethan consigue hacerse con un trozo de tarta y me tiende el plato a mí. Con una sonrisa enamoradiza, le doy las gracias. Llevamos dos meses saliendo y aún no he domado a las mariposas que me hacen cosquillas cada vez que él está cerca.

—¿Por qué no hay ningún regalo de tu parte, Kate? —me pregunta Jake con una ceja enarcada. No me hace falta mirar la mesa, que está llena de paquetes, para saber que tiene razón: no he dejado allí ninguno.

—Bueno, el cumpleañero me dejó bien claro una vez que esperaba que mi regalo por sus dieciocho fuese especial. —Sonrío aún más al recordar ese día—. Se lo daré más tarde, cuando estemos a solas.

Mi hermano esboza una mueca de asco. Enseguida me doy cuenta de lo que está pensando y le doy un pisotón.

—¡No me refería a eso! —me quejo, ruborizada, mientras él se parte de risa.

En ese momento, Ethan se acerca por detrás y me pasa los brazos por el cuello para juntar las manos delante de mi pecho. Su boca roza mi oído.

—Ahora tengo mucha curiosidad. ¿Qué me vas a regalar? —Me estremezco al notar el aliento cálido que acompaña a su voz profunda y susurrante—. ¿Puedes darme una pista?

Me aparto de él con suavidad y niego con la cabeza.

—Vas a tener que esperar.

Intento distraerme metiéndome en la boca un trozo de tarta. No quiero dejar que sus ojos grises me convenzan y arruinen la sorpresa, pero son tan atrayentes que acabo mirándolo de todas formas.

Soy increíblemente débil cuando se trata de él.

Me muerdo el labio a la vez que abro un debate conmigo misma. Aunque he puesto mucho empeño en el regalo y quiero que sea especial, me muero de ganas por enseñárselo.

—Está bien. —Me rindo finalmente—. Acompáñame.

A Ethan se le ilumina el rostro al instante. Esboza una sonrisa llena de satisfacción y me sigue hasta mi cuarto. Sus reacciones me parecen adorables; es tan tierno que resulta extraño que sea tan atractivo al mismo tiempo. Es decir, existen los chicos *monos* y los chicos *guapos*, pero muy pocos son como él: una mezcla de ambos.

«Me he hecho con un híbrido», pienso sonriendo para mis adentros.

Hago que se siente en mi cama y le pido que cierre los ojos. Entonces, asegurándome de que no hace trampa, voy a buscar la guitarra que su padre me regaló meses atrás. Le supliqué a Jensen que me ayudara a mejorar mi habilidad con el instrumento porque quería que el regalo fuera perfecto.

Una vez tengo la guitarra, me siento en la silla que hay frente a la cama y coloco el instrumento sobre mi regazo. Cojo aire. He estado trabajando mi miedo escénico, pero esto es tan íntimo que no puedo evitar sentirme nerviosa.

—Puedes abrir los ojos —le digo con voz suave, preparándome para entonar la canción que he compuesto para él.

Tú me miras,
yo te miro,
es un juego de miradas.
Sin embargo, no hay final,
no hay quien pierda y nadie gana.

He practicado tantas veces que puedo permitirme apartar la vista de la guitarra un segundo para mirar a Ethan. Está atento a todo lo que hago, a todo lo que soy. La forma en la que me observa no deja dudas de que le ha gustado mi regalo. Siento alivio, pero también una ola de calor que llega hasta mis orejas y tiñe mis mejillas de rojo.

Y me preguntas:
¿crees en el amor?
Cómo no creer en él
si el amor somos tú y yo.

Si me derrito cuando pronuncias mi nombre,
si me muero cada vez que tú estás cerca,
si eres el sueño de todos mis sueños,
si es por ti por lo que mi corazón late con fuerza.

Y podría acabar el mundo en este instante,
porque entre tus brazos el tiempo no existe.
Y podría escribir mil canciones
sin saber por qué me elegiste.

Escribí la canción un mes atrás y toda mi banda me ayudó a componer la melodía. A todos nos encantó el resultado pero, sorprendentemente, respetaron que quisiera regalársela a Ethan.

Mariposas y fuegos artificiales.
Respiraciones y besos robados.
Tus labios besando los míos.
Ya no vivo sin ti a mi lado.

Y me preguntas:
¿crees en el amor?
Cómo no creer en él,
si el amor somos tú y yo.

Eres arte, un imán para mis ojos,
como un faro luminoso en mi camino.
Eres fuego, la calidez que necesito.
Eres la llama que derrite mis latidos.

Y podría ser mi último día en la tierra,
y me daría igual porque estoy a tu lado.
Y podría escribir mil poemas,
explicando por qué te amo tanto.

Pero creo que sobran palabras
cuando se trata de ti y de mí.
Eras mi sueño, mi amor platónico.
Eres todo lo que siempre pedí.

Cojo una gran bocanada de aire al finalizar la última estrofa. Ethan me mira embelesado y, cuando consigue salir del trance, se acerca y me sujeta el rostro con las dos manos.

—Joder, te quiero tanto… —Antes de darme tiempo a reaccionar, me besa. Y lo hace con tanta intensidad que consigue que me olvide de todo.

Dejo a un lado la guitarra y le rodeo el cuello con los brazos.

Tardo un poco en reaccionar cuando se libera de mi pequeño aprisionamiento. De repente estoy confusa: ¿acaba de apartarse?

Lo miro con el ceño fruncido. Sé que está feo esperar algo a cambio de un regalo, pero quería más besos.

—No pongas esa cara. Yo también tengo algo guardado para ti. —Me da otro beso en los labios, aunque esta vez es más corto y menos apasionado—. Vuelvo enseguida. Espérame aquí.

Me cruzo de brazos, pero él se va de todas formas y me quedo sola con mi guitarra y mis ganas de seguir besándolo. Guardo lo primero en la esquina de mi habitación. Con lo otro no puedo hacer mucho; en estos últimos meses he perdido la capacidad de aguantar las ganas de lanzarme sobre él cada vez que quiero mimos.

Cuando la puerta se abre, vuelvo a emocionarme. Lleva algo en la mano: un paquete pequeño, envuelto con papel de regalo y decorado con un pequeño lazo rojo. Me lo da y yo le dedico una mirada significativa, informándolo de que voy a abrirlo de inmediato.

Quito la cinta adhesiva tratando de no romper el papel. Dentro hay una especie de álbum de fotos con una portada blanca que tiene un corazón de color rosa palo en el centro.

Sonrío y paso las páginas con delicadeza, maravillada con lo que encuentro en cada una de ellas. Hay garabatos infantiles, bocetos de alguien que está comenzando a tomarse el arte en serio y, finalmente, dibujos que rebosan talento. Todos tienen dos cosas en común: los ha pintado Ethan y en todos ellos salgo yo.

Es un álbum de los dibujos que Ethan me ha hecho a lo largo de nuestras vidas.

Creo que voy a llorar.

—¿Y dices que mi regalo es insuperable? Dios, Ethan, esto es... —La emoción hace que me tiemble un poco la voz—. Es precioso.

Pensaba que no volvería a sentir algo como lo que sentí al ver el cuadro que me enseñó el día del festival de otoño, pero ahora mismo el corazón me late igual que latió entonces. No está desbocado; el bombeo es pausado, estable, y aun así me retumba en los tímpanos. Cuando miro lo que hay entre las páginas del álbum que estoy sujetando, me siento preciada.

Vuelvo a hojearlo de principio a fin y, cuando termino, lo hago otra vez. Finalmente lo cierro, lo dejo sobre el escritorio y me giro para abrazar a mi novio.

—Muchas gracias —le digo justo antes de hundir la cara en su cuello—. Y feliz cumpleaños, Ethan.

—Feliz cumpleaños, princesa. —Me besa el pelo con delicadeza y, en un tono tan dulce que consigue derretirme por dentro, susurra—: Te quiero.

Banda sonora

Imagination, ℗© 2015 Island Records, a division of UMG Recordings, Inc., interpretada por Shawn Mendes.

My My Love, ℗© 2016 Glass Bead Music Inc., interpretada por Joshua Radin.

Fallin' All in You, ℗© 2019 Island Records, a division of UMG Recordings, Inc., interpretada por Shawn Mendes.

Perfect, ℗© 2017 Asylum Records UK, a division of Atlantic Records UK, a Warner Music Group company, interpretada por Ed Sheeran.

It's All Coming Back to Me Now, ℗ 2008 Sony Music Entertainment Canada, Inc., interpretada por Celine Dion.

Rolling in the Deep, ℗© 2011 XL Recordings, Ltd., interpretada por Adele.

One Last Time, ℗© 2014 Republic Records, a division of UMG Recordings, Inc., interpretada por Ariana Grande.

New Rules, ℗© 2018 Dua Lipa Limited under exclusive license to Warner Music UK Limited, interpretada por Dua Lipa.

Friends, ℗© IB music iBiZA , interpretada por Anne-Marie y Marshmello.

Thinking Out Loud, ℗ 2014/2015 Asylum Records UK, interpretada por Ed Sheeran.

Lover, ℗© 2019 Taylor Swift, interpretada por Taylor Swift.

The Scientist, ℗© 2002 Parlophone Records, Ltd., a Warner Music Group Company, interpretada por Coldplay.

Nothing Else Matters, ℗© 1991 Metallica, interpretada por Metallica.

All of Me, ℗© 2014 The Piano Gal, interpretada por John Legend.

All Through the Night, ℗ 2014 Sleeping At Last, interpretada por Sleeping At Last.

I Don't Want to Miss a Thing, ℗ 1998 Columbia Records, a division of Sony Music Entertainment, interpretada por Aerosmith.

Unwritten, ℗ 2004 BMG UK & Ireland, Ltd., interpretada por Natasha Bedingfield.

With or Without You, ℗© 2007 Universal-Island Records, Ltd., interpretada por U2.

Video Games, ℗© 2012 Lana Del Rey, interpretada por Lana Del Rey.

Thank U, Next, ℗© 2019 Republic Records, a division of UMG Recordings, Inc., interpretada por Ariana Grande.

Si quieres disfrutar de la música que acompaña a esta historia, puedes hacerlo a través de este link: https://tinyurl.com/2lprwbq8 o escaneando este código QR:

Agradecimientos

El hecho de que este libro esté entre tus manos debería ser una prueba aceptable de que sé escribir, pero a veces, cuando quiero transmitir a las personas que me importan lo agradecida que estoy con ellas, siento que mi capacidad de juntar palabras para crear frases coherentes se esfuma de repente. Sin embargo, he hecho lo posible por mantener parte de esa capacidad para abrirme un poco en estas últimas páginas.

Empecé a escribir *Kate & Ethan* sin saber mucho sobre la novela o sobre los personajes. Solo tenía una idea abstracta, un par de frases anotadas y muchas ganas de crear una historia tierna y ligera. Conocí a Kate, a Ethan y al resto de los personajes como quien habla por primera vez con un desconocido que acaba convirtiéndose en una parte vital de tu existencia. No sabía que iban a significar tanto. No sabía que iban a llegar tan lejos, y tampoco que me harían sentir tan orgullosa, pero lo estoy. Estoy tan orgullosa y tan agradecida de haber llegado hasta aquí, que podría escribir veinte páginas sobre las personas que han hecho que pueda sostener en mis manos algo que en un principio solo existía en mi mente.

Primero quiero darles las gracias a mis padres, por enseñarme que los límites de mis capacidades están donde yo quiera ponerlos, y por alegraros con cada uno de mis logros aunque nunca os sorprendan.

A mis hermanos, por ser mis *haters* más fieles y también mis mejores amigos.

A mis abuelos, especialmente a Pepito, por vuestro cariño incondicional e infinito.

A mis tíos y a mis primos. Soy muy afortunada de teneros.

A Aitana, por darle una definición a la palabra *amistad* en mi diccionario y porque, aun habiendo pasado la mitad de nuestras vidas separadas, te he sentido cerca siempre.

A Alba, Anny, Silvia, Joana, Marta, Myre, Samu y Teguise. Para mí, el mundo de la escritura brilla más desde que os conocí a vosotros.

A Anto, por ser la primera lectora y amiga que me dio Wattpad y porque sin ella, la saga «Amores platónicos» no sería la misma.

A todos los lectores que han llegado después. Con el resto del mundo soy Zoe, pero vosotras me hacéis sentir como Kate: llena de amor para dar y de sueños por cumplir.

Al equipo de MatchStories, en especial a Esther, mi editora, por absolutamente todo. La idea de publicar este libro me intimidaba mucho, pero me habéis hecho sentir segura y valorada, y gracias a vosotros se me ha ido un poco el miedo. Mil gracias por darle a este libro, y sobre todo a mis lectoras, el cariño que siempre he querido ofrecerles.